前言后语

王光明 / 著

社会科学文献出版社
SOCIAL SCIENCES ACADEMIC PRESS (CHINA)

目 录

contents

第一辑　序言

面向广阔的生活 …………………………………………… 003

谢冕和他的诗歌批评 ……………………………………… 010

《美国散文撷英》序 ……………………………………… 031

跨越激情的骚动 …………………………………………… 032

悲壮的"突围" …………………………………………… 034

地下斗争的壮丽画卷 ……………………………………… 044

让人"读"到自己的书 …………………………………… 048

太阳雨的沐浴 ……………………………………………… 050

悲凉壮烈的抗战史诗 ……………………………………… 053

面对世界与自我的深渊 …………………………………… 062

森林睫毛下的凝望 ………………………………………… 067

心灵生命化的散文传统 …………………………………… 071

游入大海的鱼 ……………………………………………… 078

寻求现代经验的艺术整合 ………………………………… 081

"让诗歌为你定位" ……………………………………… 086

散文的"根" ……………………………………………… 089

从批评到学术 ……………………………………………… 091

"一棵从乡间移植来的树" ……………………………… 103

近年中国诗歌：过渡时期的延续 ………………………… 106

2004 年的诗：印象与评说 ……………………………… 113

必要的参照 ……………………………………… 125

寄语《鸿蒙》 …………………………………… 129

寄语《翅膀》 …………………………………… 130

《语言与文学的策略》编选说明 ……………… 131

《2008 中国诗歌年选》前言 ………………… 134

爱情诗研究的起点 ……………………………… 137

八十年代：中国诗歌的转变 ………………… 139

关怀与辨认我们的时代………………………… 188

《穿越心灵》序 ………………………………… 192

《南方北方》序 ………………………………… 195

《早期新诗的合法性研究》序 ……………… 198

《阅读新视角》序 ……………………………… 201

《空心人》序 …………………………………… 204

《阮章竞评传》序 ……………………………… 206

《缥缈的浮生》序 ……………………………… 210

《醉花僧》序 …………………………………… 212

《武平客家山歌选集》序 ……………………… 214

《记忆的容颜》序 ……………………………… 216

《经验、体式与诗的变奏》序 ……………… 217

《现代中国文学考察笔记》序 ……………… 219

《曲折的展开》序 ……………………………… 222

《散文诗文体学研究》序 ……………………… 225

《中国当代书法形态研究》序 ……………… 228

《"盖娅"审美》序 …………………………… 231

"诗灵"护佑的诗人 …………………………… 234

永远的汀州 ……………………………………… 238

《歌谣与中国新诗》序 ………………………… 243

《张枣诗歌研究》序 …………………………… 247

《名人在汀州》序 ………………………………… 251

《梁野东风》序 …………………………………… 253

第二辑　后记

《六十年散文诗选》编后 ………………………… 259

《散文诗的世界》初版后记 ……………………… 261

《灵魂的探险》后记 ……………………………… 267

《文学批评的两地视野》后记 …………………… 270

《面向新诗的问题》后记 ………………………… 272

《现代汉诗的百年演变》后记 …………………… 273

《2004 中国诗歌年选》后记 ……………………… 277

《我们时代的文化症候》后记 …………………… 279

《2007 中国诗歌年选》后记 ……………………… 281

《开放诗歌的阅读空间》后记 …………………… 283

《市场时代的文学》后记 ………………………… 286

我与 1980 年代诗歌 ……………………………… 287

《边上言说》后记 ………………………………… 290

《闽地星辰》后记 ………………………………… 291

《中国诗歌通史·现代卷》后记 ………………… 293

《艰难的指向》（修订版）后记 ………………… 296

《诗歌的语言与形式》后记 ……………………… 298

《如何现代　怎样新诗》后记 …………………… 300

《写在诗歌以外》后记 …………………………… 303

《中国新诗总论 1979－1990》后记 ……………… 305

第三辑　评阅

本科生作品评点 …………………………………… 309

题材的征服 ………………………………… 309

成长的领悟——评余绚的作品 ………………… 309

博士论文评阅 …………………………………… 310

《新诗诗论对传统态度述析》 ………………… 310

《"九十年代诗歌"研究》 …………………… 311

《新文学运动方式的转变》 …………………… 313

《知青题材小说研究》 ………………………… 313

《梁启超、王国维与中国文论的现代转型》 …… 314

《文革后小说中的革命历史》 ………………… 315

《90 年代诗论研究》 ………………………… 315

《"主旋律"小说研究》 ……………………… 316

《断裂地带的精神流亡》 ……………………… 317

《梁启超五四时期的新文化建设思想研究》 …… 317

《权威期刊与特殊年代的文学生产》 ………… 318

《现代中学语文课程与文学教育的发展》 …… 319

《民间生活的审美言说》 ……………………… 320

《赵树理小说叙事研究》 ……………………… 320

《堕落生命的世俗拯救》 ……………………… 321

《大众文化生产与消费机制中的文学选择》 …… 322

《第四种批评》 ………………………………… 322

《中国现代新诗语言研究》 …………………… 323

《文协与抗战时期的文艺运动》 ……………… 324

《赵树理小说与民间文艺资源》 ……………… 324

《文革后中国当代文学中的主体性问题》 …… 325

《文学中享虐现象之考察》 …………………… 326

《"革命加恋爱"文学现象研究》 …………… 326

《选报时期〈东方杂志〉研究（1904－1908）》 … 327

《"星丛"诗学的建构》 ……………………… 328

《九叶诗派与西方现代诗学》 ………………… 328

《性别视野下的文学语言》 …………………… 329

《现代性世俗化》 ……………………………… 329

《20 世纪末大陆及港台的同志书写与男性建构研究》 …… 330

《七八十年代之交文学争鸣研究（1978－1989）》 ……… 331

《小说"游走"情节研究》 ………………………………… 331

《1940 年代的诗歌与民主》 ……………………………… 332

课题成果评审 ……………………………………………… 332

《中国现代文学研究史》（初评） …………………… 332

《20 世纪中国文学经验》 ………………………………… 334

《巴金对域外文化的接受》 …………………………… 335

《现代诗学的人性论转向》 …………………………… 336

《传播学视野中的网络文学》 ………………………… 336

《解读延安》 ……………………………………………… 337

《现代性与 20 世纪中国的文学思潮》 ……………… 338

《选择与变异》 ………………………………………… 339

《中国现代文学研究史》（复评） …………………… 340

《疆域与维度》 ………………………………………… 341

《穆旦诗编年汇编》 …………………………………… 342

《唱和诗词研究》 ……………………………………… 342

《元代诗论辑存校释》（上） ………………………… 343

会议论文讲评 ……………………………………………… 344

朱耀伟：《"香港散文"与本土认同》 ……………… 344

黄维樑：《散文与结构》 ……………………………… 345

龚鹏程：《吃喝拉撒睡：散文的后现代性》 ………… 346

霍秀全：《论朱自清的小品散文理论》 ……………… 347

余丽文：《书写旅行与城市形象》 …………………… 349

叶瑞莲：《大叙事与建国散文（1949－1956）》 ……… 350

后　记 ………………………………………………………… 352

第一辑

序　言

面向广阔的生活

——张惟《雁行集》代序

　　《雁行集》，也许不会有更恰当的意象和词汇能替代这个集子的命名。远飞的大雁，把它的剪影和啼鸣留在长空，我们的作者，把他在这个时代经历过的生活、思想、情感写进了他的散文。

　　与其说张惟酷爱创作，毋宁说他酷爱生活。这不是他的第一本散文集，他也不光创作散文，然而这里所选的十几篇作品，都是他漫长生活道路上"走到哪，感受到哪，写到哪"的有感而发之作。他在追求广阔生活的同时，追求着他的艺术花朵，他伴随着时代生活的步伐和他自己的脚印，观察着、感受着、思考着，向我们展开他的生活世界和心灵世界。

　　反映在这本集子中的生活世界不是单一的，它的题材涉及军事和农垦，现实与历史。这里有首都的灯火、塞北的冰霜、江南的松涛和帆影。作者是一只北去南归的飞雁，到过许多美丽的地方。当这只雁从汀江岸边扇起翅膀飞向北京的时候，他还是一个20岁左右的青年。那时候，我们中华民族获得了新生，军队已由解放战争和抗美援朝转入保卫和平与支援社会主义建设的斗争生活。由于张惟这时已经有了数年的部队生活经验，熟悉战友的思想感情，又有了一定的艺术准备，他心中萌生了用笔来反映我军官兵热爱祖国、热爱人民、忘我投入新生活的精神面貌这样一种创作愿望。于是，他写下了《卢沟桥畔》，接着又写了《统帅部深夜的灯火》，等等。从一个生活侧面，描写了普通士兵和副总参谋长的形象，反映20世纪50年代中期的军民关系和我军壮大发展的历程。

北京是令人留恋的地方，在祖国首都工作无疑是一种幸福。然而当我们还在注视着他描绘的统帅部灯火的时候，张惟的背包已经搁在北大荒的土地上了。他写信告诉我们："这儿的天气虽然冷一些，但我们的心却更热了。生活里有缓流和激流，我们是涌向激流中了。这才是真正的生活，更丰富更闪耀的生活啊！"（《初上北大荒》）香山的红叶、天安门的华灯绿树、北海的湖影波光，都留不住 50 年代血性青年追求"真正的生活"的心。如今，几十年过去了，我们和当时的青年隔着一堵时间的墙，不过这堵墙并不妨碍我们理解和爱戴自己的前辈。那种单纯的心境是可爱的，把北大荒变成"北大仓"的热血豪情永远令我们钦敬。我们应该像当年一样投入生活激流，为祖国的大船扬起前进的帆。正是在这一点上，我们感谢作者，他给我们留下了和共和国一道迈步前进的创业者痴情于艰苦生活、豪迈乐观的"50 年代精神"，描绘了在由刺刀见红的战场到建设基地战略转移过程中，新生活建设者的精神风貌和人物群像。

事实上，张惟不仅在《初上北大荒》《长征的战士》中为我们留下了这种精神，而且通过三个不同时期的作品，给我们提供了 20 世纪 50 年代青年知识分子成长的历史。这在散文中的"我"中得到了显现。"我"中当然有作者自己，但又不仅仅是作者自己。他有某种程度的典型性。这个"我"，向往广阔的生活天地，带着 50 年代特有的单纯、乐观和那么一点罗曼蒂克的激情，投入生活的激流（《初上北大荒》），在闪耀着党的光辉、洋溢革命友谊的集体生活中，感受到一种深远的幸福，决心把青春和生命献给党的事业。他有强烈的使命感和责任心，美好的信仰和憧憬使他很少考虑自己个人的幸福。他甚至不相信前面会有不幸和灾难。但灾难毕竟来了，而且是一场长长的深重的灾难。祖国、人民的灾难和个人经历的坎坷，使他忧心如焚（《梦秋白》等）。而后是光明又一次战胜了黑暗，新的历史时期的开始使他看到了希望，信念重新升起，他决心投身到实现祖国四化的时代洪流中去（《从汀江扯起风帆》《用血昭示的信念》等）。我们把散见于各篇中有联系的"我"集中起来，显然看出这个"我"具有与新中国一同成长的青年知识分子普遍的生活和思想感情经历。可贵的当然还在于，经过一段坎坷的路程之后，尽管这个"我"也有不幸和伤痕，却从未消沉过，他现在既扬弃了过去的单纯感，又保持了当年的豪迈和乐观。

张惟对生活比较敏感，注意从全局出发反映他的所见所闻，作品中涌流着时代生活的脉搏。这本集子的作品，格调比较高昂，情绪比较乐观，充满豪迈气概，实属"歌德"之作。但公正地说，绝大多数作品是从生活出发而不是从流行一时的政治概念出发，感情是真挚的，没有廉价的粉饰和浮夸。甚至还可以说，在广阔的生活面前和不算短的创作历程中，作者一直没有停止自己的思考。

《卢沟桥畔》是他的处女作，叙写参加过"七七"卢沟桥抗战，而在20世纪50年代中期已身为解放军中校的耿明，重游旧战场的情景。张惟没有简单地让他笔下的人物沉湎于对往事的追忆，或停留在新旧两种军队的平面对比上，而是透过人物的特殊经历，展开了对历史和现实的思索。他把耿明这次卢沟桥的旧地重游，安排在兵种展览会的布置之后，又将这位有20年戎马生涯的中校置身于一群生龙活虎的青年官兵之中，使得耿明的思绪在今昔之间穿梭往来：一方面，思索着在旧军队，士兵虽有一股抗日怒火，在民族危亡面前斗志高昂，却仍然难免败阵的原因；另一方面，也思考着只有小牛一般大的日式超轻型坦克让我军不断吃苦头的缘由。这就自然而然地把军队性质与先进的科学技术，人的勇敢与武器装备的现代化结合在一起思考了，因而得出了正确的结论：只有共产党才能引导人民越过重重险阻，实现我们苦难深重民族的生活转折；而在军事竞争中，"我们走路，敌人也在走，我们过去是落后的，现在要赶上前头，就要大大加劲"。这篇二十几年前的散文揭示的主题，就是放在今天也还不无意义。

更有意义和更说明问题的，也许是他那篇1959年受到万人广播大会批判的《第一书记上马记》，只是这篇反对风靡一时的主观唯心主义、官僚主义和浮夸风的作品是一篇小说，不收在这本散文集中，我们无需多谈。当然，由于特定时期气氛的影响，张惟也写过个别思想比较浮浅的作品，但这不是他创作的主流。总的看来，他是伴随生活思考着，并随着岁月的推移深入着的。作者在一篇散文里说："人到中年，心也宽了，气也平了。纵然意犹雄，志未倦，看待事物总罩上一层深沉的历史感。"（《西海子漫步》）读他这几年的作品，我们会乐于这样认可它们。这种历史感，主要的还不是他近年所发掘的革命历史题材本身，而是带着特定时代烙印的、有哲理意味的真知灼见。历史感是运用唯物主义世界观，从历史的纵观和广阔生活的横观里思辨开出的思想之花，当它与纯熟的艺术技巧相结合，去创造艺术形象时，作品会产生沉着、持久的思想艺术力量。张惟在努力追求这一境界，尽管有时思想深度与形象厚度并不一致，但的确在某种程度上揭示出了生活的底蕴和真谛。像《从汀江扯起风帆》，它写于党的十一届六中全会之前，文章将意境设置于奔腾咆哮的黄河长江之上，让它们作为时代生活的象征，暗示了全国人民力求革新前进、振兴中华的社会潮流。又如《梦秋白》，笔力虽集中在澄清瞿秋白同志功过评判方面的混乱上，却通过他的形象让我们思索真实的人的问题，升华到了哲理的高度："真正的布尔什维克，总不会是百分之百的，杂质总是与光辉的本质同在，同时被时代的熔炉所冶炼着。唯严于解剖自己者，才更显出真实伟大。"

伟大的人首先是一个真实的人，他有天才和智慧，但同样离不开他所生活的时代，因此他也有局限和弱点。全国第四次文代会召开的时候，张惟随游人漫步在西海子，思考着一个对中国人来说是极其严肃的主题。我们嫌这篇《西海子漫步》过于单薄，但作者没有回避问题，又有历史唯物主义的态度，我们觉得应当这样历史地、真实地、辩证地思考我们的过去。还值得我们注意的，是《用血昭示的信念》中有一句沉甸甸的见解："比政权本身更重要的是民心和信念。"这个见解有它历史和现实的重量。对于作者，他二十多年的创作，始终没有忘记表现信念；经过"十年动乱"之后，又增加了对民心的注意，作者的思想趋于成熟，显得更为深刻。

张惟1964年才从北大荒调回福建工作，他在部队和北方度过了整个的青年时代。北方的环境和屯垦戍边的集体军事生活影响到他的文风。他的散文基调是豪迈奔放的，几乎从中看不到一般南方作家所特有的轻柔和细腻。诗与政论的结合是他散文的特色，他很少把注意力放在客观世界的细致感受和描绘上，他重视的是典型、壮美画面的选择，在粗线条的勾勒中展开抒情和议论。他的所长，是热烈、开阔地展开画面，想象联想大幅度飞越时空。为了在有限的篇幅内充分表现出思想主题，让作品及早进入预定的抒情境界，他总是像作诗那样，将那些精选过的具有较强抒情意味的细节和画面巧妙连缀起来，叙写中抒情议论，议论抒情中继续叙写。这一特点，在《从汀江扯起风帆》中表现得尤为突出：作者以土地革命战争的见证者——汀江为视角，选择了现代中国无产阶级革命史上的几个生活片断：傅连暲的问话、同陈丕显交谈、"八七"会议的召开、寻找邓子恢外孙的情景，以及有关老一辈革命者的点滴事迹，等等。所有这一切都没有详细铺写，而是在感情的递进层次中一个一个顺便带出来，又让它们反过来诱导和触发感情的升华。与此同时，经过议论的点化，作为自然景物的江河也赋予了革命历史的象征意味。《大兵的脚印》有较多细致的描述，画面也更为清晰，但这只是由于写人的需要和题材的不同。作者从议论起笔，备述"大兵"这个称呼的由来，然后在复沓咏叹中进行朱德同志若干事迹的叙说。作者的着力点，仍然不在画面和人物的精细雕琢，而在通过它们的叙写，倾吐自己的思想情怀。

这有它的好处，便于表现更广阔的生活图画和豪迈激越的情感，达到一种幅度较大的生活概括力。但随之而来的困难是：散文这种小型的文学样式，画面大了难以写得具体，人事多了容易出现粗泛。张惟小心谨慎地绕过雷区，他努力在阔大中求具体，丰富中求单纯，加上他有充沛的感情，就发扬了它的优越性而避免了不少短处，甚至出现了《梦秋白》《塞上明珠》《北山听涛》等宽阔与细致、写意和细描结合得较为完好的作品。不过，在《水仙花开放的时节》中，我们看出，行色匆匆的生活经历使他很少有时间静下心来揣摩细微的内心电波，工笔描绘也不是他的所长，因而他不易把豪放和轻婉统一起来。这个不足在他的文章中是比较常见的：形象与思想未能达到水乳交融的境界，个别精彩的抒发和议论因失去充分的铺垫而给人程度不同的游离之感。

自然，这个"比较常见的"不足不包括他早期的作品，他早期的作品是特写式的，缺乏的不是场面人物的描写，而是"散文的情绪"。张惟的散文从铺陈叙述，以记事写人为主的特写式格局，经过 20 世纪 60 年代前后的过渡，如今已在借人借物寄托情怀、感赋兴歌的抒情散文格局上稳定下来。它给我们带来了"散文的情绪"（像他的散文政论色彩较浓一样，他把"散文的情绪"看得很严肃），也给我们带来了他艺术结构上的特点：以思想感情为线索，勾连编织具体可感的画面（人物、事件和场景），以虚带实，写意为主，构成跌宕起伏的抒情波澜；宽宽地铺开去，又注意及时勒住缰绳，力求在单一的主题中有较大的生活容量。譬如《用血昭示的信念》，它是一支回顾历史、面向现实、振奋精神地投入战斗的壮歌。开头用寥寥几笔就勾画出一幅历史场面的速写：逶迤的山间古道、赤如灿霞的旗帜、不畏艰难险阻的朱毛红军。这个画面是写意抒情的，作者无意于细致地描绘它，他笔锋一转，另写了一个山区儿童团长参加"少共"检阅的细节。而后也不围绕这位儿童团长的个人经历一写到底，作者是为了借他的经历展开红军北上抗日后老根据地艰苦卓绝的斗争，牵引出别的可歌可泣的英雄来。这一系列蒙太奇般的画面，构成了一组前仆后继、红旗不倒的画卷，统一在这个思想主题上："……当年在中华苏维埃共和国几临濒灭之后，在丛林所保存的信念，这，就是最宝贵的源泉。"潇洒自如、不拘一格的运笔却不给人散乱之感，各个画面和细节在主旋律下有机地连缀起来了。《梦秋白》值得我们把它当做张惟的力作加以注意。它的对象是人，但作者又没有见过他，这比起《用血昭示的信念》可以借用儿童团长的经历串联事件来，难度是显见的。然而，由于作者以思想感情为经线，以生活剪影为纬线，将重点放在瞿秋白同志就义前后历史真相的澄清上，让烈士的事迹和身前身后的遭遇来冲击"我"的感情波浪，这篇散文就在起承转合中显出了感情的丰满、过渡的自然和形象的鲜明。这里，文章立足于"找"（找回瞿秋白同志的真实形象），而叙写时则把焦距对准于"梦"（烈士的形象萦绕"我"的梦，烈士身后的遭遇像场噩梦）。将梦的虚写与史迹的实录巧妙编织在一起，明里写"我"得而复失、失而永得的感情经历，实则处处为着带出瞿秋白烈士的壮烈业绩，为恢复他真实、伟大的形象服务。于是在摇曳多姿的铺垫和起伏曲折的感情波澜中，张惟完成了一幅以人物为中心的艺术构图。

也许有人会更喜欢《从汀江扯起风帆》，但对《梦秋白》，我们毫无顾忌地偏爱它。那个月夜，江水流过的汀州古城，松涛在北山轻唱，持枪站立的战士，怀思越过时间和空间……这里有一种幽深的艺术境界。感情也处理得比《从汀江扯起风帆》和《用血昭示的信念》要细致，它在结构上大幅度跨越的同时仍保住了各个画面的清晰可感。同时，它又是含蓄深沉的。我们知道，艺术品是性灵的花朵，它只能开在个性的土壤上，谁也没有权力用细腻的标尺丈量豪放，就像对苏东坡和柳永下判断需要不同尺子一样。但我们还是希望张惟能够写得细致些。他可以做到的，我们从《塞上明珠》和《大兵的脚印》看到，他并不缺乏细致的笔墨。

张惟是从共和国诞生时期开始创作的散文作家，细算起来，他的创作时间不会比我的年龄短多少，也许他最好是请他的前辈名家或同辈战友为《雁行集》作序。然而，他对序一类的东西太随便，也不在意这些年流行的"代沟"之说。我由于几年来断断续续读过他的好些作品，借此机会把一得之见敷衍成篇，序之不配。好在作品就在面前，它们是一个独立的存在，比我们聪明百倍的读者尽可以用自己的经验去获得自己欣赏的富有。

（1982 年 9 月）

（张惟著《雁行集》，福建人民出版社，1982）

谢冕和他的诗歌批评

——《中国现代诗人论》（代序）

谢冕老师要对他自己认为"均不满意"的以往所作进行一次自我反思和总结，还要我这个学生帮他思考得失，写一篇"要有分析，批评，并指出再往前走，应当如何"的"序言"。这就把他的学生推到了一个既无法胜任又惶恐之至的境地，也使他自己又一次显得"数典忘祖"。我们中国的传统向来是前辈给晚辈，老师给学生，名人给非名人作序的，谢冕老师却偏偏喜欢听青年人的意见，可见他终不能在各种指责中觉悟。难怪青年诗人江河的妻子蝌蚪（一个很有希望的小说作者）会充满敬意而又幽默地说他是个"二十岁的教授"，难怪他的批评会有那么多毁誉对立的意见！

这本著作的作者谢冕，是新时期一个相当活跃也相当有争议的诗歌批评家。也许我们的诗歌批评过于贫弱，也许谢冕的批评过于鲜明和尖锐，他的文章和著作在获得众多同情与赞成者的同时，也招引来一个又一个的怀疑和反对者。在一种特别紧张的气氛中，谢冕是不无困惑的。他曾说过："一个新的时代曾召唤我去思考诗的昨天、今天和明天，我这样做了。但它自己宣告了结束，我的思考于是也应该结束。"我自然没有能力也不打算为谢冕的诗歌批评以及围绕它的争论作出结论。我想说的是，没有一种有价值的理论与观点的提出不是从遭到同情与反对开始它的生命的；对于它，同情与反对的对立，是必然的，不可避免的；批评文章不激起人们的同情与反对，也许并非幸事。"我们没有跌倒过，因为我们没有攀上过有跌倒之虞的高度。我们把攀登勃朗峰的任务让给了别人。我们小心翼翼地防止折断脖子，但我们也摘不到只在山巅和悬崖旁边开放的阿尔卑斯山的花朵。"① 勃兰兑斯的话说得何等精辟和深刻。

这不是说谢冕的诗歌理论及其关于现、当代诗歌的见解是无懈可击的，虽然他的不少对立论者在批评谢冕时，的确有抓其一点而忽略了全面观察的倾向（在一个人的文章里指出某些缺点和错误，总是比全面理解和作出实事求是的价值判断要容易得多），但如果认为那些论者是一种非友谊的表示的话，那就把事情看得简单化了。就像任何涉足新的课题，提出独特见解的理论与批评一样，一方面，谢冕的诗歌批评的确不是完美无缺的；另一方面，习惯成自然的观点和看法有它传统的心理优势。正因为这样，谢冕关于"诗应当是什么样子的，诗本来是什么样子的"思考，在诗歌和理论界激起了异乎寻常的回响，也正因为这样，谢冕能够在争论中不断发展、深化自己的批评，并把它建筑得更加宏伟和具有历史感。不管如何，我们面前的谢冕，是专注于，也是较全面、系统地思考过年轻的中国新诗的批评家，研究中国新诗的同代人及其后来者是不可能不读他的著述的。当然，重要的还有，谢冕关于中国新诗的思考，他对于历史道路的检讨和反思，以及他的批评新风格，除了其学术价值外，还昭示我们在民族生活经历了重大历史挫折后，他与同代思考者从盲目走向自觉的思想感情变化，他们的进取精神和批判意识的觉醒。

一代知识分子的幸与不幸

有的历史学家把辛亥革命以来的中国知识分子分为六代人，认为"这几代知识分子缩影式地反映了中国革命的道路，他们的命运和道路，他们的经历和斗争，他们的要求和理想，他们的悲欢离合和探索追求，他们所付出的沉重代价、牺牲和苦痛，他们所迎来的胜利、欢乐和追求……如果谱写出来，将是一部十分壮丽的中国革命的悲歌。"并指出，"第五代（笔者按：20 世纪 40 年代后期和 50 年代的知识分子）的绝大多数满怀天真、热情和憧憬接受了革命，其中的优秀者在目睹亲历种种事件后，在深思熟虑一些根本问题。"② 如果按照这种观点，谢冕无疑属于第五代知识分子的

---

① 勃兰兑斯：《十九世纪文学主流》第二分册，《德国的浪漫派》，人民文学出版社，1981，第 8 页。

② 李泽厚：《中国近代思想史论》，人民出版社，1982，第 470~471 页。

行列。谢冕的少年时代是在民族的灾难和战乱中度过的，中学生时曾因诅咒黑暗的作文《秋日公园》得到语文老师的好评而被发表在当时的福建省城的报纸上，那是 1948 年，他才 16 岁。从此他开始发表诗和散文。第二年，福州解放，他参加中国人民解放军，他的诗还在第三野战军得过奖。

如果不是后来他跨进了北京大学的校门，如果不是徐迟、沙鸥等前辈诗人的关心，交给谢冕和他的几个同学写一部新诗简史的任务，谢冕也许会成为新中国诗坛一颗平凡的星星，或者干点别的什么。谢冕和他的同学是有幸的，他们的青春年华浸润在新生共和国的阳光下，在北大受到五四革命传统的陶冶，接受了比较系统的知识，并一开始就得到文学前辈的扶掖，因此他们中的许多人现在都成了有建树的作家、诗人、编辑、教授和研究员。对于谢冕和他那些写新诗简史的同学来说，他们当时幼嫩的肩膀也许还不足以胜任这样一项严肃的、开拓性的工程，但这无疑为他们以后的学术和批评活动打下了基础并影响了他们以后的道路。谢冕就是从此开始他的诗歌批评的。他说过："事情开了头，便收不住，我竟写起诗评来了。"（《湖岸诗评·后记》）

当然，"清醒是伴随年龄而来的"。就谢冕的早期诗评而言，与其说表现了一个诗歌批评家的洞察力和历史眼光，毋宁说是显示了他敏感的鉴赏力。他所放弃的诗歌创作，以一种内在的力量化作了他对诗歌作品心领神会的感悟，并影响了他生动、流畅的行文风格。他是热情的、敏感的。刊物也看重这种初露的批评才能，常交给他一些写作任务，因此他写了不少赞美诗坛新人新作的文章。不过这些文章的主要价值是在作品和读者之间所起的桥梁作用，还未能显示出很高的学术价值和理论意义，因而在今天看来让人觉得虽然热情却不免肤浅。这种情况当然不唯年轻的谢冕所独有，也许它是当时不少年轻的以及不那么年轻的批评者的通病，——他们往往缺乏成为一个真正批评家的独立思考精神。

年轻时代的谢冕及其同代人在幸运中也有他们的不幸。这种不幸开始是在悄悄的，不知不觉中生长的。中国人民经历了长期的黑暗之后，其优秀代表终于找到了一条整肃腐败政治，改善人民生活和通往理想的道路，并且取得了伟大的成功，由此宣告了旧社会的灭亡和新生活的开始。这种天翻地覆的变化具有深刻的历史必然性。但对长期处于封建宗法制度和后来的半封建半殖民地社会的中国人民及其大多数知识分子来说，在几十年内从封建主义走向社会主义，仍然有着迅雷般的震撼力。面对着一个崭新的人民共和国，面对着全新的生活和全新的道路，他们庆幸从漫长的暗夜突然来到了一个昌明盛世。在许多知识分子中间，传统的忧患意识退隐了，激情和欢乐从心灵深处洋溢出来，表现在文学中，如鲁迅预言的："进步的文学家想到社会改变，社会向前走，对于旧社会的破坏和新社会的建设，都觉得有意义，一方面对于旧制度的崩坏很高兴，一方面对于新的建设来讴歌。"① 政治与文学，作家与人民，理想与现实的关系都因新时代的光临而得到了从未有过的和谐统一。这当然是生活的进步，也是文学和批评的进步。

我们应该充分肯定这种进步，看到它顺理成章的历史合理性，以及深刻的时代、心理和感情上的原因。当然，事物总是复杂的，这种情况也造成了文学和批评对于政治和方针政策的极大依赖性，使一些人自觉或不自觉地放弃了思想上和艺术上的独立思考与创造性，这就使得他们作品的价值和生命力，与我们的指导方针、政策的正确与否有着直接联系。历史的复杂性在于，我们的新社会是在半封建半殖民地的废墟上建立起来的，一方面，社会主义运动和国家的历史不长，它的发展规律"更多的还有待于探索"，马克思主义的著作也不可能给我国社会主义事业中的各种问题提供"现成答案"②；另一方面，由于中国近代是一个动荡的大变革时代，民族斗争和阶级斗争尖锐激烈，从民族革命迅速转向了社会革命，启蒙工作对于一个以极为广大的农民小生产者为基础的社会来说，进行得很差。"③ 这样，当潜伏的悲剧因素逐渐发展，最后酿成"文化大革命"这一历史灾难的时候，中国人民和他们的知识分子，就不能不在惊心动魄的警醒中重新检讨思考自己的追求和失落。

正因为灾难是潜伏的，悲剧发生在不知不觉中，从最高决策者到普通百姓都未曾在开始就有所预料。因此，中国知识分子普遍都经历了一个从"想不到"到"想得到"的痛苦觉醒过程。从"想不到"到"想得到"，其间我们的人民和知识分子都付出了血和泪的代价，甚至使他们的生活充

---

① 鲁迅：《革命时代的文学》，《鲁迅全集》第 3 卷，人民文学出版社，1981，第 420 页。

② 《中国共产党中央委员会关于建国以来党的若干历史问题的决议》（中国共产党十一届六中全会 1981 年 6 月通过）。

③ 李泽厚：《中国近代思想史论》，第 479 页。

满了苦涩和讽喻。不过这是大有补偿的苦涩和讽喻。而最大的补偿就是，他们获得了独立思考精神和成熟的理性，"在深思熟虑一些根本问题"。就整体而言，他们先是把现实中发生的一切放上了实践的天平，继而又往历史的深处追寻更深远的原因。在这种现实和历史的沉重反思中，他们对当初满怀天真和热情所接受的革命，已经有了更深刻的理解，并化作了一种内心的（不仅是感情上的，而且是理智上的）要求和自觉奋斗的目标。清醒的理智取代了早年的单纯和盲从，进取、批判意识代替了过去的满足和赞颂。这就从近处接续了鲁迅为代表的前辈知识分子对于民族出路和民族文化的思考，意味着自我发现和社会发现的忧患意识也重新回到他们身上。

仿佛是一次回归，其实是一次螺旋式的上升。它的深刻意义在于：通过那种艰难和痛苦的觉醒过程的磨练，中国知识分子来到了一个新的出发点。这种出发点不仅以重新获得了思考和批判进取精神为标志，而且以对自身性格弱点的自我意识和自我扬弃为标志。在我们传统的文化心理结构中，积淀着与我们民族深刻的悟性伴随在一起的忧患意识，这种忧患意识曾导引我们民族以高瞻远瞩的目光寻找追求坚实的道路，不断从苦难和困境中解脱出来，以实现新的飞跃。但这种意识也促使一些文士形成了出世与入世对立的人生观。出世思想对中国历代知识分子也有着不可忽视的消极影响。中国近、现代知识分子的历史进步是，随着封建宗法社会的解体和小生产经济结构的改变，他们感到了科学民主的迫切需要，在世界新的思想潮流的冲击下，举起了反帝反封建的大旗，并且迅速把个性解放和人格独立的要求溶进了党所领导的社会解放的斗争。时代造就了鲁迅这样的杰出战士，他从五四时期同一战阵中的伙伴"有的高升，有的退隐，有的前进"[1]的切身经验中，看到了传统旧势力的强大，认识到社会革命与思想革命的密切关系，社会启蒙与知识分子自身启蒙的双重必要性。作为现代中国的"民族魂"，鲁迅的思想方法与批判态度，他的雄伟人格与对传统的清醒认识，对放松过对两千年封建社会留下的阴影的警惕的后代知识分子，应该是有更亲切也更深刻的启迪的。因此，当林彪、四人帮把我们民族推向绝境的时候，出现张志新这样为真

---

[1] 鲁迅：《自施集·自序》，《鲁迅全集》第4卷，第456页。

理献身的强者，出现与五四运动呼应的四五天安门诗歌活动，出现近年来我国哲学界、史学界、文学艺术界的种种严肃而又大胆的学术讨论，包括出现《绿化树》这样在"苦难历程"中扬弃自己、提高自己和超越自己的作品，都不是偶然的现象。它们说明中国几代知识分子思想上和性格上的进步与觉醒，尽管这种进步与觉醒在现实中明显有着高与低、深与浅的不同层次，但的确有一批人在各自的领域里自觉思考着我们的成功和挫折，经验与教训，加深了忧患意识而扬弃了与世无争的人生哲学，谢冕也是其中的一个。

不言而喻，伴随着思考，伴随着年龄而来的清醒，使谢冕超越了像年轻时那样只为赞助新进或由别人出题写诗评的阶段。面对着劫后的诗坛，他感到"诗歌已被那四五个声名狼藉的政治流氓糟踏得不像样子了。诗应当是什么样子的？诗本来是什么样子的？我要把自己的想法告诉那些认识的或不认识的朋友们。"（《北京书简·后记》）于是，为了回答师友们的关心，在编完"以编辑出题，遵命而作的居多"的《湖岸诗评》（云南人民出版社，1980），对旧作进行了一次总结和告别后，他开始真正表达"自己的想法"，相继出版了以书简的亲切形式阐述诗歌知识的《北京书简》（人民文学出版社，1981），诗歌论文集《共和国的星光》（春风文艺出版社，1983），并写了大量尚未结集的论文。谢冕的这些著述，开始时获得了人们毫无保留的欢迎，后来在有所保留中被宽容，1980年以来的作品则引起了相当大的争论，甚至连一些扶掖过他的前辈也感到"古怪"了。谢冕因"自己的想法"失去了平静也扰乱了别人的平静。他的文章激励了许多人的思考，也激动了一些人站出来指责他"背离传统"，"背离了社会主义的文艺方向和道路"。

谢冕的变化是否正常呢？他的论点对我们新诗的发展是有害还是有益？对他的批评是否公正和有说服力？诚然，我在这篇文章的开头就说过谢冕的著述不是完美无缺的，在一些文章中的确有不严密和片面之处，这些不足甚至反映了作者思想上、哲学上和美学上的不完善和不深刻，从中可以看到他与他的同代知识分子所接受的理论体系、思想资料，以及在此基础上形成的知识结构和思考方式等方面的某些局限性（这些后面将会谈到）。然而，假如我们把碧玉的瑕疵无限夸大到否认其为碧玉的程度，我们的眼力就不免要受到嘲讽。我认为，离开了如上的历史考察和基本估计，离开了对谢冕诗评的全面观察，是难以认识谢冕的觉醒和忧患，追求与失落，并对其成就与局限作出实事求是的客观评价的。

落脚点是对传统的思考

考察谢冕的诗歌批评，离不开他与他同代知识分子所处的特定时代条件，但是每一个作家批评家与时代发生联系的形式，及其对时代精神作出反应的特点，又是千差万别的。我们还是具体观察一下谢冕的著述吧。谢冕的著述主要不是一个学者的著述，而是一个批评家的著述，尽管他长期在大学执教，掌握着比较全面的材料，但是这些材料出现在他文章中的时候，早已被他的思想（还有热情）洗掉了卡片箱里的霉味而变得富有生气和血肉了。他用思想透视他的材料，他是一个有思想的批评家。

谢冕着眼的是新诗，促进新诗的进步和繁荣是他批评的出发点，而落脚点是对新诗传统的思考。与这个总特点相联系，他的著述有如下三方面的情况和演变：第一，他是从具体诗人诗作的评论开始他的批评道路的，并且始终未曾放弃这项工作。但显然，随着对具体作品和诗人愈来愈多的接触和研究，他愈来愈对一些根本性问题和历史的、规律性的东西感兴趣。从 1979 年开始，先是写了《和新中国一起歌唱》，后来写了引起广泛争议的《在新的崛起面前》《失去平静以后》《新诗的进步》，直至《历史的沉思》和《论中国新诗传统》等，命题已十分庄重，规模也更为宏大。第二，由此可以看到，他是由局部的思考转向普遍规律的探寻，从现状的批评进入历史范畴的批评的。第三，普遍性问题的严肃思考与对具体诗人的同情和原宥结合在一起。在对具体诗人（尤其是青年诗人）的论述中，谢冕总是以热情和鼓励的态度，昭彰他们的艺术成就，对他们诗中时代造成的不足则表现出了最充分的理解与宽容，但对新发展中的流弊和历史教训，他决不文过饰非，轻描淡写，而是保持着鲜明的批判立场，并时常流露出恨铁不成钢的激动情绪。

不难看出，在体现新时期总的批判进取精神时，谢冕的思考和探寻是从自己的批评个性出发的。他说过："我不是诗人，我设法加入诗人们噙着泪花的狂欢式的合唱。但我爱诗，也爱写诗的人们（尤其是那些受屈辱，受压迫的年轻的诗作者们），我要为他们贡献自己微薄的心力。"（《北京书简·后记》）因此，当他开始走上诗歌评论道路的时候，"但凡事关繁荣诗创作，赞助诗坛新进的，不论题目大小，多半总不推辞。"（《湖岸诗评·后记》）但是，随着感性材料和思考的不断深入，随着客观条件（粉碎四人帮的伟大历史转折和党的三中全会以来实事求是的科学民主精神的提倡）和主观条件（思想的、理论的和美学的）逐渐成熟，他显然为当代诗歌许多摆在眼前的问题所困扰。谢冕面临着这样一个令人兴奋的诗歌复兴：当几代人在 1979 年的中国诗坛大放光芒的时候，他们的思想风貌，艺术趣味和审美理想，以及他们的表现手法，都与十几年前、二十几年前有所不同。这一切都呼唤着读者和批评界的理解和承认。谢冕是敏锐的，他首先向人们指出，这是"重获春天的诗歌"，讲了它与过去的承续关系；接着又进一步说明，它是"新诗的进步"，阐述了其历史发展。后来他又为新诗的这种复苏和进步提出了一个严肃的命题："在新的崛起面前"。

《在新的崛起面前》最早发表在 1980 年 5 月 7 日的《光明日报》，它所激起的波澜至今还没有在人们的视野中消失。自这篇文章发表以来，正确与不正确的阐发和引申，公正与不公正的批评和指责，纷纷不绝。平心而论，这篇文章刚提出问题就作出结论，把新老诗人探索内容与形式的突破时写出的一些"古怪"诗篇，归结为"不拘一格，大胆吸收西方现代诗歌的表现方式"的结果，确实失之于浮泛。这些论断把这些作品的审美价值大大地简单化了。但是，谢冕的着眼点并不是谈论这些诗的艺术来源。他只是指出这种所谓"背离传统"的迹象其实是对新诗传统（形式服从内容，不断开拓和不断创造）的继承，同时认为"传统不是散发着霉气的古董，传统在活泼泼地发展着"，这是很富于真知灼见的。因此，如果把这篇文章理解为"反对传统"，"提倡西方现代主义"，那就完全违背了作者的原意。联系作者的其他文章，他所指的"新的崛起"，是新时期诗歌"不拘一格"的内容和形式对于"令人窒息的平静"的否定，是新诗的希望、活力和生命的崛起。

面对新诗这种期待已久的复兴，谢冕的思绪的确是不平静的。以前所有对于诗人诗作的观察、感受、记忆，那些朦胧感觉到的新诗的发展与挫折，成就与问题，已经在他如同折磨般的思考中变得清晰和具体。作为一个与共和国一起成长，也与共和国一同经历了坎坷曲折的批评家，自然格外珍重同时代诗人对于中国新诗的历史贡献。为了庆祝新中国成立 30 周年，他写了《和新中国一起歌唱》的长篇论文。作者由衷地感到骄傲，"我们的新诗，歌唱了人民共和国的伟大诞生及其成长，诗已被光辉地记载入共和国的编年史"。"我们依然有着我们时代的骄傲，我们骄傲于我们毕竟有着前人无可代替的、我们自己的星座。"当然，这种骄傲也是苦乐参半的，因为与此同时谢冕已经看到，我们一度辉煌灿烂的诗歌星空，那些闪烁着奇异光芒的星星后来一颗又一颗无端被湮没，至十年动乱已经一片空茫寂寥。问题还在于，不仅这些星星的凋落是无端的和令人遗憾的，而且一些未凋落的星星的光焰和才华也令人遗憾地未能全部发挥出来。因此，在谢冕近年写的诗人论中，作者不能不把他们应该得到的同情和公正还给他们。

当然，正如谢冕追究的并不是个人的责任一样，他也并不简单地把责任推给历史。他思考的主要不是责任问题。一个批评家不是法官，宣判不是他的责任。他的责任是思考和回答所发生的一切。谢冕的贡献在于，面对当代诗歌的历史曲折，以一个批评家的勇气和独立思考精神，作出了历史的回答。他不像一些批评者那样，把中国诗歌之舟的一度覆没，单方面归结为十年动乱以及更长远的社会问题，他同时探索了新诗发展过程自身的问题和失误，从而把社会问题的考察与新诗发展过程中自身问题的探讨真正地结合起来了。作为一种反复思考的果实，谢冕认为：当新诗跨入新中国门槛的时候，带着在战争年代形成的为现实生活服务（在很长时间叫做为政治服务）的传统，由于种种复杂的原因（政治的、思想的、心理和感情上的等等），当代诗歌在歌颂、服务、配合现实中顺理成章地形成了"颂歌"的时代。由于这种诗歌时代本身的特点，也由于其他更为复杂的原因（政治思想、文艺方针、各种各样的"运动"等），诗的抒情主人公形象由出现了革命性的进步走向了后来背离诗歌特点的"变异"。这时丰富多样化的形势逐渐失去；接着，在越来越高的"革命化"和"政治化"，以及在民歌或古典诗歌基础上发展的要求中，新诗便走向不正常的"统一"。最后，"文化大革命"兴起，新诗的扁舟便在沙漠中消失。

谢冕对于这一曲折行程留下的经验教训的总结，要而言之是：首先，诗决不因为服务于人民的现实生活和政治性的加强而降低了自己，反之，这是诗歌一个伟大的和历史性的进步。我们的问题不是这方面的加强，而是存在着把服务现实生活单方面解释为服务于政治的理论倾向（这在人民革命战争年代是完全可以理解的，但在正常的生产、建设年代却有其片面性）。这就不仅使诗的艺术生命与政治路线（在生活中具体体现为方针、政策和"运动"等）的正确与否发生了直接关系，而且导致了它的某些功能的丧失，毫无疑问将给诗的感情的真实性和题材、风格的多样性带来影响。其次，与上述存在相联系，在革命意识的勃兴和阶级解放的行程中，代表个性解放的抒情形象，以迅疾的速度溶进了争取社会解放的大众形象中。这一历史性的变革，带来了新诗的巨大转机，更新了诗的生命。但是，由于我们一度把诗的功用看得过于简单，加上对"时代歌手"的片面要求和对诗歌表现规律的忽略，就造成了诗歌自我形象的真实性与丰富性的削弱以至丧失。作者指出，"诗人应当不回避自我，他应当通过真实的属于'自己'的抒情以表达普遍的属于'我们'的抒情。也就是说，觉醒的'民众'应当通过觉醒的'自我'来表达，后者应当生存于前者之中"。再次，是形式问题。这个问题比起上述两个问题来虽不那么重要，但也不可忽视。作者认为中国新诗革命的开端，是从表达现代人的思想感情出发而在形式方面下手的。革命的对象是旧诗，武器是白话，而诗体的主要借鉴模式是外国诗。前辈诗人对本民族古典诗歌缺乏分析，采取一概打倒的办法是片面的，后来致力于在民歌和古典诗歌中吸收营养，以滋养新诗的繁荣，有利于克服五四当年的片面性。但问题是，我们的理论由此认为古典诗歌和民歌是"新诗发展基础"，排斥外国诗歌对中国新诗发展过程的传统影响，这是片面的，不科学的。这一"基础说"并没有要求新文学的其他众多文学样式，只有诗歌是一个例外。谢冕认为，新诗发展的道路不能只有这么一条，一个基础，一条道路，它造成了新诗的单调与贫乏。因为它排除了从多种多样的渠道取得营养的来源，从而获得多种多样的借鉴，它排除了多种艺术风格、艺术流派的形成与发展，也排除了多种创作方法的运用。

对于我国的当代诗歌，这样严肃负责、具有历史风格和真正独立思考精神的批评并不很多。不唯创作上对于政治、方针政策的长期依赖性导致了"颂歌"文学的局限，我们的批评也曾因此失去了其刚正不阿的科学风度，以至于今天不得不对过去所作出的许多评价来一次"再评价"。不具备批判意识和独立思考精神的批评不是真正的批评。批评是人类心灵的指路牌。批评沿路种植了树篱，点燃了火把。批评披荆斩棘，开辟新路。因为，正是批评撼动了山岳——撼动了信仰权威的山岳，偏见的山岳，毫无思想的权力的山岳，死气沉沉的、传统的山岳。"① 谢冕关于当代新诗发展道路的回顾和总结，如果我们不怀偏见和不回避问题，不纠缠作者细枝末节上的疏漏的话，我们会承认：他以觉醒了的批判意识和求实态度，对我们的当代新诗作了一次有批评良知的全面思考，为我们画了一幅有思想透视力和历史感的图画。同时，作为我们时代进取、批判精神的回响，给我们在"颂歌"轨道上滑翔惯了的批评带来了一个认真的挑战。

我之所以对谢冕的诗歌批评作出这样一种估价，当然不仅基于他的思考和批判精神，而且基于他对材料的把握和研究。单有怀疑和批判精神的批评家只是半个批评家，在他对所批评的对象和历史文献未有充分把握之前，是不可能有说服力与历史感的。谢冕对于当代诗歌的批评之所以是比较全面和有一定历史感的，既在于他作为一个同时代的批评家，对自己时代的诗人诗作比较熟悉和了解，自觉地和有意识地作过大量的观察和研究；也在于他对现代诗歌及其文献有相当的了解和研究。当代文学批评的一个缺陷，是众多批评者对现代文学的历史发展缺乏深入研究或没有独到见解，不能从整个新文学的宏观背景来观察自己时代的文学现象。谢冕有学生时代写新诗简史的基础，后来又对郭沫若、闻一多、戴望舒、艾青等各个时期的典型代表进行过微观研究，在长期积累中形成了对现代诗歌的独到见解。正因为有对这样大量的具体诗人诗作、创作流派的研究作基础，他才能把思考的落脚点移到传统方面来。谢冕提出新时期的诗歌有一个"新的崛起"，是基于他对整个当代诗歌的"历史的沉思"的，也是基于他以《论中国新诗传统》为主的许多关于现代诗歌的论文的。他认为，中国新诗的传统主要由三方面构成："一，它写着两个大字：创造"，"二，多样而丰富的艺术探求"，"三，始终活跃着战斗的生命"。据此，他真诚地期望我国新诗"沿着本世纪初叶那一番'河流改道'的新流不断开拓，使之有更宽阔的河床，更洪大的流量"。谢冕的全部诗歌批评，都可以在这里找到解释。

---

① 勃兰兑斯：《法国的浪漫派》，《十九世纪文学主流》第五分册，李宗杰译，人民文学出版社，1981，第 383 页。

真实、开放的文艺观

批评家在解释他的对象的时候，其实也是不自觉地解释着自己。这不是说批评家不使用理论的武器，而是说他使用何种武器和怎样使用这种武器，都是带着一定的时代、人生和文艺背景的。与理论家那样进行形而上的抽象思辨有所不同，批评家的作品是自己生命大书上撕下的书页，是自己文艺观和人生观的生动注释。

谢冕对于新诗的思考，他所凭依的武器，或者说，作为评价现当代诗歌作品和诗歌文献的标准尺度是什么呢？它竟是我们习以为常的一个"真"字，综观谢冕的著述，他抨击得最尖锐的就是那些没有真情实感、没有思想的"空中音乐"。他不止一次地指出，"新诗的病，首先是它的失'真'"。他呼唤得最强烈的是"真"的归来。这个"真"，在他的意念中就是"人民的真情实感"。他说："新诗不能代人民立言，人民在诗中听不到自己想说而不能说，或是不敢说的话，人民还要诗干什么？"他的《北京书简》是从"诗属于人民"这个命题出发的，他的《历史的沉思》大而言之也是对诗是如何失去真情实感，最后脱离人民的发展过程的一个认真的检讨。而他对新时期诗歌的基本估价也是真情实感的觉醒和回归，他曾引用"我要用真话武装我的诗句"概括近年来诗人们的创作态度，认为"真"是新时期诗歌蓬勃生命的根本所在。

真实，是文学的生命，对于诗歌来说，真实的歌必然是出自心底而不是言不由衷的。同时，生活是丰富复杂的，现代生活的一个特点就是人们的心灵和感情世界变得更加丰富缜密。这样，出自心底的歌又必然是丰富多样，而且必须通过丰富多样的艺术风格和创作方法来表现。这是谢冕对于真实的诗应当是什么样子的基本认识。他几乎是带着为诗请命的态度呼唤着真实多样的诗歌（包括小说、戏剧等），并为已经争取来的这种局面而反复要求保护与宽容的。他认为多元的、丰富的艺术风格和创作方法，是新文学优良传统的组成部分，多种多样的诗歌、小说的出现，是文学走向成熟的一个标志。

谢冕的这种文艺观，在客观上，是我们民族在党的十一届三中全会以来的求实精神以及改革、开放的现代意识在文艺和学术领域中的反映。

在主观上，则是作者不断摆脱"左"的文学观念在头脑中留下的阴影，对文学的特点和传统深入思考的结果。一场思想解放运动释放了人们涌泉般活泼的思想，思想的旋风吹落了那些失血苍白的花朵，旧的地基开始得以清理并生长起了多姿多样的鲜花。然而，在几十年的艺术"消费"过程中所形成的"素质"和观念①，却不大注意当历史把文学从"神"那里夺回来交还给"人"之后，内容和形式必将出现的深刻变革。拨乱反正后的批评界，已经不再有人怀疑真实在文学中的根本地位了，但是很少人注意到，离开了思想感情、艺术风格、创作方法的丰富多样，所谓"真实"必然是片面的和有局限的。失去丰富多样而走问"统一"，其实也是失"真"的开始。把丰富多样作为"真实"的文学的一部分，的确是谢冕道常人不常道之处。它体现了作者艺术上的民主思想，以及在现代生活潮流冲击下开放、改革的文艺观。他的《通往成熟的道路》受到许多批评，但我却在"温元凯答《文艺报》记者问"中看到这样的话："经济走向多样化，教育多样化，社会生活也必然是多样化。于是，多样化必然是未来文学的特征之一。不再存在'严格划一'，不再强调某一种艺术规范。……人们更加强调'我喜欢'和'我不喜欢'，即'共鸣性'，欣赏口味更加多样化了。"② 温元凯是就文艺改革问题，从生活发展必然引起人们审美心理变化的角度来谈多样化的，与谢冕从文学传统、文学现状的角度谈多样化不一样，也无意支持谢冕的看法，但观点却惊人的相似。这真令人深思。

从真实出发，提倡多元和丰富的文艺观，是一种开放的、民主的文艺观。这种艺术观既是竖立在批评者和文学现象之间的三棱镜，又是其折光的聚焦点。谢冕显然不是一下子获得它的。在刚动笔写《北京书简》的时候，作者曾毫不掩饰地说，"我有一种矛盾的心理：诗应当是美的，我们需要华美的诗；但是，我们又对那些繁采寡情的诗，特别是那些缺少时代气质的、不能发出粗犷的呐喊的诗产生恶感。"他把"美的""华美的诗"，看成与"时代气质"很难统一的东西，认为具有"时代气质"的诗必然是能"发出粗犷的呐喊的诗"。这说明作者当时的诗歌观念还没有能

---

① 马克思在《政治经济学批判·导言》中认为，艺术欣赏即"消费"，消费也能"生产出生产者的素质"。

② 《与渴望改革的人民共鸣》，载《文艺报》1984 年 8 月号。

够摆脱过去某种理论的制约，把诗与时代的关系看得过于简单，把诗的审美功用理解得过于狭隘。这种心理矛盾在当时具有某种代表性，反映着谢冕及其同代觉醒者的真实心态。他们为新的艺术局面欣慰，但又习惯于使用过去的尺度，不能完全甩开业已形成的一整套观念。《北京书简》有不少真知灼见，特别是谈论诗的写作特点时颇为精当深入，但在涉及诗歌所面临的一些重要问题时却理论深度不足，整个建构也无大的创造性，原因就在这里。不过这些心理上和理论上的矛盾也意味着"重新起步"的开始。在改革开放的时代生活潮流中，谢冕执着于自己的思考和探寻，执着于新的思想艺术资料的吸收消化和旧的观念的扬弃，终于不再以"第一、第二"的标准，而是以更符合艺术特点和艺术规律的尺度衡量着文学的今天与昨天，并以鲜明的批判意识对阻碍新诗健康发展的弊端展开了认真严肃的批评。在谢冕近年的著述中，我们不仅看到了作者文艺观的发展，而且还看到了他坚持真理，修正错误的赤子之心和科学态度。

　　谢冕愈来愈执着于自己独立的思考和见解。他的不断增强和深刻的批判意识，以及对于旧传统观念、形式的决绝态度，使我想起生长在他故乡土地上的明末思想家李贽。李贽是反对文学上拟古主义的战士，他的思想对晚明文学有很大的影响。更重要的是，在李贽身上，体现了中国名士人生观的分化。虽然在明末之后，为数众多的名士仍然以出世态度对抗社会和人生的纷扰，一直做他们的隐士到明朝的灭亡，甚至到清朝的灭亡。但是从李贽开始，也有一部分名士（从龚自珍到早期的章太炎，到早期的鲁迅等），取消了入世与出世的对立，甚至泯灭了生与死的界限，致力于真理的追求和人生道路的探寻。他们那种带着深刻批判意识和积极浪漫思想的人生风貌，连同他们所经历的悲壮挫折和灾难，都作为优秀文化遗产的一部分，影响着后代知识分子的心理和性格。当然，我这里说的是中国知识分子在历史长河中发生的人生观的分化，指出他们在新的经济、思想因素作用下的历史进步；而不是把受过马克思主义光辉思想洗礼，在革命斗争中成长起来的现代知识分子与他们的前辈等量齐观。时代在前进，"中国广大的并且愈来愈增多的知识分子，看来更难被哄骗威吓，他们将不会再愚蠢而徒劳地践踏自己的价值和尊严，他们将读着马克思和鲁迅的书，理解历史所赋予的重任，不怕风吹雨打，为十亿人民的社会主义现代化而矫健地走在前列。"①

我们应该高度肯定谢冕从真实出发，提倡多元和丰富多彩的文艺观，看到它所揭示的艺术规律，它的拨乱反正的作用，以及它在我们民族走向现代化和民主化历史趋势中对于繁荣社会主义文艺的积极意义。当然，我们也看到，在具体运用这种文学观进行批评的时候，谢冕也有过失误。这种失误主要表现在他对革命现实主义诗歌与其他创作流派的价值估量上。例如对于新月派和象征派某些诗人的评价，谢冕的确有偏爱他们的艺术成就，忽略了他们思想感情与时代主流的某种偏离的倾向。的确，这些诗人的思想感情就局部范围来看，也有相当大的合理性，有"真"的一面，此外他们很讲究形式和技巧，艺术上的探求与贡献往往不亚于革命诗人。但是，这些诗人的作品是否与革命诗人的作品具有同样的价值呢？他们在新诗史上的地位该如何看待呢？面对这些问题，光有真的尺度和美的尺度是显然不够的，而谢冕，无疑在这方面显得过于执拗于观念，过于天真和书生气了。诚然，谢冕在谈论他们时，有自己特定的选题角度（大多是从风格、创作方法多样化的角度），有自己特定的时代背景（即面对着当代越来越走向"统一"的诗歌，不能不想起新诗最初十年出现的多风格多流派的繁荣景象）。但不管如何，根据现代中国民族斗等与阶级斗争尖锐激烈，政治问题异常突出的特点，我们不仅要使用另一把善的尺度，甚至首先要使用这把尺度，这样才会对不同流派诗人的贡献作出更符合历史条件的估量，同时站在新的历史高度对新时期诗歌的进步作出更为深刻的论证。这样看来，虽然谢冕的文艺观、美学观在正面阐述时并无偏颇，他始终没有忘记为社会的前进和"为人民立言"，但在贯彻到某些具体现象的批评时，仍然不那么全面和彻底。又如对新时期诗歌（尤其是青年诗人的诗歌），尽管谢冕的评价是热情的，同时凭着他从历史的反顾中获得的启示和锐敏的直觉，在很多方面接近了它的本质，比起那些在不正常的政治运动中形成了一套文风的批评者，有着更多深入具体的分析，但是谢冕的论述仍然不是人们所希望的那样深刻和有说服力的。因为种种复杂的原因，他多在形式和艺术手法方面提出问题，而未能在作用于诗歌形式和手法变革的心

---

① 李泽厚：《刘再复〈鲁迅美学思想论稿〉序》。《鲁迅美学思想论稿》，中国社会科学出版社，1981。

理动力方面作更深入的探讨。

随着我们民族生活的历史进程，文艺领域内拨乱反正清理地基的工作和搭脚手架建设大厦的工作，一古脑儿全压上了像谢冕这样的一批有着赤子之心和独特见解的文艺家们的双肩，他们见危受命，知难而进，没有推卸时代赋予的历史重任。但也应该看到，我们每前进一步的确存在着如同谢冕所形容的"像拔河绳子两端那样逆方向的较量"，阻碍人们以更快的速度到达未来的理想境界。这里主客观原因都有。如果撇开客观原因光从主观方面看，我认为谢冕在一次作家、评论家座谈会上的发言并非出于自谦（可惜像他那样能正视自己问题的人还不很多）。他说："作为一个文学评论工作者，我感到一种力不从心的困窘，我所熟悉的那一套评论模式，有的已不够用，有的是不适用了。"① 就谢冕而言，他比一些当代文学批评者更早、也更自觉地意识到现、当代文学的联系，注意从当代诗歌看现代诗歌，又从现代诗歌来观照当代诗歌的进步与挫折，因而他的诗评取得了新的深度和新的突破，获得了某种历史感。他也比一些同时代的批评者更早地意识到了自己过去接受的理论体系和思考方法的某些局限性，十分注意新的思想艺术资料的消化吸收，以更新自己的知识结构和研究方法。然而，这毕竟要有一个过程。就总的方面而言，谢冕的批评感觉敏锐而理性不足。根源之一是，原来的理论系统和批评方法"已不够用"之后，他还未获得完整的新的理论架构和方法论。根源之二是，新的理论架构和方法论的建立，需要从边缘科学（主要是哲学和历史）获得有力的支持，但谢冕在此方面显然有所欠缺。也许这又是我国文学批评界一个共同的弱点：多数批评者只关心文艺理论和文艺作品，而不善于在哲学和历史的新成果中吸取营养（我国哲学和历史方面的研究近年来有相当的进展，很多方面比文学批评要深刻）。文艺批评是介于艺术和科学之间的，既然它带有科学的性质，就需要"来自哲学高度的监督"。康德说，学者如果"缺乏哲学的眼光"，他就会变成一个独眼龙，人如果受一门狭隘知识的局限，就会产生一种致命的缺陷。② 中国伟大批评家的出现，是有赖于从哲学、历

---

① 《创作多样化　评论怎么办——记作家、评论家的一次专题对话》，载《文学评论》1984年第 5 期。
② 转引自〔苏〕阿尔森·古留加著的《康德传》，贾泽林等译，商务印书馆，1981，第 70页。

史和其他学科中获得营养与启迪的。

一个有风格的批评家

谢冕的诗歌批评当然还不够那样深刻，但他不愧为一个有自己风格的批评家。在诗的殿堂里有风格的诗人不少，但真正称得上有"风格"的诗歌批评者简直是寥若晨星。单凭这一点就值得我们重视，因为诗歌批评实在是一件令人望而生畏的工作。"诗无达诂"，你要批评得叫多数人信服，实在不是易事。

这得真正懂诗，甚至更进一步，得打进诗人的灵魂，不仅理解诗作所描绘的事物和背景（这往往是不困难的），更要能感受诗作背后诗人灵魂的律动（这可真是难于上青天）。因此，高举现成的理论原则是无法真正进行诗的审美判断的，要进行诗的审美判断还须具备使用理论原则时的直觉①。在此方面，谢冕的先天和后天的条件显然比较优越。他是一个有诗人气质的批评家，同时有早年的写诗实践作他批评的底子。因此他能够把一般的文艺批评原则和诗的特性结合起来，体现诗歌批评的特点。他不像有些批评者那样把波诡云谲的诗魂简单列入文学理论或政治原则的表格，甚至堕落为方针政策的注释，而是真正去把握诗的脉冲和诗的机心，同时在诗作中看到诗人，在诗人身上发见气质和性格。他把"知诗"作为诗评的基础，努力体会创作的苦心：不论长诗短诗，照例"诵之再三，越熟越好"，并认准一条死理："不熟悉作品，绝不作诗评。"（《北京书简·诗批评》）正是这种独具才能和严肃精神的结合，使谢冕对于诗人诗作特点的判断，大多准确精当。这在《和新中国一起歌唱》（建国三十年诗歌创作的回顾之一）与《现代诗歌概述》中可见一斑。

最能体现上述特点的是谢冕的诗人论。它们是作者著述中写得最为得心应手，同时也是他本人不无偏爱的部分。在这些诗人论中，谢冕为我们提供了一幅幅可以信得过的诗人和风格的肖像。第一，评人和论诗熔为一炉，真正把诗作为诗人"精神个体性的形式"②，体现一个作家的风格是

---

① 康德把这种直觉的能力叫做判断力。参阅他在《纯粹理性批判》中对判断力的有关论述。
② 马克思语，见《马克思恩格斯论文学与艺术》（陆梅林辑注），人民文学出版社，1982，第196页。

"他的内心生活的准确标志"①。第二，能把思想感情分析和艺术审美分析统一在行文中，没有把内容与表现分开论述的缺点，更没有以思想、道德分析为主，再加一点隔靴搔痒的艺术评语作点缀的弊端。第三，从不把诗人的思想和艺术风格当作静止不变的东西，而是注意其变化和运动，捕捉相对稳定的因素，看它如何在主客观条件的相互作用和摩擦中得到合乎逻辑的发展。

这里以谢冕对公刘的论述为例。作者首先从公刘的个性入手，通过他早年的一首诗，指出其战士的特点：要坚守在"真理的据点"，把"和恶魔斗争"作为自己的使命。然后，结合公刘在反右运动中沦为"骆驼"的独特道路，观察诗人风格的变化：公刘的诗曾像"一朵奇异的云"，带着难以捉摸的光彩，升起在祖国的西南边疆。后来，"由于缺乏活命的水"，这朵云的山岚水气被蒸发，变得"凝重，充满了纷纭的思想"，——"这简直不是云，而是火！"并且进一步指出：这是仙人掌的诗情，"洋溢着对于丑恶的诅咒的热情"。谢冕总结道："公刘的诗风在转变中，他逐渐地失去了对于大自然美感的关注，他更习惯于在政治性很强的命题中思索。他变得更喜欢思辨，乐于对客观事物作哲理的阐发。要是说二十多年前，那朵升于西盟山上空的，是一朵奇异的云，那么，在今天，说它仍然奇异的话，已不再是旧日意义上的奇异了。如今由人民众多的热泪与赤血蒸腾凝成的云，它孕育着雷电，随时准备发出巨响，随时都准备以强光划破沉郁（假如它还会变得沉郁的话）的长空！"在这里，我们看到了诗人与诗风的真正内在联系，看到了艺术风格合乎主客观逻辑的运动，看到了诗人悲壮的经历如何锻炼了他的诗剑。然而还不止指出了这些，谢冕论述公刘时还引用了郁达夫对于鲁迅的一段评价："这与其说是他的天性使然，还不如说是环境造成的来得恰对……在鲁迅的刻薄的表皮上，人只见到他的一张冷冰冰的青脸，可是皮下一层，在那里潮涌发酵的，却正是一腔沸血，一股热情……"② 据我所知，谢冕并没有看到 20 世纪 40 年代后期公刘在江西《中国新报·文林》上发表的几十则散文诗，不知道鲁迅作品对公刘年轻时代的影响，但作者却感觉并指出了公刘与鲁迅的某种联系，这实在是

---

① 《歌德谈话录》，朱光潜译，人民文学出版社，1978，第 37 页。
② 郁达夫：《中国新文学大系·散文二集·导言》，上海良友图书印刷公司，1935。

难能可贵的，这是一。第二，谢冕引述的这段话，既是"公刘的诗风在转变中"的一个佐证，同时又是对诗人的预言。因为不完全是公刘的天性，而是环境使然，因而随着时代条件的改变，公刘的诗风必然会有一个更合乎天性的发展。这就不仅仅是知人知诗的问题了，而是显出了一个批评家的聪慧眼力。没有对于作品的深入考察，没有穿过作品进入诗人的灵魂和性格中探险的本领，是写不出这样独到的诗人论的。

谢冕是把文学批评作为一门独立艺术的批评家，因此他把"诗评要有诗意"作为自己的追求和批评主张。作为这种主张身体力行的实践，是他非常讲究文章的标题、结构和语言，讲究开头和结尾。他的标题几乎个个醒目，既标出论述要旨又有惊人的形象美感，他的结构十分注意部分与部分的过渡，从不给人割裂、突兀之感。开头则出手不俗，收束能留下缭绕余音。最能体现这种批评主张的，还是他的批评语言。谢冕的批评语言不是那种冷冰冰的纯理性语言，它包裹着一种感情，带着描述和比喻的成分，具有某种散文风格。它不那么清澈见底，却获得了形象和含蓄的美感；它不那么冷静，但在启迪你的悟性的时候，还俘虏你的情绪。这种具有诗人情感和散文描绘力，挣脱了学究气的批评语言，无疑是谢冕批评风格的重要特征之一。试看《真实依然是它的生命》开头一段：

> 这一年过得真不容易。诗歌如同一叶扁舟，在波浪急涌的海上颠簸。那白色的船帆依然鼓满催动前进的风，但捉不定的风向，使它不得不随时减速以调整自己的航向。但它未曾（也断然不会）沉没，它毕竟达到了彼岸。这是一年终了的子夜，古老的景云钟叩动。反顾来路的风声雨声，人们也许易于索漠，但审慎的乐观无疑仍是切合实际的判断。

这篇文章是综评 1981 年我国诗歌创作的。直线思维的头脑可能会认为它观点模糊，但是对于另外一些读者，则由于作者描绘了因来路的风雨而"过得真不容易"的共同心理经验，而感到是对该年度诗歌情势的准确的概括。用形象化的比喻所表现的"模糊观念"，有时比明晰的概念表达更为准确丰富，康德在 1764 年就使用过"模糊观念"这个术语，并看到它特别的长处。他说："模糊观念要比明晰观念更富有表现力。……在模糊中能够产生知性和理性的各种活动。"① 事实上，虽然我用了康德的话来为"模糊观念"申辩，谢冕在批评中所表现的观点却不是感觉和知性上的东西。它是理性的，只不过它在感情的作用下变得富有诗意和美感罢了。正因为观点是理性的，表达上追求诗意和形象化，所以他的批评语言往往像散文诗一样生动流畅，富有哲理。例如他为《中国现代爱情诗选》写的序言，就有如下令人难忘的段落：

> 以歌诗来表达爱情，几乎和爱情本身一样古老。事实也许是：在未有文字之前，便有了爱情的讴吟。但爱情这一古老的主题却也是永远年轻的主题。历史匆忙地过去，那些唱着恋歌的人们不在了，而他们所唱的恋歌却流传了下来。那些真挚而优美的诗篇，千百年间奇迹般地保留着青春的鲜艳，以至于能够激动世代年轻的和并不年轻的人们。

但是谢冕批评语言的最大特色还是他的鲜明和尖锐。像他这样一个批判意识不断加重，对新诗的历史和诗人的灵魂作过无数次探险的批评家，是不会为了优美生动而牺牲他的思想的，是不会放任情绪而牺牲批评的科学风度的。谢冕的批评语言，其实是一种科学与诗结合的语言。它反映着一个有诗人气质的批评家在不平静的文学面前的不平静的思考，他的思想闪光和情绪潮汐。这也是我们这个时代才有的语言，因为它带着一个进取的民族在噩梦中醒来后的、激动的思考和思考中勃发出来的激动。谢冕评"七月诗派"的论文《献给他们白色花》，在命题、结构方面于作者有相当的代表性，其语言也颇为典型地代表了作者的个人风格。这是它开头的话：

> 也许这是中国现代诗史最为悲凉的一页。那些"把照在自己身上的阳光全部反射出来"的白色花，不甘情愿地凋谢在它们所渴望、所追求的太阳光下。……
>
> 他们真正是无罪的。

这种带着感情的鲜明、尖锐的思想性的语言，给我们一种惊心动魄的

---

① 转引自（苏）阿尔森·古留加著的《康德传》，第115页。

震撼力量。

　　语言是思想的外壳，语言风格就是思想的风格。谢冕的批评风格是明朗的。这就是"敢于立论，态度鲜明，有臧有否，又力求精当，不搞形而上学"。这是谢冕在《北京书简·诗批评》中自己说过的话，但我们通过他批评著述的观察后再得出这样的看法，却正好说明他相当程度地实现了自己的批评主张和个性追求。谢冕的确是一个获得了自觉的批评意识和思考精神的"敢于立论，态度鲜明"的、有思想的诗歌批评家，而在文风上"又力求精当，不搞形而上学"。他给我们的诗歌批评带来了生气，带来了新诗研究领域中的某些开拓性的贡献，带来了批评作风上的挑战。谢冕近年的诗歌批评活动，当然首先在于学术方面的价值，但又不仅仅局限于这方面的价值。

　　经过了许多不平静的日子，谢冕已经不感到困惑了。如今他依然继续着自己关于新诗的思考和批评。当我结束这篇文章的时候，窗外正升腾着国庆的焰火。我们的人民共和国已经三十五周岁了。这是一个介于"而立"与"不惑"之间的年龄。现在，我国也已经有了更多"而立"的和"不惑"的知识分子。尽管像谢冕这样的知识分子，"而立"和"不惑"之年的现象是推迟到"知天命"之年来显示的。然而，他们毕竟已经觉醒并走向成熟，他们是不会忘记时代赋予他们的历史使命的。我们的祖国大有希望，我们的文学批评事业也是大有希望的。

　　　　　　　　　　　　　　一九八四年三十五周年国庆前夜完稿

　　　　　　　　　（谢冕著《中国现代诗人论》，重庆出版社，1986）

《美国散文撷英》序

　　美国是世界上很年轻的国家。作为一个独立国家的历史，距今只有两百多年，即使从 17 世纪初英国在北美建立第一个永久性居住点算起，也不过三百多年的历史。然而，这个国家虽然没有悠久的历史文化传统，但随着美国社会的迅速发展，随着美国知识分子寻求建立崭新的美国民族文化的不断拓展努力，美国文学在世界文学格局中越来越显示出了它举重轻重的地位。

　　美国散文不仅是美国文学中的一个重要组成部分，而且也是世界散文宝库中的一部分。这里有欧文、爱默生、梭罗等一批早期才俊的飘逸着本民族清新气息的美文；有惠特曼、斯坦贝克等洋溢着刚健精神的景物素描；有马克·吐温、瑟伯等幽默诙谐的小品；有克罗瑟斯、摩莱、怀特、沃伦等大师风格各异的作品等等。美国散文是美国社会发展的产物，同时又是美国社会和人精神风貌的写照。阅读这些散文，我们不仅感受到美国散文艺术的特点和魅力，还能看到美国社会和美国人的生活、思想、情感、气质和性格的一些侧面。

　　本书是特意为港、澳、台、东南亚的青年读者编选、注释、评析的一本美国散文读本。要用一本小小集子反映美国散文发展的全貌，显然是不可能的，也非编者本意。这里只是披沙拣金，从不同时期选取了二十篇佳作，企图使人看到美国散文中最瑰丽的景观。编者希望这本小书的读者，既能受到美的感染和陶冶，又能获得散文艺术鉴赏的有益经验。

（1989 年 1 月）

　　（王光明编著《美国散文撷英》，香港学林书店、启明书局联合出版，1989）

跨越激情的骚动

——《命运中的邂逅》序

　　散文诗集《命运中的邂逅》就要出版了，作者黄橙极恳切地希望我为其写个序言。这使我既高兴又有些许迟疑。高兴的是，由于现代人情感和意识对适合它们的形式、技巧的召唤和寻找，由于中国散文诗学会殚精竭虑的推动，散文诗这一现代文体正越来越多地为人们所欣赏、所接受、所实践，越来越多的青年作者带着艺术探索的激情，冲破了过去比较单一、狭隘的感受方式和表现技巧，丰富和更新了散文诗的美感和观念，为它的发展探索了新的可能性。《命运中的邂逅》也肯定是一本有着广大读者，并会特别为那些初涉人世、情窦初开，骚动着青春激情与迷惘的青年人所钟爱的书。那么，这样一本必将在许多青年读者中引起回响与共鸣的书，还需要我在这里多嘴饶舌吗？我从来认为，序言的作者不过是一本书籍的读者之一，他可能不是感觉最差、智商最低的读者，然而绝不意味着比别的读者高明。真正的艺术欣赏只依靠欣赏者的经验与感觉，从不需要别人的宣讲和注释。

　　然而黄橙也有他坚持的道理，或许也是"命运中的邂逅"吧，散文诗曾那么深情地抚慰过我并激发了我批评的兴趣。当然，黄橙的这本《命运中的邂逅》，所表现的并不是个人命运中某种偶然而又必然的选择，而是人生旅程中人人都经历过的青春期的情感与追求。黄橙今年才二十六岁，我不知道他近一两年的生活是不是经历过初恋的骚扰，但作品中那"心律跳迪斯科""高明的中医也会误诊""美丽的错误时常发生"的感受，确是非爱情的经验莫属的。

　　一种姹紫千红的初恋季节骚动不安的情绪波流的回旋，它的激情和幻想，欢乐与忧郁，它的朦胧的梦境和罗曼蒂克的憧憬，失望后的心烦意乱和冷静之后的反省，等等，把这一切经验与感受诉之于有声有色的文字，并小心谨慎地安置在散文诗的形式、结构中，这就是黄橙的《命运中的邂逅》。这种任何一颗年轻易感的心都经历过的，又常常是许多年轻人难以表达出来的感受，想象和文字又这样的瑰丽鲜亮、生动亲切，在大多数青年人读来，谁不涌起一种投胃口的"甜蜜"感？当然，不仅仅是初恋的经验与情感，还有对这种经验的理性思考，以及始终不忘的对于人生意义和价值的探寻，它们促使着人们跨越这情感骚动的季节，"开始认识自己的名字一笔一画的构造是什么建筑，真正独立思索和感知人字一撇一捺中的深刻意味"——这时候，作者的散文诗又具备了某些哲理的特点。这些哲理是从初恋经验中自然生成的，直接易懂，因而也正好适合了生存在爱的迷惘和人生困惑之中的青年的心理希求。

　　毫无疑问，这样完全忠实于自己青春的经验与情感、沉思与醒悟的散文诗，在当代散文诗园地是不多见的，倒是更多地体现了 20 世纪二三十年代焦菊隐、朱大柟、何其芳等人的散文诗作风。当然不是那种作风的再版，而是一种有选择、有扬弃的承继：没有他们那种虚空、孤独和寂寞感，却有更洒脱的告别与更明确的追求。因而不仅仅是生活特点、事件、场景等外在的不同，而是经验的质和内在情调上的差异。《命运中的邂逅》是属于我们这个时代的，它通过青春期一段自我的情感经验，折射了当代青年骚动不宁的情绪与追求。只是，在我看来，这本散文诗集中的情感经验，恐怕还不能算是很深刻的情感经验。其中不期而至的内心骚动，与其说是命运的，不如说是人生历程中一种必然现象。通过某种独特经验的窗口，窥视到命运和人生真质的，那是鲁迅、波德莱尔、屠格涅夫的散文诗，这不是《命运中的邂逅》所达到了的，而是作者所应努力追求的。不知作者、读者以为然否？

（1989 年 9 月）

（黄橙著《命运中的邂逅》，河北人民出版社，1989）

悲壮的"突围"

——《情人》序

　　好久不谈论散文诗了，除了那篇《散文诗：〈野草〉传统的中断》以外。这倒不是我对散文诗本身失去了热情，而是，面对近年令人眼花缭乱的散文诗繁荣景观，我有一种沉默的时候觉得充实、开口时反而感到空虚的感觉。毋庸置疑，新时期的散文诗，是我国当代散文诗发展的一个繁荣期，站在当代中国四十年的时间视野里，充分肯定它的繁荣和收获是必要的。它毕竟富有与整个新时期文学相一致的思考和反省精神，由过去对生活天真单纯的赞美，转向了对社会、时代、人生的思索与感怀，毕竟冲破了以往比较单一、狭隘的感受方式和想象方式，为散文诗的发展提供了新的可能性。但是，参照中国七十多年散文诗发展的宏观背景和新时期文学的"左邻右舍"，在纵横交叉的坐标点上观察新时期散文诗的艺术发展，就不会那么怡然自得、孤芳自赏了。在中国散文诗七十多年历史发展的宏观视野下，新时期的散文诗，除少数作者外，主要是复兴和发扬了 20 世纪 40 年代散文诗中"战斗的传统"和 50 年代那种"赞美的传统"：前者，以一种直接面对昨日梦魇的态度，对"十年动乱"进行"历史的反思"，抒发公民的爱憎和时代的义愤；后者，以一种肯定"当前"的态度，赞美现行的变革实践和山水人情的美好。这有它积极的时代意义，体现了散文诗作者对历史和现实生活责任感的自觉承担，但大多数作者的感怀和展望，似乎都超越不了现时的社会经验和价值意识，缺乏鲁迅那样对心灵世界的矛盾、紧张感的注意，缺乏人生问题的根本性关怀和生存体验的深刻省思。新时期的散文诗与"左邻右舍"相比，也显得探索创新精神不足，感受和想象力比较简单、肤浅，缺乏艺术形式、技巧、语言等方面的自觉，等等。鲁迅《野草》所奠定的散文诗传统和所提供的艺术经验，并没有作为一种珍贵的艺术遗产得到应有的重视和发扬。可是，不少人却陶醉在散文诗园地人丁的兴旺和量的囤积这些繁荣的表象中，看不到表象背后所隐伏着的发展危机。

灵焚这本《情人》的意义，或许正在于作者意识到了这种潜在的危机，并通过自己的作品，进行了悲壮的"突围"。

面对着这本《情人》，我曾木然许久。我担心许多人要误解"情人"这个字眼，意识不到这是"一种寻求中的在者……一种不可靠近的终极之美，一种灵魂，一种归宿性的精神指向"（《情人·代后记》）。是的，灵焚曾经有过他真实的情人，那是他用青春的情感和想象美化了的少女。然而，这个少女与本书中的"情人"并不相干，如果硬要说有什么关联的话，那只是她的拒绝，使他深深感受到了某种失落的滋味，从而驱使他开始了精神生活的苦苦寻找。

尽管我们多半不能体会，这个幼年丧母、少年丧父的作者，当初面对这种失落是怎样一种撕心割胆的痛苦，但人面向现实就意味着面向失落，只有形式、程度的差异，没有性质上的区别。因此，这并不重要。重要的是，作为一个诗人，面对各种各样情感的、道德的、感官的体验，面对各种各样外在的和自我的冲突，你的感受和想象力是否比一般人更丰富，你对各种经验的领悟和展望是否比别人更深刻、新鲜，更不受具体时空引力的限制；同时，你是否能够通过适当的语言形式重演你的经验与展望，从而创造一个丰富而又新颖的、有着自在生命结构的艺术世界。

因此，我不预备在这里赞扬灵焚"突围"的第一个特点：从自己有切肤之痛的人生体验出发。虽然这个特点昭示了他与前代散文诗作家的创作来自不同的经验和情感来源：更多地为外部变革的斗争生活和占指导地位的意识形态所吸引，自觉或不自觉地把个人的情感和想象纳入社会价值意识的共同规范；更多面向自己的生存体验与感受，努力从自我与环境、自我与自我的矛盾冲突中提取诗情与灵感。不同的时代环境和社会氛围，决定着诗人的不同选择，这无疑是一个饶有意味的问题，但更根本的问题仍然不是来源问题，而是对经验、情感对象的把握与展望的问题。五六十年代散文诗创作的根本不足，并不在于抒写了当时的生活气氛和公众的情绪，而在于许多作家满足于即时的价值感，游离了人的基本问题，迷失在单纯天真的精神错觉之中。新时期散文的深层危机，也不在于作者们从个人出发或从社会出发描绘了我们经验过了的痛苦或欢乐，而在于我们对这些痛苦或欢乐经验的描写与省思，很少能够超越历史与现实的具体形态，把个人的或国家的境况看做整个现代人类境况的一部分，从而未能像鲁迅那样在人与世界的关系上把握自己的内心感触，将它们上升为现代人类世界的恐怖与渴望，通过对"小感触"的超越，让散文诗具有人类普遍意义的隐喻性质。

那么，灵焚是否这样做了呢？

虽然能从切实的人生体验出发，虽然有一种"生活从额纹踏浪而来"的严峻感，但严格地说，灵焚早期的散文诗并不具有明显的"突围"意义。和许多刚刚涉足散文诗领地的青年一样，灵焚也曾怀着热爱和虔敬，认同前代作家的写作方式。这只要注意一下他早期作品的抒情技巧和结构方式就可以看出来。在这些以"纪念"和"心岛"为主题的早期作品中，情思和想象都集中在某个单纯的物象或情境中，并都通过先设置"意境"然后进行抒发、议论的结构表现出来。这种赋、比、兴式的抒情方式当然没有什么不好，更何况灵焚的想象力丰富而且新奇，句子又十分简洁凝练，因此颇受一些读者的欢迎。但是，这种抒情技巧和艺术结构显然更适宜抒发单纯明朗的情感，而不太适应表现更为复杂的内心经验和艺术想象，因为它本质上是抒情性的、诉说性的，而不是显现性和隐喻性的。事实上正是这样，灵焚的这些作品在整个情境上并未表现出充分的想象力和艺术张力，它们的特点不在于艺术表现，而在于袒露了一颗情感上受伤后拼命寻找精神圣地的心。

但是这颗找寻的心是值得重视的，当现实生活的失落侵入他的精神生活后，他努力不做一个无谓的感伤诗人，他要像一棵伤痕累累的"老树"一样，"抓一块土地，甚至一崖岩缝，为一面永恒的蓝天"（《老树》）。这里表现出来的感情意向极为可贵，不管灵焚当初是否意识到这面"永恒的蓝天"就是他苦苦追求的精神情人，就是他一直想触摸又难以靠近的"终极之美"，但它已经成了他生活追求和艺术探索的指向。这种指向推动作者不再为生活与情感的"纪念"而创作，不再沉浸在"往事"的追忆中寻求暂时的沉醉，而是开始点燃记忆和经验去"焚烧自己的灵魂"。我不知道作者取"灵焚"这个笔名时是否有积薪自焚的意思，但他的确逐渐告别了往事的缅怀和诉说倾向，陷入了名副其实的"沉思"。沉思使他变得深沉，变得节制，变得宁静，变得执著而又坦然。这种"沉思"给灵焚的散文诗带来了健康积极的效果。虽然起初在抒情技巧和结构方式上还没有大的变动，但表现情思的"客观对应物"，已经变得坚实、凝重。像《老树》《塑像》《岩岸》等已削弱了抒情性而有了某种静观的意味，那里有真正的人生感悟和生命的热情与执著。在这些作品中，《船长》当然写得更好，这章散文诗对于灵焚的重要性不止于通过生命的下沉和意义的上升，高扬了"纤夫殉难的悲壮"。它的意义还在于这是一幅凝聚着高度历史意识和现实意识的图画，它甚至不只是一幅图画，而是一幅雕像。作者的情思和哲理完全知觉化了，对象化了，不再像早期作品那样单纯依靠抒情主人公情绪力量的推动，奇丽的想象碎片像系在一根藤上，缺乏自成一个世界的完整性。这里的想象力是整体的，构成了独立于抒情主人公之外的另一个有机统一的隐喻性世界：在那片象征性的海洋中，依稀听得到四溅的表情和一万种情绪的喧哗，沿着昼夜断裂的黄昏，有昂起的头颅和张开江河的手掌，在推动一块搁浅的陆地……

　　当然，这时的"永恒的蓝天"还属于人生和历史的范畴，探讨的是人怎样才能在悲剧性的历史和现实中拥有价值和意义的问题。因此，作者赞美的是"殉难的悲壮"（《船长》），是因为执著而变得安然和简单的从容（《岩岸》），是"对于一切，只有沉默是神圣的'庄严'"（《塑像》），等等，具有追求精神永生的古典美学意味。这没有什么可异议的，事实上灵焚这些散文诗最受他的读者的欢迎。但是灵焚是个现代人，感受到的东西要比传统的文化人复杂。这使他无法在古典美学境界中安身立命。他不仅要探讨人的历史和现实中的价值与意义选择，还要追究人与世界的关系，"从而对世界真正靠近并且视野层层深入和铺展"（《情人·审视然后突围》），这当然是他"沉思"的进一步推演，也是必然的旨归：从思考个体生命怎样活着才有意义，到面对整体的存在——我们是谁，从哪里来，到哪里去。

　　于是，我们看到了一组最有"突围"意义的灵焚作品，在"情人"一辑中。

　　本辑中的三篇《情人》无疑是具有灵焚"情绪"意义的作品，它们有些晦涩，第一遍读它们时令人非常困惑：那个没有具体对象，让人感到衰老、神秘莫测和有无限渊源的"你",就是作品中述说者的"情人"吗?为什么对"情人"的述说态度如此的恐惧、惶惑,有一种"有如面对深渊"之感呢?及至读到《遥远》和《关系》,我终于明白,这里的"情人",其实是一个与生命存在"永远无法取得默契",使生命"任何一次出征都在失败之后,当然,也在失败之前"的,如深山迷雾,或远海伏波的无所不在的存在物。它可能是那种我们称之为"文化"或叫作"文明"的东西。对,文明。作者表现的就是生命与文明的关系,你看:

> 我们认识的那一天就衰老了。我的脸颊深深下切,你隔着河床,眼角游动着一群追逐我浮萍一样的老人斑。
> 这个时候,我说什么都是错的,只好任你把我撕得粉碎。
> 你似乎想说什么。不,我知道了,你走吧!
> 繁霜之后,荷塘的叶子卷得恰到好处。关窗和开窗都是没有意义的,雨总是如期来临。
> 而你没有离去,苍白的一张薄薄地向我展开。
> 我只好站着。等着想着听着看着忍着。你滂沱的脸上和树梢高高的秋季。
>
> ——《情人(一)》

在这里,"我"与对象的关系,是无可奈何的衰老,是无可逃脱的被追逐,是无法拒绝的来临,是只能"等着想着听着看着"的被动生存,总之,"我"失去了一切属于自己的时间和空间,除了等、想、听、看,再没有别的据点可以坚守。毫无疑问,这里隐含着对"文明"这个人类贴身"情人"的惊恐心理和讽喻态度,表现了与20世纪许多现代主义作家相通的艺术思索:人类文明的进程,究竟是逐渐接近了人类的完善?还是离人的本质和理想越来越远,加剧了人与世界、自我与自我的紧张关系?为什么我们寻找"情人"反倒被"情人"所放逐?这就是《情人》的根本纠结,它统摄着《飘移》《房子》《异乡人》。《飘移》是过程的隐喻,《房子》是境遇的呈现,《异乡人》是凭古吊今后的展望与判断。

《飘移》在最根本的意义上,是隐喻了现代文明的盲目性,一种被双重放逐后的无归宿感。作品的第一部分把我们想象为一群刚从昏睡中醒来的疲惫不堪的旅人。当前的困窘留给人们的是天苍苍野茫茫的悲哀:"太阳以及月亮最辉煌的时刻在那一次昂首之际已经呼啸而去，雁阵成为化石，没有仙人掌的地方，子孙们挖掘着接近我们。"人们被什么东西囚禁了（"铁门的响声在遥远的地方滚动"），被自己的创造物弄得"混混沌沌"，在"千年无人打扫的风尘"中失去了本真的生命，就像富足的股票经纪人，拥有无限的财富却饿死在繁华的塔希提岛上一样。于是，悲哀又推动了更大的盲目，"就这样闭着眼睛飘移吧！管他从哪里来，到哪里去"。

这里的悲哀源于一种对于自然、本真生存状态的眷念。因此，作者对我们被上帝抛弃，逐出伊甸园，并不觉得是一场悲剧，因为在混混沌沌的冥想中——

> 那果实现在还想咬一口，既然这样，我们为什么不攀摘呢？
> 其实不是蛇们的诡计，我们早就垂涎几千条江河舔食日月。
> 蛇们是无罪的，上帝。
> 我们饱尝拥抱中迷醉。我们再也不是两只羔羊吻着你冰冷的眼皮和指尖。我们不再走失。

真正的悲剧是我们被上帝放逐以后，不能独立，不能自持，我们"闭着眼睛"盲目地"飘移"。我们经不住物质世界的诱惑，走进了布满霓虹灯和打击乐等象征着现代文明的"豪华剧场"，既当观众也当演员。于是"我们又一次崩溃了"，不仅被上帝所放逐，而且为自己所放逐，被天国所抛弃后又被自己所抛弃。

如果说，《飘移》通过强烈的感情和奇异的想象，从过程上为人类的来去提供了一篇寓言，那么，《房子》则以冷峻而又有些神经质的语言，在意识与潜意识的临界点上，建造了一座生存境遇的象征性建筑。《房子》让我想起卡夫卡的一段名言："你没有必要离开屋子，待在桌边听着就行。甚至听也不必听，等着就行，甚至等也不必等，只要保持沉默和孤独就行。大千世界会主动走来，由你揭去面具。"[①] 这章散文诗的主人公就坐在他的房子里，台灯没有表情，烟蒂没有表情，冷月从屋檐踅进来当然也没有表情。一切都那么枯寂，小小的房间十分虚空。枯寂、虚空得让主人公

---

① 卡夫卡：《论罪恶、苦难、希望和正道》，《外国文艺》1980 年第 2 期。

下意识地联想起那只跋涉了无数瓦顶和天窗的猫，它死在寺院的钟锤上，悬在虚空中左右摇摆。这一切构成了本章散文诗的第一部分"夜的故事"，夜的故事里没有故事，只有枯寂和虚空。于是思维活跃起来，就像侵及虚空的手想抓握什么——"千百次梦幻中偎依你倾听你，说不完的心事厚厚说不完多少个良宵的无界燃烧。"然而，"夜色很潮很浪我们无法横渡"，主人公抓握不到任何身外坚实的东西，只"触及"到血的咆哮、毛孔的胀裂、灵的呻吟：它们驾着形声词排山倒海般汹涌而来，使你不得不背过脸去，重新审视这置身其中的"房子"。这时候，面具揭开了。你发现：

> 门没有方位开着或关着。走动的时候，墙静静无声与我握手，踢倒的凳子挣扎着坐起来。桌子上，书翻到最后一页。红水笔自己批改自己。

荒诞，"不知身在何处，我在我的深处临渊而立不知身在何处"的荒诞。当然，一切缘生于心象，在真实的房子里，"瓷盘心安理得地摆在床头，一切都没有发生"。然而，意识发生了变化，主人公感到这间房子的恐怖，不仅不能确证自己的存在，相反，整个自己都莫名其妙地消失在这个空洞的容积中。最后一节"从此"的标题下只有空空洞洞的正方块，是不是无主体的隐喻？它是现代境遇的象征吗？

我想是的。因为与《房子》同月写下的《异乡人》中，我们又一次与"房子"中发现失去了主体的主人公相会了。这时黑夜已经过去，"黎明惨然开了"，于是他想起了斜挂慈颜的家门。"应该回家"，他说。但是他心中有一种不祥的预感，因此每每靠近家门又都掉头走开。当然，"像一匹瘦骨嶙峋的驿马在磨坊里"一样的主人公是拒绝不了"家"的诱惑的，他最终还是回去了。然而，他发现"大家都不认识我"，我也"确实不认识他们"，心象中的家园恍若隔世，与眼前的景象相异十万八千里。他们成了他的风景，他成了他们的风景。虽然都是些活的风景，能够围成一圈互相恭维加冕，但本质上却与钱锺书的《围城》中的景观无异：笼子外的鸟想飞进去，笼子里的鸟想飞出来。时空远远相交，他与他们刚好走到了一个交切点，但各自都在自己向往之外，即使紧紧靠拢，"一堆密不透风的石头"也还是横亘在他与他们之间。他永远是他们的"异乡人"，既然他曾是雪人看管下四散逃走的孩子中的一个，既然已经逃跑出去"飘移"

过，他就永远无法返回他曾有的家。这不是他作为逆子贰臣被拒绝接纳的问题，而是他自己与家园已经根本无缘和解，他的天真单纯的信仰早已在"飘移"过程中丢得一干二净。不是吗？当他在想象中重返家园，竟一下就省略装饰看到了雪人看管的孩子正在逃学，看到了"一切建筑物都成了雪人的积木，在孩子逃学之后，因无人看管而倒塌"。

"有人死命抓住炊烟像在汪洋中抓住一根圆木。"这个"有人"当然指《异乡人》中的主人公。作者以"抓住炊烟"揶揄了他返回自然的努力，暗示人们那不过是一种徒然的幻想，还是无家可归。

我在上面不得不花较多的篇幅阐述这三篇作品，为了我们能够梳理出一种基本情绪：困兽般的孤独和无着落感。这种情绪与他过去散文诗中那种自我的抒情和现实的沉思很不一样，那是一种从实在经验中提取的情绪和感悟，而这些作品则有形而上的意味，似乎没有具体的对象，也不源于现实时空中的个别经验。因为这里漂泊无着、主体消失和无家可归，不是人在某方面或对世界的一定关系，而是，如施太格缪勒所说，"人的整个存在连同他对世界的全部关系都从根本上成为可疑的了，人失去了一切支撑点……所熟悉的亲近之物也移向缥缈的地方"。[①] 这种敏感得有些神经质的感受和想象，这种超越现实时空和具体经验的省思与展望，在当代中国散文诗园地几乎是绝无仅有的，倒是更接近鲁迅《野草》那种在焦虑和绝望中省思个体生命的形式与意义的创作精神，更接近波德莱尔《巴黎的忧郁》那种对现代经验的恐怖与渴望。事实上灵焚的这一组散文诗很容易使我们联想到鲁迅《影的告别》《墓碣文》《希望》中的一些梦魇般的情境，而《异乡人》则在主题上与波德莱尔的《陌生人》完全相通。当然，这不是说灵焚的作品达到了这两位伟大作家的艺术境界。不是的，虽然灵焚同样表现了人在现代世界中的孤独、惶惑和无归宿感，但艺术境界远不如这两位散文诗大师那么厚重、丰富和深邃。灵焚散文诗中的情境生成，更多还停留在人的情感和丰富的要求与现代文明相对立这一基本感受与把握上，似乎还缺少更丰富的生存经验的支持（我怀疑他过多地受到存在主义哲学的影响），以及缺少更进一步的人与世界关系的更具体、更复杂的省思。因此，他的人类与文明都有些抽象、纯粹的意味，只是简单地认定

---

① 施太格缪勒：《当代哲学主流》（上卷），商务印书馆，1986。

"我们诞生的那一天，就似乎被某种意志推到一片荒漠之中"（《情人·审视然后突围》），不像波德莱尔既抓住了世界的病态也抓住了人本身的病态，具有双重审视的冷酷态度。这也决定了灵焚无法像鲁迅那样面对真实的困境探索出真实的出路，而只是表现出一种热情的单相思：回归。鲁迅能够"于天上看见深渊；于一切眼中看见无所有；于无所希望中得救"（《墓碣文》），把生命的意义和价值归结为人的现实选择，把"无路可走"的困境中的"绝望的抗战"作为人的必然追求，从而建构了一种哪怕是面对双重的绝望与虚无，也能据以生存和抗争的人生哲学。而灵焚只是一厢情愿地认为"人为的全部过程都是在寻找回归的过程……而醒来后的每一步，都是在走向曾经属于自己的世界"（《情人·审视然后突围》）。

灵焚没有像波德莱尔那样审视人与世界的纵深地带，他也没能像鲁迅那样为人类开辟一条"突围"的道路，这当然是令人遗憾的。这种遗憾除了作者自己的局限以外，也说明中国当代散文诗的确离开《野草》传统太久了，不要说超越《野草》的思维高度和丰富性，大多数作者连基本出发点也丢了。正因为这样，灵焚的探索有他鲜明的当代意义：他的散文诗毕竟又唤起了我们对鲁迅、波德莱尔等大师作品的亲切回忆和重新重视，毕竟越过了急功近利的简单价值追求和沉湎于夸张的现今错觉，重新面对了人的基本问题。这种"重新面对"对当代中国散文诗来说，几乎是异质性的。当灵焚对现代生活的省思与展望一旦超出当代散文诗人习惯的狭隘视野，把自己获得的经验感受和领悟，比喻为现代人类的困境，他就再也无法认同当代中国散文诗人普遍遵守的借景（物）抒情与言志，以情思的流动串连比喻和想象的操作规程了。与当代流行的散文诗判然有别，也与灵焚自己早期作品不同，"情人"辑中体现出一种整体的想象力。令人陌生的、扭曲的形象在一个虚幻的结构中静止或跳动，构成了一个主要不是依赖"抒情主人公"的意志与情绪牵引，而是依靠整体情境和结构力量的自在艺术世界。这个世界中充满着内在的戏剧性和紧张感，活动在其中的主人公常常被"吊在"半清醒半昏眩的状态中，常有突兀的联想、不连贯的幻觉和潜意识的惊厥画面，它们常常互为矛盾、互相冲突，加上经常出现一点不随意的"随意性"修辞，局部把握十分困难。但在整个结构中，却有动人的效果和魅力。在这些作品中，想要落实个别意象的具体所指是徒然的，因为作者不想把自己的感受和经验诉诸个别的对应物，他想通过想象把他们转化为一种具有"普遍意义的暗示力量"(《情人·审视然后突围》)的象征传统。所以灵焚在注意整体想象力的同时,也开始了结构的注意。上文曾经提到过的《飘移》《房子》《异乡人》三篇作品,都表现了一种人与世界关系的紧张状态,但在这悲剧性的对立中又还包含着反讽的意味:在这三篇作品中,主人公都被处理为既清醒、孤独,又盲目、固执的人。他们似乎感到了存在的悲剧,像困兽一样左冲右突,可是又不明白自己究竟是眷念过去,还是向往未来。他们希望找到归宿,触摸到实在之物,却又带着天生的局限和盲目性,因而反在泥沼中越陷越深。他们欣喜于伊甸园的告别,然而又幻想着它的回归,甚至这样幻想:

> 给我一个梦吧!那栏栅应该是我们失去的森林,我们可爬上一棵树,连遮羞的叶子都摘去,旁若无人地。
>
> ——《飘移》

这一切相悖谬的现象,使作品从悲剧出发逐渐转化为荒诞性的结局。其主人公并没有意识到自己矛盾可笑,但有经验的读者却一清二楚。显然,这几篇作品具有结构上的反讽性质,它使作品具有双重导向的意义。这一点可能超出了作者的主观意图,但这正是结构和技巧的力量。不过,不知是因为作者执著"寻找回归"的热情与他的感觉经验有所抵触,还是艺术磨练的功夫还欠火候,他对这种现代结构技巧的运用显然不够圆熟。作者不时自己跳出来,破坏角色的行动与意志。当然这种情况也可能出于照顾当代散文诗读者的良苦用心。对于习惯跟随"抒情主人公"的大多数当代散文诗读者来说,灵焚走得太远了。包括它早期的许多忠诚读者,也在"云谲波诡的灵焚密林"前转身而去。

一方面离鲁迅、波德莱尔的现代性、思维深度和美学境界还有相当距离;一方面,又"先锋"得让当代散文诗读者难以欣赏和接受,这就是灵焚的《情人》。

悲壮的"突围"。

(1990 年 3 月 18 日于康山里)

(灵焚著《情人》,海峡文艺出版社,1990)

地下斗争的壮丽画卷

——简谈《野火春风斗古城》

　　中国革命的胜利，既依靠以农村为根据地的党和人民军队的壮大与发展，也依靠党在城市的地下工作者们艰苦卓绝的斗争。党在城市与敌人展开的地下革命斗争，始终是抗日战争和人民解放战争的重要组成部分。在新中国成立以来反映城市地下革命斗争生活的长篇小说中，李英儒的《野火春风斗古城》是在思想和艺术成就上相当突出的一部。

　　《野火春风斗古城》所反映的年代，是 1942 年到 1943 年抗日战争最艰苦的年代。当时，日本帝国主义对冀中平原发动了大规模的疯狂扫荡，晋察冀边区根据地抗日武装力量的活动范围相对缩小了。在这艰苦的抗日相持阶段，为了配合根据地的反扫荡斗争，为了完成从战略防御、相持到战略反攻的战争转折，党在大量组织敌后武工队的同时，派遣了一批干部到平、津、保、石等大中城市和交通要道，开展地下革命斗争。书中的主人公，原团政委兼县委书记杨晓冬，接受党组织的派遣，深入到华北的日伪指挥中心保定省城，在敌我力量对比表面上十分悬殊的情况下，同貌似强大的日本侵略者、敌伪汉奸和国民党特务展开艰苦卓绝、惊心动魄的地下斗争。

　　根据地下斗争艰险、紧张、复杂的特点，小说的情节险象环生，机关迭出，有着鲜明的传奇色彩，充满着扣人心弦的惊险场面。这里有护送首长途中出现意外后化被动为主动出击的斗争；有年夜巧送"贺年片"，大闹宴乐园的"热闹"场面；有行刑室中的临死不惧，就义时的慷慨悲壮；也有弃暗投明的新生和绝处逢生的惊喜，等等。小说在大约半年的时间框架里，组织了几十个惊心动魄的情节和场面，反映了地下革命工作者艰苦而紧张的斗争生活。这些情节和场面，不仅给小说带来极强的故事吸引力，而且有力地突出了地下斗争的险恶和严峻性。作者并没有把敌人写成是不堪一击的草包，相反，无论是阴险毒辣的多田，老奸巨猾的伪省长吴赞东，凶横暴戾的伪治安军司令高大成，还是诡计多端的"双料"特务范大昌，心狠手辣的伪治安军谍报队长蓝毛，都不是头脑简单的对手，加上革命阵营内部不纯分子的出卖和告密，斗争更显得严酷和紧张。这一切既是这部《野火春风斗古城》的传奇性情节的基础，又是情节进程的一方面的动力。正是由于敌人残酷的扫荡，疯狂的镇压，毒辣的陷害，才更充分地展现了主人公"手中无寸铁，腹内有雄兵"的英雄气概，才更有力地体现了中国共产党和中国人民与敌人斗争中那种"野火烧不尽，春风吹又生"的前仆后继的斗争精神。

在《野火春风斗古城》中，主要的情节线索是我党的地下工作者通过团结依靠群众，利用矛盾分化瓦解敌人，最后以伪团长关敬陶率部起义而结束。敌占区古老省城恐怖而动荡、喧嚣而又凄清的生活，同地下工作者们的紧张斗争和乐观精神，远远不止是勇气、智力、意志的较量，而且是道德、信仰、人心的较量，正义与非正义的较量。小说令人信服地表现了，杨晓冬这样的地下工作者，之所以能够只身孤胆地活动在戒备森严的龙潭虎穴，在那里站稳脚跟，并把敌人的心脏地带闹得天翻地覆，是因为他所进行的斗争，代表了整个民族的心愿，取得了广大人民群众的拥护和支持。他们所展开的地下斗争，之所以能够取得巨大的胜利，联系着根据地以至敌占区千千万万人民的命运。正因为杨晓冬他们的地下斗争，代表着民族的正义和人民的希冀，他才能像春风吹绿野草那样唤醒人心，演出一幕幕有声有色的对敌斗争的雄伟壮剧。也正因如此，不管敌人多么凶残，表面上有着怎样"雄厚"的兵力，但他们在永不屈服的人民和正义面前，不过是色厉内荏的纸老虎，他们的统治只是暂时地维持在一座随时都会爆发的火山口上。和杨晓冬所领导的少数人的地下斗争力量比较起来，那些表面强大的敌人终究处于失败者的地位，因为在杨晓冬的背后站立着强大的中国人民。人民和正义的事业是不可战胜的。

在这一幅幅富有传奇色彩的地下革命斗争生活画卷中，作者栩栩如生地塑造了一系列生动感人的人物形象。这里，有韩家兄妹，他们是革命烈士老韩的子女，一个正直、刚烈，一个聪明伶俐和早熟。有三轮车工人周伯伯，是抚养韩家兄妹的忠厚老人。他们是党的地下工作者开展工作的基础和依靠力量，在他们身上充分体现了人民群众对革命斗争的理解和支持。像周伯伯，虽然最初没有觉悟，长期艰难屈辱的生活使他逆来顺受、忍气吞声；可是，他一旦认识到杨晓冬他们所做的革命工作的意义，就用整个身心来支持革命事业。像他深夜修改翻眼、早晨不声不响地去医院卖血这个情节，是十分感人的。杨晓冬说得好：正是"人民用鲜血养育着我们，拿生命保卫着我们。"地下革命工作才得以生存和发展，比韩家兄妹和周伯伯更感人的还有杨晓冬的母亲，作品中虽然着墨不多，但给人的印象十分深刻。和世界上许多母亲一样，杨老太太有一颗善良慈爱的心，她十分爱自己的儿子，关心他的婚姻，很早就动手准备，希望跟分别了六七年的儿子一起过年，然而，当她知道儿子有重要工作时，她能义无反顾地牺牲个人的情感和愿望，不仅直接参加了革命工作，而且义无反顾地献出了自己的生命。

小说中的金环和银环，是一对姐妹，都是共产党员，这两个形象也是富有特色的。作者塑造她们时很注意她们性格上的对比，"大女儿刁，小女儿娇"，写金环，着重突出她性格中倔强和泼辣的一面；写银环，则突出她的善良聪颖和纯洁。在这一对姐妹中，金环的性格无疑更加鲜明、生动，作者不仅写出了她的英勇顽强、宁死不屈，而且通过她留给妹妹的长信，揭示了她丰富的内心世界，从而使人们看到了，她的独特的斗争方式和行动方式，来源于她独特的思想和性格的推动。

《野火春风斗古城》中最着力塑造的是杨晓冬的形象。他原来是津浦线上一个地区团队的政委兼县委书记。当他接受党的委派，进入古城领导地下斗争的时候，几乎是白手起家，但他克服了重重困难，很快就摸清了敌人的情况，团结和组织了一支虽然不大却能进行复杂斗争的地下工作者队伍。这支小小的队伍把敌人占据的省城，搅得天翻地覆，加深了敌人的内部分化，沉重地打击了敌伪的统治。小说多方面地描绘了杨晓冬的性格，在他的身上，集中表现了我党干部、地下工作者的优秀品质。他对党无限忠诚，对胜利有坚定信念，把个人得失与生死置之度外；他沉着、果敢，能够应付突然的事变和复杂的局面。为了突出这一形象，作者不仅为他安排了护送首长过路、智斗蓝毛、舌战吴赞东、奇袭伪治安军司令部、勇闯伪商会、与关敬陶直接见面等重大情节，而且还通过夜宿城洞、公园会母，以及调解周伯伯与韩燕来的关系等日常生活事件，从各个方面来刻画人物，从而使他的形象更加丰满。在这些描写中，杨晓冬受审的情节，无疑是作者最用心描写的。

在杨晓冬被叛徒高自萍出卖遭到逮捕后，伪治安军司令高大成和"双料"特务范大昌，曾经用尽了酷刑拷打、威逼利诱的手段，甚至想出了使用"母子倒替着受刑，轮班参观"的恶毒伎俩，企图使杨晓冬出卖革命，然而，这一切阴谋在杨晓冬面前都破产了。这一段情节的描写是非常动人的。作者很善于透过对立的情势，突出他所创造的英雄形象和揭露敌人的丑恶灵魂。宴乐园敌人用圈套的场面，不仅写出了杨晓冬大义凛然的英雄性格，也写出了一个成熟的革命战士的机智和沉着，他利用了一切可以利用的条件与敌人作战。高大成、范大昌之流本来想用"宴请"设下圈套，通过记者的拍照和舆论来欺骗社会，使杨晓冬"想不下水，欲罢不能"，但是，久经锻炼，富有对敌斗争经验的杨晓冬，立即识破了敌人的阴谋，他先叱退了摄影记者，然后争取主动，抢先发表讲话，把敌人企图迫使他投降的宴会，变成了揭露他们认敌为友、充当民族罪人的讲坛，彻底粉碎了敌人的阴谋。

总之，《野火春风斗古城》既是一卷地下革命斗争的生活画卷，又是一卷地下革命斗争的英雄画卷，有很大的感染力和革命传统的教育意义。

（1991 年 1 月）

（李英儒原著，晓春、白天缩写《野火春风斗古城》，海峡文艺出版社，1991）

让人"读"到自己的书

——《读不尽的人生》序

　　人生是一部人人在写，人人在读的大书。不管你用什么方式去写它，不管你有没有读懂，不管你写得辉煌或者黯淡，不管你觉得美丽或者悲凉……人生永远无法重复，神秘而又庄严，熟悉而又陌生。

　　面对着这部神秘而又庄严的大书，你有什么话可说？"人们一思索，上帝就发笑"，谁敢说自己摸到了人生的底牌？谁敢为他人的人生描画一张可以按部就班进行施工的图纸？历史上有多少人一夜成为富翁又一夜沦为乞丐？它把伟大的亚力山大的后裔变为罗马的木匠，把史西利的暴君送进哥林多的课室，而半个世界的霸王到头来却可能死无葬身之地。真实的人生状态从来就是这样在必然中充满偶然的转折，不能推理，无法规范，因为各人有各人的命运和人生际遇，各人有各人欲望与能力之间的距离。所以，我常常对诸如人生格言、警句、哲理之类的东西抱着既恭敬而又不敢照搬的矛盾态度。恭敬，是因为许多书的确写得好，充满人类的智慧和情趣，能使我产生由衷的尊敬；不敢照搬，是由于再明澈的道理也常常无补于每个具体人生难题的解答。

　　人生的问题更多不是一个接受理念、树立样板的问题，而是展开实践、不断领悟的问题。好在叫我写序的这本《读不尽的人生》并不是一本自以为把握了人生真谛，因而觉得自己有资格坐在太师椅上谈玄说机，教导你如何如何的书，而是立足于自己与自己对话，和昨天、和灵魂、和命运、和逝去的青春与未来的年华对话，从对话中产生某种感悟，汲取继续前行的动力。自我与自我对话，是这本书最大的特色。对于神秘庄严的人生，作者不是以居高临下的口吻去谈论它，而是以学徒的谦恭、探寻者的执著、当事者的困惑，去梳理自己的真实感受：悲哀与欢乐、失去与获得、荣耀与耻辱、尴尬与欣慰等等。作者道的是一个普通人的人生苦乐的感受，他似乎已经领悟到，人生是博大丰富的，读不完、悟不尽，且充满着悖论色彩，即使头发熬到白、黄土埋到顶，也不敢自诩踏进了它的堂奥之门。因此，他自愿放弃了寻求人生终极结论的企图，把着眼点放在自我生命历程的阅读上，放在个人感受与领悟的复现上，放在自己有限人生遭际的回味与反刍上，通过坦诚的内心独白呼唤读者的共鸣与应和，让你通过他有限的感受与领悟，产生自我人生经历的回忆与想象，从而去省思与展望自己的人生。

并不一定要对某个问题提供了全新认识的书才是好书，更何况是谈论各有不同答案的人生问题的书。如果能诱发人们的经验与记忆、联想与憧憬，从而隐入名副其实的省思，就是一本有意义、有价值的书。不幸的是，在我们这个技术主义和物质主义的年代，连这样融进了自己的真实感受和心灵历程的书也越来越少。一些作者已不把写作当成生命、情感、思想的寄托方式和表达方式，而是将它作为一种生存方略和谋求功利的手段；一些读者买书也不是为了寻求精神寄托和思考人生，而是为了消愁解闷与寻求感官刺激。文化快餐的消费者也影响了文化生产者的素质，面对书店的日益萧条和地摊读物的暴涨之势，更让人产生对文化前途的焦虑感。我几乎不能设想，那些捧着"情书大全"和"人际关系大全"谈恋爱、交朋友的人，生命中究竟有多少个人的情愫和本真的东西。本真的生命存在于这个非本真的世界，它的生存向度本应是寻求敞开和超越，而不是为了功利去认同世俗，甘心蒙受遮蔽的命运。

因此对于人生，主要不是一个谈论与寻求参照指数的问题，而是沿着生命敞开与寻求自我超越的向度不断实践的问题。任何道理和方法都代替不了个体生命的实践过程，最重要的是追求本真的生存姿态和真诚坚韧的实践品格。

（1991 年 8 月）

（林公翔著《读不尽的人生》，海峡文艺出版社，1991）

太阳雨的沐浴

——《多情的太阳》序

　　《多情的太阳》像是撵着我的行踪似的。当谢冕教授将琴光寄来的这本诗稿转到我手中时，我还刚刚在北大燕园落脚，连随带的行李都未及解开。

　　琴光是我中学时代的同窗好友，也是当年数百名同学中现在我唯一的文学同行。如今在湖光潋滟、塔影婆娑、秀柳含烟的未名湖畔的长椅上展读他的诗集，我的思绪会情不自禁地像这浸入湖中景物的倒影一样，逝去的年华在记忆之湖的光波中闪现明灭。真的，面对琴光的诗集我出神好久，思绪徘徊在另一个非诗的诗的世界：中学时光的我们，多么年轻、骄傲，又多么早熟、沉重！青春多么富有，生活又多么贫困！我们是在许多矛盾和悖谬中成长的。

　　那时我没有想到自己后来会与琴光在文学道路上相逢，没有想到琴光的名字会带着那么多生动的诗作、散文、报告文学出现在我眼前。20 世纪 70 年代初的岁月，几乎未给我们山区的中学生提供任何机遇，甚至连表达青春的冲动、梦想的机遇也没有，我们对生活毫无预感。当一个科学家、工程师、医生、诗人、作家的幻想是属于比我们年长与比我们年轻的那代人的。当时高中毕业生唯一的可能是去当兵，可我与琴光年龄与体重均不合格。我永远记得，送走那些幸运入伍的同学，我们用五分钱买了十支劣质香烟的情形。

　　琴光有诗集出版，不能归结于艰难生活对于幻想的刺激。上大学时，我也曾狂热地迷恋过写诗，但后来个人散文化、戏剧化的生活终于渐渐消磨了我作诗的冲动。琴光的诗歌创作能够坚持下来，完全是由于他比我有更强烈的对于生活的热情与爱心。我还清晰地记得，当年我们寄宿中学时，他每星期总要变戏法般地从家里弄些好菜来，以他的菜容易发霉为理由，让我们先吃完，然后与我们这些家境更穷的朋友啃少油的腌菜到周末。他还常常把他父亲宝贝一般的自行车偷骑出来，让我们人人都能学会——谁知道当他父亲推着被我们摔得惨不忍睹的自行车去修理时，琴光挨了多少斥责。

琴光就是这样的人，对世界、人生和周围的人们充满至诚至执的爱，为此他愿意献出自己的一切。

然而，正是这种至情至性给了琴光一颗永远年轻的诗心，给了他感受美好事物的灵性和敏感。于是，他从平淡无奇的日常生活中发现了动人的温馨；发现了走出自我，跨出单行道后"道路好阔"的人生；甚至，即使没有星光，他也能感到夜的灿烂。他唱道：

> 只要生命还在
> 我就无惧轰轰烈烈
> 拥抱那一片绿洲
>
> ——《只要生命还在》

是啊，"把心赠给海/比什么都快活"，只有挚爱大海一样广阔的人生，才会有大海般的心胸拥抱广大的生活，才能领略自然与生命迷人的诗意，才会有不老的诗情和豁达、乐观的情怀，才会有一往情深的追求。

其实，对生活的至情至性不只赋予了琴光诗歌优美的诗情和豁达、乐观的情调，也使作者有了对复杂的心理情感的省察力。诗集中好些作品，不仅非常准确细致地把握了某种矛盾、微妙的情感状态，而且具有某种哲理意味。例如，作者写思乡恋故的情怀："说也朦胧，不说也朦胧/走近，话又嫌多/离远，话又不够"（《久了没回家》，多么深致地写出了一个游子的心情。又如，写言语对内心情感的无可奈何："缠绵不是说一声/就能表明/表明的是错误/不能表明的是心灵/人的心情就这样捉摸不定"（《逃离》）。令人感动的是，作者还能把这种复杂情感的表现，寄寓在生动、富有想象力的情境与意象中。像《没有星光的夜是灿烂的》这首诗，作者为了表达爱和怀念，不仅把自己的心想象为一只燃起的蜡烛，把一腔心情邮给南来的风，而且把主人公百无聊赖时的一个下意识动作赋予了十分动人的意义，从而让诗一下便有了灵性：

> 湖边
> 打一串水漂
> 缀成一串项链

作者神奇地在水漂和爱情信物之间建立起了一种诗的关联，不直接写感情却让感情得到了最深致动人的表现。

这类写复杂心理感情的诗，在琴光的诗集中最引人注目，最能显示琴光诗作的水平。当然，琴光不仅对感情心理有敏锐、准确的感受力和把握力，而且有他对社会生活的独特思考与感悟，像诗集中《市场，有一位少女》《村中古寺》《老屋》《一律千篇》等诗作，都表现出作者对当代生活的独特发现和深沉思考。

琴光的诗，涉及广泛的题材，但不论写什么，都表现出一个热爱生活的诗人的火热心肠，表现出他对生活的感受和祈愿。读这本《多情的太阳》仿佛进行一场太阳雨的沐浴。

1991 年 9 月 29 日，于北京大学燕园

（温琴光著《多情的太阳》，鹭江出版社，1993）

悲凉壮烈的抗战史诗

——简谈冯德英的《苦菜花》

一 永远的感念

谁也不会知道，二十几年前，一个逃学的山区少年，偷偷躲在后山的草丛中，和《苦菜花》中的人物一起哭着、笑着，直到沉沉的暮霭模糊了视线，耳边传来父母一声接一声的焦急呼喊……

这是我所接触的第一本厚书。那时我并不知道它是当代中国一部著名的长篇小说。但是，我被书中生动曲折的故事，可歌可泣的人物抓住了。从中我看到了日本鬼子和地主汉奸给中国人民带来的沉重灾难和所激起的悲壮反抗；从主人公母亲身上，看到了自己母亲的一些影子；书中那对少男少女诗意的友谊与爱情，唤醒了我朦胧的情愫和美好的憧憬……书中许多动人的场面和细节，长期留在我的记忆里：那夹在杂草中、摇曳在山坡上的苦菜花，那苦难夫妇胸前的最后一颗手榴弹，那月光沐浴下死去的小女孩，那晨光中迸溅的热血……

我脑海里长久地保存着初次阅读这本书的情景和感受。一个小学三年级少年的感受免不了幼稚、肤浅，不那么准确，不那么完美和深刻。但即使我长大后重新阅读，也仍然觉得这是作者一部蘸着自己的心血和生活体验写出来的，朴素、真实而感人的书。我觉得，《苦菜花》就像山东乡村中的唢呐声，地道、醇厚、本色、凄美，里头有我们民族真正的悲凉和壮烈。

于是，在征得原著者冯德英同志的同意之后，我承担了缩写和介绍这部名著的工作。《苦菜花》原著近四十万字，它以胶东半岛昆仑山地区的农村为背景，通过生动的情节描写了广大农民在共产党领导下艰苦卓绝的抗日救国斗争。缩写本本着严格忠实原著的精神，保持了原著既展示人性的复杂性又注意开掘昆仑山地区的农民性格，既以情节曲折动人取胜又注意心理描写等方面的特色，没有伤害原著朴素而又细致的叙述描写风格。但由于篇幅的关系，为了故事的连贯性和情节发展的紧凑，缩写本紧扣母亲一家的生活和斗争，略去了个别与主干情节无大关系的内容。这对全景式反映王官庄从开始到结束八年抗战的全面生活来说，可能稍有损失，但对小说整体结构和主要人物性格来说，并没有什么伤筋伤骨的影响。这是缩写本必须向本书读者略作交代和说明的。

二　作者

　　冯德英，中国当代著名小说家。1935 年 2 月生于山东省牟平县（现划为乳山县）小于家村的一个贫苦家庭。他七岁参加儿童团，并当过儿童团团长、少先队长。1949 年 1 月参加中国人民解放军，在军队开展文化学习运动中，修完中学课程，其后刻苦自学并开始业余文学创作。1958 年出版第一部长篇小说《苦菜花》后，专业从事文艺创作，并加入中国作家协会。现任中国作家协会山东分会主席，大型文学丛刊《时代文学》主编。

　　冯德英的创作题材和灵感主要来自他少年时期的特殊生活体验。他说过："我出身于贫苦家庭，而在我出生的几天之后，突遭横祸，家破人亡，生活被地主逼的无法过下去。……七·七事变以后，党领导人民发动了起义，领导人民坚决抗日。出于阶级的本能，我的家庭在党的领导下立即卷进了革命的漩涡中。我的大姐、哥哥相继参加了革命。母亲也由于儿女的牵扯，和斗争有了不可分割的血肉关系……"因此，他的作品大都以这些生活感受为"蓝本"。除这部《苦菜花》外，还创作了反映胶东人民解放战争时期生活的《迎春花》，以及反映三十年代初农村斗争的《山菊花》。

　　冯德英的小说，故事情节生动曲折，心理刻画细致深入，十分注意把人物放在严峻的环境中，通过生动的细节描写，给予有力的表现，并富有浓厚的乡土气息，因而深受读者欢迎，并被译成日、俄、英等多国文字。

三　时代背景

《苦菜花》以抗战时期胶东半岛的昆仑山地区为背景。生活在这里的人们，世世代代像牛马似的劳动，可仍然摆脱不了苦难的命运。他们长期忍受着痛苦生活的磨难和权势者的压迫。在绝望中，他们一次又一次地抗争，可是由于黑暗势力的强大，不是家破人亡，妻离子散，就是逃离故土跑关东去谋生或躲进深山野林，结合一伙同命运的人当"红胡子"（群众对被迫逃到深山野林中和财主作对的人们的称呼）。在内乱外患的现代中国环境中，被逼上山当"红胡子"的人一天天多起来，于是惯于忍气吞声的人们，心中慢慢地爬起一个东西："懒汉争食，好汉争气"啊！这东西深深地埋藏在他们的心灵深处，只要有谁抽动了它的导火线，就会引来天崩地坼的爆炸。

这根导火线终于被抽动了。"九·一八"事变的枪炮声惊醒了一个长期沉睡和忍耐着的民族。中国共产党代表人民的利益和顺应历史的潮流，及时地组织和领导了广大农民的抗日救国斗争。他们深入广大的中国农村，发动起义、建立抗日民主政府、开辟敌后根据地，把人民群众的自发抗日热情引向正确的、有组织的道路，导演了一幕幕有声有色的救国救亡壮剧。

然而，中国毕竟是一个封建意识形态根深蒂固的国家，广大分散的农村一直处于闭塞、保守、落后的状态中，长期与外界隔绝的农民基本上没有受过近代民主思想的启蒙。这就决定了昆仑山地区人民的斗争，不单纯是一场反抗异族入侵的生死斗争，同时也是一场反对封建经济和精神压迫，求得自我解放的斗争。

面对着日本帝国主义和封建势力这两方面的敌人，日本侵略者和封建地主势力又明明暗暗地结合在一起；而人民作为历史传统的承担者和体现者，不同的人从传统中承继的东西是不同的。这些，是《苦菜花》这部小说的基本思想背景。作者努力从历史和现实的复杂背景下描写胶东昆仑山地区人民的抗日救国斗争。《苦菜花》既描写了这场斗争的大背景：如日寇对抗日民主根据地的疯狂进攻，国民党反动派和汪精卫汉奸集团的卖身投靠；共产党团结抗战的政策和身体力行的实践；昔日"红胡子"在民族危难面前，在共产党团结、争取和改造下的变化和成长等。同时，又没有用普遍性代替个别性，没有以一般理念代替王官庄的具体农村斗争环境。生活在王官庄的男男女女们，既与全民族的抗战形势的发展有着息息相通的关联，又有着自己的斗争历程和成长觉醒过程。在这里，日寇的疯狂扫荡，地主分子的公开投靠，固然给王官庄的村民们带来了无数家破人亡、人头落地的灾难；然而更加直接、阴险的敌人，则是有着汉奸和汪精卫党徒的双重身份、长期受过敌特训练的披着羊皮的人狼。他见过世面，善于利用共产党的开明政策，伪装进步，钻入抗日民主政府内部；同时，他又对当地农民十分了解，惯于利用落后农民的弱点和传统的习惯势力。这就使王官庄的斗争形势显得特别严峻和残酷。王官庄这个抗日根据地和它的人民，就是在这样严峻和残酷的环境中，在反对公开的敌人，在识别、清除隐藏在内部的敌人的斗争中，同时也在克服自己的弱点和封建习惯势力的影响中，发展和成长起来的。

四　内容提要

作品的情节主要安排在抗日战争最艰苦的相持阶段。一开始以生动的情节描写了广大农民在重重压迫下，濒临无法生活的境地。封建地主横行霸道，无恶不作。冯仁义兄弟为了反抗地主恶少王竹的兽行，哥哥的房屋被烧，全家被杀；弟弟只好撇下还在做月子的妻子和年幼的儿女，深夜出走跑关东。日本鬼子打来后，封建地主王唯一和儿子王竹投靠了日本人，找到了东洋主子，更是耀武扬威了。贫苦的农民在共产党领导下，秘密组织起来，王官庄和周围的几个村庄同时举行了抗日武装暴动，公审和处决了地主汉奸王唯一，建立了抗日民主政权。

然而斗争不仅没有结束，而且更严峻地展开了。王唯一的儿子王竹当夜逃走当了伪军中队长。王唯一的叔伯兄弟王柬芝受汪精卫汉奸集团的指派，带着电台回到了王官庄。他表面上装得很进步，献地、献粮、义务办教育，使人们逐渐放松了对他的警惕；暗中则领导和联络了一批党羽，窥视时机，配合日伪反动派对抗日民主根据地进行破坏。他还利用自己妻子和长工畸形的爱情关系，通过抓奸将他们紧紧攥在自己的手心里。由于王柬芝一系列的阴谋活动，七子夫妇在反扫荡中被出卖，他们拉响最后一颗手榴弹；娟子在山道上遭到敌人的埋伏，英勇搏斗负了重伤；陈政委被害；王官庄根据地遭到敌人的突然袭击，一些区、村干部被屠杀，母亲被严刑拷打，她最小的女儿嫚子被鬼子、汉奸摧残致死；最后，王柬芝的电台被杏莉发现后，他又残忍地用匕首刺死了她。

面对敌人这些阴险的告密、毒辣的陷害，疯狂的屠杀；王官庄群众在党的领导下，表现出了十分英勇顽强的斗争精神和义无反顾的牺牲精神。正如书中的象征意味"苦菜"一样，"苦菜的根虽苦，开出的花儿，却是香的"。这里，有一对农民夫妇悲壮的战斗和牺牲；有铡刀下的从容就义；有自己忍下一切艰难，让儿女全心全意抗战的平凡而感人的日常生活；有面对严刑拷打和女儿惨死守口如瓶的英雄壮举；有泼出一腔青春热血染红晨曦的英勇搏斗；有经过蒙骗、迟疑、矛盾后的觉醒……漫长的艰苦卓越的斗争，锻炼了王官庄的男男女女，他们迅速成长起来，终于识破和挫败了敌人明里暗里的阴谋，活捉了王柬芝及其党羽，在几年前公审王唯一的地方，公审了他们，并投入了新的斗争，迎来了抗战的最后胜利。

《苦菜花》的故事情节十分曲折紧张、扣人心弦，但作者的叙述有张有弛。既有严酷、悲壮的战斗，也有温情脉脉的家庭温馨和如诗如画的自然景象；既有思想的成长发展，也有感官的觉醒和成熟；既有战斗中孕育的爱情和友谊，也有禁锢中产生的野性和畸形的结合。从而展现了生活的丰富性和人物的立体感，完成了一批厚实饱满、栩栩如生的人物塑造。

五　人物形象

《苦菜花》写了几十个各具特点的人物，作者擅长把人物放在险峻、紧张的环境中，通过生动细致的细节描写，刻画人物的性格特点。因而哪怕像七子夫妇、区妇救会长星梅、"红胡子"柳八爷等着墨不多的人物，也能给人们留下较深的印象。处于情节中心的母亲和她的女儿们、王柬芝、杏莉母女等主要人物，更是写得成功，具有丰富的思想艺术内涵和生动的个性特点。

作品中的母亲，是作者着墨最多、倾注了无限深情的一个人物。他是中国新文学中第一个比较丰满、完整的革命母亲的形象。

这是一个普通的北方农村劳动妇女，在她身上，具有旧中国一般劳动妇女的特点：勤劳、善良、忍耐，受封建礼教束缚，胆小怕事，听凭命运的支配。因此，当女儿参加革命时，她有些恐惧。然而，由于被逼得家破人亡，她为苦难和仇恨所武装，所以在公审王唯一时，她怒火中烧，抓起沙石狠命向王唯一打去，并支持女儿当了村妇救会长。开始的时候，母亲更多是凭着一个苦难妇女的朴素感情和善良人性来欢迎眼前发生的变化，支持革命的。但在严峻激烈的斗争中，她从自发走向了自觉。儿女们参加革命后，家庭生活担子全压在她肩上，她何尝没有想过，有儿女在身边自己就轻松多了；但她知道革命要紧，孩子的前程重要，不仅咬着牙挑起了家庭的全副重担，而且不让儿女们知道她有一点痛苦，使他们能全心全意投身抗日救国事业。在描写母亲时，有许多细节是感人至深的。例如，由于儿女们都参加抗战工作了，全家就她一个人下地干活，身体又不好。有一次，种地瓜秧挑水时重重地摔了一跤，裤腿被血染红了，沙子攒进肉里，但她不仅没有怨天尤人，而且当见到有人走来时，还下意识地将摔坏了的腿压在另一条腿下面，轻轻拍打掉身上的泥土，努力装出从容的样子；过后，又洗掉变成黑赭的血迹，抠出攒进肉里的沙子，半桶半桶地把水提到地里去。苦菜花，苦菜花！根苦花香的苦菜花，母亲就是最香的一枝。她的身上，体现了中国妇女的传统美德与革命精神的崭新结合！

作者在刻画母亲的感情、心理变化方面，也是极其真实细腻的。她把孩子一个个送上抗战和革命道路，内心并非没有矛盾斗争，但她战胜了个人情感上的巨大痛苦，经受了严峻的考验。不但挺住了敌人对她健康上的摧残，而且经受住了刀割般的精神伤害与折磨。当敌人摧残和杀害她小女儿时，她如万箭穿心，但她克制住了极大的悲痛，没有向敌人屈服。敌人的凶残，更激起了她的仇恨，更激起了对革命和苦难同胞的爱。她把对子女和亲人的爱推及到抗日干部和战士们身上，她的家里成了"干部招待所"；她对苦难的妇女姐妹倾注了无私的关心，帮助她们摆脱封建势力的束缚……她的身上，萌发和成熟了一种更伟大和高贵的人性。她的成长过程，代表了千百万劳动妇女在抗战风云中的觉醒和成长。

六　壮美的史诗

《苦菜花》所描写的，不过是中国广大土地上风起云涌的抗日救国斗争的一个片段，一个插曲，就像一支乐曲的一个小小音符。但它史诗式的主题、真实严酷的环境，可歌可泣的人物，却不愧为中国人民艰苦卓绝抗战的一个缩影。它在相当深广的程度上反映了一个在近代史上历受列强欺凌和压迫的民族，在苦难中显示出来的强大生命力和英勇无畏的斗争精神，就如书中"苦菜花"这一象征形象一样：它虽然夹挤在杂草中，"根虽苦，开出的花儿，却是香的"，只要看见阳光，就能生长、成熟、开出金黄色的花朵来。

"苦菜花"这一形象和作者对它所作的诠释性描写，是我们理解与把握这部小说的入门钥匙。它暗示我们，这部壮美史诗的主人公和作者心目中的英雄，不是那种超凡入圣的传奇人物，不是那些靠强力和精明算计称雄的人，而是浮沉在生活海洋里普普通通、平平凡凡的民众。人民，就是这部抗战史诗的主人公。是他们，在共产党的引导和组织下，将朴素的反抗情感和"懒汉争食，好汉争气"的人生理解，上升为谋求国家和民族生存，争取自由解放的认识，从而实现了广大分散的中国农村最广泛而又有组织的群众动员，汇入了人民战争的广阔海洋。这海洋使他们的子弟兵如鱼得水（正如小说作者富有意味地把一位八路军团长命名为"于得海"一样），而对他们的敌人却是葬身的坟墓。

为此，小说没有把人民军队与侵略者浴血战斗作为情节的主线，而是着墨于王官庄最普通的农民，描绘他们在残酷的战争环境中的斗争历程，他们的觉醒和成长，他们面对疯狂的屠杀、阴险的告密、毒辣的陷害所表现出来的英勇无畏的精神和宁死不屈的性格。站立在我们面前的英雄，都是平时很不引人注目的良善百姓，然而在敌人面前，却个个视死如归。像七子夫妻：他在乡亲们面前软绵绵的像个老妈妈；他的妻子呢？又细又矮，逃难到王官庄与他成了亲。然而当他们被汉奸出卖后，却像换了一对人，在秘密地洞里英勇反击着敌人，直到手榴弹只有一颗的时候，"……七子把手榴弹送到妻子跟前；七子嫂就在丈夫手中掀开它的盖，拉出它的弦，两人用全力使劲拥抱在一起，手榴弹紧挤在他们的心窝上。夫妻对视了一眼，像是互相最后记住对方的模样。听着咝咝的导火线的燃烧声，他们闭上了眼睛……"又如在敌人的突然袭击下，来不及跑出去的人们，全被敌人赶到南沙滩，被敌人逼着供出兵工厂的机器，但他们没有一个人屈服；刚遭受爱人牺牲的沉重精神打击的星梅大义凛然地走向了铡刀；从没离开过家门几十里，在山区长大的姑娘兰子视死如归。人生的惨苦莫过于坐视儿女被当面摧残至死，五岁小女儿嫚子被吊打的哭声，"像最锋利的钢针，扎在母亲的心上"，可母亲没有屈服，她把悲痛化成了仇恨的火焰……小说中有许多这样惊天地泣鬼神的场面，十分有力地揭示了：人民不屈不挠的斗争，是我们民族赢得抗日战争胜利的根本。

　　普通群众的英雄品格和英勇顽强的斗争精神，不仅在不怕牺牲和流血方面得到了感人的表现，同时也在日常琐碎的生活中得到了十分真实生动的描绘。像母亲，我们在前"人物"一节中曾作简单的介绍，这里要进一步指出的是，她在艰苦而漫长的生活中自然而然显示出来的自觉牺牲精神，对于苦难的承受力和劳动者的自尊心，仁慈的情怀等，丝毫不比一时一地刚烈的英雄表现逊色。这是一种默默无闻，不是要显得伟大而是从禀性中自然流露出来的英雄品格。正是由于有许许多多这样一声不吭地承受着生活的艰难和战争的创伤，一个又一个地把自己的儿女送上疆场，同时把每一个抗日战士都当作自己儿女的母亲，才有千千万万驰骋在疆场上轰轰烈烈地建功立业的英雄出现。甚至杏莉母亲，这个像一棵背阴处的草屈辱地活了大半辈子的女人，在难以想象的不幸中，也做出了不一般的英雄行为，虽然她和王长锁畸形的爱情关系，至多只能说是对于封建婚姻和生命禁锢的本能的、自发的抗议；虽然她给被押的母亲送饭和主动参与对母亲的营救，不像进步群众那样具有革命的觉醒意义，然而，她在警戒森严的伪军中队部和王柬芝的眼皮底下营救母亲，以及后来被敌人发现后硬气地死去（这个情节与七子夫妇牺牲的情节大致相同，故缩写本没有收入），不也同样表现为一种英雄主义吗?! 莎士比亚曾经说："勇敢要看机会。"艰苦严峻的抗日战争锻炼了中国人民，千千万万普通平凡民众的英雄主义，显示了我们民族坚强的素质和生命力。

　　还必须进一步提到的是，《苦菜花》中描写的英雄主义具有丰富的人性和人道主义的内容，写出了人物的博大和仁慈的情怀。如同作者没有把书中的英雄描绘成为刀枪不入、智力盖群的超人一样，他们也不是没有七情六欲、不食人间烟火的人物。相反，作品生动地描写了日寇入侵对中国广大乡村田园诗意的破坏，给一个个家庭、一对对夫妻带来的灾难；描写了残酷环境中平凡英雄身上人性的诗意闪光和温馨美好的情感。硝烟战火下也有家庭美好的情感交流和僻静处战士的情语，就像禁锢与屈辱下也有独特的爱情一样。像七子夫妇与情爱水乳交融在一起英勇牺牲的场面；像德强与杏莉一路上初恋的对话与心理描写；像母亲一家那两夜家庭生活小景的刻画，都传达出人性和人情的美好，大大地丰富了人物性格和内心世界。母亲的形象，更是这种人性，人道精神，以及博大、仁慈情怀的充分体现。她不仅把对子女和亲人的爱，推及到一切抗日干部和战士身上，而且能超越阶级感情和偏见，爱一切遭受苦难和不幸的人们。母亲帮杏莉妈说情这一情节是很感人的，尤其表面上杏莉妈是一个地主家的闺女，王长锁又当过王柬芝阴谋活动的"腿子"，但母亲凭自己朴素眼光认准了他们是"两个老实人"，就主动自觉地、毫无顾忌地替他们向区委书记说情，并且想得周到不亚于对自己的儿女。从母亲身上，我们不难感受到人类之爱的博大感、无私感。所以《苦菜花》中的母亲，不仅是一个具有不屈不挠的意志，坚忍不拔的毅力，宁死不屈的性格的人，同时也是靠伟大的心灵和人性的光辉让我们感动的人。在千千万万这样普通平凡的英雄人民面前，丧尽人性的日本强盗难道还能在中国土地上站稳脚跟吗？

抗日战争的英雄史诗，是人民创造的。人民，就是史诗的主人公。

（冯德英原著，王光明缩写《苦菜花》，海峡文艺出版社，1993）

面对世界与自我的深渊

——《孤魂》序

题记:

母亲的太阳照耀不到未来

儿子的血液流不回历史

——《必由之路》

山林里一泓清澈的泉流,七拐八弯,汇进咆哮奔突的江河,会怎样呢?终年在大山里成长的少年,一旦走近光怪陆离的都市,将如何呢?我想田家鹏和许多从乡野走向城市的青年一样,当他从那两座大山夹峙下的山沟沟里走向不夜的都市的时候,还未来得及细想过诸如此类的问题。不然,他写不出《继母》那样单纯透明的牧歌。在这篇乡村淳朴道德和美好人性的赞歌里,年轻的诗人为我们塑造了一位多么善良、慈爱的母亲。我不知道其中是否也折射出诗人潜意识中的"恋母情结",但不难看出诗人对养育他的乡土有多么深的感情!

这种感情是一种美丽,但也不妨看成一种精神和道德的负担。它从精神遗传上决定了田家鹏永远不可能成为那类准嬉皮士的现代城市作家,但这些有时也限制了作家对自己经验与想象的展望。于是在《继母》中,乡村社会淳朴的感情和精神价值,并不源于两种背景的冲突,而是由于艰难生存条件的映衬;甚至,还不由自主地流露出对城市风景的欣赏,以为这便是母子两代人所向往的。这种比较幼稚的情感与展望,当然是因为年轻和城市经验的浮浅造成的,但更深的根源仍然在于贫困乡村社会经验的纠缠,它往往转移了我们精神关怀与自我内省的视野,宁愿降低美学和艺术的利益，在社会历史进步和生活现状的改变方面得到补偿，以为投身当代中国的核心课题，推动社会潮流的前进，就是作家的使命。也许田家鹏当初就是这么想的，因此当他写完《继母》之后，他的热情几乎都在社会性主题方面得以挥发，忙于为"冲浪者"塑像，为"落日"送行，或者渴望"让长江流进脉管"，"获得那个最富诗意的形象／——一只啼破黑夜的／'雄鸡'"。收在"回答鸽哨"辑中的早期诗作显然有很强的社会和政治隐义，它写得大气磅礴，而在抒情方式上则不无政治抒情诗的烙印。它们赢来了相当的社会反响，有的还几次获奖并被收入一些诗歌选本。但是我真想说，我更喜欢其中诸如此类的诗句：

> 我知道有一天　我
> 会还原成你江心洲上的
> 一棵小草　开一朵
> 雪白的圣洁的花

　　我知道这里有我的偏颇和偏执，或许要引起作者的不悦和某种类型诗歌读者的异议。但是，诗能否为社会现实政治生活做出承诺，它是能直接参与生活的进程还是只能参与精神空间的拓展，衡量诗的尺度是生活的标准还是精神和艺术的丰富性，诗的出发点是从个人经验出发进入能指的象喻范畴，还是从普泛观念出发寻求表象的图解？尽管其中也存在着互相吸引与互相排斥的复杂关系，但是诗显然更是一种自由、高贵的人类精神的象喻。诗人之为诗人，不是因为他有改造世界现实秩序的能耐，而是由于他能够在世俗与平庸中站出自身，面对真实的生存感受，在表象与本真、遮蔽与敞开、物性与人性之间的维度上，拒绝灵与肉的分离，维护生命的本真、庄严和语言的纯洁。他们是一群反抗时间侵蚀的人，他们永远在争辩，和青春、和死亡、和地狱、和语言，并且始终和自己争辩，接受诗歌精神的评判，真正面对世界与自我的深渊，从而获得向上一跃的地基。

　　在这个意义上，我更看重田家鹏1986年以后创作的那些真正面对个人的内心风暴，表现着人与现代环境的紧张关系，具有自我冲突性质和对话意义的诗作。在这些诗作里，作者已不再为一些新奇的外部物象所动心，也不再为眼前的生活潮流所吸引，他为再也找不到"20年前的小屋"，摸不到记忆的"坛底"而感慨万端：他发现"尘封土埋／使我的坛口长满杂草"，藏在里面童话里的"小主人公死了/世界上怎么也找不到他的足迹"（《回忆暴风雪》）。童年的大门在他走出之后就砰然关闭了，人被抛到前后茫茫的世界：充满荒诞的"故事"、随时产生的"错觉"、不知道是向前还是朝后、少女说着"清醒的梦话"、艺术家"东奔西走寻找着/从来不知道寻找什么"、不过是"以最美的面容取悦瞎子"（《故事》、《错觉》、《画像》、《独舞》等）。更引人注目的是诗中的抒情主人公，他有点像里尔克的"豹"，更像牛汉的"华南虎"（《豹》、《华南虎》），心在荒山野地却身陷囹圄，无数次徒劳的搏斗与挣扎之后只留下"一个伟大的意志昏眩"。他是多么眷恋生他养他的乡土啊，他写道：

> 故乡是最初那一滴淡墨
> 永远闪射着某种光晕
> 悠远又神秘
> 衬着无边山色

　　然而却又不得不"融入都市纵横的阡陌/……以不存在显示存在"。他想与人群对话，但"话未出口就变成空气"；他想变成一只鸟逃脱，但"还没起飞就折断翅膀"。于是他总觉得自己站在"边缘"，"再跨出半步就是深渊"；"悲风"却还是一阵阵刮过，青春和灵魂的碎屑纷纷扬扬，以至于自我永远处在清醒与茫然之中：

> 一切悲风都来自嘴里
> 嘴来自哪里
>
> 　　　　　　　　　　——《悲风》

> 一切
> 原只在心里。心又在哪里？
>
> 　　　　　　　　　　——《自赏》

　　田家鹏的这些诗，充满相悖的情境、矛盾的意象、冲突的语言，把它看做荒诞生存处境的映象也无不可。但我更愿意把它们看成一种都市忧郁症的病象记录，或者更准确地说，看成被抛向都市的青年文人的精神映象。都市与乡村、现代与传统的冲突是中国现代文学的老课题了。在20世纪中国社会从传统到现代的转型中，许多文人和许多作品都产生于城乡冲突的张力结构中。城市，作为现代生活和文化指向的唯一通道，它给人们提供了选择、自由、个性发展、冒险与创造的机会；它的物质和精神享受的诱惑，唤醒了人们对于封闭、停滞、贫穷、死气沉沉的乡土社会的意识。但城市又是一切罪恶的渊薮，它无情地把许多自然和美好的东西排除在城墙之外，充当伪善、欺压、功利主义、弱肉强食的温床。一个现代文人，不可能不进入都市，但一个现代文人在精神上又不可能认同都市，这就是都市忧郁症的根源。这种忧郁症对作者是一种精神折磨，对文学却是一种滋养，无论从心理背景，还是题材、主题、意象、性格和语言来看，城乡冲突都是百年中国文学最突出的景观之一。

田家鹏的诗无疑是这一现代文学母题的延续。读着他的诗，我会想到他的前辈老乡何其芳，特别是想到何其芳的《画梦录》：

> 我是从山之国来的……记得从小起，我的屋前屋后都是山，装饰得童年的天地非常狭小，每每相反地想起平沙列万幕，但总想象不出那样的生活该是如何一个旷野，竟愁我的翅膀将永远飞不过那些岭嶂。如今则另是一种寂寞，胡马依北风，越鸟巢南枝，颇起哀思于这个比兴，若说是怀乡倒未必，我的思想空灵得并不归落于实地，只是，我真想再看一看我那屋前屋后的山啊，苍苍的树林不喾一个池塘，该照见我的灵魂十分憔悴吧。

同样的从一种寂寞走向另一种寂寞，同样的在故乡的镜子中照出远离后灵魂的憔悴。不过，田家鹏不如青年何其芳超脱，那时的何其芳"思想空灵得并不归于实地"，面对回忆与现实的龃龉，他走入了梦中的天地，"沉默地不休不止地挥动着斧雕琢自己的理想"：他沉醉在人生各种姿态的欣赏里（"对于人生我动心的不过是它的表现"），沉醉在语言的颜色、姿势、节奏，以及语言结构抗拒与偏离的效果里。他说过："我倾向着一些飘忽的心灵的语言。我捕捉着一些在刹那间闪出金光的意象。我最大的快乐或酸辛在一个崭新的文字建筑的完成或失败。"（《梦中道路》）

不像青年何其芳有游离的态度去感味，以纯粹艺术家的姿态把忧郁的理想雕琢得精致玲珑，田家鹏深深陷在"母亲的太阳照耀不到未来／儿子的血液流不回历史"的悲哀里,纠缠在有些历史与自我都无法回答的追问里。我毫不怀疑,我们的时代有不少比田家鹏更优秀的诗人,不少技艺上更圆熟、思想上更深刻的诗人,但我相信,很少有像田家鹏这样真诚、无情地面对自我的矛盾与挣扎,真正从个人分裂的内心经验出发,把城乡两种文化的冲突,表现得如此紧张的诗人。在这个意义上,田家鹏的诗强化和推进了这一历史文学母题的表现。

这种表现基于现代社会破碎、分裂的个人经验的真诚面对与解剖,但又绝非只反映了个人心情,相反,他的不少作品具有生命、存在的思考与展望的性质,因而最终从个人经验的表现变成了人类现代生存境遇的隐喻。这里最值得注意的是他分为上下篇的几百行长诗《必由之路》。在这首可以称得上生命史诗的作品中,诗人向我们展望了生命的偶然和命运的必然。在这里,土地与天空、出生与死亡、情欲与精神,复杂地纠结在一起,已经超越了城乡文化冲突的把握与展望,失落的故乡也上升到了精神家园的形而上的象喻层次。这是世界之夜的图像,是肉身与灵魂正在分离的悲歌。我永远忘不了诗中说话者不时产生的梦魇、幻觉和怪叫,以至于每每翻到此页却不敢重读。诗人后来产生的"野鬼""孤魂"意念不是突然降临的。

田家鹏的诗歌是面对世界与自我的深渊,以本真敞开黑夜,以黑夜召唤本真的诗歌。我有时不满(更严格地说是害怕)他的真实与严酷,担心他在这里纠缠得太深,甚至希望他学一点青年何其芳的超然和唯美。但这些诗,无论对我们还是对作者自己,既是一种显现,又是一种启示:面对现代社会的焦虑、混乱和分裂,灵魂与肉身必须互相寻找才有生命的完整,诗人必须在诗歌本体中才能超越自身。

1993 年 9 月

(田家鹏著《孤魂》,现代出版社,1993)

森林睫毛下的凝望

——《记忆的瓷瓶》序

　　读李龙年诗集《记忆的瓷瓶》过程中，我想得挺多。我想到他负责的《闽北日报》"武夷山"文学副刊众多的名家好稿；想到我们福建当代许多作家和诗人的命运。无论在政治化或商业化的时代，文学的追求都是一种孤独而悲壮的追求，在边远省份尤其悲壮。福建是一块美丽而忧伤的土地，蝴蝶一样的地貌，众多而奇丽的大山，漫长的海岸线、蜿蜒曲折的河流和跌跌宕宕的道路，永远给人灵性与情感的滋润。然而，这里又是政治、经济、文化的边缘之地，远离北京、上海这样的大都市，横亘的武夷山脉像一道目光难以跨越的屏障，挡住了人们对外部世界的感受和参与，也挡住了胸襟的展开和视野的延伸。很多的聪明才智乐于接受实在生活的引导，很多胚胎性的思想长不成参天的大树，很难开风气之先，很难形成一种思想气候或文化潮流。要么，走出武夷山，到更广阔的世界去寻求发展；要么，横下一条心，在僻处一隅掘口深井——这，几乎成了福建文化人仅有的两种选择。然而在这风云变幻的时代，我们面临太多的挤压与诱惑，现实又总不情愿帮愿望的忙，于是大多数的人往往都在犹豫徘徊或随波逐流中消耗了最宝贵的年华，这也从另一面表现了我们的宿命。

　　假如我们无力与诸多与生俱来的限定抗争，就打开自己的全部身心拥抱脚下的土地；假如我们不能做一个呼风唤雨的时代诗人，就踏踏实实地面向自己的人文地理和感觉意识，心甘情愿做一个具有独立个性的诗人。这是郭风、蔡其矫提供给我们的启示，也是舒婷、汤养宗的诗歌创作实践留下的宝贵经验。李龙年的诗，所显示的，也是这样一种自觉自明的选择。虽然他的诗不如上述诗人出色，也不如他们在诗坛具有广泛的影响，但我认为，在福建比较年轻一代的诗人中，如果说，闽东的汤养宗是一个继蔡其矫之后在大海中真正讨得了灵感的"海洋诗人"，那么，这个闽北的李龙年，当是福建第一位最有大山气息的诗人。这不仅因为《记忆的瓷瓶》中的题材大部分与大山相关，山的意象成了他诗歌最有特色的意象，而且由于他真正从情感上、意识上认同了这永恒自然的历史，认同了山与人类生命和精神的联系，努力表现了人与自然那种互动相生、相依相存、相互激活的关系。这就使他的诗，不仅感染了大山刚健清新的气息，而且大山在他的笔下，不再是静态的山水，一种感受上的审美对象，而是一个自在的和人格化的生命。如同《山魂》："与黑夜俱来，与白昼同在/伴风而生，偕日月而来/在岩石竦耸为永恒的峥嵘/在溪水清冽为神秘的瞳孔/在大地沉积为黑色的悸动。"

我喜欢这种感觉化、生命化的大山形象，为作者能把月亮想象为"森林睫毛下的眼睛……做一种神圣而静寂的凝望"而由衷感动。我觉得，这不是人的肉眼肉耳所感知的自然形象，正如艾青《雪落在中国的土地上》"饥馑的大地/朝向阴暗的天/伸出乞援的/颤抖着的两臂"一样，融进了诗人生命的热情和独特的意识，既体现出想象的气魄也体现出对表现对象的深刻理解。热情与气魄，使李龙年能够把山脉，看成"褶皱的地平线"，展示它"把太阳抛起把月亮掷下"的雄伟气度（《山脉，褶皱的地平线》）；使他有"小溪把炊烟洗得白白的/一缕一缕/晾在蓝天"的超拔的想象力（《森林里的木屋》）。面对人与自然关系的独特意识和深刻理解，使李龙年不仅能够表现人对大山的凝望，同时也表现出自然对人类的凝望与暗示。李龙年的诗，不是单纯的对自然的讴歌，也不是借助自然抒写某种社会和历史的情感。在他最有特点的作品中，总有某种与生命紧密相关的感悟。如《关于钻塔与岩石的箴言》，初看题目，似乎毫无诗意，但诗人却在"无数的岩石中/注定有一种，将来成为铮铮然的钢铁/无数的钢铁中/注定有一种，成为寻找某种岩石的歌手"的循环现象中，发现了钢铁与岩石的不同本质，由此得出了某种生存的领悟：

> 如马的奔跑　与狼的奔跑
> 同样迅疾　健美
> 但马是马　狼是狼

　　犹如岩石与钢铁

　　那样一种强硬与壮烈的歌唱

　　在寻找石头祖先的过程中

　　作为后代的钢铁也会牺牲和受难

　　这构成了一种英勇感人的抒情与昭示

　　寻找源泉和寻找自身都是一种艰难

　　在这里，"强硬与壮烈的歌唱"或许是一般的诗人能够感受到的，但寻找的艰难却是李龙年个人的感悟；更为重要的是，诗人揭示了这种寻找的性质：是对源泉的寻找，也是对自身的寻找。由于意识到寻找自然便是寻找自身，李龙年的诗就摒弃了当代诗歌中那种自以为可以征服自然的主观狂妄，在对自然虔敬的走近与聆听中，写出了不少触动我们心灵和情感的诗作。如《蓝溪·虹溪》也是我所喜欢的一篇作品。有哲人说人无法涉足同一条河流，诗人却在两条河流面前感受到生命岁月的美好与忧伤：这是生命的有限性与自然的无限性、永恒性的感悟，又是情感与现实的矛盾的感悟。经验与记忆的蓝溪，揣着那么多的星星；而流淌情感的虹溪，红得像烫人的火苗——

　　蓝溪　虹溪　流在一起

　　就成了岁月之河　让人落泪

　　我是河中游走的鱼儿

　　却不能同时游进两条小溪！

　　形成"岁月"的因素是这样的丰富多彩，但现实的选择却如此有限，这里是真正的生存境遇。然而，对这种矛盾的象喻性把握却成就了张力饱满的诗。重要的是，不是把这种矛盾当做悲剧，而是更深掘入生存与语言的本质，站在审美的立场，把对矛盾生存现象的承受转换为生命存在的意识与表达。李龙年的诗，正是这样写的。在可以称为这首诗的姐妹篇《你的笑声》中，诗人以对生活的感恩超越了失落的忧伤——

　　人生能再 18 岁一次多好

　　但那样　我如今的岁月中

就没有梦中　　你风铃一般的笑声
悠远而来　　让我凝神闭目
芬芳孤独

我觉得，这不是无奈面前的自我排解，而是凝定情感和成熟意识对青春期热情与感伤的超越。

自我超越是可能的，无论是面对这个骚动不安、物欲横流的时代，还是面对地域与空间的限定，问题是我们是否钟爱与能否承受艺术的"芬芳孤独"。也许，对于生活在时代与地域边缘的诗人，只要勇于面向自己的生存境遇和个人的感受意识，严格服从精神与艺术的需要，就能寻找到自己的艺术道路。为此，我愿借李龙年《悬崖上的红枫》中和诗句与读者共勉：

即便是一棵无言的树
在山野　　在悬崖　　在生命的边缘
也要喷发　　心灵的激情

（李龙年著《记忆的瓷瓶》，鹭江出版社，1995）

心灵生命化的散文传统

——《世界经典散文·法国卷》前言

　　群星灿烂的法兰西文学天空，是我们所熟悉的。连一般的文学读者都数得出几个光辉耀眼的星辰：拉伯雷、蒙田、布封、卢梭、司汤达、巴尔扎克、雨果、乔治·桑、波德莱尔、左拉、莫泊桑、罗曼·罗兰、都德、普鲁斯特、萨特、加缪、罗兰·巴特，等等。他们作品的思想和艺术光辉，不仅普照着法兰西土地，而且成了人类历史和文明的共同财富。法国散文是法国文学的重要组成部分，也是世界散文宝库中最重要的组成部分之一。一部法国散文发展史，就是法国文明和精神发展的历史。本着对散文的理解，《世界经典散文·法国卷》从近代以来法国散文发展的历史长河中撷取闪光的浪花，向读者们展现几百年来法国近代散文的奇异景观。

　　散文是一种自由思想着的人格表现的文体。这是散文的本体精神，是散文的内核和灵魂。周作人认为散文小品是文艺的少子，年纪顶小的老头儿子，体现着文学发达的极致。① 这是极有道理的。这是一种最个人化的文体，一方面，由于它以真实繁复的人类生活现象和自然现象作为描写的基础，最贴近人类生存的真实状态，同时其体式的丰富性和语言的平易性，使它最容易走近广大的读者；另一方面，因为它最贴近人性的基本形式，没有程式化的外衣，不像诗歌、小说、戏剧那样须把丰富的情思和人生表象外化到想象性秩序与韵律中去，讲究想象世界的再造与重建，因此又是文学自由品格的极致表现，为个人意识的敞开生长提供了最广阔的空间。

　　在世界散文格局中，法国散文无疑最早、最充分地体现了散文的本体

---

　　① 周作人：《中国新文学大系·散文一集·导言》，上海良友图书公司，1935。

精神。虽然文艺复兴时期以前的法国散文，与欧洲许多国家的散文一样，一般都流于记事，大多未超出为国王和贵族树碑立传的题材范围，既无多少个人自觉意识的渗透，也很难真实反映人民的历史面貌，但在席卷欧洲大陆的文艺复兴思潮的影响下，法国散文一改古板僵化的历史面目，成了法国文学中最英勇、最有活力的体裁。随笔、回忆录、政论文学、讽刺散文等，如雨后春笋般蓬勃发展。文艺复兴是如恩格斯所说的"一个需要巨人而且产生了巨人——在思维能力、热情和性格方面，在多才多艺和学识渊博方面的巨人的时代"[①]。蒙田就是这样一位文学巨人，他的《随笔集》不仅开创了法国随笔小品的先河，而且成了欧洲近代散文的源头，对整个欧洲乃至全世界散文的发展产生了很大的影响。

蒙田是公认的小品随笔散文的宗师，1533 年他出生于波尔多的名门望族。到中年时，由于厌恶官场生活和内心苦闷，他放弃了自己的律师职业，归隐乡野，用九年的时间埋头读书写作，先后出版了三卷《随笔集》，这是几部博学、丰富、犀利的书，作者从他怀疑论的思想出发，在各篇中夹叙夹议，以机智独到的议论和生动多趣的引证开创了近代散文的多条源头。第一，他从人文主义的立场出发，以对现有秩序的怀疑态度，确立了人的高贵地位。他认为"每个人都包括着人类的整个形式"，"在一切形式中最美的是人的形式"，因此主张"每个人自己创造自己的命运"。蒙田的这种立场，醒目地体现了散文领域个人意识的觉醒。第二，与对人的全面肯定相联系，蒙田通过作品体现了一种表现个人和自我解剖的精神。"我通过普遍的自我同世界沟通"，他这样说过，并在他《随笔集》的序言中明确宣告："读者，这是一部忠实的作品。开头就预告你，作者的宗旨完全是私家的：并没有为你打算，或为自己出名。……我希望表现我原有的、自然的、日常的面目，不要带一点做作，因为我是描写我自己。我的短处可以全盘托出，我的真相，在社会仪尚所允许的范围内，可以赤裸裸地毕露出来。"他自己不隐藏，不夸饰，坦坦荡荡地让人们走进他的心灵和感情世界，看他心灵天性的转动，看他所感悟到的人生与社会。他的随笔散文充分体现了文艺复兴时期个性解放的特征，作者的生活、思想、人

---

① 恩格斯：《〈自然辩证法〉导言》，见《马克思恩格斯选集》第 3 卷，人民出版社，1972，第 445 页。

格、趣味跃然纸上。第三，作品的取材大都是他的日常生活和生平感想，蒙田从最平凡的、最琐碎的事物的描写入手，暗示人生与生活的真义，他的文思也完全听从思维情感的引领，行文自如潇洒，与你款款道来，仿佛在领你悠闲地散步，让你在他的散文情境中流连忘返。

作为法国散文史上的巨子，蒙田的意义是广大深远的。人们几乎可以在他之后几百年的法国散文发展中找到他作品的悠长的回响。但法国散文的意义和重要性不但在于它的源头，更在于它像一条不断宽拓、浪峰迭起的大河，17 世纪的帕斯卡尔不仅继承了蒙田等散文领域中"人性学家"的思想传统，在《思想录》中提出了"人是一根会思想的芦苇"的著名论点，而且对人的局限性和思想的超越性提出了更深刻、更辩证的见解。而 18 世纪的布封，则通过人性论的眼光，将动物拟人化。不仅对整个自然界做了唯物主义的描述和解释，直接影响了达尔文进化论思想的形成，而且有力地推动了散文技巧的发展。他对狮、虎、熊、马、狼、狗、狐狸等动物的描写，至今具有经典意义。

18 世纪的卢梭是法国散文史上又一个划时代的作家。这既因为这位影响深远的浪漫主义先驱以他《社会契约论》《论人类不平等的起源和基础》等理论著作，对人类思想史的发展做出过卓越的贡献，也由于他的《忏悔录》《一个孤独的散步者的遐想》等散文著作，开创了真实表现自我生活的自传体散文新格局。"这是世界上绝无仅有，也许永远不会再有的一幅完全依照本来面目和全部事实描绘出来的人像"。卢梭在《忏悔录》的篇首这样向读者宣告。的确如此，尽管卢梭也继承了蒙田的散文渊源，但蒙田散文的情趣是贵族的、隐士的，而卢梭散文中的情趣则完全是平民的、在世的。正是卢梭自传体散文中的平民意识与平民情趣，改变了 18 世纪的散文趣味。甚至可以说，整个 19 世纪的法国文学（当然也包括散文），都受到卢梭自传体散文的推动和启发，用圣伯甫的话说是："我们 19 世纪的人就是从这次革命里出来的。"①

正是卢梭自传体散文中那种激越的感情、狂放不羁的个性和对大自然的诗化，启发了 19 世纪法国文学的灵感和想象。19 世纪的法国是资产阶

---

① 圣伯甫：《让—雅克·卢梭的〈忏悔录〉》，见圣伯甫《月曜日丛谈》第 3 卷，第 78 页。转引自柳鸣九《忏悔录·译本序》，人民文学出版社，1980。

级文学空前繁荣的阶段，也是法国散文的收获期。一方面，许多杰出的诗人、小说家在这时期同时创作出了许多散文佳作，如斯达尔夫人、乔·治桑、巴尔扎克、雨果、左拉、马拉美、法朗士、瓦雷里、韩波等；另一方面，圣伯甫、梯里叶、米舍莱、基佐和贝特朗等人又开辟出了文学批评、历史散文和散文诗的新领域。其中最值得一提的是波德莱尔。

波德莱尔也是法国文学历史中一个继往开来的人物，他上承浪漫主义的余绪，下开象征主义的先河，是西方现代派文学公认的前驱。波德莱尔的诗歌声名最大，被雨果誉为"创造了一种新的战栗"。但他的散文也同样出色、富有独创性。他在散文写作中把批评家的洞察力、怀疑主义、注意力和推理能力与诗人的敏感和描绘能力结合起来，既生动传神又警句迭出，给人以深刻的印象。特别是那些描写巴尔扎克、雨果、戈蒂耶、爱伦·坡等同代作家的批评性散文，以及以《现代生活画家》为总题的艺术随笔，更是意趣盎然、栩栩如生，充满情趣与智慧。同时，波德莱尔还是散文诗这一现代文体的奠基人，他的散文诗集《巴黎的忧郁》，是散文诗的第一个里程碑。

波德莱尔是浪漫主义滥情主义倾向的有力反拨者，他那理论与创作中形象效能与知性批判相融合的追求，他文体上和形式上的独创性和实验性，成了丰富博大的 20 世纪法国文学的重要源头。20 世纪的法国散文毫无疑问比 19 世纪的法国散文更加博大精深，它既折射着传统的光辉，又增加了创新的因素，既表现出历史的继承性，又反映了现代的独创性。像罗曼·罗兰的传记散文，普鲁斯特的随笔，列那尔和施特劳斯描绘自然风光的散文，以及韩波、纪德、佩斯等人的散文诗，都已成为世界散文宝库中的重要财富，他们中也有不少人成了诺贝尔文学奖的获得者。特别引人注目的是，加缪和罗兰·巴特这两位散文大师，把哲学随笔散文和学者散文引入了一个崭新的天地。

加缪早年是著名的存在主义作家，曾获 1957 年诺贝尔文学奖。散文在他的作品中占有重要的分量，《反与正》《婚礼》《西西弗神话》《反叛者》《阿尔及利亚纪事》等都是他负有盛名的散文集。加缪的散文是深刻意识到现实生活和死亡之间激烈冲突的精神状态的散文，他意识到世上的阳光虽然明媚，但转瞬即逝，因而提出了"荒诞"的著名论题，并且给我们描绘了一幅生动形象的图画：风尘仆仆的西西弗受诸神的惩罚把石头推上山顶，而石头由于自身的重量又从山上滚下山去；西西弗于是又走下山去，重新推石上山，周而复始。然而，生存的荒谬性的意识并未使加缪得出虚无主义的结论，相反，加缪的解释是：西西弗的灵魂是快乐的，因为推石上山本身就使他得到了满足，他始终实践着对荒谬的反抗。就这样，不是依靠贫瘠的否定论，而是从荒谬推论出人的反抗、人的自由和人的激情，于是加缪在现代的"荒原"中，重新肯定了人的作为和意义，创造了一种新的价值。

如果说，面对 20 世纪现代社会的苦难和阳光，加缪以他的哲学随笔展开了人类已被摧毁的理想的重建工作，表现了生之爱的执著与坚持，那么，著名学者罗兰·巴特则以《恋人絮语》《时装系统》《符号帝国》等文学随笔集，提供了一种崭新的扩散性散文文本，为学者式散文写作开拓了又一条新路。罗兰·巴特是继存在主义哲学家萨特之后法国学界的另一位现代大师，以创立结构主义符号学闻名于世，但他更是一位富有灵感和独创性的崭新的散文文体家。即使措词紧密的学术观念，也铺陈得像是一种流畅的散文材料，并总是体现着散文表述的生动性和简洁性。"像一切真正的作家一样，使他入迷的正是'细节'（他的用语）——经验的简短形式。甚至作为一名散文家，巴特大多数情况下也只写简短的文章，他所写的书籍往往是短文的集合，而不是'真正的'书，是一个个问题的记叙而不是统一的论证。"① 他举世瞩目的贡献，是把散文从自我扩张、社会承诺和道德承诺中真正地解放出来，以文本的欢悦吁请人们品味风韵，吁请读者以欢悦的（而非独断或轻信的）态度对待思想和艺术，从而真正地把散文的写作和阅读，变成一种自由、平等的对话，变成"站在一切其他话语交汇点上"自觉运用意识、智慧和自由的作家。罗兰·巴特是由蒙田倡导的法国伟大散文传统中最近一名重要的参与者，又是最彻底的一名变革者，他为散文随笔树立了一种新的典范：在反专断的、直线的叙事方式的同时发明了一种崭新的现代散文文体，它是戏剧性的个人感受和意识的优雅表演：既无所不适、不拘一格，又从容、超脱，充满智慧和雅致的情趣；既极端的个人化又胸怀坦荡；既让一切现实都以语言的形式呈现，又让语言在作家的写作中被移位与解放，变得自存自在。在罗兰·巴特看来，英文中动词"写"的不及物含义不仅是作家幸福的源泉，也是自由的模式，散文是一种对个人表白权力的永久更新，是一项永远开放的陈述活动。

---

①　苏珊·桑塔格：《写作本身：论罗兰·巴特》，见罗兰·巴特《符号学原理》，三联书店出版社，1988。

　　从蒙田、卢梭、波德莱尔，到加缪和罗兰·巴特，几百年的法国散文真是奇峰迭起、怪杰纷呈，形成了世界散文史上最丰富、最有魅力的散文景观。这是一种以审美的眼光观照世界和现实人生的景观，它以既是个人化的又是非个人化的，既是社会性的又是非社会性的，既是高贵的又是时尚的，既是古老的又是先锋的奇妙结合为特色，就像领导潮流的巴黎时装一样，具有一种广义的唯美主义色调。有人认为"在法国文化中唯美主义理想比在任何其他欧洲文化中都更明显和更具影响，这种文化能够在先锋派艺术观和时装观念之间建立一种联系"①。这一观点是有道理的。在散文这一古老的形式上，个人自由意识的表现成了法国散文的最高律令，它深入一切题材又始终呈现着心灵，覆盖着外部与内部最广大的宇宙；它能对生存保持一种既包容而又挑战的姿态；它能以不断的创新、突破来丰富本国的散文传统；它能把写作变成一种自由与解放的实践活动，真正实现感受、语言和形式的解放，从而使散文的写作与阅读都变成一种生命的快乐的活动。法国散文形成了自己心灵生命化的传统，这是一种欲望与感受的生命，既狂放不羁又机智优雅，既意味深长又有极丰富的感性，充满着智慧和欢乐。这样的传统与德、俄具有高度道德严肃性的传统相去甚远，也与英、美幽默与抒情的传统有很大区别。

　　这种最高律令使法国散文保持了自己的独特美学建构，这就是：个人作为根本以及生活作为对个人心灵意识的解读，把意识的运用作为散文的最高原则，通过充分的自觉来获得真正的自由。法国近代以来的散文家都是他们自身意识的品味家，追求的不是思想系统的大厦，而是个人感受和意识的自由宽广的、心满意足的表达。因此，他们重视自我的体察，重视意识与语言形式的互相寻找，重视意识对现实的补偿和超越。这就是为什么蒙田从怀疑出发，找到的是随笔散文的形式，并表现出那么强烈的自传色彩；这也就是为什么热情洋溢的卢梭并不以为自谴自责会损害自己的高贵。即使为了美学的目的，追求非个人化的表达，也仍然是自我意识运用的一种现代形式。波德莱尔不过是依据"应和"的艺术观把个人投射到"对应物"中而已；瓦雷里的作品具有非个人化的特点，但骨子里却体现

---

　　①　苏珊·桑塔格：《写作本身：论罗兰·巴特》，见罗兰·巴特《符号学原理》，三联书店
　　　　出版社，1988。

着对超脱世俗自我的专注。纪德和罗兰·巴特是法国作家中高贵的典型，都以谦卑的态度看待世界，认为作家应甘于渺小，不可夸大语言的力量，但纪德始终保持着自己的方式，很少由于广泛阅读和发现而改变自己（连罗兰·巴特都惊讶他"如此彻底地孤芳自赏"）。罗兰·巴特最突出的风貌就是意识和表达的自我与个人特性，他不仅坦然地谈论时装、摄影、情人话语，为"永恒作家论丛"① 作自我推销，而且认真地为自己的色情观（以及自己的性欲）、嗜好、体验世界人生的方式进行坦诚地辩护。罗兰·巴特作品中的很多主题都属于法国文学和文化的经典话语之列：对自我意识的关注，对优雅的抽象，特别是对情感形式的喜爱，对单纯心理描绘的轻视，以及对非个人性特点的调情。

从散文是自由思想着的人格的表现这一文体精神来看，近代法国散文可以说是世界散文的典范；同时它还包含着与近代人类文化风格相关联的重要特征：面对近代之前存在的无穷无尽的话语，面对人类理智活动的精致化，散文为紧凑的陈述、优雅而愉悦的领受、感受和意识的大面积覆盖及迅速抵达，提供了通道。正是由于法国散文突出的精神特征和近代文化风格，它在五四时期就引起了我国新文学开拓者们的高度重视，不仅重要散文作家的作品得到了充分的翻译介绍，而且他们热心提倡其文体和创作方法。② 法国散文作为中外文化交流中的一个重要因素，无疑对我国新散文的发展起了良好的影响，尤其是有力影响了我国随笔和"闲话"式小品传统的形成。五四时期我国现代散文多向度的展开，与外来营养的丰富多样密切相关。在散文日趋繁荣的今天，更多地接触、了解具有优秀传统的法国散文，有助于我们加强散文本体精神的意识，丰富我们的情思、智慧和趣味，追求散文发展的多样化。

（《世界经典散文·法国卷》，海峡文艺出版社　1995 年付排，未印行）

---

①　20 世纪 70 年代，法国门槛出版社出版一套"永恒作家论丛"，介绍自古希腊到当代的杰出思想家，专邀学界权威撰写专著评述，唯独当时还活着的"现代大师"罗兰·巴特让学者们像生怕亵渎神灵一样不敢认领，于是罗兰·巴特成了《罗兰·巴特》的作者。

②　例如，1923 年 1 卷 2 期的《人间世》刊登了英国作家史密斯的《小品文作法论》（林疑今译），编者特意在"编者按"中提醒读者："下篇论孟丹（蒙田）小品，孟丹乃西洋小品文之始祖，尤值得有心此道者之注意。"又如，《小说月报》1926 年 3 月刊登了胡梦华的论文《絮语散文》，提倡的就是蒙田的随笔文体。

游入大海的鱼

——《东山岛·鱼》序

题记：

我也学会粗碗豪饮并被酒烧红了歌喉，生活之浪，没有商量把我推向岸外。别无选择的我便实实在在成为一位负重的船长。

——林平良《船长及其他》

长安山是所有在福建师大学习、生活过的人最为难忘的所在：山脚是白玉兰、芒果树的繁枝密叶覆盖的学区大道；山上是密密匝匝、带一点原始气息的亚热带树林，有针叶松、凤凰木、马尾松和许多叫不出名字的常绿灌木。最有名的，当然是满山的相思树了，不知有多少人戏谑过：每一片相思树叶，都寄托过十个以上诗人的情感。

作为一种象征，人们都说长安山是福建省教师的摇篮。其实，这座山也是福建当代作家和艺术家的摇篮。据我所知，目前相当多活跃在福建文学艺术界的人物，与长安山都有特殊的情缘。并不因为刻板的教育体制和沉闷的大学课程真能造就出作家和艺术家，但大学院墙内那几年非功利的、"无目的性"的生活氛围，某位教师课堂上无意说出的一句话，图书馆阅览厅某次阅读的震动，或是长安山相思树叶里漏出的某片阳光或某缕月色，常常邂逅了青年学生热情敏感的心灵，使他们产生了艺术表达的冲动，从此做起了作家艺术家的梦。

这些梦是美好的、透明的、单薄的，也是易碎的。当他们修完大学的课程，回望铺着鹅卵石的曲曲折折的长安山小径，怀着惆怅与渴望，走向社会开始真正的人生后，当年虹霓般的长安梦往往被有力的生活大手撕得粉碎。锐利的生存现实校正了他们，就像张洁散文《拣麦穗》描绘的那样，怀着美好幻想的小女孩最后丢失了"烟荷包"，不知不觉地丢失了，甚至连自己也没有感觉到忧伤，因为"谁会死乞白赖地寻找一个丢失的梦"呢？大多数的人懂得了不应把学生时代的梦想带到社会生活中去，但也有一些执迷不悟的人，始终抱着当年的梦想，坚持走着"梦中的道路"。是当年的梦想过于美好，铭心刻骨，因而能无视实在生活的挤压？还是现实人生的局限与残缺强化了他们对文学梦想的沉溺？谁能说得清楚呢！

　　然而，文学的梦想和执著是文学的动力，又毕竟不是文学的创造。文学既与具体时空的生存体验相关，与个体生命的气质、性格相关，又与语言、知识、观察、想象和文化记忆的运用相关。如何让生活与语言相互吸收，又在现实与修辞之间呈现一种精神品质；如何在不断累积、层层覆盖的文学话语中，拥有个人的言说方式和艺术空间，是能否圆自己文学梦的标志，也是从一个热情、执著的文学青年向成熟作家过渡的关键环节。

　　要对这一切做出判断虽然为时尚早，但林平良的这本散文诗集《东山岛·鱼》又的确令人鼓舞：在这本集子中，作者不仅向我们展示了在物化社会他对文学梦想的可贵坚持，而且逐渐找到了能够调动个人经验、想象力的独特题材和与之对应的艺术形式。林平良是集中运用散文诗形式表现大海的作者，他笔下的大海融进了我们民族传统的恋土情绪，又具有开阔、自由的品格。他的"蓝土地"意象丰满而有灵性，他写道：

　　　　在海的波光上，我翔展了自由的翅，横渡黑夜的时空，感知彼岸的幸福、黎明、灵光。

　　　　海，净化了我的眼神。

　　　　我以弄潮儿的信念，以水手的激情，追求一种生活的远航。因为抗争，最后，征服了自己，于是我拥有了一种自由的慰藉……

　　　　　　　　　　　　　　　　　　　　　　　　　——《蓝土地》

　　作者不仅写出了大海对生命、欲望的召唤，同时写出了欲望、激情被大海洗礼与净化的感受——"因为抗争，最后，征服了自己"，有着主体与对象的相互触发和相互转化，这比表现自然中单一膜拜或主观强加的流行作品显然高了一个档次。它显示了林平良散文诗作品中一个非常值得注意的特色。这就是，自觉从生命中的立场出发，表现人与自然矛盾与融合的关系、驾驭与被驾驭的关系，从而讴歌大海的力与美对它子民的塑造。林平良笔下的大海，不是内地诗人匆匆一瞥中的表面风光，而是像鱼一样置身其中，相依相守，必须天天面对和承受的生活。既像"海鸟与海洋对峙"，触及"生与死的两端"，又像黄昏中的船桅，"血色幽深处，波荡着一种模糊的忧郁，似岩礁忍受一种沧海的侵蚀"。因此，在他的笔下，"海韵是海女人忧郁的眸子"，渔歌是"似水的伤痕，波动向远方的海"。然而，正是这既是摇篮又是坟墓的大海，孕育了真正的海魂——那是渔人胸中放飞的火鸟，像船桅的旗帜，总是拍打着飞翔的翅膀。读《船长及其他》，我一次一次地受到感动，那个像鲁滨孙一样的抒情主人公，即使桅折船倾，被抛荒岛，也依然傲视艰难孤独的围困，保持着"我是船长"的坚定与自信。我觉得，这里有真正被大海所塑造的灵魂与气度，就像另一篇《走向大海》写出了大海真正的魅力一样：

> 太阳的潮浪，渲染了自然之海的奔放，帆船为之滑翔，浪花在远方创造了玫瑰红的欢歌，鸿鸟为之舞蹈；海的乳峰，充满柔韧的弹性，逐浪的鱼，因第一次尝试而滋生了太阳般的快适，波水为之感动。

如果不是像鱼一样融入了大海，永远不可能在生命的意义上描绘这种"太阳般的快适"和波水般的感动。在这个意义上，我们有理由为年轻的林平良在短短几年时间里找到了自己的题材和主题而祝福，甚至有理由为纤弱的中国当代散文诗终于从乡土走向大海而祝福。当然，对于林平良来说，找到了自己的题材和主题，只是有了一个好的起点。如何深入探索大海与人类精神的更广大也更内在的关联，如何运用自由而又本体要求极高的散文诗形式，呼应海洋深沉流动的脉息，实现激情、感受、想象的文本转换，还有许多艰苦的行程。但愿林平良在用文学塑造大海的同时，继续接受大海的塑造，成为语言海洋中一条自由呼吸、自由游弋的鱼。

（林平良著《东山岛·鱼》，德宏民族出版社，1996）

寻求现代经验的艺术整合

——《边缘空间浓似酒》序

我最早读到的林登豪散文诗作品，是他那组表现父子之间艰难对话的《反差》。这是一组感伤的抒情性作品，不仅充满诸如压抑、战栗、凄怆、颓唐、衰老、枯萎之类的词语，而且主人公完全沉浸在自我述说的冲动中。这让我联想起五四时期焦菊隐的散文诗集《夜哭》，那是一本带一点青春的伤感、一点女性，在感觉和比喻的言辞上驰骋自己的想象，抒写情感的失落和生活的忧郁的散文诗集。但林登豪的《反差》与焦菊隐的《夜哭》相比显然又有很大的不同：不像《夜哭》那样精致、那样单纯、那样单向地展开说话者的情感，而是充满着自我情感世界的矛盾性和紧张感。它所处理的题材，既不是一般意义上现实与理想的矛盾问题，也不是人生的失落问题，而是生命的尴尬与无奈的问题，甚至是亲子骨肉、心与心之间也无法理喻、沟通的问题：生命属于自己，人生充满着各种选择的可能，但人无法提着自己的头发离开生活的世界，因此你必须接受种种与生俱来的限定，这是其一；其二，人不仅为世界所限定，同时也为自身的局限所限定，犹如这章散文诗的说话者，徒有走出迷宫的意愿却走不出自己的情感意识一样。生命的悲剧喜剧总是缘于环境与自我的交错，正是情境的戏剧性形成了对作品中说话者的反讽，赋予了"门槛""墙"等意象的艺术张力。

《反差》深入地触及了当代生活的一个侧面，表现了现代人矛盾重重的内心世界和经验结构。这是否意味着人们期待的散文诗现代性的加强呢？现代性问题始终是困惑 20 世纪中国作家的核心问题。所谓现代文学，在我看来，就是用现代汉语、现代形式表现现代人的经验结构的文学。散文诗是 20 世纪初新文学运动中引进的文类，语言上接受了诗歌、散文的双重滋养，因此语言与形式的问题还不算太突出，但在现代内心经验结构的表现上，鲁迅的《野草》之后，似乎是一直后继无人。20世纪中国人的现代情感经验，当然不同于西方工业社会诗人的情感经验，正如鲁迅的情感经验不同于波德莱尔、米修的情感经验一样，《野草》的特殊意义和特殊贡献，就在于鲁迅借助散文诗这种极其内向而又自由的形式，用半明半晦的诗性语言和独特的情境，表现了社会转型、新旧交替，以及文化冲突面前矛盾紧张的内心经验。这是犹如哈姆莱特式"To be or not to be, that is the question"（"死，或者不死，这是个问题"）的心灵风景，像《影的告别》："我不过是一个影，要别你而沉没在黑暗里了。然而黑暗又会吞并我，然而光明又会使我消失。然而我不愿彷徨于明暗之间，我不如在黑暗里沉没。"这里的自我境遇被凝聚为不是被吞并，就是被消灭的"影"的意象，是何等严峻与紧张：不仅无对象可以依存和选择，而且连选择者本身也是惶惑和尴尬的；不仅生存面临着否定，而且否定从四面八方直逼而来……鲁迅自己也没法在现实中解决这种矛盾，但他以自己独特的创造把握了现代中国人的经验与感觉，使《野草》成了20世纪中国散文诗中最具经验结构的现代性和心灵深度的作品。

《野草》之后的中国散文诗，长期以来之所以每况愈下，日渐式微，就是由于相当多的作者极力回避这一文类的现代品格，回避现代经验结构和心灵风景的表现，只是表面地彰显散文诗的一些外在特点，却对它的潜在功能和本体要求视而不见。因此，体现着现代审美心态、感觉和想象方式的散文诗，反而逐渐失去了其美学品格的现代性：题材从早期表现现代生活无数关系的交织，倒向乡村场景和自然山水、小花小草的描绘；视点从主体意绪、感觉的审美，移向集体经验和生活现象的写生；趣味从现代生活冲击下内心强烈的紧张、困惑、苦闷的审美欣赏，回到带有传统色彩的政治激情的挥发和对单纯、和谐、静态事物的欣赏。一直到了20世纪八九十年代，散文诗才从表现理想、豪情、哲理和田园牧歌的沉醉中，从单纯、明朗的情趣和简单、直抒的形式结构中，醒转过来，经由当代社会历史生活的反思，进入人的现代境遇和心灵风景的观照。20世纪八九十年代散文诗这种从外向内转化，不断趋向个人化、生命化、心灵化的过程，既是一个前进的过程，也是一个不断回归与趋近鲁迅所开创的《野草》传统的过程。它在本质上是散文诗本体精神和现代品格的回归：这就是，努力以散文诗这种自由的、个人化的内心形式，探索我们在当代生活中的感觉和意识，使我们的生存本相在散文诗这种极富有表现力的话语系统中得以敞开和命名，从而在现实生存的矛盾和四分五裂中，通过思想与语言来建构一种完整性。林登豪显然不是一般的散文诗爱好者，而是这一创作潮流积极的参与者与实践者。在这本散文诗集的第一章《划过岁月》中，他开篇就写道：

> 时间与空间交媾
> "生出来的私生子抱还给你！"
> 我拥有了生存的空间，又成长出啥样的暗喻？

　　他意识到人在现代时空中经验结构和艺术创造的异化生变，因而把自我与世界出现的许多奇异陌生的存在命名为"私生子"，努力要破解它的"暗喻"和内心的"愁结"。尽管他并不完全相信思想与语言的历险就一定能敞亮真相，常常怀疑"拆开汉字，编织寓言"是否如同"蝙蝠冒充鸟类中的野兽"，或是"小心眼的老太婆杀鸡取蛋"，同时觉得真实、鲜活的生命与个性难以"为一个预言融成一片水"，然而，无论思想与语言的果实如何的难以熟落，无论情感和意识是怎样的难以驾驭，他仍然喜爱在高楼大厦的叠影中，"面山而坐"，迎接纯净水声的弥漫；或是"躲进情感的红房子""闭上双眼，聆听草长莺飞"——这是他的《一日五逝》，一篇极具内心独白色彩的作品。我喜欢他的"突然发现"，他说："无路的时候，涉河成了唯一的途径，涉河的时候，自己成了河中的水流。"

　　他努力探索散文诗这一形式对当代生活和情感经验的表现力，不仅把思想情感的触须伸向高楼大厦的叠影、伸向咖啡屋和卡拉 OK 厅，而且把诸如太空服、滑雪场、立交桥、广告大屏幕、电子软件、健身房等许多现代生活意象带入了自己的散文诗。他写出了现代城市生活的强烈的色彩、密集的信息、失真的语言和巨大的热量那种密不透风的笼罩感。从父亲当年"穿着那双舍不得穿的解放鞋"走入城市的异己感，到如今完全被城市所吸附融化，顺当地"用电动刮须刀，旋转着剩下的岁月"，他锐利地感受到人在现代社会中的位置。"你是城市的对手吗？"《都市叠影》这样向父亲发问，其实也在向我们发问。当我们在《咖啡，咖啡，咖啡！》中看到"我"连唯一可以放纵情感、畅怀对谈的朋友，也被纷飞的日元席卷而去的时候，我们当能感受到城市幽灵与经济权威对人的精神、情感空间的挤压；当能发现"面对一杯咖啡开始设计自己"的话，包含着怎样令人酸涩的反讽。由此，我们便不难理解《屈子祠前的遐想》这样具有荒诞风格的散文诗，在那恶作剧式的悖谬情境与意象拼接后面，是作者的悲剧意识和巨大的失落感。

像20世纪中国许多的诗人、作家一样，林登豪精神和情感世界中最亲切的经验属于美好的乡土，最深切的文化记忆是唐诗、宋词以及众多文化古迹中所体现出来的中国，因此，他把最深的感情和最诗意的文字留在了以《乡村意识流》为代表的追忆式作品中。不过，和五四之后好几代人相同，我们是在尖锐的文化融合与文化失真的矛盾中成长的，对文化传统的感情和了解早已不如鲁迅那一代作家，而对西方社会和文化的接受也因长期的对外封锁和自我封锁变得一知半解，这是我们很难在当代散文诗作品中看到《野草》那样的紧张感和危机感的原因。我们的文化境遇是上不接天下不着地的，思想与情感缺少坚实的根基，作品中表达出来的意识自然给人无根与飘浮的印象。因此，林登豪那些写历史人物和文化古迹的作品，虽然常常采取现代感受与历史诗意对话的新颖表现策略，但效果并不很理想，并未超出流行作品的意识和想象力，倒是那些直寻个人生活感受和下意识联想的作品，能给人亲切、生动、有趣的印象，虽然有的语言不甚精致，却有现代个人经验、意识的存真性。

林登豪那些比较成功的散文诗作品提示我们，真正的现代经验、情感，都是从个人啮心的生存感受中抽取出来的。无论是《反差》中心与心的"反差"意识也好，或是《都市叠影》中觉得自己"思念的歌，散播在一片没有回声的空谷中"也好，正是由于有丰富、深切的童年乡村生活感受，才能写出"灶上的白米饭散发出焦味，女人们只闻到丈夫的汗味"这样充满情趣和心理深度的句子来，才会在都市生活的出入中，切肤体会出"故乡给了我一种地老天荒的失落感"。正是因为两种经验的冲突、分裂和无法在现实中得以弥合的悲哀，让林登豪为现代生活找到了最具个人话语特点的命名：

> 破了洞的袜子，补了又补，依然要穿在脚上。循着诱惑，越过以往的情节，又开始一轮竞走。

——《瞬间偶语·生活》

　　把生活比作是"破了洞的袜子"，这里包含着多少的悲哀和无奈。然而它与肉身又是如此的紧贴，人生的行程又是如此的紧迫，又必须穿着它"越过自己的情节"参加竞走，这就不仅写出了现代生活的悲剧感，而且写出了现代生存的紧张感与宿命感。林登豪这篇散文诗对生活的感悟，很容易使人联想到北岛只有一个"网"字的同题诗歌。但看得出来，北岛诗的指涉主要是社会性的，而林登豪的散文诗，主要是一种现代生存经验的个人领悟。这种从寻求社会生活的概括到表现生存体悟的转变，或许标示了文学界意识形态的进程与文学潮流的更替。不过，这里我想指出的是，在林登豪的散文诗中，比较感人和比较厚重的作品，都是这类具有现代人生的矛盾、沧桑、破碎与无奈感的作品。除了前文提及的以外，典型的还有《红舞鞋（外二章）》：红舞鞋是一个美得让人醒目的意象，是音乐、青春和诗化生活的象征，它在生命的渴望中旋转，"旋转出日—月—星—辰"，旋转出生离死别的誓言。然而，"和谐的节奏逐渐紊乱了，布景开始黯淡了，水袖定格在人生的舞台中"，最后，红舞鞋躲进了墙角的衣橱边，而欣赏者"精疲力尽地站在岸边"，各自都厌倦了。这篇散文诗结束在无言的等待中，但"戈多"能等来吗？在它的姐妹篇中，我们看到的是一排无法逾越的"情感的栅栏"——这与《反差》中的"门槛"，具有同样的象征意味。

　　这些散文诗都触及了现代生存经验的隐痛。它们表明林登豪的散文诗已经由较为庞杂、即兴的写作，向表现现代经验结构矛盾感和分裂感推进，借助散文诗的独特的表现力，整合自己的内心感受。当然，散文诗形式的自由与灵活性并不意味着表现的直接与随意，正如现实生活的矛盾性和分裂感是无法反抗的，作家却要努力在思想和语言中反抗矛盾与散乱，建立统一的艺术秩序一样，在表现自己复杂的现代情感经验时，如何将经验转变为意境，转变为真正独立的艺术文本；如何让散文诗摆脱诗的言说方式的阴影，体现这一文类自身的话语特征与形式感，等等，是林登豪必须以自己的心和手继续认真面对的课题，也是中国散文诗作者需要严肃面对的工作。

　　让我们从这个起点出发。

（林登豪著《边缘空间浓似酒》，山东文艺出版社，1996）

"让诗歌为你定位"

——《守望家园》序

　　读罢这本诗集的《献辞》，我深深感到自己的这篇"序言"已多少显得多余，因为诗歌不需要阐述，更何况《献辞》中所推崇的诗人，便可视为作者十几年来心向往之且身体力行实践着的追求：从 20 世纪 80 年代初与友人合办《君子兰》诗刊，到出版第一本诗集《飞越黄昏》，再到现在放在大家面前的这本《守望家园》，赖微的确以他平凡的生命贴近自然、拥抱生活，守护着生命和精神中最不平凡的东西：诗。对！诗、家园，这两个词汇至少对赖微来说，是可以置换的。

　　家园或者诗歌，对现代人来说竟然成了需要守望的尤物。这真是不可思议的事。然而这一点却几乎成了现代人不争的事实，自从尼采宣言"上帝死了"以来，诗人和诗人哲学家们都有一种历史的悲情。因此，里尔克说："没有胜利可言，挺住就是一切。"海德格尔则声称：由于技术时代的到来，诗人被置于一种"极端危险"的境地。而 20 世纪中国诗人则分明还有另一重苦痛：自从西方列强的洋枪洋炮轰开中国的大门，五四新文化运动对传统文化做了情绪化的鞭挞以来，不仅旧的价值观念受到了激烈的批判，连诗歌的语言、形式也被当做束缚新思想、新精神的枷锁被彻底砸烂。诗该怎么写，人们是越来越没有标准可以衡量，越来越困惑了。

　　直到今天，新诗仍然在黑暗中摸索，赖微自然不会是例外。但 20 世纪 80 年代开始痴迷诗歌写作的赖微显然表现的是另一种形态。在这里我必须提及十一年前我在一篇评论里谈论的"三明诗群"：那是一群主流诗歌的"化外之民"，不是去追逐现实主义和现代主义两种诗歌的时尚，而是重视台湾 20 世纪 60 年代现代主义思潮之后回归传统的写作，企图在横的吸引之后，走向纵的继承，用中国古典诗歌的典雅清新修正现代主义的晦涩与虚无。赖微是"三明诗群"的骨干，他的诗自然敞开怀抱拥住那千年古典的辉煌。

赖微20世纪80年代的许多短诗精美得让人陶醉，像荷叶上的露珠，晶莹而又滑动。例如这首《江南》："不说江南/已随蹄声远去/车已碾过千山//异地有雨夜/把记忆之灯拧亮/设若霞光/从北回归线升起/抒情便是/如羽微展的眉睫//听取八月的溪声/犹闻女孩的轻歌/千种柔情从泪泉/静静流出。"诗篇开头言"不说"，固然因为美好的江南已随"蹄声"和车轮远去，但也是一种由反而正的抒情策略：诗人拉开"千山"的空间距离，正是为了更好地经由记忆去回到江南。这是多么美好的江南啊，犹如女孩的轻歌。作者想象江南的"霞光/从北回归线升起/抒情便是/如羽微展的眉睫"，把整个江南的美，浓缩在"如羽微展的眉睫"上，真是超凡传神的一笔。

这类精巧的、带一点感伤的诗篇，在赖微前期诗作中，为数不少。它总是把我们带到往事当中去，带到唐诗、宋词、元小令的氛围中去。事实上，这些诗篇既有汉代的明月、唐朝的钟声、"苦吟的宋词"，更有布满蒹葭、归舟、楼榭、琴瑟、春江花月、秉烛、孤帆之类的古代诗歌意象。它们美得让人心醉，然而总让人觉得遥远得无可追回。这让我不能不又想起台湾20世纪六七十年代那些回归传统的诗。譬如这方面的代表诗人余光中，他写过许多融合中西的好诗，但也有一些无法追回的诗，如："那就折一张阔些的荷叶/包一片月光回去/回去夹在唐诗里/扁扁地、像压过的相思"（《满月下》）；又如："落日淡下去，如一方古印/低低盖在/一幅佚名氏的画上"（《楼头》）。这样的诗好不好呢？自然是好的。但它总让人觉得像是用现代汉语翻译的古典诗，而不是现代生存经验与现代汉语互相吸收又互相矛盾、纠缠的当代诗。

我想赖微是极清醒地意识到这一点的。虽然他20世纪90年代的诗歌中仍保留着对自然意象的热爱，然而"回忆童年的山冈/鹧鸪火热的啼唤就在眼前/真想推倒那些称为建筑的建筑/抚摸自然的歌吟不在华丽的囚笼"（《在四月的崖上》）。在这里，"回忆"不是让你进入古诗的意境，而是通过"自然的歌吟"与"华丽的囚笼"的并置所产生的张力，唤醒你当下生存的意识——正如诗人所言，诗人的"根"是"伸进夜里"了。这样便带来了诗风的变化，很少用多愁善感的女性心情（赖微曾被读者误以为是女诗人），在雨夜孤灯中感受一滴夜露或一朵梅花的情致了。他将那些雨声捣碎，解读坚守的内涵："风是追着春来的／而流年呢／而一张张／隐藏着各种汁液的／植被呢"（《雨声里的一种追思》）。他领悟到金属的澄澈溢出本质的外延，"如今城市的上空／飘满标签与符号／摘下眼镜面风而立／是必要的准备"（《城市以及那朵幻云》）。这样的诗自然没有作者前期诗歌的优美典丽。但前期诗歌的情愫是封闭的。因而是静的；而后期的诗，则是开放的，因而是动的、展开的。前者唤起的是人们对曾经有过的事物的怀念；而后者，则表达了人们对现实生活纠缠不清的感受，用诗歌语言凝聚成形，使得人们更清楚地知觉到这些感受，因而使人们获得了这方面经验的知识和评价。

诗歌自然应该是美的，但美是不可重复的。因此，当赖微在后期诗作中确定了这样的"方向与位置"时，我感到一种由衷的欣慰。因为他写道——

> 透过铁栅抽象的定义
> 是张手难握的
> 在记忆即将褪去的瞬间
> 让诗歌为你定位

是的，"让诗歌为你定位"。是诗为诗人定位，甚至是诗为传统定位，而不是相反。只有这样，无条件地服从诗的本质，才能走出传统与现代的对立，实现诗对两者的包容和超越。如此，我们说，诗人守望诗歌，就是守望家园。

（赖微著《守望家园》，中国文联出版公司，1998）

散文的"根"

——《游心石》序

    当我面对散文，我是把它当作一种自由思想着的人格表现的文体来看的。我觉得这是散文的本体精神，是散文的内核和灵魂。周作人在《新文学大系·散文一集导言》中说，散文小品是文艺的少子，年纪顶小的老头儿子，体现着文学发达的极致。我觉得极有道理。散文是一种最个人化的文体，一方面，由于它以真实繁富的人类生活现象和自然现象作为描写的基础，最贴近人类生存的真实状态，同时其体式的丰富性和语言的平易性，使它容易走近广大的读者；另一方面，因为它是最贴近人性的基本形式，没有程式化的外衣，因此又是文学独立自由品格的极致表现。现代散文最大的特点是个人情思与散文文体的一致，即如郁达夫所言："现代散文之最大特征，是每一个作家的每一篇散文里所表现的个性，比以前的任何散文都来得强。"它使散文的主流由传统社会的为儒家经典负责，转向了个人经验、情思、智慧和趣味的表现。清末民初以降，桐城派散文的衰落，公安派、竟陵派和魏晋散文的重新重视，正标志着我国正统散文由中心到边缘，非正统散文从边缘到中心的移动；而随感体、闲话体、独语体以及专栏散文的繁盛，则正是这种移位的文体反映。今天我们重读《中国新文学大系》的散文一、二集，重读阿英《现代散文十六家小品》，会有一种怎样的感动：二、三十年代的散文，不只是独立自由的思想品格的象征，也是现代汉语发展的重要标志。

    黄瀚的散文显然受益于这一现代散文的优秀传统，尽管《游心石》的成就或许比不上那些功成名就的现代散文大师，但他显然承接上了他们开凿的源头：这就是真正从个人经验出发，"把自己摆进去，撕开假面具和外包装，写一些自己想说的真心话真情境真感悟。"黄瀚的散文，所取的题材大都是作者所亲历的人生和闽西南地区特色鲜明的自然风物与人情风俗，是平凡人珍藏在心灵深处永远不会褪色的记忆，记忆中的领悟与慰藉。在闽西的"红土地文学"中，它或许不像别的创作那样有历史感，甚至不像作者自己的小说注意想象力的发挥和结构上的完整性。但我敢说，这是黄瀚最亲切的一部作品。无论是《山间农友》《农事乡情》这样农村生活素描式的作品，还是"卷四"中对家庭和亲情的忆写，都能熔地方色彩和生活细节为一炉，让人咀嚼那苦涩中有甘甜的人生，让人体味个体生命平凡而倔强的坚持。因为苦涩而甘甜，它丰富而且真实；因为平凡而有人之为人的坚持，又像《梦杉》那样具有自剖的勇气，所以它以真诚感动着我们。真的，读黄瀚的散文，我似乎回到了闽西，回到了当回乡知青的那段日子。我甚至认为，由于对个人经验的忠实，这本散文还展示出了一个闽西文学青年成长的心灵历程。我也曾是闽西一个热爱文学的青年，作者的许多感受引起我很深的共鸣。我相信，虽然现在成长的文学青年不必再经历过往时代的生活，但其中的感受和领悟仍能给人很多的启示，而其中最大的启示或许就是开篇之作《游心石》所象征性表达的：无论做人和写作，都必须立足于自己的"根"。有"根"，才会有灵魂、有个性、有特色。

在文学上，散文不像诗歌、小说那样有明显的形式感和装饰性，它主要以个性的表现和内容的率真质朴取胜；如果创作有"造境"和"选境"两种，它也主要不是以前者而是以后者为主的。由于散文的根更深地扎在个人体验的沃土上，因此写作散文必须面对的问题永远是：你有什么"境"可选，你怎样"选"境？

（黄瀚著《游心石》，中国文联出版社，2000）

从批评到学术

——《文学批评的两地视野》代序

边缘的认同

如果说批评是"前沿"，学术研究是"后卫"，这两者的界限在什么时候变得模糊？什么时候开始，自己对当下的文学现象逐渐疏离，对学院式"枯燥无味"的学术研究产生了认同感？是刚进入 20 世纪 90 年代的时候吗？当时的文坛的确没有多少激动人心的作品，我们这一代许多批评家写起散文随笔来了。然而，更深层的原因是否与自己 20 世纪 80 年代参与批评的问题积累有关？批评伴随文学思潮像疾风一样卷过，留下多少东西需要整理清点。是 1990 年吧，那时与谢冕先生通信，记得自己对"潮头"、"道旁"颇有一番议论，希望诗歌批评界有一批人能从潮流中抽身出来把批评提高到学术的层面。这是否就是自己从批评向学术研究转移的起点？

不过，我由意向到比较自觉的学术认同，还是从北京大学开始的。北大是我满怀敬意与感激的学府，虽然我不是她的正规弟子，虽然她也丰富复杂，不是每一棵小苗都能长成大树，每一个人都能理解北大传统的精髓，但对我个人而言，事业上的两次转变都是在北大受到启迪的。一次是 1981 年在北京大学进修，我从诗歌写作的困境中拔出腿来开始了文学批评，并从散文诗这个小小的文类入手，梳理了中国散文诗的理论与实践，最终形成了中国第一本散文诗理论专著《散文诗的世界》。第二次是 1991 年，我应谢冕先生的邀请做北京大学的访问学者，这增强了自己的学术自觉，我从诗歌成就的关注，转向了中国新诗"问题性"的关注，并为写作

《艰难的指向——"新诗潮"与 20 世纪中国现代诗》一书做了认真的准备。

进入 20 世纪 90 年代的北京文化界，表面上非常沉闷压抑，深刻的反思与转变却在悄然进行。有的人在提倡"国学"，但更多的人却在重读典籍和学外语，思想和文化的特征正走向历史化、个人化和边缘化。这里蕴涵着复杂的隐忍与无奈，昭示了充满激情和诗意的"思想的年代"的结束，然而也多少去掉了 20 世纪 80 年代的空泛与浮躁，把学术规则提上了议事日程。在这种思想文化氛围中待在北京大学，真是我的幸运，虽然当时我正在读海德格尔的著作，内心里真是虚无之至，但谢冕先生主持的"当代文学焦点问题讨论会"，让我看到索寞年代知识分子对文化理想的认同与坚持；而陈平原先生的"现代学术史研究"课程，则给我展示了学术的意义和可能。北京大学的访问调动了我 20 世纪 80 年代中期文化问题讨论中对知识分子文化身份问题的思考，意识到在中国当下的文化处境中，既要破除对西方现代政治文化结构的迷信，又要避免迷恋道统"向后看"的保守主义倾向；既要对现代诸问题持反省态度，又要避免情感主义的尖叫与反讽。在高度专业化的现代社会，社会的进步实际上不再单向依赖行动人物的权威，而是依赖各行各业点点滴滴的自觉自为的建构。因此，当一年的访问结束，离开北京大学时，我终于认同了自己的边缘地位，承认现代社会的多元性，放弃文化中心主义的幻想，在边缘重返自身。在一篇记述这次访问的随笔《在边缘重返自身》（《作家》，1993 年 3 月号）中，我写道：

> 中国现代民主文化之实现，公民社会的个人觉醒和知识分子的角色到位，是诸多问题中关键的问题之一。……中国知识分子从政治文化的中心地带不断向边缘滑落，既是社会经济决定论和权力意志制约的结果，也是从士大夫中蜕变出来的中国知识分子主动撤出文化中心地带所致。其实，人文知识分子的边缘化，是传统社会向现代社会转型的特点之一，他们总是不断被逐出政治经济结构的中心。问题的关键是，知识分子自身能否在不断失去的内心焦虑和精神失调中，在危机与挑战面前做出积极主动的反应，认清自己的边缘处境，在边缘寻求立足之地和开拓自己的存在空间。中国社会从传统到现代的痛苦转

型中，怀着巨大的失落感，眷恋过去的美好时光，企图重新进入中心位置，并不能真正完成现代汉文化的重建工作。事实上，正是那种幽灵一样徘徊的"中心"情结，使一些知识分子不能在顺从与对抗两极对立模式之外，发现新的事业格式和价值向度。

边缘位置与边缘处境尽管有被抛、失落的意味，但也不妨看成是本位的皈依。处于边缘位置不一定是坏事，不再被宠与看护的同时，依赖性、附属性和奴仆性也随之消散，从而真正以智力上的自治，民主开放的结构，在社会和文化诸问题中，发挥独立的清理、甄别、预测和建构的功能。同时，边缘的位置更能使知识分子真正面向民间社会：在民间社会寻求立足之地并作为民间社会的良知，在民间吸取力量智慧拓展自己的话语空间，同时又反弹民间社会的进步，从而更好地展开社会历史转型中文化价值的重建工作。真的，边缘是必要的观察距离和高度，正如德勒兹与柯塔利所说："假如作家置身其脆弱社区的边缘，更能表现另一个潜在社区，塑造另一种意识或感性。"

我觉得边缘的认同对我从批评到学术的兴趣转变起了非常重要的作用。不仅影响了我的思想立场和价值取向，也使我的心态变得平静和安宁。我生性不喜欢热闹，这时候对大学院墙内的生活有了更深切的热爱。我也曾在短文《说边缘》里写过："如果允许我重新选择职业，我想我仍然会毫不犹豫地选择'研究和说话'这一行当。尽管据说大学为'学问进步'服务的宗旨早已过时，大学的目标已从培养精英转向培养社会操作型技工，然而我仍然眷恋那古老而美好的观念。当然，这与其说是对'过时'观念的眷恋，不如说是多年人生体验后的认同。无论如何，对精神和思想来说，大学过去是，现在依然是一片最具时间和空间驰骋的广袤天地。"当然，大学在体制化的过程中也日益走向僵化与保守，但大学毕竟是罗兰·巴特所说的"历史最后策略之一"，两百年来形成了自己的传统。在大学任职最大的好处是可以培养自己独立的思想和自由的意识，不必迎合肤浅低俗的社会潮流，这在当今社会虽然很不容易，带有自我孤立和自我封闭的色彩，但在这个纷纷扬扬、五光十色、充满诱惑的现代世界里生存，自我孤寂也似乎只有在大学才是一种可能。我认为孤寂不完全是坏事，它有两方面的意义，一方面当然是与世界隔绝，像一种疾病；但也有正面的意义，这就是赢得了沉思的空间和自由思考的时间，使人有可能反思生存的时代，寻找自我的身份，追求精神的归属。

认清了自己的文化身份和精神归属之后，对一些现象便会有新的认识。记得 20 世纪 80 年代初自己读《中国新文学大系·散文一集》中顾颉刚八万多字的长文《古史辨自序》时，也曾深受感染，但当时印象最深的是时代与学术的冲突。20 世纪 90 年代初重读这篇长文，留意更多的却是现代学术风范的形成。我是把《古史辨自序》作为现代学术史中一篇重要的文献来读的，想得更多的，是国学、家学与公学的关系，以及新式教育体制、新发掘的资料和西学等对形成现代学术传统的影响。也许，现代中国学术形态与传统中国学术并非没有内部的关联，它至少可以追溯到清代训诂学和文字学对于社会功利性的疏离。当然，现代学术不等于清代学术，现代学风的形成得力于考古学的发现和西方学术方法的启示，但中国现代学术形态之所以能在 20 世纪 30 年代得以初步建立，显然得力于许多学者站在了两条河流的汇合处：既有深厚的旧学根底，又见识到西学的新思想和新方法，而历史转型时期政局动荡，民间却对文化敬意尚存的时代状况，反而为现代学术的草创提供了有张力的空间。问题是，现代学术传统本身还很粗糙，它的价值体系由于时代的特殊境遇并未被广大社会阶层所接受和理解，即使后来在这个领域中谋生的专业人员也未必全然了解它的意义，以其规则、规范展开自己的事业。

据说许多同行从事了大半辈子的研究，出了不少书，顶着"学者"的头衔，却对学术传统和学术规范一无所知，这真是中国现代学术的悲剧。但对我们这辈学人来说，更锐利的问题还是有了认同后愈觉得力不从心。我们是有先天局限的一代，没有私学经史子集的根底不说，即使公学也是极不完善的，更不用提阅读西方理论原著的能力了。我们这一代从事中国文学批评和研究的学人，除了"文化大革命"和"上山下乡"等独特的人生经历和生存体验换来的怀疑精神和批判激情，有几人的知识背景和学术资源赶得上 20 世纪二三十年代那些学贯中西的前辈？我越来越意识到独特经验、感觉、激情的可贵与可怕，它可以转变为一种建设的力量，也可以变成一种消极的因素，关键在于能否通过足够多的角度和知识对它们进行深入的反思，变成人类思想和文化遗产的结晶。

这些东西成了我 20 世纪 90 年代信心与沮丧的根源。虽然自己早已疏离了一元论的、抗衡式的做派，但只有现在才锐利地感到了自己的空虚。我想自己这辈子是做不成大学问、一流的学问了，即使做二三流的学问，也得全神贯注，尽快补缺补漏，再不能让当下的时髦话题分散精力，满足于著述的出版与发表，而应根据自己的条件和可能，从最具体的学问做起，从基本材料入手，或许能提出和澄清一两个有意义的问题。

视野的拓宽

我的主要学术兴趣在 20 世纪中国诗歌，不是由于中国新诗取得了如何显赫的成就，而是它呈现出来的问题对我的感受、智力是一种有分量的考验和挑战。这种兴趣可能跟自己大学时代曾是一个狂热的"诗歌青年"，读过许多"朦胧诗"有关（"朦胧诗"出场既调动了我读诗的兴趣，也彻底地打碎了我的诗人之梦）。但实际上，1993 年我才在谢冕先生主编的"二十世纪中国文学丛书"中，出版以"朦胧诗"为主要论述对象的专著《艰难的指向——"新诗潮"与 20 世纪中国现代诗》（以下简称《艰难的指向》）。这是我从批评到学术转型过程中一本写得非常仓促的书，以从"国家话语"到"个人话语"，再到"诗歌本体话语"的变化过程为基本思路，也通过一些正式出版物以外的材料，揭示主流诗歌以外的一支诗歌异军的形成和发展历程。这本书出版后似乎有些影响，也引起海外汉诗学者的注意，但我自己认为学术意义非常有限，不过是观照问题的立场和角度有所调整，强调了诗歌写作个人的出发点而已。而自己最萦绕于心的诗歌本体意义上的反思，却处处显得力不从心，因此最终还是未能跳出"社会文化批评"的魔圈。

写作《艰难的指向》过程中力不从心的现象，实际上反映了一个可能是更为深刻的问题：边缘立场和"价值中立"如果不能得到学理上的支持，最终不过是毫无意义的空谈。应该说自己对当代诗歌的许多现象不算陌生。自 20 世纪 90 年代初开始，从阅读《中华全国文学艺术工作者代表大会纪念文集》开始，我仔细翻阅过包括《文艺报》《人民文学》在内的原始资料，阅读的过程真是惊心动魄，感慨万千。我也在谢冕先生的指导下合作了《都市记忆与乡村情结》那篇未完成的论文，企图以知识分子的立场对体制化的文学观念做批判性的反思，然而这篇论文写到一半就失去了热情，因为我发现自己还是就意识形态做意识形态的批判，并不是通过诗歌内在的问题来反思意识形态，我认为后者才有说服力。然而，提出诗歌的内在问题，显然又必须首先回答"诗是什么，新诗又是什么"的基本问题，而在这些问题上扪心自问，却是不甚了了、充满矛盾的。这样，为了寻求答案，我又花了一年时间阅读中国古代的诗话词话，自然是受益匪浅，但还是没能解决新诗的理论认识问题。原因大概既由于旧诗与新诗毕竟在经验、语言、形式上有很大差别，也由于新诗本身还不成熟。

如何在自身观念的矛盾和对象的不定型中展开研究？香港三个月的读书生活给了我一些启示。我是 1996 年 1 月以"客座研究员"的身份到香港的。所谓"客座研究员"，就是由邀请方提供基本的生活保障和研究条件，让你自由读书与写作，临结束时提交一篇论文。这种没有杂事干扰的读书生活是我所希望的，更何况那时邀请我的岭南学院已迁至屯门新址，旧校则未移交，我住在风景优美的司徒拔道旧校，手持三所大学图书馆的借书证，而离我最近的香港大学图书馆又在薄扶林道，诗人戴望舒当年居住的"林泉居"就在这条道上。

香港是一个迅速膨胀的商业化海港城市，她耀人的经济成就，曾是英国殖民者的骄傲。但英国人看重的主要是她作为"转运港"的经济利益，对于文化和学术，除了在大学里推行英国体制外，基本上采取不干预的政策。这样，游离于殖民者的文化秩序之外，超脱于家国政治争斗之上，香港的文化和学术反而有了"三不管"的超然色彩。这种超然性，李欧梵先生从自由知识分子的视野曾著文说："香港夹在两个政权之间，形成了另一种政治上的边缘：在两岸政府言论控制之下，大陆和台湾不准谈的，香港可以谈；换言之，香港反而形成了一种可以在报章杂志上论政的'公共空间'。"他甚至认为这种"边缘性"具有国际视野："也许香港文化的特色，就在于它的'杂'性，它可以处在几种文化的边缘——中国、美国、日本、印度——却不受其中的宰制，甚至可以'不按理出牌'，从各种形式的拼凑中创出异彩。"（李欧梵：《香港文化的边缘性初探》）李欧梵先生的论述充满热情，但是否一厢情愿地把香港文化空间理想化了？他是否忽略了"几种文化的边缘"也往往是多种政治文化势力争夺的"中心"？香港文学史研究专家卢玮銮（小思）就曾指出，香港"由于交通方便，政治环境特殊，已经不止一次成为国际政治敏感地带。近五十年来，这个中国人为主的地方，更是左右翼斗争、宣传必争的据点"（卢玮銮：《香港文纵》）。香港学者和诗人梁秉钧也指出："边缘性并不是一个时髦的名词，而是一种长远以来被迫接受的状态。它代表了人家对你视而不见、听而不闻，对你所做的事视若无睹。"（梁秉钧：《引言》、《今天》）而比较文学专家叶维廉则指出了殖民地商业社会物质宰制的悲剧："有民族自觉和文化关怀的作家和艺术家，往往在'呐喊'与'彷徨'之后便陷入一种无可奈何的沉默……五六十年代很多有相当自觉的文艺青年都走上了不归之路，不然就是与爬格子的动物同流合污。"（叶维廉：《解读现代·后现代——生活空间与文化空间的思索》）

这样看来，香港文化空间的"边缘性"不是一个现代神话，而是一个汇聚了多种矛盾的场所。它与前面提到的个人思想立场的边缘认同不是一码事。至于李欧梵先生认为边缘可以逍遥于中心之外，甚至可以北进中原或冲击美国，则更是浪漫奇思了。不过，对于一个没有身份认同的焦虑和具体生存压力的客居学者而言，香港的确是一个打开视野和获得多重参照的地方。香港各图书馆的优势不在历史典籍，包括现代文学的藏书也完全可以说是乏善足陈，但当代方面却拥有很多内地学者无法读到的书籍和杂志，欧洲的、北美的、台湾的、香港本地的，而且全是开架阅读，检索和复印也是由读者自己操作，因此在图书馆读书的效率也高。

三个月中我读得最多的是台湾诗歌和文学理论批评著作。前者，是为20世纪汉语诗歌的整体研究做准备；后者，是实施这种研究必要的"强身活动"。在诗歌作品方面，最大的收获，是原有的视野之外，读到了吴兴华（梁文星）发表在香港《人人文学》、台湾《文学杂志》上的不少诗作，它们至少说明在人们一般的了解之外，当代中国诗歌还有一种趣味很高又极讲究形式的追求。在诗歌理论批评方面，接触最多的自然是现代派与明朗派之争，但最让我留意的还是一批"新古典主义"的诗学论著，包括叶维廉在古典诗歌中为新诗寻找解困策略的比较诗学研究，林以亮对新诗形式的质疑，胡菊人、余光中、夏济安等对新诗语言的不满，等等。这些人的观点与20世纪四五十年代林庚、20世纪90年代郑敏等人的见解有许多相通之处，是经过浪漫主义、现代主义诗潮后，对中国古典诗歌的再体认。其中当然也存在不少问题，但没有民族主义和通俗主义的狭隘性，注意诗歌内部问题的讨论，却是最可贵的优点。

香港的文化空间是多元共存的，有钱穆、饶宗颐这样出色的学者曾在那里的大学执教，有《中国社会科学季刊》《二十一世纪》等学术刊物。但最大的特色还是中西交汇，得欧美风气之先，学者们擅长以新出炉的欧美理论和方法处理面临的一些思想文化课题。不过，无论从经济、文化等任何一个方面看，香港都是一个"转运站"，而不是知识、文化创新和生产的重镇。它疏离了母体的文化传统，自身的区域性传统又还没有形成，既缺乏充足的历史文化资源，现实价值取向又受到商业文化和西方趣味的引导。这就造成了他们比较重视个案的理论疏解的现象，却难以顾全整体提出问题。这种现象在现当代文学研究领域尤其明显。譬如香港诗歌，在现代汉诗格局中，其现代城市美学的想象风格是很鲜明的，甚至可以说从一个侧面反映了现代汉诗想象城市、理解城市的进程，它从香港城市生态的独特性出发，探索了一种以诗歌想象城市的新的感知体系和书写策略。但香港的诗歌批评家却普遍以"后现代"理论进行剪裁和阐述。你的理论前提是西方的，又不是提出自己的问题与其对话，就很难获得独立的思想价值。

不只正面，也有反面和侧面。香港三个月的阅读和思考使我意识到，研究 20 世纪的中国诗歌，光有大陆的视野与资料是不够的。而对研究者来说，由于 20 世纪中国诗歌已不能在封闭的系统里理解，需要有相当广阔的知识背景和理论背景，但由于 20 世纪中国诗歌本身的丰富性和复杂性，由于大陆、台湾、香港诗歌的巨大差异性，使互参、互比、互鉴成为可能，诸多问题的提出成为可能。尽管新诗还不成熟，新的诗歌理论体系尚未建立，但只要我们扎扎实实地从诗歌发展中提出问题，进行深入的理论反思，还是可以有建构意义的。重要的是，问题一定得从诗歌现象中提出，有自己的真问题，对话与理论反思才能得到真正的展开。

从基本问题出发

学科研究的推进，主要取决于两个基本条件，一是新材料推翻了旧结论，二是更有效的理论和方法"发现"了旧材料的价值。这两方面是互相关联，循环互动的。尤其是在面对近百年以来的中国文学的时候，造成"历史遗忘"的，主要不是由于时间、战乱或其他偶然因素，而是硬性权力的选择和意识形态偏见。这就是为什么在 20 世纪七八十年代之交，当思想观念刚刚有所松动，"九叶"和"七月"两个被强势所掩埋的诗人群便得以"出土"，而这些作品的"出土"，又怎样引起了人们对主流文学史所规划的诗歌地图的怀疑。更不用说 20 世纪 80 年代"朦胧诗"论争对当代诗歌理念的冲击了，它不仅使我们反思当代的主流诗歌，体认 20 世纪 20 年代中期以来的现代主义探索，也让我们更加注意中国"新诗"与外国诗歌难解的纠缠，而最终，当然也会对这一诗潮本身进行反思和质询。

就 20 世纪中国诗歌而言，经过这二十多年的悲壮争取，已有不少的资料重见天日，理论资源也不再像过去那样匮乏，可以说在物质上为它的学术化研究准备了基本的条件。然而，当问题一旦从外部回到内部，学人的压力实际上不是减轻了，而是加重了。几年前，一家报纸组织了一场关于"批评缺席"的讨论，我曾用随笔《在真正的考验面前》发过一段议论：

> 文学批评有它自己的命运，包括自己无法左右的命运的命运。我们完全理解社会转型戏剧性来临状态下批评家们的内心焦虑和精神失调，但文学批评从过去轰轰烈烈的"方法年"、"观念年"、"语言年"的亢奋状态，一下跌入"缺席"的境地，却不能不让我们反躬自问：当文学批评来到真正的考验面前，即当政治与经济的主角位置开始交换，文学批评失去了传统的对手与拆解对象，失去中心意识形态的看护和以往读者的热情，需要从自身提取动力并依靠自身的价值观来支撑时；当世界文化信息流通转入正常，现炒现卖逐渐失去其新鲜感，需要批评家从本土文学现象中发现和提出问题，自觉去分析、命名和评判时；总之，当附加的外在价值逐渐剥离，文学批评须以自身的价值与方法直接面对复杂的文学现象的时候，我们的文学批评能否经得起短兵相接的考验？

这些问题对于学术研究来说，显然更为严峻。如果说，在这个急功近利的时代，能否抗拒种种诱惑，以思想、学问的价值为价值，真正全力以赴地投身于自己的专业，是基于角色认同和价值、趣向的个人选择，那么，做出选择之后，是否努力都能获得较高的学术意义？如何避免重复的无意义的劳动？如何在层层覆盖的话语中体现自己的个性？如何在"理论过剩"与"理论贫乏"的矛盾语境中保持吸纳与反思的平衡？如何在急切摆脱习惯思维方式的同时，对文化时尚持反省态度，坚持在偏侧的时代说出真实？去年我给一位诗人的信中曾说："有时候我越来越怀疑思想、意识领域的'新发现'，却对真实、言说准确有一种私心里的尊敬。人们每每迷恋于'思想的深刻'，历史往往让真实与恰当的言说形式长存。"写这话时，我心里想的是新诗在学习新语言、寻找新世界过程中唯"新"是举的历史情结，思考它从这一情结出发，怎样造成了两种表面相克、实质相通的现象，从而看到，"新"的体制化也是一种压迫自由的力量，也在巩固某种意识形态，不仅误导诗歌离开基本问题，也排斥它多元的发展。

求真、求是是学术的基本立场，但"真"和"是"是先在的指标，还是一个需要不断探讨的问题？我只认同后者。我觉得，不仅现实和诗歌是两个无法对应的概念，现实诗歌和诗歌现实也是两个本质不同的概念。20世纪汉语诗歌现实是一个丰富、矛盾、多元的存在，也是一个运动、变化的存在。有半生不熟的白话诗，也有把现代汉语运用得非常出色的文本；有此起彼伏的形式探求，也有"诗质"的一再倡导；有政治抒情诗和新民歌，也有各种各样的实验诗；有矢志不移的探险者，也有浪子回头沉溺在古典传统中的人；有的诗人的一生诗作数量不多，但质量和风格相对稳定，也有人的诗风与质量前后判若两人，等等。这些都是不可回避的诗歌现实。一般的批评和个案分析当然可以根据自己的趣味做出选择，但学术研究在选择时至少要考虑到复杂多元的存在，不能只见树木不见森林。而倘若对这种复杂多元性、运动变化性了解越多，就越会理解：由于20世纪中国新诗并未成熟，中国新诗学本身是一种问题学。换句话说，对于新诗研究的学术性的考验，首先是能否在复杂、多元、变化的诗歌现象中提出真正的诗学问题，然后是，对问题做怎样的阐述。

近百年来有多场关于新诗发展问题的讨论，有些问题反复被触及，诸如诗歌与时代、内容与形式、"大我"与"小我"、传统与现代、民族化与西化、懂与不懂，等等。谁也不能说这些问题是伪问题，但反复被讨论却不能取得有意义的进展，是不是问题本身也值得反思？它们是表面问题，还是内部问题？是打扫好外围再攻打内部堡垒好，还是进入内部基本问题的探讨，让外部问题迎刃而解好？我觉得20世纪的中国诗歌研究受种种因素的影响，在外部问题上花的精力太多，因此去年在武夷山筹备召开了"现代汉诗研讨会"，得到了国内外汉诗学者们的支持和响应。会议以"现代汉诗的本体特征"为研讨主题，对"新诗"概念的合理性提出了质疑，并着重探讨了现代性、现代汉语与诗的关系问题。与会学者不是一般地对诗歌的历史现象进行归类和描述，而是更关心基本问题的性质与阐述的前提，这是令人鼓舞的。

20 世纪中国诗歌的问题当然很多、很复杂，它与这期间中国社会转型时代境况中文化心理、意识形态难解难分的纠缠，为文化批评和意识形态批评提供了非常多的话题。但就诗歌的基本问题而言，最值得注意的恐怕是它的言说方式，即它的结构和形式。而结构与形式的探讨又离不开语言问题的探讨，离不开作者与读者的共同认识。实际上，20 世纪初中国的诗歌革命是与语言革命同时发生的，它的发展也始终与现代汉语规范的不稳定相关联，处于写作目的过于明确而语言背景却比较模糊的矛盾中。我认为这是"新诗"不成熟和新诗理论体系尚未建立的主要因素，甚至连"新诗"的概念本身也值得质疑。这样也决定它的研究不应自设一个主观的理论前提，任何时髦的理论对它都不适用。或许只能从语言和形式的基本问题出发，观察和思考它的生成与变化中的种种问题，在偏侧的时代寻找标准，在混乱中凝聚质素。我最近发表的论文《中国新诗的本体反思》，便是基于这种认识的一次尝试。在写作中，我更深地体会到了罗兰·巴特所说的权势寄寓在语言（语言结构）中的观点。当然，在这里，对语言的理解已经超越了传统语言学的理解，不只是稳定封闭的符号系统，不只是反映"现实"的媒介，或是孤立于社会的个人创作的结果，而是与历史、社会、政治联系紧密的文化行为。由此，我们便不觉得关注语言、形式的本体研究会流于狭隘和肤浅，甚至怀疑近年报刊提出文学批评与文化批评的矛盾是不是假问题。我们当然免不了会把社会、政治、历史等方面因素写进和读进文学作品中去，但离开了文学本身的基本问题，马上就会造成材料判断上的失误，自然难以得出有效的结论。因此，包括马克思主义文化批评家詹明信在内的西方学者，在面对艺术作品的时候，也是主张"应从审美开始，关注纯粹美学的、形式问题，然后在这些分析的终点与政治相遇"（詹明信：《晚期资本主义的文化逻辑》）。而当代语言学科和社会科学研究领域的反思性实践，更是留意语言、文本中历史、社会、个人意识的踪迹，从而发现了文化解构与建构的可能性。

问题仍然是实践这种语言、形式角度的研究时，自己理论、方法资源的贫乏，因而处处显得力不从心。因此，我在 20 世纪 90 年代做从批评到学术研究的自我调整时，虽然最萦绕于心的是 20 世纪的诗歌问题，但也不能不花相当的精力做"自我健身"的工作：也读古代诗话，也读西方和 20 世纪中国的文学和文化理论著作，也留意海外汉学界和台港学者看问题的角度和方法，心有所得时，也写一些"批评的批评"。从"批评的批评"中得到启示，滋养自己的 20 世纪中国诗歌研究。

本书中的文字，便是我"从批评到学术"转变过程中的一些阅读心得。除《一个有风格的批评家》写于 1984 年 9 月外，其余均作于 20 世纪 90 年代。取书名为《文学批评的两地视野》，无非是标示我的谈论对象，是中国特殊格局中内地与香港两地的文学批评现象。由于传统、语言的共同而具体批评语境的不同，它们在当代形成了既相通又相异的批评"视野"。因为相通而又相异，所以能够在一本书中"共处"，彼此又形成比较与参照。基于这样的原因，内容也就按"内地的文学批评"与"香港的文学批评"两部分编排。当然，这种编排与当代文化批评中的"地缘政治"无关，更值得关注的倒是"两地"文学批评和批评家的"越界"现象：香港的不少批评家，常常以内地的文学作为评论对象，而一些原是内地的批评家，现已生活在香港。文学批评和文学研究，本不受地域的局限，"两地"批评的不同视野是由于历史因素形成的，而现在香港已于 1997 年回归，随着许多历史因素的逐渐消失，两地批评的视野也将逐渐融合。

由于本书源于自由的阅读而不是有计划的研究，因此与当代文学批评史的版图无关。而对于被谈论到的批评家，我想借刘西渭（李健吾）《咀华集·跋》中的一句话表示我的谢意和歉意："实际得到补益的是我，而受到损失的，已然就是被我咀嚼的作品——那朵饮露餐阳的花。"

（王光明著《文学批评的两地视野》，北京大学出版社，2002）

"一棵从乡间移植来的树"

——林浩珍《回眸》序

有时你也许会觉得奇怪，不论世道人生怎样的艰难，不论文化气候如何的阴晴不定，诗歌依然以它顽强的姿态生长。任你喋喋不休地争吵也罢，商品经济大潮的冲击也罢，或者人为的困境与题中之义的艰难也罢，诗人诗作仍然在出现，一茬又一茬，一股潮流又一股潮流，一个又一个新鲜陌生的名字，像悄然出生的生命，像不可扼制的爱情，像突然跃上地表的河流，常常给你带来意外的惊喜。从"四五"天安门诗歌运动，到"归来"诗人群和新诗潮，再到新生代的反拨与实验，构成了近十几年中国新诗多么蓬勃、丰富、流动的景观。诗歌，是民族灵魂不死的见证。

我常常对着那些熟悉或素昧平生的诗人寄来的一本本诗集发楞：在这诗意贫乏的时代，我们的诗歌有着多么顽强的生命力！虽然，在这个世纪的夕阳照临我们的时候，返观近百年中国新诗坎坎坷坷、曲曲折折的行程，人们也许不无一种苍凉之感：我们的新诗还不成熟。但自20世纪80年代中期以来，热情冲动的年青诗人显然加快了他们摸索、实验、"超越"的节奏，爱创新，爱竖旗和发宣言，爱自树流派与别人分庭抗礼。其中有很多幼稚可笑的东西，也呈现出诗歌创作的某些弊端。但在这不无浮躁情绪的背后，其实也蕴含着诗歌前进的动力。我们的新诗除了继续创造，没有别的捷径。新诗所以还未赢得传统古典诗歌所拥有的地位和影响，并不是因为它未曾继承古典诗歌和民歌的传统遗产，也不是由于它不曾接受西方诗歌的有益因素，而是在急剧的社会历史和文化转型中，未能在诗歌语言、形式和功能等方面完成现代审美趣味和艺术价值的创造性重建的工作，真正通过现代口语的再度提炼，全面指向现代感觉、经验的语言生成。这需要真正的创造力，需要非凡的综合、超越传统诗歌的实践，需要原创的和命名的能力，不是简单强立门户、自称新派能奏效的。但是，没有创新和实验，诗歌的道路就难以往前拓展，就不可能进步和成熟。因此，与其抱残守缺或站在道旁说三道四，我宁愿与虔诚、严肃的艺术探索和实验者们站在一起，在绵延不断的诗歌群山中，迎迓峰巅的崛起。

这本诗集的作者林浩珍，也是站立在这绵延诗歌群山中的一棵小树，虽然树林的茂密使人还难以辩别出它的存在，但对于这个从偏僻贫困的闽西土地走出来的历史系毕业生来说，诗，不仅是他"初恋的情人"，而且，随着他每天在都市高楼和霓虹灯阴影下出入，日益强烈地感到文学和诗歌是自己"最后的归宿"。

"最后的归宿"竟在最初的倾心中，这在表面上让人不可思议。但这相反的走向在林浩珍的诗歌中，却是一种在灿烂的失真、繁华的荒凉中返归本真获得纯洁的道路。在《走向永恒》一诗中，他写道：

> 为了寻找一块干净的地方
> 我向着人类相反的方向走去
> 我知道
> 现在我离他们已经遥远
> 在这荒无人迹的沙滩
> 我已听不到他们的声息
> 只有海在永恒地喧响
> 撞醒我生命深处的钟声
> 我等着海水将我收留
> 像收留一个无家可归的孩子

只有强烈感受到现代生活的混乱、孤独和不洁的人，才会有如此强烈的"寻找一块干净的地方"的愿望，才会如此渴望自然、本真的生活。林浩珍的诗，在意识和潜意识的层面里，都表现出向着"相反的方向"追寻的冲动，表现出与现代工业社会和物化倾向疏离的特点。因此对童年、少年乡村生活的追忆成了他最主要的诗歌题材，乡村生活和自然事物成了他最主要的诗歌意象。他最倾心的是树，"把头靠在树干/听风摇树动"，他能听见"发芽的树枝/呼啦啦生长"，听见"水分从树根滋滋流向叶脉"；

他向往像树一样自然、美好地生活，"回到乡村／回到清洁的水边"，在世事沧桑中像树一样从容，在人头攒动中如树一样高贵。然而，他始终觉得自己早已是"一棵从乡间移植来的树／在这座城市扎根／在这拥挤的空间生存／岁月的叶子纷纷落下／众多的意念／如鸽子／飞过高楼切割的蓝天"（《移植》）。

"像一棵从乡间移植来的树"，这是林浩珍最出色、最有意味的诗歌意象，它不仅表述出一个从乡村走入现代都市的诗人的感觉；也象喻了转型社会许多人的感觉。可惜的是，这种非常锐利的内心感觉，它所蕴含的精神与存在的悲剧意味，在林浩珍的诗歌中，还未得到丰富和有力的展开。

（林浩珍著《回眸》，作家出版社，2003）

近年中国诗歌：过渡时期的延续

——《2002－2003 中国诗歌年选》前言

用编年方式检点各种各样的文化记忆，为人类保存和反思自己的历史提供了许多方便和可能，也增加了人们对时间的期待与憧憬。然而，第一，时间是否就是刷新历史的油漆，翻开新的纪年、新的年份是否就是全新的事物？第二，即使时间刷新了我们的许多记忆，但它能否马上改变诗歌的象征体系和想象方式？

也许我们不应该期待在新的世纪、新的年份一觉醒来就成了新人，就读到全新的、"断代"的诗歌。因为 21 世纪初的诗歌，无论从何种意义上，都是 20 世纪 90 年代中国诗歌探索的延续：仍然在城市化、世俗化的语境中走向边缘化；仍然是一种转型的、反省的、过渡性的写作，泥沙俱下、鱼龙混杂；仍然具有疏离"重大题材"与公共主题的倾向，以个人意识、感受力的解放和趣味的丰富性见长，而不以思想的广阔、境界的深远引人注目。这是一个有好诗人、好作品却缺少大诗人和伟大作品的年头。

这是一个平凡的年头，虽然我们生活中也出现了"非典"这样相当不平凡的事件。但短暂的骚动混乱过后，市场依然繁荣，普通人的生活仍然在延续，诗人也仍然像以往一样在边缘处境中挣扎。21 世纪初的中国诗坛没有 20 世纪初的中国诗坛热闹，百年前的诗坛弥漫着"诗界革命"的火药味，而诗歌进入 21 世纪，则是运动式诗潮的隐退，沙龙式探讨对流派式集团风格的替代，个人写作对集体写作的疏离。20 世纪末的"民间写作"与"知识分子写作"的争战并没有得到持续，"下半身写作"的道德反叛也没有吊起多少人的胃口。诗坛似乎从来没有像近年这样风平浪静。

无须讳言，近年的诗坛远没有 20 世纪八九十年代热闹，平庸的诗人和作品也大量存在。但平静能否等同于沉寂？平凡是否就是平庸？也许探索并没有中断，可圈可点之作也不见得会比别的年头更少。伟大的时代照亮诗人的激情与灵感，诗人分享了时代的光芒，因而许多诗也是时代的反光；在平凡的岁月，诗则必须自己发光，以自身的价值求得人们的认同，凝聚自身的光芒照耀时代。因为时代平凡，因为被放逐到边缘的边缘，所以这是一个"非诗"的年代，但是上帝与魔鬼都不管诗歌，它不再成为各种势力争夺的中心，诗人也就有可能反省和回到自己的位置，追求自己的理想，因此可以说非诗的年代也正是一个从事诗歌的时代。问题是，诗歌是否出自我们内心的需要？我们的情怀、境界、眼力、才华，以及训练和技巧，是否经得起诗歌要求的考验？

　　进入 21 世纪，一些老诗人的创作已经过了鼎盛时期，他们的产量已经不如青壮年时代。但读公刘《不是没有我不愿坐的火车》《天堂心》等遗作，你肯定会同意这都是生命之诗，体现诗人全人格的诗。而彭燕郊的《消失》与《叫喊》，则把个人发声当成了抵抗消失的唯一方式。应该说，这些作品也有很强的时代感，正如邵燕祥的《美丽城》《网络》《后祥林嫂时代》，无论题材还是意象都有很强的现实感，与他的杂文所体现的感时忧国精神一脉相承一样。然而，人们还是能明显感受到视角的调整变化。大致说来，在 20 世纪 80 年代以前，大多数诗中的说话者，往往是直接面向时代的，而 20 世纪 90 年代以来，说话者则更注意感受人在时代的命运，以个人记忆、感受与想象同时代对话。这时候的时代，不再单纯是一个人人追逐的太阳，而同时也是一个体验与反思的对象；它也不再是被文件、报纸的观念所规范的时代了，而是像朱朱《车灯》所书写的景物，是具体的、片断的、分散的，需要"重新丈量"的。"生活"太大，"时代"光暗明灭，不仅所见有限，无法"测知一堵墙的厚度"，而且"不完美的大脑"总被搅晕，因此，他们放弃了"宏大叙事"的野心，宁愿做不成一个"时代的诗人"，也要忠实于自己感觉与记忆，"以笨拙面对真实"。

　　表面上看，中国诗人变得不那么自信，不那么高瞻远瞩，不那么具有时代的洞察力和预见性了。然而，从另一个角度看问题，或许他们也正是 20 世纪 90 年代以来中国"时代性"的见证，即开放的、多元的过渡时代的见证。当然，诗歌见证这个多元共生的时代，与"生活"见证这个时代是不一样的，生活是 GDP 变化、制度调整、风俗变化和时尚迁移；而诗，则要通过语言捕捉与想象这种种变化在人心中留下烙印。这是否就是近些年来相当多的诗歌重视感觉、记忆与现实的关系，而不像 20 世纪初的诗歌更关心现实与未来的关系的原因？我相信，在这本《2002 – 2003 中国诗歌年选》中，最有味道的诗，大都是处理个人感觉、记忆与现实的关系的诗。像朱朱的《皮箱》、庞培的《少女像》、黄灿然的《祖母的墓志铭》和王小妮的许多诗作，读他们的诗，你也许会认同张曙光《一个诗人的漫游》里那个被中年危机与生活困惑所夹击的说话者的判断："回忆正逐步取代希望，它安抚着我们的生命。"但是，回忆正逐步取代希望是实，却不见得能安抚内心。因为这些大多不是怀旧的诗，怀旧的情怀能够带领人们"回家"，就像中国许多传统的古典诗词，总是把人们带到遥远的过去一样。然而，中国那些传统的田园世界，那些唐诗宋词中的美好记忆，似乎都变成了天边正在消失的晚霞。我们甚至无法像闻一多那样读出菊花丰富的颜色和意蕴，无法像戴望舒那样从记忆中找到村姑的神情了。一个叫做"现代"的东西早把我们拽下牛车马背，装进了火车、飞机。时间已经在网络高速公路上飞奔，而空间正在分崩离析，建筑物拆了又建，建了又拆，我们的感官每天都在承受爆破、打钻、搅拌的轰鸣，现代人哪里有心情怀旧，21 世纪以来又有多少旧可怀？

因为不再轻易地相信未来，而传统文化又遥远得不可追回，所以许多诗人只能以个人经验、记忆去辨认破碎、暧昧的当下生存。你不妨认真读读辰水发表在 2002 年《天涯》上的《在乡下》（外六首），看看像刺一样揿入灵魂的乡村记忆：

> 在乡下我常常为了割到更多的草
> 会尾随着那些茂盛的草来到河边
> 河的众多分岔向四下里流去
> 通常我会知道它们流向哪儿
> 或者是在哪儿因干枯而死掉
> 在这些河滩上还有那么多坟墓
> 我至今都没有弄清楚哪些是属于我们这个
> 家族的
> 平时我为了尽快地赶回家去

就会抄近道穿过这大片的坟墓

这时我会比平常走得更快些

　　我相信这组诗是近年来乡村题材诗作中最出色的作品之一。不仅仅由于它呈现出记忆中的乡村世界的"真实"，也由于它不动声色的表现力。什么叫做"沉哀"，什么叫做"悲凉"？可不是直着脖子喊叫出来的。这是一个少年经常经历的情境，再熟悉不过的景象，也完全以乡下少年的抒情观点写成。因为年少，因为熟悉，诗中的说话者似乎没有新鲜的东西要告诉我们，似乎既不感到高兴也没有悲哀，即使穿过有许多坟墓的河滩，也不过"这时我会比平常走得更快些"。然而，在阅读者的感受中，这个由青草、河流、坟墓构成的"乡下"世界，青草的荣枯与草民的生存，流动的河流与时间的变化，弄不清的坟墓（连碑都没有）与无声无息的生死，不是没有关联的，而"这时我会比平常走得更快些"，也不通向"为了尽快地赶回家去"的因果逻辑，而是呈现出某种下意识中的害怕。这样的诗歌世界不是文人想象中的田园牧歌世界，"乡下"不是为了对比城市才得到表现的。许多年以来，多少人自以为代表沉默的人民说话，但很少看到这样摇撼心灵、没有矫情的诗作。不是因为他们不同情农民，甚至也不全然因为不了解乡村的生活，而是由于戴着别样的眼镜，因此被小康生活遗忘的农村社会，似乎是理所当然地在文学中被扭曲和遗忘。是的，乡村也在变化，现代化的声浪也席卷、摇撼着沉默的土地，但有多少人能感同身受地理解中国农民在城市化进程中所付出的代价和牺牲？有谁像辰水这样通过熟悉的情境传达转型时代的戏剧性？辰水不止一首诗写到那些在春夏之交去城里打工的农民，他写那些走在去北京路上的民工，衣着如何不合时宜，女人如何默默低着头跟在男人后面，"只有那些孩子们是快乐的/他们高兴地追着火车/他们幸福地敲打着铁轨/仿佛这列火车是他们的/仿佛他们要坐着火车去北京"；他写民工们如何被那帮油腻腻的家伙装上马车，他们不知道马车会把他们拉到哪儿，只有拉车的马在耳鬓厮磨、相互缠绕，"它们愉快地拉着我们，它们真像一对热恋中的情人"。这些诗作都聚焦于某个具体情景的组织，用的是"叙述"而尽量避免抒情和议论，似乎接近20世纪90年代末一部分诗人热衷谈论的"叙事性"，又可以印证另一部分诗人对"拒绝隐喻"的倡导，但它的朴素、凝练、简洁和有力，它的戏剧性情境所产生的艺术张力，却也对诗歌的叙事和表达的直接性，提供了新的启示。

中国诗歌抒情视野最重要的调整，是它已经不再简单通过空想未来、承诺未来去批判现实，也不通过"忆苦思甜"来论证"现实"了。它对诗歌写作最重要的意义，是在认识论的根源上纠正了长期占主流地位的所谓"现实主义诗歌"对主体与世界、语言与现实关系的误解，从而打开了从个人的感觉、意识接近和想象世界的道路，让语言与现实能够在磋商对话、互相吸收中呈现出独立的个人品格和艺术趣味。关于这一点，黄灿然在《删改》一诗做过非常有趣的探讨：朱伯添曾是忠实于"原文"的新闻翻译员，但是随着经验的累积、知识的增长和了解世界的深入，他发现，他要忠实的"真实"实际上已经被"删改"过了，因此一直恪守的准确度和清晰度发生了动摇，不得不对有些报道再度删改。他开始意识到，翻译的"忠实性"，其实有一个忠实于被镜头选择过的"原文"，还是忠实于知觉、情感的"真实性"问题。对于一个翻译来说，"当那恐怖的画面/掠过他的脑际/忠实性无非是镜头中/巴格达夜空里烟花似的炮火/而真实性是白天里/赤裸裸的废墟"。

在某种意义上，诗也是一种翻译，把未被言说、无可言说的东西变成一种可意识、可言说的东西。但在我们这个利益争夺、市场称雄、传媒掌控的后现代社会，人实际上生活在符号世界而不是生活在真实的感性世界中，连文化生产也变成了一种产业，文化产品在复制、借贷、挪用、流通中已经变得面目全非。现代诗人所遇到的问题，也正是《删改》中的译员所遇到的问题，不是命名的困难，不是忠实不忠实"原文"的问题，而是在你未说话之前，事情往往被"镜头"框限过，被人们说过、写过，"真实"已经被遮蔽了，只有经过"删改"才能让它重见天日。

如何在层层着色、层层改写、层层覆盖，充满了暧昧性的"现实"中"忠实于真实性"？一部分诗人主张放弃对世界的虚假承诺，面向真实平凡的个人内心经验。王小妮甚至在诗中宣称："到今天还不认识的人/就远远地敬着他/三十年中/我的朋友和敌人都足够了/……我要留出我的今后/以我的方式/专心去爱他们"（《不认识的人，就不想再认识了》）。表面上看，这是一首拒绝世界，坚持个人经验、记忆与处世方式的诗。然而，文本中的说话者，并不是真的要延续旧人旧事的记忆，坚持过去的生活方式，而是在反省和清理自己的记忆和经验，面对世界与自我的真实。王小妮的诗，就题材而言，似乎都是琐琐碎碎的日常小事，平平凡凡的人间感情；就表达方式而言，也不执意追求现代主义的陌生化和技巧的繁复性。然而，她从日常中道出了人们生存的真相，从朴素中获得了表达的直接性。你读读《西瓜的悲哀》，相信你不由得要惊叹作者从一件日常小事抵达普遍境况的能力。然而，解读那种事因人生、人为事累的"无缘无故"的人生呈现在水火中煎熬的生命状态，诗人并不简单导向社会批判的主题，而是进行自我与世界的双重探索。因此，《我就在水火之间》中的"水深火热"，既是生存的体验，也是自我的读解；既有含蓄的讽刺和指责，也有热爱、同情与自嘲。

读王小妮这些从个人经验、感觉省察生命与世界的诗，人们会明显感到 20 世纪 90 年代以来诗歌承担世界方式的变化。我曾把这种变化概括为诗歌英雄主义的隐退，直接参与生活的抒情方式的调整和语言意识的觉醒。我认为这种变化具有解放感觉、意识和想象力的意义。事实上，如果说王小妮那样的诗，是对个人经验的解放，通过个人经验的矛盾、丰富和复杂性的品味去触摸世界，那么，像陈东东、臧棣的诗，则体现了个人意识的敏感、自由和流动，充分展示了意识与现实、意识与经验、意识与语言的互动。有趣的是，不同于王小妮从日常感受、日常细节去探索意识与情感的转变，臧棣更擅长以多样的、不断繁衍生长和转变的意识去吸纳日常细节，形成充满妙趣的对话空间。像《宇宙是扁的》处理的是一个荒诞的题材，却通向日常经验里平凡与神奇交织现象的揭示：明明知道是光天化日里的谎言，是闭着眼睛说瞎话，但为什么还是被牵引，不仅喜欢，而且在短时间内让荒谬主宰了一切？又如具有寓言色彩的《反诗歌》，反讽一种"反诗歌"的阅读方法，却借助羊的现象讨论美和想象力是否可以作经验的还原问题，触及诗歌阅读的诸多偏见。臧棣的这些诗歌，以意识与语言的互动打破了传统诗歌写作的情景关系，冲破了生活决定论的经验主义美学，为现代汉语诗歌的写作展示了一种新的可能性。这是一种追求意识和语言的开放性和生长性，胜过追求文本经典性的写作。

从具体的个人经验出发探索意识的转变与从意识的生长变化去讨论经验，可能是近年诗歌最值得注意的景观。它标示了 20 世纪 90 年代"个人化写作"的延续和深化，进一步昭示诗歌必须自己发光的时代写作的可能和考验："个人化写作"既是个人言说权的争取，对历史"宏大叙述"与时尚的化约性的反抗，经验、意识和想象力的自我解释，又是对个人言说境界、能力的一种更高的考验。

（王光明编选《2002－2003 中国诗歌年选》，花城出版社，2004）

2004 年的诗：印象与评说

——《中国诗歌年选 2004》代前言

主持人：王光明

参加者：张桃洲、荣光启、伍明春、刘金冬、赖彧煌、邓庆周、
黄雪敏、何玲、刘智群、叶敏娟、周炜赟、冯雷

整理者：赖彧煌

时　　间：2005 年 1 月 18 日下午

地　　点：首都师范大学文学院会议室

王光明：今天我们"读诗会"谈论的主题是"2004 年的中国诗歌"，这是一个比较大和宽泛的题目，不容易谈好。我自己也反感那种"年终总结"式的"宏观"述评和居高临下的"鸟瞰"，那往往是一条河流对于大海的观察，受着视野与角度的拘限。但认真回顾与思考是必须的，因此，借编选《2004' 中国诗歌年选》的机会，我先让同学们分头阅读比较有影响的诗歌刊物以及文学刊物的诗歌栏目，形成比较直接的和具体的印象。现在我们交流 2004 年中国诗歌的印象与评价，就从这具体的阅读印象出发。首先，由参加编选的同学报告各自对某个诗歌刊物或文学刊物的诗歌栏目的阅读感受；然后，各位对本年诗歌发展中关心比较多的某个现象或者问题发表自己的看法。通过不同的角度，通过补充与对话，或许可以多少避免个人视野的局限。

一　2004 年的诗歌刊物

何玲（硕士生）：与往年相比，《诗刊》在 2004 年作出了不少改进。

首先，"好诗共享"栏目由以前的"单翅"改为了"蝶翅"，从单选一篇经典之作、而且大多是外国作品，改为经典与原创并存。这有利于鼓励诗坛新人努力创作，激发他们创作的信心与勇气，同时也认清差距，更多地向经典学习。其次，增添的"诗歌演讲厅——在《诗刊》听讲座"，请著名专家学者、诗歌批评家讲座，以文字记录历史，流传声音，磋商诗艺，从思想上、艺术上和学术上对诗歌写作进行深入的探讨和交流。这也提高了《诗刊》的学术含量，既有利于促进诗人的写作，又可以提高读者的诗歌鉴赏力。再次，在提供信息方面，新增的"刊中报——信息版"集中介绍诗歌动态，沟通诗人近况，选登编读往来，对读者了解国际国内诗坛、交流读诗感想提供了一个很好的平台。有利于使读者认识到，在这个物欲横流的时代还有很多优秀诗人在为诗歌努力，有众多的诗歌爱好者关注诗歌。

荣光启（博士生）：《诗刊》肯定是中国诗歌刊物中的"老大"，这个"老大"的意思不是发表在上面的诗和其他诗刊发表的诗相比是最好的，而是在很多诗人心目中这本杂志的地位。但诗人们对《诗刊》的态度又是矛盾的，一方面，大家都期望自己的诗能发表在上面，一方面不少人又骂《诗刊》。骂的理由一方面因为自己的诗歌上不去，另一方面也因为《诗刊》自身的原因。作为中国作协的主要刊物之一，《诗刊》在历史上对于一个时代诗歌的美学趣味有一定的引导作用，但对于 20 世纪 90 年代后期以来的当代诗歌，在有些理论家看来，其之所以呈现一种混乱无序的局面，和《诗刊》杂志没有起到很好的"引导"作用有关。

王光明：荣光启说诗人对《诗刊》的态度是矛盾的，为什么会这样呢？这应该把《诗刊》的特殊性考虑进去。《诗刊》自 1957 年创刊以来，是一个已有近 50 年历史的国家诗歌刊物。作为一种国家刊物，《诗刊》一方面似乎要代表这个国家的诗歌艺术水准，无论是它的自我定位还是公众期待；另一方面，正因为是国家刊物，它必定是主旋律的，代表主流意识形态和公共精神的，同时是方方面面必须照顾周全的。不难看出，《诗刊》创办以来保持着两重性，面临着公共性与独创性的诸多矛盾。这里可以提出一个问题，《诗刊》能不能形成自己诗歌的理想？这是很有意思的话题。但到现在为止，《诗刊》是否找到了它的艺术定位，的确是一个值得研究的问题。例如它推出的"每月诗星"，必须符合两条标准，既要有一定的艺术水准，又必须是主旋律的。"诗星"的选择受着复杂而又矛盾的标准的限制，每一首诗是否都是好诗就很难说。当然，《诗刊》也做了不少改革，特别是下半月刊创办后；在我的阅读中，感觉一些诗还是不错的，语言比较老练和干净。《诗刊》其实是非常复杂的，我提供这样的背景，是为了让大家注意这种复杂性。

伍明春（博士生）：何玲刚才谈《诗刊》似乎只谈了上半月刊，没有涉及下半月刊，其实它的上下半月刊在总体定位、栏目设置、选稿要求等方面是不大一样的。《诗刊》下半月刊也形成了自己的特色，比如它的"结识一个诗人"与上半月刊的"每月诗星"就颇不相同，新锐而不失稳健；它的"校园版"对当前诗歌审美教育也有一定的推进作用，里面的"读诗会"和即将与《扬子江》共同推出的"第二课堂"值得关注。

邓庆周（博士生）：2004年是一个平凡的年头，对于居于四川盆地的《星星》而言，却是不平凡的。《甲申风暴·21世纪中国诗歌大展》由《星星》诗刊以上下半月合刊的形式推出。一如其名，颇有些轰响和抢眼，让人自然地联系起风起云涌、绿林聚会的1986年诗歌大展。我觉得可以如此来概括《星星》上、下半月刊的办刊特色：上半月刊"坚守——捍卫诗歌的高贵与良知"，下半月刊"出击——引领大众寻找生活诗意"。2004年比较值得留意的有关注社会底层小人物的《悼诗——献给名叫洁白的姐姐》（杨邪），关注重大题材和公共主题的《熟悉的姿势——怀念小平》（老铁），被编者称作"以纯粹的抒情去接近诗歌的内核和本质"的组诗《二十四节气》（泽婴）等。这些诗也体现了《星星》在选稿方面的特点和取向。

"风暴"余波未息，4月份《星星》下半月刊大刀阔斧地全新改版，再争诗界受众眼球。改版的结果是，《星星》2003年推出的下半月网络版，在2004年第3期后宣告终结。4月份下半月刊出现，读者的目光不禁为之一跳，封面居然是《电影之友》或时尚杂志才会有的靓女，这表明《星星》下半月刊的编辑方针完全改变了，实际上也给读者留下了"网络诗歌第一品牌"昙花一现的遗憾。

赖彧煌（博士生）：《星星》下半月刊从号称创办"中国网络诗歌第一品牌"，到完全被改造为一个时尚的文化型杂志，颇发人深思。与其说这体现了决策者们直面市场、勇于尝试的胆识和智慧，不如说映衬了当前诗歌刊物的艰难、尴尬的处境。这似乎是个老话题了。《星星》下半月刊的变动既在意料之外又在料想之中。

刘智群（硕士生）：我比较系统地阅读了2004年的《扬子江诗刊》。作为一个创办于1997年，由江苏省作协主办的诗歌双月刊，发展到今天已经形成了不少特色。该刊每期打头的"扬子江诗潮"，在这年推出了一些较有分量的诗人诗作。不过，《扬子江》给人的整体印象是，大部分诗歌都是一些个人化的书写，缺乏时代感和当下经验，较少看到语言的雕琢和美丽。并且，诗歌的抒情功能在这本刊物里也没有得到多少体现。我认为它推出的比较值得肯定的诗人是湖北的余笑忠，第一期上刊登了他的长诗《俯首》（节选），生活的描写细腻，语言生动。值得一提的还有巴音博罗的《鸭绿江谣曲》、西渡的《晨跑者之歌》等。

《扬子江》刊发评论的栏目值得注意，特别是关于诗歌的随笔文章及对外国诗歌进行评论的"视角"。有一篇评论洛夫《漂木》的文章十分到位。我觉得评论要有自己的立场和观点，要对当代诗歌的发展有建设性作用。面对尚未成型的现代汉语诗歌，评论更要具有这种品质。比较有建设性的是林茶居《诗歌的底线》、周伦佑《中国先锋诗歌向何处去》、敬文东《行话，对话，祈祷和词语的游牧特征》、李德武《创作断想》；尤其是西川的《曼哈顿随想——给张旭东》值得一读。

张桃洲（博士后）：我觉得刘智群刚才所谈的《扬子江》对理论的重视，的确是这本刊物体现自己特色的一个方面。不过，我不大认同刘智群刚才对《扬子江》上的诗提出的批评，主要是诗歌观念比较偏颇。在这样一个年代，如果还片面地以抒情、以语言的雕琢为诗的旨归，一味地指责诗的个人化书写，我认为是不妥当的。即便以抒情的质朴、动人来看，第5期刊发的鲁西西等人的诗作还是给人留下了很深的印象。再以打头栏目"扬子江诗潮"来说，这个栏目也是《扬子江》的一个特色栏目，所选入的作者大多是一些比较新锐的诗人，这些诗人都处在一个寻求突破的时期，他们的作品展示了他们探索的一种状态，因此给人的感觉不可能是非常"优雅"、"抒情"、"唯美"的，甚至可能会给人一种比较粗砺的印象。这个栏目力图不断推出一些新鲜而有力度的作品，这一点也显出刊物本身的活力。在遴选优秀诗作的前提下，不追求一种定型的东西，不追求一种全面的结果，这大概是刊物主编的一个定位或追求吧。

冯雷（硕士生）：谈论《诗潮》，不妨从它 2004 年第一期的一首诗谈起，这是杨子写的《出门》。在这首诗中，诗人用戏剧化的手法在"离开"与"目标"的矛盾和困惑的关节点上展开诗歌的知性抒情，很耐人寻味。在我看来，诗人的困惑从另一个角度看，也是一种迷失，是在摆脱过去面向未来的"大视野"中，对定位、方向的"模糊"。而这种"大视野"和"模糊"也正是我在回望 2004 年《诗潮》所刊发的作品后得出的一种印象式评价。

从栏目的设置上来看，《诗潮》在 2002 年和 2003 年都设有"中国诗歌高地"这一重要栏目，每期以专栏的形式集中推出来自同一省份（直辖市、自治区）的不同作家的一批作品。随着社会人口流动性的增强和全球化语境下地区差异性的减弱，这种划分标准的无效性凸现得越来越明显。在 2004 年，《诗潮》改而推出"中国诗歌扫描"栏目，似乎是在试图从更高的高度鸟瞰共时态的现代汉诗创作全貌，更大范围地搜寻优秀诗作以飨读者。

2004 年的《诗潮》给人的总体感觉，假如以篮球场上的各个位置设比，它不同于明确定位于"前卫、前倾、前进"的一部分前锋似的刊物，同时与面面俱到、统辖话语的中锋似的刊物也有所区别，它更像一个篮球场上的后卫，视野不仅比较开阔，而且更加经济、有效。

刘金冬（博士生）：《诗潮》第 5 期有《当代汉语诗歌关键词》一文，对以前流行的一些诗歌词语进行了讨论。臧棣、周瓒、于坚、敬文东、朵渔等人对诸如"接受""技术""个人写作""叙事""中年写作""知识分子写作"等关键词发表了各自不同的看法，虽然有交锋，但都比较理性，也带有一些总结的意思。听了刚才各位的发言我忽然想到，能否以一个或几个诗人为切入口，观察他们这一年在不同刊物上发表诗作的情形，进行比较或许能说明一些问题。

黄雪敏（博士生）："先锋"的品质一直是《诗歌月刊》的精神气脉，它以"汉语语言"的质地作为检测先锋诗歌的试金石，凸显情绪、节奏、语感等因素。2004 年的"先锋时刻"在作品的风格上有意识地呈现出"黑白配"——挑选两种不同风格的诗作，常常是一扬一抑，一内敛一沉郁，一复杂一简单，在对比阅读中体现"先锋"的差异。

《诗歌月刊》在 2003 年 5 月曾举办过"新人新作大展"，但这种全方位集中展示的方法，容易变成强拼硬凑的东西。随后开设的"发现"栏目力图纠正这一倾向，将一些在普通栏目中得不到足够重视的年轻诗人凸显出来。他们采取的途径是对具体作品进行精简的"细读"。由于年轻诗人在创作中遇到的多是诗艺问题——"视力"的准确与"手法"的精确问题，故该栏目常针对"诗艺"的某一方面作出具体评价，甚至不怕刨根问底地揣测作者内心幽微的世界和表达上的某些缺陷。这种尝试在众多的诗歌杂志中是比较独特的。

阅读《诗歌月刊》，我们不难发现，其中的诗作大多是一种远离乌托邦式的反神话写作，诗人坚持以口语入诗，更多的关注自身的问题，有意识地回避了社会的主旋律，专注于发现与一己相关的人情事理。这些作品的汇聚，加上对民刊和网刊诗歌的重视和挑选，使《诗歌月刊》在总体风格上体现了一种"边缘"和"先锋"的色彩。这种"边缘"地位的坚持和"剑走偏锋"的作法为《诗歌月刊》赢得了数量可观的读者，当然也招来了不可避免的批评。

周炜赟（硕士生）：我选择了《诗林》和《山花》作为观察对象。用《诗林》自己的话来说：它是一本"独辟栏目，推举新人，前卫先锋"的季刊。《诗林》让我们读到的更多是来自不同生活层面诗人的诗歌，而不仅仅是专业诗人世界里的经典名作。同时，《诗林》也是一个较充满青年性和当代性的开放式的诗歌杂志。这也就为其所提倡的"前卫先锋"提供了可能性。可以说，这种追求在一定程度上为广大诗歌爱好者提供了一个发表心声的舞台，另外也为我们的阅读提供了一个相当宽泛的视野和多元化的欣赏视角。但是，也使得人们对"何为经典"充满了疑惑。

与《诗林》相比，《山花》则给人一种相当高贵的感觉。翻开"诗人自选"，明亮的页纸衬映着鲜明的诗行，顿时让人们的视觉接受了一次洁净的洗礼。《山花》的"诗人自选"请到的诗人好，诗人选的诗也好，它的成功，就一名读者看来，更多的在于它的优越的版本效果，及其作者的声誉和知名度。确切地说，《山花》选的不是诗，而是诗人。不过，《山花》2004 年的诗在诗作的力度等整体水平上似乎稍逊于 2003 年。中国的诗人多，可是好诗人却不多，何况有时最好的作品也不一定就是出自最有名的诗人。

叶敏娟（硕士生）：2004 年的《花城》一如既往地推出了一些好诗。

稳重、大气、时尚、先锋，是我对它的总体印象。《花城》是为"大家"，有别于民刊，从所推出的诗中也可见出其态度的审慎，刊出的诗歌常有可圈可点之处。第二期于坚的一组诗，第三期李小洛的总题为《孤独书》的24首诗，第四期《词语中：时光挽留的往事》（江帆），第一期叶舟的组诗《大地的课堂》，也许正由于这些诗，使《花城》显得稳重、大气。这些诗虽不尽全美，却也趣味不低，十分耐读！

王光明：《花城》的诗歌品味历来是不低的，像它那样重视和认真经营诗歌栏目的综合性文学刊物还有《人民文学》《作家》《天涯》等。而专门的诗歌刊物中，我觉得近一、二年的《中国诗人》也办得不错，是我编选的"年选"选得较多的几个刊物之一。另外，有不少民刊也值得注意，像黑龙江的张曙光他们办的《剃须刀》，是非常追求作品本身的质量和效果的刊物，而广东黄礼孩主编的《诗歌与人》则分别推出了"读者最喜欢的十位女诗人"和葡萄牙诗人安德拉的专集，装帧与印刷非常讲究。湖北的《新汉诗》不仅有自己的诗歌主张，同时也以"讲诗堂"栏目争取读者对诗歌的理解，四川大凉山的《独立》则探索"诗歌地域"的可能性。《今朝》和《大风》一年四期按季出版，发表了不少值得注意的作品；《扬子鳄》则出了"记忆与印象"专号，推出诗人刘春对诗坛诗作的阅读感受，关注是非常广泛的。上海的《撒娇》得到了中国文联出版社的认同，夏季号印刷了2000册，以图文并茂的形式体现其"撒娇"风格。有人提出，从"莽汉"到"撒娇"是一个有意思的话题，但我更期待"撒娇派"能在语言和想象方式上体现以城市感性戏谑为特征的精神品格和美学品格。中国城市在20世纪90年代以来发展得非常迅速，但现代城市生活一直没有成为中国诗歌的背景与源泉，支配中国诗人的想象力。因此诗人对城市生活的想象，大多还比较简单直接。

二　2004 年的诗歌现象、活动和问题

荣光启：2004 年诗歌中出现了很多"新名词"，比如"垃圾派""第三条道路"……

王光明：它们作为一类现象值得注意。包括很多的诗歌活动、研讨会和评奖，北京大学诗歌中心的成立，多多、王小妮、江非被两所大学聘为

驻校诗人，《诗刊》下半月刊与《扬子江》诗刊全年刊发首都师范大学"读诗会"的内容，《特区文学》推出十位批评家的"诗歌联读"等。有些是"造势"的，有些却说明近些年沉寂的诗歌累积了某种期待。因为在大众传媒的时代，资讯泛滥，像叙事性的长篇阅读大家未必很有耐性，诗歌语言的魅力反而得到重视，对诗歌的期待也就变得强烈。另外，在 2004 年诸多诗歌现象中，是否隐含了某种清理、反思诗歌问题的倾向呢？即使在诗作中，也有大量诗歌问题的辩论，像臧棣的不少诗作，还有湖北诗人阿毛的好几首关于诗的诗作等，为了体现这种症候，我特意在"年选"中多选了一些。

荣光启：2004 年对于诗歌来说仍然是一个非常平凡的年份。总的来说，在现象上诗坛表现出这样的状况：诗歌的写作空前繁盛，诗人、诗作之多一如既往。这主要表现在这几个方面：首先是诗歌刊物的作为，上面已经谈到。其次就是网络，只要你愿意上网，网上的诗歌诗人可活跃着呐，"好诗"随处可见，论战也经久不息。再次是民刊，一些诗人按照自己的趣味自费出版的刊物也值得关注。广西的《扬子鳄》、湖北的《新汉诗》等都给人留下深刻印象。最后是"派别"。在诗歌写作的立场和风格上，每一年都会产生许多稀奇古怪的派别，其主张往往是哗众取宠，诗歌写得很糟糕。总的来说，2004 年和 1999 年以来的几个年头相比，诗坛仍旧一如既往的热闹，但若以"诗"的标准来说，我们往往是"但见诗人不见诗"，好诗偶尔有几首，但不多。

不过，值得注意的是，在 2004 年中，我们也可以看到这几年来诗坛所沉积的问题在慢慢显露出来，一些敏锐的诗人、理论家也开始寻思隐藏在这些问题当中的问题，有些人已经开始在做检讨和重建的工作，这是这一年里我特别愿意看到的现象。值得一提的是《江汉大学学报》上展开了一系列关于"新诗与传统""新诗的标准""新诗的文体"等问题的讨论，非常值得关注。诗歌的本体意识的重视和本体话语的重建开始慢慢进入许多诗人、理论家的思想日程。可以说，这一年，当代诗歌在几年的混乱、喧嚣、无聊之后，开始萌生出一点与检讨历史、寻思"问题背后的问题"有关的新质。这是很值得欣慰的事。

伍明春：2004 年的诗歌作品我读得不多，我想谈谈有关诗歌的问题。我在有限的关注中，注意到一个颇有意思的现象：2004 年的诗坛，既有人在强调诗歌的"草根性""草根化"，又有人重提"先锋"话题。

所谓"草根性"，按照其倡导者李少君的解释，"决不仅仅是民族之根，传统之根，其实更多是个人的自我之根。只有从个人的自我之根开始，才可能创造出真正独特的具有原创力的诗歌。"这里所说的"草根化"，在我看来，不过是"本土化"的换一种说法而已。倡导者在文章中对这个观点的具体论述存在不少漏洞。比如，他所列举的代表诗人的作品，真的能支撑得起一个全新的诗学命题吗？再进一步说，这个命题本身是否具有一种"合法性"？这些都需要我们作出辨析和思考。

关于先锋话题，先谈谈 10 月份的"上海先锋诗歌研讨会"。主办者的初衷，显然是想对上海先锋诗歌的成绩作某种总结。然而，这次会议却几乎变成了对"先锋"这一名号的清算。这种错位现象表明，是对"先锋"的当下意义进行反思的时候了。比如，洪子诚教授就对先锋这一概念在当前能否成立提出了质疑。从某种意义上说，"先锋"在当下语境中，往往成为一个被掏空了内涵的空壳。

所谓诗歌"草根性"的提出和先锋话题的回潮，两者可以说是互为表里的，都向我们提示了当代汉语诗歌写作的某种内在焦虑。

赖彧煌：我关注的是，近年来累积在当代汉语诗歌写作中的老问题怎样被重述了，比如某些诗歌观念被重新提出。我关注其中的一些问题，不是因为这些讨论体现了多大的建设性，相反，其中凸显了许多迷思，我们可以从中提取出一些可以进行反思的话题。

这些讨论涉及的一个问题是，究竟应该写作主观的诗还是客观的诗？有论者认为写客观的诗是可耻的谎言，因而强调写得更主观一些。这里不妨把看待问题的方式转换一个角度。如果说，许多年以来中国诗歌曾经在抒情方式上出现了问题，比如对外部空间不够重视而后才会有强调有待发掘、扩大外部世界在诗中的位置，这一方面当然是因为历史的压力使诗歌必须展开更为开放的格局，从另一方面来看，未尝不是诗人调整观物方式、写作趣味之后的结果。因此，如果的确有一种更强调"客观"的写作的出现，那么，这种"客观"也是"主观"发现的结果。更准确地说，20世纪 90 年代以来的诗歌写作的变化，体现了对主体和客体的双重反思。

刘金冬：我想从 2004 年诗人的诗论谈起，并从这些诗人的诗论出发引出这一年的诗歌问题。总的说来，那些成名诗人都很活跃，他们对诗歌的一些根本问题都发表过比较系统的个人见解。这些见解对比他们以前的看法没有什么大的改变，但可能更理性、更辨证一些。我大略把诗人诗论分为两类：一类是对"诗是什么""诗人何为"这个问题的回答；另一类是从诗歌文本或诗歌问题出发，更多地涉及诗歌写作的内部问题。

张桃洲：我简单地谈谈阅读 2004 年诗歌的一点观感。我的整体感觉是，现在写诗的人很多，写得不错的人也很多。诗人们可以把语词写得很优美、很光滑、"很好看"，但一个致命的问题是，缺乏给人以震撼之感的诗人和诗作的出现。当然，这或许是 90 年代以来诗歌状况的延续——新诗在慢慢积蓄自己的力量，慢慢地发生一些也许是细微的变化，而我们还无法很快地感悟到其中的全部。我们还看不到能够一下子从一般写作中脱颖而出的那极少数诗人。尽管某些刊物也推出一些新人，尽管也有一些诗人的确给人耳目一新的感觉，但他们的写作很快成为自己或他人的复制对象，马上被平面化了，这是很要命的问题。

另外，我想单独就一个方面来谈谈这一年的诗歌，事实上也是进入 21 世纪以来新诗发展过程中值得注意的一个现象。刚才各位谈诗歌刊物时比较宏观，对单个诗人的状况把握不够。其实我们可以通过考察一些诗人个案，从他们的写作中看到当代诗歌发生的一些细微变化，并且慢慢地体会到新诗写作的某种趋向。比如像朱朱这样的诗人，他前期写作的一个基本特征是，在词与物的关系上非常紧张，要求语言的犀利、尖锐，非常看重像刀子那样锐利的语言品质，有一种很"脆"的质地在里边。但 90 年代后期特别是新世纪以来，他的写作发生了很大变化，这就是语言慢慢变得松弛了。松弛不是指诗歌缺乏力度，而是说他把原来那种紧张的词与物的关系舒缓了，把表面上刺一样的东西放到语言内面去了，语言的尖锐被内在化了。当然，这个过程可能会持续很长时间，为什么会发生这些变化，这些变化会对以后的新诗写作发生什么意义，这是需要我们探讨的。在我看来，这种变化很重要的一个动力就是，放弃原来单纯地致力于语言效果的企图，试图转向对诗与世界关系的重建。我觉得这是新诗很重要的一个趋向，也许是新诗寻求突变的突破口吧。

王光明：2004 年在许多方面的特色都可能是过去一些年的延续，比如比较分散的个人角度和不同风格不同趣味的探求。我在上个月海南召开的"当代汉语诗歌研讨会"会上，发言的题目是"在个人主义的时代写诗"。

"个人主义的时代"和"个人的诗"在概念上是不完全一样的。与个人主义时代直接相对的是集体主义，集体主义时代的联结纽带是政治和共同信仰，主要活动形式是运动与集会；而个人主义时代的联系纽带是经济利益，关心的问题主要是资源和利益分配，交往空间主要在市场。个人主义时代有更多自由和复杂的东西，还远没有被我们意识到，包括公共空间的社会交往和想象问题的方式。因此，在那个会上，我也对另外一个问题提出了看法，"民间"和"知识分子"之争，在个人主义时代是否可以得到延续？"民间""知识分子"和"官方"是对立的，这种对立主要问题是意识形态上的不同，形成了非常不平等的权力关系。现在这种权力关系的形式仍然存在，在许多领域仍然有效，但权力关注的重点已经转移，思想与文化被经济利益挤向了社会的边缘。过去的问题是不许你说话，而现在可以说话了，可是没什么响应，甚至没有多少人听。你不妨去了解一下，二十年前《诗刊》发行多少万份，现在又发行多少万份，或者把文学杂志与时尚杂志和购物指南的发行状况做一番比较，你就不难发现，现在的问题是不让诗歌说话的问题，而是诗歌怎样说话，如何重建与世界的关系问题。在过渡时期，也许《诗刊》与《诗歌月刊》《中国诗人》仍然存在着不少区别，但被新闻出版署批准的"官刊"与同人出版的"民刊"在诗歌品格上的区别真的有那么大吗？

我一直对"民间"和民刊抱着怀旧式的和现实的敬意，它们推动了意识形态的转变过程，曾经是思想文化的先锋，如今也仍然是个人主义时代一种特色鲜明的表现形式，因此它们也是"年选"的选择对象。不过，文化语境已经发生很大的变化，包括民间诗人和知识分子诗人在内的身份关系已经十分吊诡，思想的独立性与否只能以思想本身来证明，而不是靠姿态与"站队"来说明，就像诗人的成就必须以诗作的优秀而不是发表在何种刊物来决定一样。说到诗，我还想进一步言明：思想的独立性是写诗的前提而不是好诗的标准，只要写诗都要对生活和世界有独立的看法。只有在集体主义和需要广泛社会动员的时代才会直接把感情、"生活"和主题当作诗。道德反叛者、代言人和战士不能与诗人等同；诗歌存在的意义，除了必备的思想人格独立等共同的前提外，就是它能体现诗歌用语言想象世界、破解各种权势的特殊魅力。因此，在个人主义的时代写诗，拥有"民间"或"知识分子"身份，并不意味着就是一个优秀的诗人，诗歌不是某种身份认同的问题，而是是否认同诗歌的问题。在非常暧昧，非常复杂的个人主义时代里，诗歌对写作者的考验就变得特别严峻。过去我们可以依靠题材，或者依靠社会问题的敏感性取胜，但今天已经变得非常困难。在今天，一切题材、主题甚至风格、技艺都得自己去寻找。我在去年"年选"的前言中说过，这不是一个可以分享时代光芒的时代，而是一个必须以诗的光芒照亮世界的时代。同时，不要简单认为读者还像集体主义时代那样只期待情感的鼓动性和语言的犀利性，人们还期待更多只有诗歌才能提供的东西。因为这是一个各种可能性都存在的时代，读者对写作者的要求更加多样也更加苛刻了。写作不再仅仅是某种单一的眼光就令人满意了。

我们这个时代的诗歌写作仍然具有过渡的性质，桃洲说它是准备好诗和更有力的诗人的时代，但同时也是充满迷思和问题的时代，需要更多的自觉与自明。阅读 2004 年的诗歌，我的收获既在读到了不少好诗，也意识到了不少问题：许多的问题似乎开始浮出了地表，让人觉得，重新审视和梳理这些问题必须提上我们的议事日程。

（王光明编选《2004 中国诗歌年选》，花城出版社，2005）

必要的参照

——《顾随年谱》序

时代的力量是巨大的，但时代也是吊诡的。譬如我们满怀着热情期待、憧憬过的经济时代，繁华市场的背后有多少浮华的泡沫？意识形态禁忌、政治高压，甚至非人的组织手段，固然造就过一个无声的世界，但是众声喧哗的市场，似乎也暴露出许多问题。

经济的基本问题是资本与市场。表面上看，它们削弱了传统的权力，给人们带来了公平、平等和自由竞争的机会。但问题是，这仍然是强者的公平与自由，而不是弱者的公平自由。事实是，无论在经济或文化范畴，普通人大多只能被迫承受国际资本或权力与资本合谋的市场规律，而无法与市场产生有互动意义的对话。

在财经挂帅的经济乌托邦时代，人文学术价值的边缘化几乎是顺理成章的命运，但所产生的影响，却不止于文化凝聚力的下降和传统读者的疏离，而是同时也引起了这个领域从业者的价值混乱与自我怀疑。近年来，市场时代的文化（学术）泡沫现象与腐败问题已经为许多有识之士所关注，即使不谈抄袭、捉刀代笔、论文买卖一类极端的现象，思想贫乏、目光迟钝、学风浮躁、见解平庸，也成为一个普遍的问题。经济规律不仅要求教育、文化走进产业化的时代方队，也在本质上使文化（学术）活动日益蜕变成一种类似经济上的生产与消费活动。消费决定了生产，而消费，在目前的情况下，又分为自然消费和体制消费两种形式。自然消费必须响应财经挂帅时代消费者的心理期待，如减缓激烈竞争的心理压力，学习生存技巧，对时尚的追逐等，因此需要把凝重的思想与学术变为轻松的读物，把论文写成散文随笔，把诗歌变成手机短信，或者添加一些性、幽默、噱头之类的佐料，等等。而体制消费则在资金、人员、成果的流通上有制度保证，只要你能争取到计划、工程、基地、项目，就可以避开经济市场的约束，取得研究问题的身份与条件。表面上看，这也是一种历史的策略，是实现经济与文化平衡的有效手段。但问题是，它免受了经济市场的压力却必须满足体制与权力的需要。而体制与权力的运作，则往往只要形式与表象的繁荣却很少深究内在的质索，使用的又是一套经济与技术主义的量化标准：对单位的衡量是有几个学位点、基地、重点学科，而学位点申报和个人晋级指数是有多少"高级别"的课题与论文。

当然，自然消费与体制消费领域中也都出现了一些好的成果和认真的学问，但这些成果大多根基于个人的文化操守和学术良知，而自然消费与体制消费的供求关系不是在支持这种操守良知，而是成了它的腐蚀剂。它最大的负面因素在于，其体现的是顺从原则，调动的是趋利避害的本能，压抑了思想文化活动有话要说、有问题要梳理的基本前提，同时也加剧了学术本身的体制化和自我循环现象，减弱了思想和学问的人间情怀以及反思现实问题的能力。在不同形式的消费市场的掌控中，人们为完成项目、课题和接受考核，为申报学位点、职称和学位，或者为销路和"卖点"低眉屈就、劳心费神，其中有多少文字出于内心的热爱与感动，出于问题的发现和焦虑？许多人已经习非成是，回避学术是否源于梳理、认识问题和寻找答案的冲动，也不再关心自己是否享受过解开谜团、澄清问题或一吐为快的快乐。然而只有出于内心的热爱，出于梳理、认识问题的冲动的学问，才是真诚的学问，这是学术的初衷和内在动力。而《顾随年谱》最让人珍惜的品格，正在于此。

这本年谱的主人顾随，虽然是我国现当代国学大师，在诗词创作、书法、书法研究、诗词研究、戏曲研究、禅学研究等方面都取得了丰硕的成果，却被彻底地边缘化了，不仅在市场不会占有什么份额，而且一生都活在新时代新文化的阴影中，生前死后都非常寂寞。而这部年谱的作者闵军，更是一个默默无闻的普通大学老师，完全是出于对中国古典诗歌和顾随诗词的"非常喜爱"，做起了顾随研究：这本年谱的写作只是系列研究的初步成果，"我想写完年谱后，再做'顾随诗词研究'，最后希望能写成《顾随传》"。

但即使是最初的成果，我们也不难看到作者所倾注的心血。《顾随年谱》整理顾随生平事迹和友朋来往、寻绎佚文书信、梳释思想脉络、介绍影响与评价、总结学术成就，在材料的搜集、甄别、组织方面所下的细致功夫，相信学界会有公正的评价。这里特别想说的有两点：第一，既由于顾随是为人敬仰的词人（在词学界有"南吴北顾"之称）和学者，与 20世纪中国旧体诗词创作、研究界有群山与峻岭式的关系，也由于作者在年谱中每年都编入与旧体诗词创作、研究有关的背景材料，《顾随年谱》的价值实际上远远超过了顾随本人，在某种意义上，它同时也是 20 世纪中国旧体诗词创作的一个索引。第二，本年谱为一个生前死后都相当寂寞的人物系年，实际上为中国现当代的知识分子研究提供了一个独特新颖的个案，对我们讨论新与旧、名与实、主流与边缘、文化信仰与文化境遇、仓促的时代和个人微小而不屈的坚持等方面的辩证关系，有着非常重要的启示。

尤为重要的是，顾随甘于边缘、安于寂寞的一生，是现代知识分子"独立之精神，自由之思想"的生动写照。什么是独立精神和思想自由？就是求真求是，以诚为本，出于对世界的深刻认识，尊重事物的特点与规律，不随波逐流，不随行就市，既敢为天下之先，也敢为天下之后。顾随一生坚持"用新精神做旧体诗"，终生践行年轻时与冯至将"旧体和新体分划领域，各守一体"（即顾随不写新体诗，冯至不写旧体诗）的约定，应该说，后来两人都取得了很高的成就。但由于新诗是现代的主流诗体，冯至在社会得到的认同可谓名副其实；而旧体诗是"老古董"，顾随只能"实过其名"（张中行《先生之风山高水长——读〈顾随文集〉中对顾随的评价》）。名实分裂的现象与时代的主流价值取向有关，由不得个人。可贵的是顾随的目光不被时代所牵引，他能够安贫乐道（这是被革命、进取的人生观穷追猛打的一个词），能以一种超然的沉潜与"固执"，坚持自己的文化信仰，坚持被暴风雨般的时代忽略的价值。年谱中有两个细节相当有趣与感人，一是 1921 年，顾随在"孔夫子门前卖文"时喜欢上了山东，理由是当时那里"一则可以随便做梦——思想自由；二则可以随便胡说——言论自由"。二是 1949 年 1 月下旬的日记。当时北平和平解放，军队正在换防，全城处于热烈与混乱之中，而在顾随的日记中，除偶有"有士兵来觅房""仍有士兵来觅房，强令为腾出一间"的记述外，竟是连续十几天"继续写稿"得多少页的记载。这样的材料，看似平淡无奇，实则是顾随为人为文为学的人格境界的体现，所谓"结庐在人境，而无车马喧。问君何能尔，心远地自偏"，是也。而正由于心怀广远，"自偏"于时代的喧嚣与浮躁，他才成为传统文化一个不可缺少的传承者：不仅在传统诗词的写作上体现了旧格律与新材料之间的张力，同时也以自己的人格和学问，感召了周汝昌、叶嘉莹、郭预衡、吴小如、欧阳中石等这样后来成大器的学生。

自然，顾随的旧体诗词写作并不能成为当代诗歌写作的主流，其中也表现出新感受与旧形式、现代汉语与古典体裁的不少矛盾；他在诗词、书法、戏曲、禅学等方面的论述，充满个人心得与创见，但也不能说字字珠玑。但顾随的意义不在完成而在展示了某种可能，不在是否成为经典而在体现了人生与学问的境界和活力：他是我们这个仓促而势利的时代一个必要的参照和补充。

真的，在我们的时代，有没有一批顾随这样的文化守望者，有没有顾随式的作品与学问是大不一样的。

2006 年 4 月 3 日

（闵军著《顾随年谱》，中华书局，2006）

寄语《鸿蒙》

世人都在水泥覆盖的大地上建立功业，而你们却推举荒原上浪游的鸿蒙。

把自己融入自然的鸿蒙，拍着腿行走的鸿蒙，疯疯癫癫、特立独行、自得其乐的鸿蒙，许多人都不喜欢你，说你孤芳自赏，说你消极避世，说你游手好闲，不务正业……

你多像柏拉图要把它逐出理想国的诗！你就是被功利主义和占有欲不断驱赶的文学和思想！

但是鸿蒙，思想和想象就是我们的使命。我们改变的不是世界，而是要改变那些专断的、自以为是的对世界认识。我们是在地球上生存的人而不是推动地球旋转的人，而且，我们的工作是不及物的。正因为此，我们能够与世界和平共处，能够出入于人海之中又超脱于人海之上，能够少一些偏见多一些真诚和真实，能够多一些自由、感性、趣味和快乐。

（《鸿蒙》创刊号，首都师范大学文学院研究生会主办，2007 年 4 月）

寄语《翅膀》

自 2005 年开始，首都师范大学文学院汉语言文学专业在招收师范班的同时，每年也招一个班的"非师范"考生。这种举措原也不是迫于教育市场的压力，而是出自实践"无用之用，乃为大用"的可能性，以及探讨研究型教学的愿望。因此，这个"非师范班"实际上是一种教与学的实验班。

教与学的实验不仅要在课堂上展开，也要在课外进行，不仅重视知识的汲取、兴趣的培养，也重视能力的转化。作为交流心得、磨砺思想、反映成长的园地，他们每届都创办了自己的班刊。

本届的班刊他们取名为《翅膀》。这是一个好名字：虽然我们在大地上行走，心却向往着飞翔。希望从"非师范班"成长的学生，人人都能打下扎实的基础，把知识转化为思维和实践的能力，从而发现自己的潜能，锻炼坚实的翅膀，放飞自己的梦想。

（《翅膀》创刊号，首都师范大学中文系 2006 级四班，2007 年 5 月）

《语言与文学的策略》编选说明

　　像国内许多大学的中文系都有很深厚的背景、很动人的历史一样，首都师范大学文学院中文系也有深深铭刻在师生们记忆中的发展历程。这是1954年创办的北京师范学院最早的大系之一，曾有不少知名学者在这里任教，为北京市教育事业的发展输送过不少人才。而她自己，也伴随着当代中国教育的风雨历程，在不同境遇中挣扎、求索与进取，一次又一次迎接挑战与机遇，获得了较快较大的发展。

　　如今，五十多年前创办的北京师范学院已经升格为首都师范大学，中文系也在2001年扩大为有四个系和一个中心的文学院。尽管现在的中文系只是文学院的一个系，却因为有师范与非师范两个本科招生专业、中国语言文学一级学科、中国语言文学博士后流动站、语文教学论硕士点等，受到人们更多的关注与关切。

　　这种关注与关切是一种压力，也是一种动力。虽然大学扩容、院系升格也伴随着办学目标和机构职能的转变，从上到下，工作思路并不见得一下子就那么清晰，许多事情还需要摸索，但老校老系的一个优势，是有一批学养深厚、敬业爱岗的教师，他们把职业内化为事业，把问学、传道视为毕生的志业，把文明薪火的传递当成自己的天职。正由于此，无论时代怎样风云变幻，政治挂帅也好，市场优先也罢，仍然能够为社会输送一批又一批既有知识和技能，又有良知和操守的人才。

　　在现代社会，大学的存在不仅仅是满足现实的需要，同时也是人类延伸历史的一种策略。而中文系学生的培养，更是立足于博大精深的人文背景，掌握汉语和文学的知识及提高运用它们的能力。院、系升格以来，在学院的直接领导下，中文系的专业建设仍然坚持这一传统，并根据大学教育的新趋势、新问题，以及学校提出的教学与研究型大学的办学目标，把学风建设和促进教学与研究的互动，作为重要的工作。前者，是努力在浮躁的空气中营造一种沉潜、求真的氛围：通过建立制度化的论坛和扩大交流、实践途径等措施，拓展学生的视野，调动其对知识的渴求，培养其主动学习的精神。后者，是重视教师内功的修炼，通过教改项目、横向合作、学术交流等方式，提高教师自身的学术水平和创新能力。

由于受主观和客观因素的限制，中文系的许多工作有不够尽责和力不从心的地方。但一些事情还是在大家的共同努力下坚持了下来，譬如"人文学术论坛"的制度化运作及每年演讲录的编辑出版，譬如实习基地的"三个一"项目和非师范班的交流、实践活动，而这本教师论文选，作为本系教师近年代表性研究成果的汇编，也即将交付出版。

编选本论文选的出发点是推动教学与研究的互动。大学教师在高等学校任教，是肩负着培养人才和推动学问进步的庄严使命的。这实际上是一为二、二为一的问题，培养人才是宗旨，而学问进步是实现这一宗旨的根本保证。要取得好的教学效果，尽管非常需要物质条件和方法、技术的支持，但学问底蕴和知识视野的厚薄宽狭，是更重要的决定因素。实际上，在专业领域内，只重视学术研究的人不一定是一个受学生欢迎的好老师，但不重视学术研究的人却一定不能成为一个好老师。因为学术研究发现问题和梳理问题的过程，是一种思想与能力的修炼过程，最有助于培养对人类文明的敬畏，实现自身局限的不断超越。教师在高校任教，所谓敬业，所谓为人师表，所谓把职业内化为事业，在更高的意义上，是认同知识和思想能力对于人类的意义，自觉地接受其对我们自身的塑造，形成求真求是、自由思想的人生风范，不仅能够传授真正有个人心得的知识，也能以自己的思想风格和问学境界，展现它的内在价值与精神魅力。

本论文选所收的论文，都是中文系升格为文学院后中文专业老师们的代表作。也是由各学科教师自己推荐的。取书名为《语言与文学的策略》，主要是为了避免"首都师范大学文学院中文系教师论文选"之冗长，同时也提示这样一层意思：我们都是在语言与文学的领域里说话和研究的人，而对语言与文学的执著关怀，对我们而言，既是延续历史的方式，也是自我超越的途径。书中所收论文按教育部二级学科顺序归类，文章排列大致以老师到任先后为序。编选过程得到文学院领导的支持和指点，教研室主任陶东风、冯蒸、侯会、张志忠、陈亚丽、史大明等六位老师做了不少具体工作，特此说明并致谢。

（首都师范大学文学院中文系编《语言与文学的策略——首都师范大学文学院中文系教师论文选》，社会科学文献出版社，2008）

《2008 中国诗歌年选》前言

　　这是悲欣交集的一年！

　　雪灾、地震、奥运和金融危机，中国诗人与中国人民一起流泪与欢呼，度过了一个接一个难忘的日子。

　　2008 年"闰秒"，时间比别的年份要长，不是巧合，而是一种象征！

　　最漫长难捱的日子当然是 5 月 12 日汶川地震后无数个日日夜夜。几个月后编选本年度的诗歌年选，读着那些书写地震的诗篇，我的双眼仍然一次又一次地被泪水所模糊。

　　面对真实的死亡与伤痛，我们得承认文字的苍白。正如阿多诺（Theodor Adorno）在回顾第二次世界大战中纳粹屠杀六百万犹太人的大劫难时所说的那样："在奥斯威辛（Auschwitz）集中营大屠杀之后，诗不再成为可能。这种状况甚至影响了对今天为什么不能写诗的理由的认识。"（《否定的辩证法》）是的，任何"事后"的书写，都不足以形容"事发"的情形，诗歌无法代替受难者承受死亡与伤痛。然而，诗人的书写不能有益于亡灵，却作为灾难和伤痛的一种见证，昭示着生存的性质，唤醒幸存者的思考与责任。诗人翟永明震后第五天曾探访北川中学，写有一篇题为《每个女孩都是无泪天使》的随笔，引述了一些遇难女生生前抄在作业本、笔记本上的歌词和诗句。正如作者所言，面对那些还没有来得及爱，或者爱上了却没有来得及放弃天堂的玫瑰女孩的遗物，课本、作业本、笔记、文具盒等，你会发现死亡如此具体，具体到用你最熟悉的物质形态击倒你。

　　那些遗物不再有人认领，纵使诗人的呼唤能够穿透黄土，也无法让那些无泪天使从废墟下走回人间。这是我们永远的伤痛。但书写的意义，不仅让人们正视灾难，思考天灾与人祸共谋给人类造成的伤痛，而且让我们重新审视文学想象与人类生活的关系，包括诗歌与社会的关系。

即使为了那些常常抄诗的"无泪天使"，中国诗人也应该贡献更多更好的诗篇。

我们也理当更认真面对编选工作。

本着对作者与读者负责的态度，博士生谢文娟为《2007 中国诗歌年选》作了勘误：

第 2 页，香菱笑道："……那个烟竟是碧育……"，应为"……那个烟竟是碧青……"。

第 5 页，舒婷《啊，母亲》，"虽然晨嗷已把梦剪成烟缕"，应为"虽然晨曦已把梦剪成烟缕"。

第 6 页，"它还反映着主人公对母亲极至的爱心"，应为"它还反映着主人公对母亲极致的爱心"。

第 6 页，"我怎敢惊动你的安眠了"，应为"我怎敢惊动你的安眠？"。

第 16 页，陈陟云《英雄项羽》，"悟与迷　舍与取死与生的"，应为"悟与迷　舍与取　死与生的"。

第 21 页，川美《光阴与落叶》，"干涸着等你，灵光重观的日子"，应为"干涸着等你，灵光重现的日子"。

第 54 页，蓝蓝《回答》（组诗），"——她沉重的身体还在留那里"，应为"——她沉重的身体还留在那里"。

第 65 页，李轻松的《悬瞳》、《冰凉桃花》、《一天，又一天》，选自《诗刊·下半月刊》2006 年第 11 期，而非 2007 年第 11 期。

第 85 页，鲁西西《停》，"我也会用核武器。"句号应为逗号。

第 117 页，瘦西鸿《客骚》，"从此遭下一个空洞"，应为"从此遗下一个空洞"。

第 124 页，邰筐《纪事：雨中堵车》，"然后一溜烟地消失于运处的雨雾"，应为"然后一溜烟地消失于远处的雨雾"。

第 147 页，小引《西藏组诗》，"也如比重要"，应为"也如此重要"。

第 149 页，谢文娟《鲫鱼汤》，第一节第一行被单独排版为一节。

第 157 页，叶丽隽《这城市的斜阳照在我身上》，"每天都从会生活里带走一部分东西"应为"每天都会从生活里带走一部分东西"。"太阳从正从云层背后缓缓出现"应为"太阳正从云层背后缓缓出现"。

第 166 页，余光中《火葬》，"燕辜的是我转世的灵魂"，应为"无辜的是我转世的灵魂"。

第 169 页，翟永明《绅士与野兽》，"你该像舞台上的吉人赛女人一样"，应为"你该像舞台上的吉卜赛女人一样"。

另外，在第 174 页，误将张执浩的《神马》一诗的部分诗行"嫁接"在他的《闻冥王星被排除在大行星之外有感》一诗之后，正确的应为：

闻冥王星被排除在大行星之外有感

我是淡定的。我不是你要照耀的人
宇宙太大了，我和你们没有关系
肉眼勉强，泪水稀释了沙子
白日所见略同
而到了晚上，你们拿星光换萤火
我拿堕落赎罪
——这才是公理：虚无无止境，我不追究意义
沉重的感情自渊薮上升
缓慢，急迫
我不与无中生有的人为伍
我不与看不见的事物为敌

借今年年选出版的机会，特对上一年度的年选作如上更正，同时向作者和读者表示歉意。

博士生罗小凤为《2008 中国诗歌年选》提供了一些候选篇目，硕士生李文钢做了大量复印、剪贴工作，在此说明并致谢！

（王光明编选《2008 中国诗歌年选》，花城出版社，2008）

爱情诗研究的起点

——《女性爱情诗论稿》序

　　如果不能说人类有爱情的时候就有了爱情诗，那一定可以说，人类有诗歌的时候一定就有了爱情诗。从几千年前《诗经》"国风"中的《关雎》《蒹葭》，到现代人更弦易辙写"白话诗"，胡适津津乐道"意思神情都是旧诗所达不出的"（《应该》），以及被赵元任谱曲的刘半农写的名诗《教我如何不想她》，都是被人们所传诵的爱情诗。

　　无论古今中外，爱情永远是诗歌最古老同时又是最新鲜的话题，而人类最美好、最深沉的感情也都保存在不同语言的爱情诗中。然而，虽然爱情诗深入人心，传诵广远，历久弥新，却罕见有学者对它进行系统深入的研究。

　　摆在我们面前的这部《女性爱情诗论稿》的意义，正在于填补了爱情诗研究领域的空白，虽然它面对的并不是全部爱情诗，而只是对中国现当代女性诗人所作的爱情诗的研究。但我认为，无论从写作主体对爱情的投入而言，还是在爱情诗题材上的专注和感觉、想象的丰富性而言，女诗人所写的爱情诗，应该是更为典型和更为杰出的。

　　值得注意的是，本书研究爱情诗，不是就诗论诗，而是"着眼于诗与女性的穿透交融的边缘研究、综合研究，它既是诗学的，又是女性学的，是在女性文化参照下的女性爱情诗研究"。因为有女性文化理论的参照，所以作者既谈论女性爱情诗的意象、语言、表现策略和美感特点，描述爱情诗写作的历史嬗变，也关注一些诗作思想与情感的"误区"，努力探索这类爱情诗中现代女性寻找主体性和人格建构的价值。

　　至于书中的内容，有两点是特别引人注目的。一是对爱情诗风景线的眺望和归类，作者从少女初恋写到老处女的哀歌，从古代女性的爱情观写到现代女性的爱情观，从梦中情人到灵肉结合再到家庭生活，从信誓旦旦到爱恨交织再到反思与超越，凡此种种，都有非常具体的描述与分析，十分丰富而生动地表现了女性诗人对爱情的感觉与思考，如此迷人的感情风景，不仅让我们惊讶于女性爱情世界的博大、丰富和幽深，向往与追求更加美好的爱情生活，也能提高人们对人类情感生活的理解与尊重。二是作者研究女性爱情诗，不光注意名人名作，也重视不见经传的作者与作品，莎士比亚、普希金、白朗宁夫人、舒婷、翟永明等著名诗人的经典爱情诗，自然是论述的依据，但书中也涉及许多陌生作者甚至学生的爱情诗习作，从而让人们深切感受到，爱情以及对爱情的歌唱，不仅是神圣和伟大的，也是普通和平凡的，就像人人都有爱的权力，每一种纯洁和执著的爱情都闪耀着诗的光芒一样。

我虽然喜欢诗歌，从读诗、写诗到研究诗歌，时间也不算短了，然而对爱情诗却一直心存敬畏，对陈敢教授交付的为《女性爱情诗论稿》作序的任务，也是一拖再拖，迟迟没有动笔。因为女性、爱情与诗歌三者，无论何种，对我来说，套用沈从文的话说，都是一本需要终生学习与领悟的大书。陈敢教授至情至性且长期从事现当代诗歌研究，在诗歌基础理论、中国新诗流派研究特别在"九叶诗派"与"中国西部诗歌"研究方面取得了值得注意的成就，出版和发表了《诗歌审美心理导引》等诗学专著及不少有创见的论文，具备了比较充分的爱情诗研究条件，因此读他的这部专著，我得到了许多启发与鼓舞。当然，女性、爱情与诗歌，即使分别谈论也需要日久天长的积累，合并论述无疑更是难上加难，因为需要性别、感情、心理、诗学各门类知识的综合运用。在这个意义上，我相信陈敢教授的这部具有填补空白意义的研究专著，不是诗歌研究领域爱情诗研究的终点，而是起点。

（陈敢著《女性爱情诗论稿》，广西人民出版社，2010）

八十年代：中国诗歌的转变

——《中国新诗总系 1979 - 1989》导言

在 20 世纪中国诗歌的发展中，20 世纪 80 年代是一个重要的年代。

在进入这个年代之前，中国社会已经发生了某些重大的改变，中国大陆的政治生态已经迈进"新时期"的门槛，"思想解放运动"① 正在展开，"实践是检验真理的唯一标准"讨论如火如荼、"天安门反革命事件"与"右派分子"得到了政治上的平反②，等等，推动了诗歌队伍的重新集结和思想艺术观念的"拨乱反正"。但它们不过是一部好剧的开头，而更多激动人心的事件，诸如改革开放的争论、香港回归中国的谈判、台湾的政治解严等，都将对 80 年代的诗歌产生积极的影响，从而使中国诗歌的秩序得到新的调整。

一 主流与边缘的互动

中国当代文学史在叙述七八十年代的文学思潮时，一般都非常重视当

---

① 1978 年 12 月 18 日召开的中共十一届三中全会提出了"解放思想，开动机器，实事求是，团结一致向前看"的方针。1979 年 5 月 7 日，周扬在《人民日报》发表《三次伟大的思想解放运动——在中国社会科学院召开的纪念五四运动六十周年学术讨论会上的报告》，把当时正在进行的思想解放运动称为第三次思想解放运动，而另外两次分别是五四运动与延安整风运动。

② 1978 年 5 月 11 日，《光明日报》发表"特约评论员"文章《实践是检验真理的唯一标准》，次日为《人民日报》转载，从此开始遍及全国的"真理标准问题"大讨论。1978 年 11 月 15 日，北京市委决定为 1976 年 4 月 5 日"天安门反革命事件"平反。1978 年 11 月 6 日，中共中央决定在全国全部摘掉"右派分子"帽子。

时的思想解放运动。七八十年代文学的确直接受到开明政治的鼓舞，许多停办多年的文学刊物得以复刊，许多消失多年的作家、作品重见天日，许多被"盖棺定论"的问题被重新提出。但一方面，文学既是当时思想解放运动的受益者，也是它激进的推动者；另一方面，虽然主流意识形态总是希望把这场"思想解放运动"纳入自己的轨道，但既因为制定政策者本身的思想存在分歧，也由于"群众"与"领导"的见解远不如五六十年代那么"一致"。因此，文学运动与文学思潮的发展，既没有完全遵循"向前看"的方向，也不完全朝着"拨乱反正"路线，重返 50 年代文学或五四文学的格局，虽然人道主义和启蒙主义仍然是这个时期文学最为醒目的旗帜。

在某种意义上，1979 年 11 月 1 日召开的第四次文代会，的确可以说是"当代文艺史上的一个里程碑"。但这次会议的意义主要还不在于接纳了萧军这样从来没有资格出席文代会的作家和不少在 50 年代中期被打成"右派"的作家，也不在于为 50 年代中期以来许多被打成"毒草"的优秀作品恢复名誉，而在于正视了"指导思想上的'左'的倾向给党的文艺事业带来的损害"①。中共中央在总结三十年正反两方面的经验与教训的基础上，根据新的历史条件，用"文艺为人民服务"的口号替代了"文艺为政治服务"的口号，并且承诺："党对文艺工作的领导，不是发号施令，不是要求文学艺术从属于临时的、具体的、直接的政治任务，而是根据文学艺术的特征和发展规律，帮助文艺工作者获得条件来不断繁荣文学艺术事业，提高文学艺术水平，创作出无愧于我国伟大人民、伟大时代的优秀文学艺术作品和表演艺术。……文艺这种复杂的精神劳动，非常需要文艺家发挥个人的创造精神。写什么和怎么写，只能由文艺家在艺术实践中去探索和逐步求得解决。在这方面，不要横加干涉。"②

第四次文代会作为当代文学主流意识形态调整的一个标志，如果参考1949 年召开的第一次文代会，当会得到更深入的认识。就基本特点而言，第一次文代会的目标，是要确立以延安解放区文学为蓝本的"新中国的文艺的方向"，他们坚信："毛主席的《文艺座谈会讲话》规定了新中国的文

---

① 见周扬《继往开来，繁荣社会主义新时期的文艺》，《文艺报》1979 年第 11、12 期合刊。

② 见邓小平《在中国文学艺术工作者第四次代表大会上的祝辞》，《文艺报》1979 年第 11、12 期合刊。

艺的方向，解放区文艺工作者自觉地坚决地实践了这个方向，并以自己的全部经验证明了这个方向的完全正确，深信除此之外再也没有第二个方向了，如果有，那就是错误的方向。"① 而第四次文代会，则是要为阶级斗争色彩过于明显的文艺与政治的关系"松绑"，以便适应"现代化"的战略目标。因此，周扬在第四次文代会上所作的那篇"总结三十年的经验"和规划"新的光荣任务"的报告，也重新回顾了自"五四"以来新文艺的"艰巨的战斗历程"，不仅重申了五四以来许多优秀作品的意义，而且检讨了左翼文艺运动中的"教条主义和宗派主义的倾向"。这种对 30 年前第一次文代会某些结论的自我修正，包含着开放评价尺度，接续五四以来新文艺传统的愿望。

当然，这是体制内文学观念的自我调整，并且仍然以现实主义文艺为正宗。因此 20 世纪 70 年代末主流文学的大部分作品，政治诉求都过于明确，流于单调的批判抒情风格。不过，那些面向"伤痕"的批判与抒情，把当代与现代的"断裂"，变成了延续，使新文学历史不再显得"中断"，变得源远流长、跌宕起伏，并且拥有了未来。这种衔接历史的工作，在当时主要以搁置现实主义的政治意识形态限制，恢复其比较朴素的理解为特点。现实主义在文学史上，既是一个思潮性的概念，也指一种描写现实生活的方法，因为据说具有真实反映生活的功能，被 20 世纪中国主流文学视为最重要的文学原则。但自从巴尔扎克写出《人间喜剧》以来，文学与社会学文献的区别问题也引起了许多人的关注：小说家是艺术家，还是社会历史学家？然而，这种角色身份的含混性正是以改造社会为己任的中国作家所需要的，因为含混，感时忧国精神才可以通过描写现实找到出路，也因为含混，意识形态才拥有规训、阐述的空间。所以，在 20 世纪中国文学的历史进程中，现实主义从来不是一个所指，而是一个能指。不同的时代有不同的内涵与外延：在"五四"时期，指的是关怀个人与社会的现实问题，而从"左联"开始，阶级意识开始主导现实的阐述权，后来，则进一步通过"典型"来规范现实主义，提出了"社会主义现实主义""革命现实主义""革命现实主义与革命浪漫主义相结合"的当代现实主义文学概

---

① 周扬：《新的人民的文艺》，《中华全国文学艺术工作者代表大会纪念文集》，新华书店，1950。

念。而到了 70 年代末期，现实主义就是回到"从生活出发"去"说真话"的文学原则。

也许，重提"从生活出发"去"说真话"，仍然未能澄清现实主义创作的复杂理论问题，因为生活与写作、存在与语言、现实与想象并不存在天然的对应关系，然而，在 20 世纪七八十年代的语境中，现实主义的朴素"原则"在各种各样的"写真实"和"说真话"的阐述中复活，却为冲破当代文学写作的意识形态限阈，提供了理论上的合法性。

第一，"从生活出发"去"说真话"，不仅使诗歌能够重新反思诗与时代、诗与社会等诗歌的"外部"问题，而且敞开了诗歌写作的许多"内部"问题，诸如主体、形式与技巧等。老诗人艾青的"归来"之所以不同寻常，除了历史的象征意义外，还在他喊出了"诗人必须说真话"的响亮口号。而公刘，"复出"之初在诗歌座谈会上的发言也是以"诗与诚实"为题。他们不仅意识到"诗人只能以他的由衷之言去摇撼人们的心"[1]，意识到"诗的贫困反映了我们思想、精神生活的某种贫困，诗的虚伪反映了我们社会政治生活中的某种虚伪"，也注意到"真话"、"真诚"与主体性、个人性的关联："还有一根由来已久的绊索，捆绑着诗歌的手脚，这就是，不允许诗中有'我'。既然要有真情实感，又不允许有'我'，这怎么行呢？"[2]

第二，人道主义重新成为诗人想象历史和现实问题的思想出发点。北岛关于通过作品建立一个"正直的世界，正义和人性的世界"的创作主张，舒婷"用诗表现我对'人'的一种关切"的表白，都把反抗压抑、争取人的基本权力当作自己诗歌的主题。这些作品，放在整个现代中国文学传统中当然是算不上独特，但追溯 30 年代以来革命文学以阶级性规训人性描写的历史过程，便会发现，在中国，现实主义文学的提出和讨论，一直与人的认识有关，现实主义内涵与外延的改变，也是从批判资产阶级人性、人道主义开始的。人道主义实际上就是现实主义文学所持的基本立场和价值尺度。它在"新时期"成为历史与现实价值重估的一把尺度[3]，既

---

① 艾青：《诗人必须说真话（代序）》，《归来的歌》，花城出版社，1980。

② 引自公刘《诗与诚实》（该文根据 1978 年月 12 月 5 日在上海诗歌诗歌座谈会上的发言整理而成），《诗与诚实》，花城出版社，1983。

③ 应该指出，人道主义不仅是当时的文学主题，也是当时中国整个思想理论界的热切话题。在思想文化界，以阐述马克思的早期著作《1844 年经济学—哲学手稿》和康德哲学中的"主体性"为契机，周扬、汝信、李泽厚、王若水、胡乔木等许多著名理论家都先后介入了讨论。

反映了当时新启蒙主义思潮对阶级斗争意识形态的反思，也反映了对五四文学传统的承接与深化。利用自身丰富的理论、实践资源和"象征资本"，现实主义以其道德优势和"真实"表现生活的承诺，不仅为自己开辟了"广阔的道路"，也为创作的多元化，创造了条件。

应该充分重视"回到现实主义"的意义，它是"五四"以来含冤蒙尘的几代作家的嘉年华会。不仅使当代历次运动中被打成"牛鬼蛇神"（"反党分子""反革命""右派"）、"毒草"的作家和作品成为"重放的鲜花"，也使许多当代读者"发现"了"七月诗派""九叶诗派"等重要的诗歌流派①。自然，不少诗人和作品无法纳入现实主义的范畴，却可以视为现实主义"去定义化"运动的成果。因为现实主义回到"真实"的原则，势必要面对各种各样的"真实"，包括对"真实"的不同理解。

这种对"真实"的不同理解，主要体现在年轻一代对当代写作的意识形态模式和文学体制的冲击上。这是无正可"返"的一代。不像一些"爱情太纯洁时产生了坚贞"，沉溺于 20 世纪 50 年代的"黄金岁月"的诗人，"马蹄踏倒鲜花/鲜花/依旧抱住马蹄狂吻"（梁南：《我不怨恨》）。也不像拥有旧学新知又富有探险精神的现代诗人，创造了新的传统可以随时回归。新出现的一代是"迷惘的一代"，新文学传统早在他们出生之前就被改造过了，而体制化了的社会主义文学也被"不断革命"所摧毁。他们正如多多《教诲》一诗所写的那样，"是误生的人，在误解人生的地点停留"，只能"和逃走的东西搏斗，并和/无从记忆的东西生活在一起"。

不过，"不断革命"的持续否定使年轻一代变得"无从记忆"，也抹去了许多的清规戒律，正如他们无学可上、无书可读，反而读得博杂，避免了正统教育的单一性和社会人生见解的给定性一样②。他们与前辈诗人最大的不同，是不从"历史哲学"而从"人生哲学"角度想象世界。他们的

---

① 《重放的鲜花》（上海文艺出版社，1979），主要收入 1957 年"反右"运动中被打成"反党反社会主义的大毒草"的作品。《九叶集》（江苏人民出版社，1981）为 20 世纪 40 年代主要在《诗创造》《中国新诗》发表作品的诗人的选集，由于这本选集，这群诗人后来被称为"九叶诗派"。《白色花》（绿原、牛汉编，人民文学出版社，1981），主要收入 20 世纪 30－40 年代在《七月》《希望》发表作品的一批年轻诗人的诗作。

② "文革"期间，大学停办、中小学"停课闹革命"和知识青年"上山下乡"造成了这一代人知识上的严重缺陷。但他们中一些人在苦闷、求索中近乎贪婪的读书热情，远非别的时代可比。在 70 年代初，全国各地都出现一些不同形式的读书群体。

前辈面对当代的思想危机，往往从革命与斗争的历史哲学出发，以改造世界为目标，视文学为社会改革的利器；而年轻的一代面对当代的精神困境，却更多从表达人生体验出发，探讨人的尊严、力量和心灵归属，试图通过文学去反观和辨认自己的内心挣扎。前者有"唯物论"的思想背景，具有正统性和明晰性，而后者的思想来源比较复杂，主要基于痛苦的人生体验和不系统的阅读，是一些朦胧的意识和未成型的思想，表现上游离了现实主义，情调也比较低沉，让许多人觉得不可思议，难以接受："为什么在中国这样一个经济凋蔽、国民经济濒于崩溃的这样一个国家里头（就说那十年），怎么会哺育出这样一群小鸟来，它怎么孵出来的？是什么东西哺育出来的？"① "太低沉、太可怕！……在我当年行军、打仗的时候，唱出的诗句，都是明朗而高亢，像出膛的炮弹，像灼伤的弹壳。哪有这样！哪有这样！"②

对年轻一代的困惑与不满，在 1980 年 8 月号《诗刊》发表的《令人气闷的"朦胧"》（作者章明）一文中得到了命名与渲泄。虽然这篇文章针对的"朦胧"也包括"九叶诗派"诗人杜运燮在内的一些"晦涩、怪癖"的诗作，但"朦胧诗"一词却最终成了异质于"传统"的青年诗歌作品的总称。

"朦胧"是一个贬义词，是对游离于当代现实主义文学传统的作品的评价。对这类作品的不满既包括艺术风格上的朦胧、晦涩，也包括文学观念、思想方式与艺术趣味上的非现实主义倾向。然而年轻一代对当代诗坛的冲击和影响，却不局限于文学观念和美学风格，还对体制化的发表和传播作品的形式，提出了挑战。

这就是"民刊"的出现。当代的出版体制，与文学体制、教育体制一样，经过 50 年代社会主义改造之后，全部纳入了"事业单位"编制，享受"行政级别"规定的工资、住房、公费医疗等国家福利。这是一种仿效苏联模式，用行政方式行使思想监督和组织管理的文化机构，成了当时唯一合法的出版、传播渠道。不过，这种出版体制在"文革"中，也像别的部门一样遭到了"浩劫"，除少数代表国家形象的文学出版社（如人民文

---

① 《公刘在全国当代诗歌讲座会上的发言》，《当代文学研究参考资料》第 1 期，1980 年 8 月 15 日出版。
② 顾工：《两代人——从诗的'不懂'谈起》，《诗刊》1980 年 10 月号。

学出版社）和杂志（如《人民文学》《诗刊》）在"文革"结束之前恢复了出版业务外，大多数陷于瘫痪状态。"文革"结束后的"拨乱反正"，虽然让废除的秩序得到恢复并涌现了许多新的文艺出版社与文学期刊，但仍然遵循从前的管理制度，因此常常与思想解放要求相冲突，满足不了作者与读者的需求。"民刊"是"思想解放运动"的一种形式和一个见证。其分布非常广泛，数量难以统计，质量良莠不齐，出版周期与寿命受各种因素（人员的聚散、经济、政治等）的影响，大多没有规律。"民刊"的主办者有的是城市青年文学爱好者，有的是大学生文学社团，也有不具备出版资格的县、区文化馆。它们以蜡纸刻写、打字和手工油墨印刷的方式制作，成本非常低廉。其中创办较早，影响最大的文学"民刊"是北京的《今天》。

　　《今天》是一份文学双月刊，于1978年12月23日创刊，油印出版，为综合性文学刊物。至1980年8月，共出版九期。另有"《今天》丛书"4种，《今天文学研究资料》3种。因出版、传播上的非体制性，发表不少与主流文学风格迥异的作品，受到青年学生的欢迎，也在国外产生了影响①。在当时的环境中，《今天》与主流文学最为重要的区别，在它是体制以外的同人刊物，不能享用公有制的资源，却必须面对当代出版体制的压力。其生存与活动方式，既让人想起现代同人刊物的传统，也烙上了现当代"革命斗争"形式的印记，——那"未经注册"的刊物，未经批准举行的朗诵会和美展等活动，以及在北京西单"民主墙"和大学校园张贴作品等，实际上延续了当代诗歌运动（如大跃进、小靳庄民歌，"四五"天安门诗歌）、政治运动的"群众形式"（如"反右"、"文革"的大字报、红卫兵小报等），还可以更远追溯到抗战和延安的街头文化活动。这当然是"思想解放"年代的产物，在社会建立起正常秩序和制度之后，大多不再存续，唯有"民刊"一项，不仅被诗歌界认同，而且习非成是，成了"民间诗歌"与主流诗歌保持距离的象征仪式：后来的《他们》《非非》等一

---

① 李陀认为当时《今天》的影响不局限于大学校园，"工厂也有相当的影响"。而华裔美籍汉学家、哈佛大学教授李欧梵，说海外不少学者很早就对《今天》有所耳闻："我第一次去北京是1981年5月，在去之前就听说过《今天》了，所以在北京的那几天，白天忙完了，晚上就满脑子想去找'地下刊物'。"（参见《〈今天〉的意义》，《今天》1990年第1期）

大批著名诗歌"民刊",都视《今天》为先驱。

早期的《今天》有两个鲜明的特点。第一,刊发了不少在"文革"中流传的"地下"作品,如有广泛影响的《这是四点零八分的北京》《相信未来》(以上食指)、《回答》《宣告》(以上北岛)、《天空》(芒克)、《致橡树》(舒婷)和小说《波动》(艾珊)等;第二,所刊发的作品内容上真诚有力,震撼心灵;编辑风格也非常简朴前卫(粗糙的纸张,富有个性的手刻标题,配以若干出自"今天派"画家简洁、抽象的素描)。它给读者留下的最深印象是,当主流文学普遍面向历史的时候,它把目光投向了"今天"的地平线:

> 今天,当人们重新抬起眼睛的时候,不再仅仅用一种纵的眼光停留在几千年的文化遗产上,而开始用一种横的眼光环视周围的地平线了。只有这样,才能使我们真正地了解自己的价值,从而避免可笑的妄自尊大或可能的自暴自弃。①

所谓把目光投向"今天",一是不再简单地以"昨天"的价值观和创作方法裁剪真实的内心经验和艺术想象,二是重视"二战"以后西方现代文学的了解与借鉴。《今天》创刊号明显体现了这一特点。后来成为名篇的《回答》(北岛)、《致橡树》(舒婷)、《天空》(芒克)都发表于本期,同时它刊登了西班牙超现实主义诗人卫尚·亚历山大(Vicente Alexandre Merlo,1898-1984,现通译为"维森特·阿莱桑德雷·梅洛")的《诗三首》及介绍,英国现代作家梅雷厄姆·格林(Graham Greene,1904-1991)的小说《纯真》,以及西德战后"废墟文学"的代表作家亨利希·标尔(Heinrich BÖll,1917-1985,现通译为"伯尔")的论文《谈废墟文学》。

《今天》所代表的非体制化的文学实践,呈现了文学思想上的个人话语与国家话语、面对心灵自由与承担历史使命的差异。他们是主流以外坚持自己的文学理想的一群,与"拨乱反正"的主流诗歌一起,构成20世纪80年代诗歌的两翼,既互相呼应又互相竞争,推动了当代中国诗歌的改变,使中国诗歌逐渐从国家化的状态中解放出来,回到个人有话要说的前

---

① 《今天》编辑部:《致读者》,《今天》创刊号,1978年12月23日。

提，国　诗歌作为一种想象方式的艺术探索，最终修复与重建了人与诗的
尊严，　在新的语境中展开了多元的艺术探索。

二　"归来"的诗人

　　　诗歌批评界把 20 世纪 70 年代末以来几代重新歌唱的诗人称为
"归　的诗人，可能缘于艾青1980 年 5 月出版的诗集《归来的歌》。这
本诗集　出版不仅意味着"我们找你找了二十年，我们等你等了二十年"①
的言　青的"归来"，也象征着与艾青同时和比艾青更早"消失"的诸
多两　人的"归来"。他们主要包括两部分诗人：一是因思想和艺术趣
味三　应"新的人民的文艺"而先后放弃诗歌写作的诗人：如 40 年代
《诗创》《中国新诗》的诗人辛笛、陈敬容、杜运燮、杭约赫、郑敏、唐
祈、　、袁可嘉、穆旦等。二是因政治与思想运动受迫害而丧失写作权
力的　：如受"胡风事件"影响失去了写作权力和人生自由的 40 年代
"七　派"诗人绿原、牛汉、彭燕郊、曾卓、鲁藜等，以及 50 年代"反
右　动中因作品和言论被打成"右派"的诗人艾青、公刘、邵燕祥、白
榜　沙河、昌耀、赵恺、林希、梁南等。
　　　1978 年 4 月 30 日上海《文汇报》发表艾青的诗《红旗》，到 40 年
　的　个诗歌流派的重要诗人在 1981 年出版的《九叶集》与《白色花》
　　亮相，这些诗人已经成为 80 年代中国诗歌一支非常重要的力量。他
　　归来"，不仅意味着在诗坛消失的几代诗人重见天日，而且象征着
中　诗歌的死而复生。事实上，邵燕祥在 1978 年初从社会历史的角度悲欣
交　歌唱《中国又有了诗歌》，郑敏于次年像寻回自己的爱人一样欢呼
"诗　，我又找到了你"（《有你在我身边》），分别从诗歌环境与内心认同
这　个方面反映了一个新的诗歌时代的来临。
　　　归来"的诗人的主要特点，是从"诗人必须说真话"出发，重新续
接　五四以来抒情与批判传统。因为说真话，诗便回到了有话要说的前
提　回到了真情实感，回到了个人的想象风格；因为说真话，诗便能作为

《归来的诗》"出版说明"引用这话后，说明"这是著名诗人艾青一九七八年四月重新发
表了第一首诗后，读者在写给他信中所表示的关切。"

敏感的触须伸入一个个"禁区","唱人民的爱憎，革命的恩仇"；也因为说真话，诗才疏离了"假、大、空"的意识形态，重新走进了读者的心灵，引起人们的共鸣。70 年代末与 80 年代初，是中国诗歌与人民关系的一个蜜月时代，那时对诗歌的关注，远远超出了对诗本身的关注，因为那是对生活的前途和国家的命运、邪恶与正义的关注。无数的诗歌朗诵会，许多以隐喻突入思想禁区的诗句，一个个熟悉而又陌生的诗人的出现，让人们口耳相传，心潮起伏。当那个特定的历史转折时期过去之后，人们当然有充分的理由要求诗歌重视感情的独特性和艺术创新问题，或许不能理解为什么白桦《阳光，谁也不能垄断》一诗会引起那么强烈的共鸣，不能理解赵恺的《我爱》会如此深情地歌唱并不美好的流汗与拥挤：

> 我首先爱上了公共汽车月票，
> 珍重地把它藏进贴胸衣袋里。
> 虽然它意味着流汗，
> 虽然它意味着拥挤，
> 虽然它意味着一条能装进罐头的沙丁鱼。

然而，正如作者所说，"流汗与拥挤本身，就是一种失而复得的正常权利"。这种权利实际上就是正常的生活与人的自由。

虽然赵恺和当时的许多"归来"的诗人，更多在历史的进步而不是从人的权利的意义想象这个时代（在这首诗中，赵恺说"纵使我是一会鱼，也是一条前进的鱼"），但说真话却不仅使诗告别了意识形态诗歌的排它性，而且引发了诗是否可以表现"自我"的辩论①，并经由辩论肯定了诗歌创作中个人感受、想象方式与艺术趣味的意义。这种肯定不仅使"归来"的诗人在政治上得以平反昭雪，而且让不同风格、不同流派、基于不同艺术资源的诗歌有了生存的合法性。

人与诗"归来"意味着社会体制与文艺观念对历史存在的重新接纳。

---

① 关于"自我"的讨论始于 1979 年前后"说真话"的倡导，在"朦胧诗"的争论中走向高潮。"自我"原是一个心理学的概念，与"说真话"一样严格说来不是一个诗学概念，但在当时的语境中，关于它的激烈辩论体现了诗歌回归真情实感，回归个人感受和艺术风格的要求。比较早的讨论可参见公刘 1978 年 12 月演讲、1979 年 3 月整理的《诗与成实》，以及王光明整理的《探索新诗发展问题的意见综述》（《诗探索》1980 年第 1 期）。

而这些诗人也确曾带给人们三、四、五十年代主题、诗风和诗艺的亲切回忆。特别在早期，艾青的《光的赞歌》让我们联想起他三四十年代关于太阳和光明的一系列诗篇，而邵燕祥《中国的汽车呼唤着高速公路》则是他50年代《中国的道路呼唤着汽车》的续篇。然而，尽管他们中相当多的诗人坚持过去的"现实主义创作道路"，自觉承担解放思想、变革社会和沉思历史的时代使命，但最让读者难忘的诗篇，给中国诗歌史所留下的无以替代的特质，却是凝聚着几十年被放逐的命运与血泪的变形意象与韵律，就像曾卓《悬岩边的树》："它的弯曲的身体/留下了风的形状"。

它们是幸存者的证词，是历史的活化石。

在"归来"的诗人中，首先应该提到的是艾青（1910－1996）。这不仅因为他的历史声望，而是由于他"归来"后"说真话"的创作主张和风格变化的代表性。艾青是20世纪最有胸襟与气度的中国诗人，作为一个出生于乡村又受过城市之光照耀，接受过法国象征主义诗歌与绘画影响的诗人，他用生命与激情拥抱交织着苦难与希望的大地，在30年代中后期写出过《太阳》《雪落在中国的土地上》《火把》等境界高远的诗篇。相比较那些表现着时代的大忧郁与大希望的诗篇，经历了被打成"右派"放逐到北大荒和新疆农垦区劳动、20年后重新"归来"的艾青，感情与才华似乎有些干竭，似乎失去了会通"实境"和抽象把握时代主题的能力，而且也不像过去的诗，悲愤中仍体现出内在的温润。长期的自觉与不自觉的"思想改造"和被放逐的命运，实际上有形与无形地剥夺了他整体感受与想象时代的权力和能力。"归来"后的艾青，最让人难忘的诗篇，是那些表现人生沧桑和无常命运的诗篇，像《鱼化石》和《盆景》，通过生命的中断与扭曲状态，见证了一代人的遭遇。而他《失去的岁月》对无可追回的岁月的感怀，也让人感慨万千：

> 丢失了不像是纸片，可以拣起来，
> 倒更像是一碗水泼到地面
> 被晒干了，看不到一点影子；

作为一个有崇高声望的诗人，艾青"归来"后诗歌创作的意义，不仅体现在诗作的成就方面，也在他被"晒干"的方面。而对这"晒干"过程的反思，也不应只局限于50年代以来的政治运动。

比艾青"离去"得更早，却在"归来"后焕发了新的创作活力并实现自身超越的诗人，牛汉（1923－　）和郑敏（1920－　）可视为代表。他们固然在"离去"之前就走上了写诗的道路，并都出版过诗集，但主要成就还是在"归来"之后。他们能"重获创作青春"，与他们尚属壮年有一定关系，可能也与他们的诗歌观念较少受40年代以来体制化的主流文艺思想的影响有关。

牛汉有蒙古族的血统，生于山西定襄，曾就读于西北大学外文系。中学时代开始写诗，在1955年因"胡风反革命集团"案遭逮捕前出版过《彩色的生活》等诗集。"归来"后出版的诗集主要有《温泉》《蚯蚓与羽毛》《海上蝴蝶》等，《牛汉诗选》（人民文学出版社，1998）是他各个时期主要作品的汇编。在"七月诗派"诗人中，牛汉是在人格和诗歌观念上最接近胡风的、诗与生命合一的诗人，诗就是他生活与人格的现实。因此，牛汉说："我的诗和我这个人，可以说是同体共生的。没有我，没有我特殊的人生经历，就没有我的诗，也可以换一个说法，如果没有我的诗，我的生命将会气息奄奄，如果没有我痛苦而丰富的人生，我的诗必定平淡无奇。"[1] 他"归来"后发表的许多写于"五七干校"诗，大多以自然意象为题材，却有着鲜明的人格投影。如在暴风雨中诞生与飞翔的"鹰"，被雷电劈去一半仍然侧身挺立的"树"，都体现着刚硬的血性。其中有首《华南虎》，常被人们视为代表作，然而也有人将它与里尔克的《豹》相比较，认为该诗展开的方式有些笨拙，主观视野和直接的感情妨碍它达到更为丰富的艺术效果[2]。

牛汉"归来"后诗歌的主要魅力一方面来自那种渗透在意象与节奏中的人格的力量，另一方面则来自他从不固步自封、努力自我超越的精神。牛汉虽然十分看重经验与人格对于诗歌的意义，但在"归来"的诗与"朦胧诗"共存与竞争的诗歌环境中，也意识到诗还有比经验与人格等"已知"和"确定"的存在更丰富的东西。作为一个把诗视为生命的诗人，他显然也想抵达这种经验与理性无法进入的更为美好、旷远而神秘的世界。为此，80年代后期开始，他把诗的触须伸向梦境和纯净、浩大的"远方"

---

[1]　牛汉：《谈谈我这个人，以及我的诗》（代自序），《牛汉诗选》，人民文学出版社，1998。

[2]　参见荣光启《抒情的牢笼——牛汉诗歌创作内在的问题及求索》，《诗探索》2003年第3~4期。

世界，写出了《梦游》《三危山下一片梦境》《空旷在远方》等境界宽阔和富有想象力的作品。这些诗作，大多几易其稿，反复修改，虽然艺术上仍不算完美，但境界与趣味有了大的开拓。它们不只是痛苦经验与记忆的凝聚，也展现了"远方"的壮丽与神秘。像《空旷在远方》一诗，就尽量避免个人的主观视野，让诗人的感受、展望和惠特曼诗歌中的品质互相叠合，展示一种"空旷而伟大的结合"，从而让流入大海的河与没有边际的海变成了"生命的延伸"，而无边的天空也成了"羽翼开拓的天空"。特别是，诗人准确把握了微妙复杂的感情的性质，写出了"空旷是个恼人的诱惑"这样有丰富的美学与心理意义的诗句。

郑敏曾于 1949 年出版过《诗集 1942－1947》，"归来"后出版的诗集主要有《寻觅集》《心象》《早晨，我在雨中采花》，而《郑敏诗集》（人民文学出版社，2000）是她"重返诗的国土"后诗作的汇编。郑敏与许多"归来"诗人的一个不同之处，是她 1949 年去美国留学，1955 年回国后一直从事外国文学的研究教学工作。一方面，她也同样承受着当代文艺环境的禁锢与压抑，却不像其他诗人那样直接经验了改朝换代的希望与失望，以及连人生权利也被剥夺的苦难；另一方面，她仍然保持着与世界文学的联系。因此，尽管诗歌的生命"冬眠"了 30 年，并且"灵魂的磨炼"远远超过半个世纪，她却不像其他诗人那样带着沉重的创伤性记忆和被体制化的文艺观念改造的痕迹。人们常用"国家不幸诗家幸"的警句论述用血泪灌溉的"归来"诗人的作品，却忽略了揿入血肉的痛苦也会造成鲁迅在散文诗《墓碣文》中揭示的遮蔽性。个人深刻的创伤性记忆，既是文学的财富，也会变成某种情感与道德的负担。郑敏诗歌的一个特色，正在于她的感觉与诗思较少直接具体的痛苦记忆的拘限，而是有对存在与生命之谜的展望。这当然也与个人气质有关，她是一个"在'寂寞'的咬啮里/寻得'生命'最严肃的意义"的诗人。她 40 年代写的《寂寞》与《金黄的稻束》等名篇，那种在静默中展开想象与"沉思"的品格，仍然在"归来"后的写作中得到了延续，它与半个多世纪"灵魂的磨炼"汇合在一起，让那年青时敏感的心捕捉到的棕榈树一样的"寂寞"成长为"秋天的果实"——那不是有着戴望舒《我的记忆》的影子的本质与绝对的"寂寞"，而是长着翅膀、充满变异与活力的"寂寞"——

　　假如你翻开那寂寞的巨石

　　你窥见永远存在的不存在

　　像赤红的熔岩

　　在带着白雪帽子的额头下

　　翻腾，旋转，思考着的激流

——《成熟的寂寞》

　　与其他"归来"的诗人相比，郑敏诗歌的特色主要有两个方面：一是她非常注意把历史与现实的表象转换为一种"心象"的表达，典型如组诗《心象》《诗人之死》；二是非常重视诗歌主题、形式和语言的"活力"，为此进行过组诗和"图像诗"的实验。组诗是她"归来"后使用得比较多的一种形式，主要是为了对应人与历史复杂交响的主题，但郑敏似乎对作为"组诗"的结构性要求考虑不足，包括受评论界好评的《诗人之死》，并没有处理好具有自身独立完整性的"十四行诗"与"组诗"的关系。而她以"图像诗"形式写《试验的诗》，则在强调汉语空间效果的同时忽略了韵律方面的特质。郑敏写得最好的，还是那些具有自身完整性的诗，包括那些虽然放入"组诗"却具有独立性的《成熟的寂寞》《戴项链的女人》《渴望》等。

　　同是"九叶"中的一叶，也在 1949 年赴美国学习，却比郑敏早三年回国的诗人穆旦（1917－1977），却不是自愿"冬眠"而是一个被剥夺正常的写作和生活权利的诗人。虽然回国后由于复杂的原因把主要精力放在文学翻译中，以本名"查良铮"和笔名"梁真"发表文学理论译作和译诗[①]，但他最萦绕于怀的一定是能够继续写诗。要不，1957 年上半年短短几个月的"百花齐放"，他不可能一下就写出 7 首诗，更不会有那首"只算唱了一半"的《葬歌》：在这首典型体现当代知识分子的内心挣扎的诗

---

① 穆旦 1953－1958 年分别翻译出版了季摩菲耶夫的《文学概论》（1953）、《怎样分析文学作品》（1953）、《文学发展过程》（1954）、《文学原理》（1955），以及《别林斯基论文学》（1958）等文学理论著作；普希金的《波尔塔瓦》（1954）、《青铜骑士》（1954）、《高加索的俘虏》（1954）、《欧根·奥涅金》（1954）、《普希金抒情诗集》（1954）、《加甫利颂》（1955）、《普希金抒情诗二集》（1957），以及《拜伦抒情诗选》（1955）、《布莱克诗选》（1957，与袁可嘉合译）、《济慈诗选》（1958）、雪莱的《云雀》与《雪莱抒情诗选》（1958）等作品。

篇里，诗中的说话者多么愿意面对"现实"与"希望"，埋葬自己的"回忆"和"骄矜"，却又心存恐惧与怀疑，"我怎能把一切抛下？/要是把'我'也失掉了，/哪儿去找温暖的家？"然而，"哦，埋葬，埋葬，埋葬"，时代不待穆旦唱出另一半的葬歌，却"埋葬"了他的自由与生命：1958年"反右"运动中，穆旦被定罪为"历史反革命"，这一"错误的决定"直至1980年才得到"改正"。

穆旦在1976年1月骑自行车时摔伤骨折，因怕连累家庭延误了治疗，于次年2月接受手术前突发心脏病死亡。他是带着"历史反革命"这顶莫须有的"帽子"离开这个世界的，"归来"诗人中他是一个只有作品而没有身影的归来者。但是，无论作为一种精神现象，还是从诗歌的艺术水准看，穆旦1976年写作，1980年后才陆续与读者见面的诗，当是"归来"诗歌家族中最真诚、最值得重视的部分。从1949到1975年的26年间，连同英文诗在内，穆旦只写过12首诗。可在1976年，他的诗有27首。在将与这个世界诀别的最后一年，诗神何以如此热烈地拥抱着这个带"罪"带伤的人？而这个带"罪"带伤之身，何以如此热切拉着诗神的手不放？是诗神要抚慰这个伤痕累累的圣徒，还是圣徒只有在诗神身边才能诉说心事、安顿灵魂？

"归来"家族中穆旦诗歌无可替代的意义，是以真切的当代经验和人生感受见证了"自我"的分裂和灵魂的挣扎。这是一切都被剥夺殆尽，通往自由、健康、友谊的大门都被关闭，仿佛置身于荒原的歌吟：

> 留下贫穷的我，面对严厉的岁月，
>
> 独自回顾那已丧失的财富和自己。
>
> ——《友谊》

穆旦诗中的说话者，在生命的黄昏不断地辩认自己，探讨"自我"的形成与变化，冥想"永久的秩序"与生命的性质。他不仅回顾生前，而且想象身后，不仅意识到人生的奔波、劳作、冒险"不过完成了普通的生活"（《冥想》），而且发现了"以苦汁为营养"的"智慧之树"对生命的嘲弄（《智慧之歌》）。穆旦这些诗与其他"归来"的诗一个非常不同的地方，是几乎未受当代体制化的文艺观念和时代风气的影响，它们不是"事后"已经凝结的"记忆的盐"（邵燕祥：《记忆》），也不是"反思"年代

"既然历史在这儿深思/我怎能不沉思这段历史"（公刘：《沉思》）的普遍诉求，而是被"严厉的岁月"逼到绝境的孤独的个人，"独自回顾那已丧失的财富和自己"时通过诗发出的最真诚的声音。它们是灵魂的"自白"，是以"自我"经验见证时代的范例。其中，最值得留意的是《春》《夏》《秋》《冬》几首隐喻人生过程的诗，仿佛"流过的白云与河水谈心"，是"远行前柔情的告别"。

穆旦的这些诗，以秋冬的意象为主，有"荒原"的色调与气息，但迎着历史的悲情和生命的秋凉升起的，是一面"生的胜利"的旗帜。穆旦与许多同时代诗人不同之处还在于，他不仅在青年时代自觉拒绝了浪漫主义的"牧歌的情绪"，也在晚年的绝境中拒绝了感伤主义和虚无主义。穆旦晚年的诗忧郁而沉静，情感的表达非常节制，诗句的节奏从容而有规律，充分体现了人与诗的庄严。

如果说穆旦晚年的诗回到孤独的个人，复活了诗歌"丧失的财富和自己"；那么，昌耀（1936－2000）的独特意义，则打通了生命与"地气"的联结，从而摆脱了当代诗歌体制的言说理路和想象陈规，找到了自己的诗歌主题与言说方式。

昌耀那代50年代走上诗歌道路的诗人，由于生活经历和意识形态的影响，大多都有某种历史主义的情结。他们往往以历史、时代的主人自许，以人民的儿子和代言人为荣，把改造社会、改变和创造历史与作为自己诗歌的主题。20余年被放逐于"历史"与人民之外的生活，虽然改变了他们新历史主人的自豪感和颂歌风格，却没有改变他们对于历史的信念，"文革"的结束成了"历史公正"的铁证。他们并没有深究，当代"历史"与"人民"的观念是如何被阐述的，绵延的历史与有限的生命是怎样对话的。因此，他们只把短暂的"光明"当作历史的必然，而把更长时间的苦痛当成了偶然、曲折与失误，当"浩劫"一旦结束，便是"春天来了"的欢呼，或者，以昨天的伤痕为历史的坎坷与曲折作证。

昌耀于1950年14岁时入伍，1953年朝鲜战争结束时负伤致残，1955年响应国家"开发大西北"的号召赴青海工作，1957年因《林中试笛》等诗作打成"右派"，1979年"归来"后重新发表作品。客观而言，昌耀

"归来"之初的作品，在主题和风格上，并没有多大独异之处，像《秋之声（二章）》，明显有郭小川《团泊洼的秋天》的影响的痕迹；而有"自叙传"性质的500行长诗《大山的囚徒》，虽然讲述的是"不是囚犯的囚犯"的故事，接触到"天地曾有负于我们多情儿女"的现象，但这具有新的可能性的题材，还是被九死不悔地寻找光明的抒情套路所简化，不少词汇也仍然是意识形态化的，缺少质感与个性。它让人油然而生的感慨是，许多富有才华与个性的诗人，不仅成了当代历史的"囚徒"，也在不知不觉中成了当代诗歌言说模式的"囚徒"。

不过，"大山的囚徒"没有等到"祖国赠给战士的冠冕"，昌耀却很快摆脱了历史主义的想象套路和僵硬的言说方式，以新的主题和语言重新解读了"荒原"与生命的关系。他1980年写的《慈航》同样具有自叙传的面貌，被置放于一个爱情故事的结构中，但它是一部生命与爱的史诗，对"荒原"与生命的关系作了富有震撼力的解读。《慈航》最值得重视之处，是它冲破了"归来"的诗结了意识形态硬茧的历史观，从生命史而不是社会史的立场重新认识了生与死、苦与乐的性质，揭示了"不朽的荒原"中生命存在的奥秘：

> ……在善恶的角力中
> 爱的繁衍与生殖
> 比死亡的戕残更古老、
> 　　更勇武百倍！

在这里，"荒原"不再是历史的笔误，不再是某个时代某个国家某代人独特承受的处境，而是生命中"昨天的影子"，不朽的"暗夜中浮动的旋梯"。但是，"爱的繁衍与生殖"是一支地久天长的谣曲，它解释了"泥土绝密的哑语"：全诗通过落难中的"我"偶遇土伯特父女，然后成婚、生育的情节，感人至深地揭示了该出生的一定会出生、该复活的一定要复活的哲理。

《慈航》的意义是从生命的内部重新想象了存在的性质，在满目"荒原"和"上帝死了"的时代，展现了牺牲与享有、苦行与欢乐的辩证，从而超越了当代历史主义的想象"苦难"的模式，也与西方现代主义的"智性"想象大异其趣。它的另一重意义是，通过与"地气"的连接，让诗歌语言有了生命的质感和地域的魅力。在《慈航》中，抽象的意识形态词汇已经被抛弃，个人气质与西部高原的意象、风俗浑然交融；而到了《雪。土伯特女人和她的男人及三个孩子之歌》，又融入了当地民谣的节奏：

> 是那么忘情的，梦一般的
> 赞美诗呵——
> 　　咕得尔咕，拉风匣，
> 　　锅里煮了个羊肋巴，
> 　　房上站了个尕没牙……

像这样具有民歌的风情、节奏，又有现代雕塑感的诗，不仅在"归来"的诗，而且在当代诗歌中，也是独一无二的。昌耀的诗，对现代汉语诗歌如何面对生存经验，如何承接民间的血脉与"地气"，也提供了珍贵的启示。

三　"朦胧诗"的崛起

如果说"归来"的诗歌体现了现代诗歌传统的复兴。那么，与之并行的"朦胧诗"则是一股影响巨大的革新当代主流诗歌的诗潮。

"朦胧诗"这一名称源于一篇批评"读不懂"的诗的文章①，批评的对象包括具有现代主义风格的老诗人和年青诗人的作品。这一名称后来被用来指称异质于"传统"的青年诗人的作品②。

由于"朦胧"是一个形容词，那篇文章使用时既带有贬义的色彩，也无法指称诗的流派或代际特点，"朦胧诗"这一提法也存在争议：有人从民间刊物《今天》的名称出发，将其命名为"今天派"诗歌，而超越这派

---

① 这篇文章题为《令人气闷的"朦胧"》，作者"章明"，发表于《诗刊》1980 年 8 月号。
② 1981 年 12 月编辑，1982 年印行的《朦胧诗选》（阎月君等 4 人选编）"情况简介"言："一九七九年下半年以来，我国诗坛上出现了一种与传统诗在题材、内容、表现手法上都形成对照的新的诗歌现象，一般统称之为'朦胧诗'。"本书经扩充后于 1985 年 11 月由春风文艺出版社正式出版发行，7 个月内（至 1986 年 6 月）印行 85000 册。正式出版的《朦胧诗选》扩充了三倍以上的篇幅并增添了谢冕作的序言《历史将证明价值》，删除了"出版前言"和"情况简介"。

诗歌的"新生代"诗潮出现之后，又有人用"新诗潮"① 包容《今天》以来的诗歌探索。不过，"朦胧诗"这一名称，经过 80 年代初的激烈论争和《朦胧诗选》的大量发行，已经成为一个先入为主的概念。

产生"朦胧诗"的背景，可以追溯到 60 年代初期北京学生一些自然形成的文学小组或小沙龙，他们中不少人是名门后嗣，承继了父辈对文学的热爱，无形中保存着现代文学的火种②，但真正哺育这种诗歌的却不是文学的热情而是"文革"的灾难，是承受这场灾难过程中难以排解的内心郁结。因为内心郁结，他们想到了诗歌，想到了阅读与写作。

郭路生（笔名"食指"，1948 - ）是"朦胧诗"的前驱诗人，小说家阿城曾说"60 年代末我喜欢他的诗。那时候，郭路生的诗被广为传抄"，诗人多多认为郭路生是"老四届"中学生中的"第一位诗人"，"就早期郭路生抒情诗的纯净程度上来看，至今尚无他人能与之相比"；《北京青年现代诗十六家》"编选说明"认为，比较对照稍后一些诗人的作品，"可看出他对其他诗人的启发和影响"。郭路生的诗有不少意识形态的东西，反映了当代政治抒情诗一些思维定势的影响，特别是在意象的择取和时空展望方面。但郭路生的诗最重要的特点是不再服从简单的信仰和意识形态原则，能够面向内心的痛苦与挣扎。他"文革"中写的诗不仅具有历史生活场景的存真性，也把特定情境、细节和个体的想象力重新带入诗歌的话语空间。像那首当时被知青广泛传抄的《这是四点零八分的北京》，写北京知识青年上山下乡告别城市的一个瞬间，虽不能说是生离死别的题材，但离散的痛苦是巨大的，因此，当"……四点零八分的北京/一声尖厉的汽笛长鸣"——

> 我的心骤然一阵疼痛，一定是

① 1985 年作为"内部交流"印行的《新诗潮诗集》（老木编选）总体上是以"诗潮"的原则编选的，"上集"除极个别诗人外，所收入的是《今天》作者的作品，"下集"收入风格大致相近的"今天派"外围诗人的作品。为了"历史感的体现"，"集后附录了二十首中国新诗中具有现代倾向的诗歌，包括了从二十年代到七十年代大陆和台湾的诗人，以让我们更加清楚地明了新诗潮的源泉和它今后的勃勃生机。"（《后记》）
② 例如以"振兴中华民族文化"为己任的"×诗社""太阳纵队"的成员，就有郭沫若的儿子郭世英，现代诗人戴望舒的女儿戴咏絮，鸳鸯蝴蝶派作家张恨水的女儿张明明，画家张仃之子张寥寥，抗日名将蒋光鼐之女蒋定粤等。（见张郎郎《"太阳纵队"的传说》，《今天》1990 年第 2 期）

> 妈妈缀扣子的针线穿透了心胸
>
> 这时，我的心变成了一只风筝
>
> 风筝的线绳就在妈妈的手中

在这里，由于个人生活细节的进入，一座意识形态的城市在四点零八分的尖厉的汽笛中陆沉了，上升起来的是亘古不变的亲情（这是曾被孟郊凝固在唐诗《游子吟》——"慈母手中线，游子身上衣。临行密密缝，意恐迟迟归。……"——中的至情，被郭路生用感应的方式织入自己的诗歌文本中，让人们重新认识了那种恋城情感的性质）：这是哺育自己的城市，就像哺育自己的母亲。因此，"四点零八分的北京"的告别显得十分悲怆。

郭路生60年代后期所有的诗都充满失落、迷惘、悲哀、惆怅、感伤与期望、未来、幻想等剧烈冲突的痛苦的语言，从而奏响了悲怆的心弦，在无法调和的对立中呈现出一种悲剧性，表达了一代人从盲目、狂热走向失望与挣扎的内心世界。正因为此，他的这些诗歌不胫而走，很快在全国各地知青中秘密流传，甚至被谱曲传唱。

郭路生的诗歌的独特性在于，这是几十年来中国第一次出现的在现代社会中不依靠传播媒介而依靠人心传播的诗歌。同时，这也是当代诗歌第一次把情感定位转向自己，转向内心的失落状态，转向真实经验。一代人通过郭路生的诗歌，认同了原先变得不敢认同的情感。这些诗告诉人们，诗原来也可以这么写，——通向真实的门被打开了，诗歌成了许多充满迷惘和幻灭感的青年探索内心的矛盾与挣扎、叩问世界和想象未来最亲近的形式。

从70年代初开始，许多人都在写这样的诗。其中不少名篇，如食指（郭路生）的《相信未来》《这是四点零八分的北京》，北岛的《回答》《宣告》，芒克的《天空》，舒婷的《致橡树》《呵，母亲》等，后来都在民间刊物《今天》①上首先发表；该刊也因为在思想上主张"确立每个人

---

① 《今天》于1978年12月23日在北京创刊，油印出版，为综合性文学刊物。至1980年8月，共出版九期（每期1000册，其中创刊号重印1500册），另有"《今天》丛书"共4种（每种100册），1980年9月被有关部门强制停刊。1980年10月"'今天文学研究会'筹备会"出版《今天文学研究资料（之一）》。1980年11月2日，"今天文学研究会"正式成立并编印《今天文学研究会内部交流资料之二》，"之二"发表《今天文学研究会章程》，称："今天文学研究会是由青年作家、诗人组成的文学团体。本会致力于文学创作与研究。"1980年12月《今天文学研究会内部交流资料之三》出版后，被有关部门通知"终止一切活动"。1990年，《今天》仍作为同仁刊物在海外复刊，但流派色彩已不明显。

生存的意义，并进一步加深人们对自由精神的理解"，艺术上倡导"用一种横的眼光来环视周围的地平线"①，成了"朦胧诗"的旗帜。

"朦胧诗"的诗人是从特殊年代特殊境遇的经验出发找到自己的诗歌道路的，离开了集体经验转变的历史母题，离开了一代人自我意识的形成过程，离开了当代诗歌美学突破的社会蕴含，很难从根本上把握这一诗歌思潮的历史意义。与前代诗人不同，50－60年代走上诗歌道路的诗人，所面对的，是伟大成功的社会政治革命带来的激情和喜悦，新生活的新奇感和渴望投入火热斗争的冲动，他们更重视艺术的社会和时代价值。而"文革"中自发走上诗歌道路的这一代青年，则在少年——青年时期经历了一场漫长的心理危机：那时生活表面的金粉渐渐剥落，露出了人间的真相和生存的残酷，因而他们更重视面向自己的内心世界，更重视对世界的质询与拷问。"朦胧诗"成了他们"重演过去"和"创造未来"的某种方式。

作为重演过去和创造未来的艺术建构，也作为对抗权威和暴戾现实的艺术抗议方式，北岛提出的"诗人应该通过作品建立一个自己的世界，这是一个真诚而独特的世界，正直的世界，正义和人性的世界"②的诗歌主张，可以基本概括"朦胧诗"的思想与艺术倾向。

一方面，这个诗歌世界是真诚、正直、正义、人性的世界，一个让诗回到人的基本问题的世界，它与五四时期提出的建立"人的文学"有更多的相通之处。不过，五四时期青年们面对的是传统的黑暗、现实的黑暗，他们经验和感受的主要是个人的压抑、心灵的压抑，他们的诗体现出来的主要是个性解放，是鲜明的揭露和抨击黑暗的色彩。这一代青年却把诸多荒谬的、"倒挂"的经验带进了诗歌世界，不仅仅燃烧着反抗和诅咒的激情，也写出了现实的荒谬性，具有与现代主义文学相通的美感面貌和艺术面貌。"朦胧诗"中的不少作品甚至让人联想到卡夫卡（Franz Kafka，1883－1924）的"变形记"和贝克特（Samuel Beckett，1906－1989）的荒诞派戏剧。然而，他们毕竟又与西方现代主义相区别：西方现代主义表现出来的荒谬感，既把客体世界看成是荒谬的，同时也认定了主体世界的荒谬性。而"朦胧诗"，在主体问题上恰恰是肯定的，他们最终不是把人们引向艾略特《荒原》，或

---

① 《致读者》（《今天》编辑部），《今天》1978年12月23日创刊号。
② 北岛语，见《上海文学》1981年5月号"百家诗会"。

是贝克特和尤奈斯库（Eugene Ionesco，1912 – 1994）的荒诞世界中去，而是企图参与重建人的尊严和理想，探索走出困境的道路。因此，即使描写现实的荒诞和心灵的扭曲，也仍有人文主义式的意义寻求和内心激情。

另一方面，这又是一个"自己的"和"独特的"艺术世界：不仅把被历史模糊了的个人意义和个人价值重新凸显出来，重新确认生命的个人形式及其意义，同时也把诗歌作为一个有着自己的价值体系、想象方法和建构特点的世界来看待。江河在 1980 年就提出："艺术家按照自己的意志和渴望塑造。他所建立的东西，自成一个世界，与现实世界发生抗衡，又遥相呼应。"① 而北岛所说"自己的世界"，既包括人性与正义，也包括艺术可能性的开拓②。这些主张可视为早期"朦胧诗"由诗人人格的完成过渡到完成诗歌的追求。到 1985 年，以杨炼的《诺日朗》、北岛的《白日梦》、江河的《太阳和它的反光》和多多的一些诗为标志，这个自足性的诗歌世界已显示出基本轮廓：首先，它基于个人的经验感觉，又超越个人进入"非个人化"的图景，诗的创作不是诗人的塑造而是诗的完成，个人消失在诗中；其次，它接受现实和历史的给予，但它放弃承诺，只表现普遍历史与现实的认知。上述两点都在"语言现实"中寻求落实：面对语言与现实之间的分裂，不是企求反映现实和历史，而是逼近与敞亮存在；诗人不是"改变世界"，而是改变言说方式和语言中权力结构；不是在个人或民族的经验内流连，而是探索语言所支配的整个感觉领域，把一代人的经验感受，建构为超越个人时空和历史时空的诗歌话语空间。

"朦胧诗"是在七八十年代"思想解放运动"中浮出历史地表的，它的两个鲜明特点是：其一，许多著名的作品先在民间（同人）刊物上发表，后来才被正式出版物接纳③；其二，对这种诗歌的认同过程一直伴随

---

① 参见《请听听我们的声音——青年诗人笔谈》，《诗探索》1980 年第 1 期。

② 前引北岛在"百家诗会"表达的诗歌主张中，他还提出："诗歌面临着形式的危机，许多陈旧的表现手段已经远不够用了，隐喻、象征、通感、改变视角和透视关系、打破时空秩序等手法为我们提供了新的前景。我试图把电影蒙太奇的手法引入自己的诗中，造成意象的撞击和迅速转换，激发人们的想象力来填补大幅度跳跃留下的空白。另外，我还十分注重诗歌的容纳量、潜意识和瞬间感受的捕捉。"

③ 例如：舒婷的《致橡树》《呵母亲》等诗最早发表于民间刊物《今天》（北京）和《兰花圃》（福州马尾），北岛的诗主要发表于《今天》，顾城的组诗《无名的小花》最先发表刊物是《蒲公英》（北京西城区），它们后来才被"国家正式出版物"转载。

着激烈的争论，其中最有名的争论就是对"三个崛起"① 的批评。这两个特点，突出反映了当时思想观念、文艺体制和美学见解上的分歧。

在以《今天》的作者为骨干的"朦胧诗"诗人群中，北岛（原名赵振开，1949 -　）是一位重要的诗人。他是《今天》的创办者之一，1970年开始写诗，主要作品有诗集《北岛诗选》（1986）、《在天涯》（1993）、《午夜歌手》（1995）、《北岛诗歌》（2003），小说集《归来的陌生人》等。

北岛的诗具有浓厚的抗衡色彩和英雄主义风格。他的成名作《回答》中充满激愤和反讽的诗句"卑鄙是卑鄙者的通行证/高尚是高尚者的墓志铭"，以及结尾时"我——不——相——信"的宣告，既体现着受蒙骗的一代青年的怀疑与觉醒，又表现了这个诗人孤独的英雄主义气质。他的诗总体上有孤独的"自我"与环境的尖锐对立的特点，以黑夜与冬天的意象、情境为主，诗中孤绝沉重的说话者或是在走向冬天，或是在黑夜沉思，或是面临着最后的时刻（《走向冬天》、《宣告》、《结局或开始》等）。它们是一代人生存经验与精神历程的"履历"，——在《履历》一诗中，北岛惊心动魄地表现了一代人"寻找太阳"的"倒挂"过程："当天地翻转过来/我被倒挂在/一棵墩布似的老树上/眺望"。

毫无疑问，北岛的诗有浪漫主义色彩，但它接受了孤绝沉重的"自我"的变构，从而既避免了盲目的乐观主义，也绕开了沉溺回忆的感伤主义。北岛诗歌最重要的意义，是把个人英雄主义转变成了一种具有现代主义想象风格的诗歌英雄主义，创造了象征经验世界又与这个世界抗衡的诗歌世界。第一，他把被"倒挂"的历史和个人经验带进了诗歌世界，通过智性的把握，想象了特定历史与个人生活的许多矛盾与悖论，却又不让存在的荒诞性掩盖人的尊严（如《回答》《履历》《同谋》《期待》《界限》《青年诗人的肖像》《呼救信号》等）；第二，重视象征情境与意象的经营，重视艺术技巧对经验的转化，努力让个人的情感意识上升为人类对存在的意识，并找到简洁有力的形式结构。像他的《船票》，许多的生存感

---

① "三个崛起"分别为谢冕的《在新的崛起面前》（《光明日报》1980 年 5 月 7 日）、孙绍振的《新的美学原则在崛起》（《诗刊》1981 年 3 月号）、徐敬亚的《崛起的诗群》（《当代文艺思潮》1983 年第 1 期）。论争相关情况可参阅王光明《艰难的指向——"新诗潮"与 20 世纪中国现代诗》"第七章　为什么争论"，时代文艺出版社，1993。

受，限定与展开，现实与向往，今天与未来，此岸与彼岸，都浓缩在一个沉郁的感叹中："他没有船票"。具体的海边意象构成了这首诗的具体情境：远航大海的船与被限定的在岸边的人；像退潮中上升的岛屿一样孤独的心，与大海生动丰富的景观；从不中断的岁月，与人的宿命；沙滩上令人晕眩的阳光，与无法越过的距离，等等，触动你许多的记忆和想象，并在瞬间领悟生存境遇的性质。长诗《白日梦》，则通过新的幻灭，想象了"昼与夜"之间的裂缝，揭示了个人、民族、人类进退维谷的处境。

北岛诗歌对中国读者的影响力主要是《白日梦》之前的写作。《白日梦》之后，北岛大多在国外生活和发表作品。面对陌生的读者与语言环境，他的写作对经验与抗衡性有更进一步的超越，不少作品"始于河流而止于源泉"，更具有美学的丰富性和艺术的完整性。不过，由于作品不在国内发表，加上市场环境下读者对诗歌的疏离，作为诗歌英雄的北岛，已经是 80 年代的"故事"。

舒婷（原名龚佩瑜，1952 -　）也是在《今天》创刊时就开始发表诗作的诗人，她出生和生活在福建，是经由老诗人蔡其矫介绍与北京的青年诗人相识，并在《今天》发表诗作与小说的（蔡其矫本人也以"乔加"的笔名在《今天》创刊号上发了 3 首诗）。她是"朦胧诗"诗人中最早正式出版诗集的诗人之一，先后出版过《双桅船》（1982）、《舒婷、顾城抒情诗选》（二人合集，1982）、《会唱歌的鸢尾花》（1987）、《始祖鸟》（1992）、《舒婷的诗》（1994）等。

舒婷曾在 80 年代初受到一般读者"皆大欢喜"的欢迎，主要是由于她是以理想与现实的冲突，而不是像当时许多诗歌那样以批判（反思）历史、现实的方式处理时代的主题，同时在抒情方式上更接近中国诗歌沉郁、忧伤、节制的抒情传统（譬如当代的蔡其矫，现代的何其芳，古代的李清照）。她的早期的诗，常以梦的破碎表现动荡岁月中成长的一代"那种渴望有所贡献，对真理隐隐约约的追求，对人生模模糊糊的关切"，与"不被社会接受，不被人们理解"的矛盾与苦闷[①]，表现个人面对历史与现实痛苦与无奈：

---

① 舒婷：《生活、书籍和诗》，《福建文艺》1980 年 2 月号。

我的痛苦变为忧伤

想也想不够，说也说不出

——《雨别》

舒婷早期诗中欲说还休、欲休还说的抒情主人公形象，给读者留下了深刻的记忆。她是一个真诚与敏感的诗人，虽然她也写一些表现普遍诉求的诗，如《致橡树》《祖国呵，我亲爱的祖国》《风暴过去以后》《土地情诗》等，愿意"我是你的十亿分之一/是你九百六十万平方的总和"（《祖国呵，我亲爱的祖国》）。但舒婷诗中最独特的东西，还是个人对微妙复杂的感情的把握。像《致橡树》这样的名篇，所表达的思想观念并不具有多大的独创性，但对爱情的想象与展望则令人难忘："根，紧握在地下/叶，相触在云里/每一阵风过/我们都互相致意/但没有人/听懂我们的言语"。而《呵，母亲》一诗，则通过"梦"的挽留，以许多具体的日常生活意象，把"戴着荆冠"的弱者对逝去的母亲的怀念表现得感人至深。

舒婷与北岛不同。北岛是沉思的，是用烟头烫伤黑夜的诗歌英雄，而舒婷是一个委婉、曲折、忧伤的歌手。舒婷最好的诗，是表现普通的个人（女儿、朋友、恋人、女人）在历史、现实、感情的海洋里浮沉、挣扎的诗。像《呵，母亲》《惠安女子》《神女峰》等。《神女峰》面对"美丽的梦留下美丽的忧伤"，发出了"心，真能变成石头吗"的发问，表达了"与其在悬崖上展览千年/不如在爱人肩头痛哭一晚"的认同普通人的日常生活的思想感情。而《惠安女子》则以传奇般的惠安女子为题材，融现实与历史、苦难命运与人的高贵为一炉，哀而不伤抒写了女性的命运：

天生不爱倾诉苦难

并非苦难已经永远绝迹

当洞箫和琵琶在晚照中

唤醒普遍的忧伤

你把头巾的一角轻轻咬在嘴里

这样优美地站在海天之间

令人忽略了：你的裸足

所踩过的碱滩和礁石

> 于是，在封面和插图中
>
> 你成为风景，成为传奇

　　舒婷在"朦胧诗"诗人中独特的意义，是在"用诗来表现我对'人'的一种关切"的总主题下，充分展现了个人情感和内心感觉对于诗歌的意义。她是一个本色的诗人而不是"姿式"诗人，认同的是诗歌对个人内心需要的一面，而不是社会功利的一面。

　　如果说舒婷是一个用诗来关切生活的诗人，诗的创作随着个人感情生活的潮汐有涨有落（她在 80 年代中期曾因做"一个普通女人"而中断写诗，90 年代以后则主要从事散文写作）。那么，同样以抒情见长的顾城（1956－1993）则是一个把诗当作生活的诗人。顾城小学尚未毕业就遇上"文革"，少年时就随父"下放"到山东农村，是一个在幻想中长大的孩子，对大自然的热爱和幻想世界的沉溺①，使他成了一个"童话诗人"。舒婷曾在《童话诗人——给 G. C.》中这样描绘过他："你相信了你编写的童话/自己就成了童话中幽蓝的花/你的眼睛省略过/病树、颓墙/锈崩的铁栅/只凭一个简单的信号/集合起星星、紫云英和蝈蝈的队伍/向没有被污染的远方/出发"。

　　《顾城诗全编》（1995）收集了顾城 8 岁（1964）的诗作，但他最早发表诗作并产生影响是 1979 年初。当时他在北京西城区文化馆出版的《蒲公英》上，发表了一组题为《无名的小花》的作品，引起了诗人公刘的注意：他为顾城及其一些青年诗人某些诗作中的思想感情和表达思想感情的方式"不胜骇异"，觉得一方面"必须努力去理解他们"；另一方面应当引导，"避免他们走上危险的小路"②。公刘的"骇异"与担忧，反映了有着不同生活与艺术背景的两代诗人思想和艺术观念的冲突，曾引起一些争论。就顾城的诗而言，则如作者发表这首诗的小序所言："它真实地记录了文化大革命中一个随父'下放'少年的畸形心理"。所谓的"畸形心理"，实际上就是以一个敏感少年的震惊体验，面对和想象一个不能理解的世界。就像《烟囱》这首诗所写的那样：

---

① 顾城说："最早使我感到诗是什么？是雨滴。""我是在一片碥滩上长大的孩子。"（顾城：《学诗笔记》，《青年诗人谈诗》，北京大学五四文学社，1985）

② 参见公刘《新的课题——从顾城同志的几首诗谈起》，《星星》1979 年复刊号。

烟囱犹如平地耸立起来的巨人，

望着布满灯火的大地，

不断地吸着烟卷，

思考着一种谁也不知道的事情。

顾城诗的迷人之处是，它们不是从成年的历史理性的视野给混乱的世界一个清明解释，而是像安徒生《皇帝的新衣》那样，以少年的澄明想象"谁也不知道的事情"。这里，童真的想象新鲜而率真，被想象的世界却十分严酷，因而迷人又具有反讽性。像《星月的来由》："树枝去撕裂天空/却只戳了几个微小的窟窿/它透出了天外的光亮/人们把它叫作月亮和星星"。又如《村野之夜》："我们小小的茅屋/成了月亮的邻居/去喝一杯桂花茶吧/顺便问问户口问题"。

这样的乱世童话生动体现了一个耽于幻想的少年对动乱年代的感受："我在幻想着/幻想在破灭着/幻想总把破灭宽恕/破灭却从不把幻想放过"（《我的幻想》）。"文革"结束后，顾城在《一代人》把这种幻想与破灭的循环中的追求，解释为"黑夜给了我黑色的眼睛/我却用它寻找光明"。因为诗中处理了"黑夜"与"光明"的关系，这两行诗得到正面和善意的阐述，被视为这一代诗风的标帜。但是，习惯了"黑夜"的"眼睛"所寻找的"光明"是否是常人眼中的光明？"黑夜"是否也如顾城自己所言会使人产生"畸形心理"？80年代后的顾城为延续自己的幻想和诗歌个性作过许多努力，1993年杀人与自杀于新西兰的激流岛。

80年代前后的"朦胧诗"以《今天》杂志的诗人为代表，但从美学风格而言应该是当时不同于"现实主义"倾向的青年诗歌实验潮流的含混的总称。因此，无论是早期编选的《朦胧诗选》《新诗潮诗集》，还是迟至2004年出版的《朦胧诗新编》，也都既选入《今天》杂志的作者食指、北岛、芒克、舒婷、顾城、江河、杨炼，也选入《今天》以外的多多、王小妮、梁小斌等有影响的诗人的作品。

在《今天》以外的"朦胧诗"诗人中，多多（原名栗世征，1951 — ）曾公开申明自己不是一个朦胧诗人，他与《今天》的关系也十分微妙（没有在早期的《今天》发表过作品，却又是首届（1988）今天诗歌奖的获得者）。但这种现象也正说明"朦胧诗"不是某个流派或社团，而是一股诗歌美学变革的潮流。

多多很可能是这股潮流中最重视把时代经验转换为诗歌内容的诗人。既由于传播的原因（未在《今天》或《诗刊》这样有广泛影响的民间或官方刊物发表作品），也因为当时读者的趣味普遍倾向于社会历史的"伤痕"与"反思"主题，多多并不像北岛、舒婷、顾城等人的诗那样一出现就受到广泛的好评或批判，他迟至80年代中期以后才受到应有的关注。但多多的经验和抗衡的激情仍然来自这个时代的"教诲"（正如他以"颓废的纪念"作附题的《教诲》所歌唱的那样，面对"成了他们一生的义务"的悲惨，"他们只好不倦地游戏下去/和逃走的东西搏斗，并和/无从记忆的东西生活在一起"），他与北岛等人诗歌的区别，甚至不是抗衡性上的差别，而是抗衡方式的差别。多多的诗，也有今天派诗歌的犀利，但今天派的犀利主要体现在主体的英雄主义与感伤主义方面，具有说话者（"我"）面对世界与读者的抒情性与直接性，其"朦胧"之点，不在说话者的形象，而在用象征与隐喻"替代"了不能表达的感情和不可说破的事物。而多多则致力于用想象的情境和坚实的意象，表现具体的感受和意识。像他早期的《当人民从干酪上站起》，通过远离城市的乡村情境写被歌声所遮蔽的疯狂与血腥，不仅体现出诗人捕捉情境与细节的才华，而且体现出对题材与语言关系的特殊敏感，因而能够写出"八月像一张残忍的弓"具有丰富意味的诗句来。又如《无题》在一望无际的黑暗和死寂中，诗人竟神奇地点亮一盏马灯：

> 马灯在风中摇曳
> 是熟睡的夜和醒着的眼睛
> 听得见牙齿松动的君王那有力的鼾声

红色时代的血腥与灾难"教诲"、哺育了一代诗人叛逆与抗衡的性格，多多的诗无疑具有意识形态的反抗性，但多多的诗既是政治性的，又是非政治性的，更准确地说，他用诗歌规训了政治，以艺术征服了题材。多多与"朦胧诗"的差异，是独异的个人风格与"一代人"风格的差异，他不是代表"一代人"回忆与反省历史的创伤性记忆，"回答"时代的问题，而是以非常个人化的方式想象历史生活在心灵中掀起的风暴，创造一个比

历史更真实的诗歌空间。就像《一个故事中有他全部的过去》所写的
那样：

> 当他敞开遍身朝向大海的窗户
>
> 向一万把钢刀碰响的声音投去
>
> 一个故事中有他全部的过去
>
> 当所有的舌头都向这个声音伸去
>
> 并且衔回了碰响这个声音的一万把钢刀
>
> 所有的日子都挤进一个日子
>
> 因此，每一年都多了一天

　　这是 365 天之外的 "一天"，这 "一天" 又是 365 天的 "抽象"，比
365 天还多。值得注意的是，表现感觉与意识中 "多出" 的东西，充满着
"朝向" 与 "挤进"，"投去" 与 "衔回" 的交织回旋。这正是多多诗歌比
许多诗人要 "多" 的一个原因：他的许多诗，不是主体单调的投射（或移
情），而是充满着主体与对象互看的丰富性与戏剧性。

　　多多出版的诗集有《行礼：诗 38 首》、《里程：多多诗选 1973 –
1988》,《阿姆斯特丹的河流》《多多诗选》等，除《回忆与思考》《蜜周》
《教诲》《鳄鱼市场》等 "青春沦落" 的诗富有个人特色外，其不同年代
写下的关于北方的土地的诗也非常出色。后者包括《北方闲置的田野有一
张犁让我疼痛》《北方的海》《北方的声音》《北方的夜》《北方的土地》
《北方的记忆》等。在现代以来，艾青 30 年代后期抒写北方土地的苦痛与
灾难的诗给人们留下过深刻的印象，那是有很强历史与现实感又富有想象
力的诗；而多多笔下的北方，则是生命的、感觉的，堆满了不规则的石
头，既 "聚集着北方闲置已久的威严"，（《北方闲置的田野有一张犁让我
疼痛》），又有 "被狼吃掉最后一个孩子后的寂静"（《北方的海》），这是
超现实的北方，有着被掠夺的荒凉，但又充满寂静与骚动的冲突——

> 没有脚也没有脚步声的大地
>
> 也隆隆走动起来了

——《北方的声音》

四　"新生代"的"背叛"

　　"新生代诗"是与"朦胧诗"相连接，接受过"朦胧诗"的影响，又基于新的个人经验和美学趣味，有新的艺术要求的诗歌运动。它出现在"朦胧诗"处于生存的焦虑（"三个崛起"受到严峻的批评）、影响的焦虑（在西方现代主义诗歌中认出个人经验的远亲之后重临新的艺术选择）、自我的焦虑（如何面对新的个人经验和完成自我超越）三重情况交织下，"重聚自身的光芒"寻求自我超越的语境中，既继承了"朦胧诗"的许多原则，但又带着新的心理机制和艺术选择。这种诗歌现象的源头可以追溯到 1982 年，当时成都编印过的一本不同于"朦胧诗"风格的诗集，一方面，他们似乎承认是"朦胧诗"的次生林，但又认为"几首诗能煽动热情的时代已经一去不返"①。同时，这时候已经有人敏感意识到"朦胧诗"日益走向体制化所产生的不良影响。尖锐嘲讽了诗歌领域中的拙劣复制现象，倡导疏离传统现实主义诗歌和"朦胧诗"的另一种"第三代"诗歌，"用地道的中国口语写作，朴素、有力，有一点孩子的口气；强调自发的形象和幽默，但不过分强调自动作用，赋予日常生活以奇妙的、不可思议的色彩。"② 这种倾向在 1984 年渐成一股有影响的诗潮，并有一批年青诗人开始在民间诗刊《他们》和《非非》上集结。后来，又在先锋性艺术实验运动最为活跃的 1985 年，与小说界马原的叙事实验、莫言的乡土传奇重构、残雪的梦魇复现，以及刘索拉、徐星的迷惘小说遥相呼应，形成了一股颇有声势的诗歌运动，向"朦胧诗""不客气地亮出了手术刀"，公开提出了"北岛、舒婷的时代已经 Pass"的口号。这种诗歌思潮也得到了一些老诗人的支持，如牛汉主持的《中国》自 1986 年初开始持续推出了这批诗人的作品，并在该年撰文《诗的新生代——读稿随想》予以介绍，认为

---

① 这本诗集就叫做《次生林》，编者在扉页"摘自四川卧龙自然保护区一位林业技术员的来信"说："'次生林'，其粗略解释为：原始森林在经过自然或人为的干扰和破坏之后，在原来的林地上重新生长起来的次代森林，它包括天然更新和人工更新两大类，在林龄不同的地方，这些森林有的已被开伐利用，有的还待于开伐。……真正有生命力的、能代表未来的仍然是富有朝气的'次生林'。"这本诗集中的不少作者（如欧阳江河、柏桦、翟永明等），后来都成了"新生代诗"极有影响的诗人。

② 王小龙：《远帆》，《青年诗人谈诗》，北京大学五四文学社编，1985。

"今天这一代新诗人，不是十个八个、几十个（像'五四'白话诗时期和'四五'运动之后那一段时期），而是成百上千的奔涌进坑坑洼洼的诗歌领域，即使头脑迟钝的人也会承认这是我国新诗有史以来的新势态。这个新生代的诗潮……撼动了我几十年来不知不觉形成了框架的一些诗的观念，使它们在摇晃中错了位（这个比喻并不恰当），且很难复归原位。"① 而1986年10月由《深圳青年报》和《诗歌报》联合举办的"现代诗群体大展"，是"新生代"阵容与观念的大检阅，尽管真正出色的作品不是太多，但此次饶有意味的"诗歌事件"，的确以独特的行动和语言策略，表现了他们不可遏制的情感冲动；用独特的题材倾向、意象特点和结构方式，传达出一种迥异于"朦胧诗"的个人经验与自我意识。

说"新生代诗"撼动了几十年形成的一些诗歌观念的框架，不如使用其代表诗人之一韩东一篇文章所称的"第二次背叛"更为恰当，假如同意"朦胧诗"是对以政治抒情诗为主流的当代诗歌美学的第一次背叛的话。"新生代诗"作为诗潮存在的理由是跟"朦胧诗"不一样。它有非常复杂的原因，但作为一种文学现象，外部原因和内部因素的相互作用，仍然是我们观察的两个有效视点。新生代诗不是横空出世的存在，它的形成根源于这一代青年的生存经验和内心要求的巨大改变。"朦胧诗"是在民族的空前灾难和忧患中产生的，它是红卫兵一代心灵历程和生存经验的艺术折光，是曾轻信过的某种永恒价值秩序瓦解崩塌过程中留下的诗歌化石，是一代人情绪意识的"纪念碑"与"墓志铭"。其诗歌中的话语主体，是一种集体的经验主体，即为时代的外在暴力所规定的、带有社会公共性和普遍性的东西。而"新生代诗"则面对新的历史与文化语境：历史的噩梦过去之后，诗已很难在意识形态的对抗或竞争中定位，"四个现代化"政治经济目标的设定，开放格局的逐渐形成，每天都在擦去与书写新的经验，改变着作者与读者的自我经验结构。与黑暗、恐怖的尖锐对立，被新的渴望和追求所替代，不再是连续不断的政治运动所造成的惶恐，而是更复杂、更具体也更纠缠不清的日常生活。生活已经造成了人们的欲望和期待的改变，人们的内心面临的是一系列新的冲突：物质商品与精神追求，严肃与通俗，消费与囤积，现代价值意识与传统规范，高雅艺术趣味与文化

① 牛汉：《诗的新生代——读稿随想》，《中国》1986年第3期。

快餐，生存的数量与质量，统一与多元，等等。80年代的人们不能不在这种新的生活和"文化"冲击面前作出反应。另外，国门打开了，中国与西方的关系已不再是一种简单的政治对峙，它越来越多地包含着特殊历史条件下的民族经济战略与资本主义经济、文化霸权的利害迎拒关系，中国人开始把自己提到全球的位置去考虑人与自然，人与社会、人与人的关系。

当"世界闯入了我的身体"（翟永明诗句），视野变了，意识变了，诗歌当然也会发生变化。这种变化最明显的表现，是"人"的意识的迁移。相对于"朦胧诗"对"一代人"的昭示，"新生代诗"体现了对"集体共同性存在"的又一次背叛，"回到个人"是《他们》最响亮的口号，并且认为："生命的形式或方式就是一切艺术（包括诗歌）的依据。生命的具体性、自足性、一次性、现实性和不可替代性必须得到理解。"[1] 正是由于"回到个人"的强烈诉求，带来了"经验"到"体验"的转变。"新生代诗"多半没有上一代人痛苦不堪的"历史"记忆，他们如入无人之境，只觉得生命的孤独无援，既感到世界的荒诞，也感到自我的虚无，"每一种事物都可以在另一种事物中找到虚构／一支香烟最终将被另一个火从头上点燃／我们在对话，于是我们成为对话"（杨黎：《对话》）。犹如"朦胧诗"那一代所提供的，"新生代诗"所提供的也是他们自己的精神自传。大致地说，"朦胧诗"中的话语主体，是一种经验主体，即被他们时代的外在暴力所规定的、带有极大的社会性和普遍性的东西；而新生代的话语主体，带有更多体验的性质，他们在解冻年代冷热失调的环境中释放出了更多个体生命的感受，因而重视通过语言对生命体验的追寻，展开对暴力的反抗和自我的语言构造。经验与体验的不同，正在于被动与主动的区别，而回到个人，无疑是体验的前提。"新生代诗"重视辨认与想象个人体验到的当下生存状态：他们悬搁历史的文化铭刻，"有关大雁塔／我们又能知道些什么／我们爬上去／看看四周的风景／然后再下来"（韩东《有关大雁塔》）；他们主张以"我"为楔子介入世界，像"腰间挂着诗篇的豪猪"（李亚伟《硬汉们》）横冲直闯，矛盾而虚妄地宣称要"像市民一样生活，像上帝一样思考"（这群诗人流行的一句口号）。一些人把诗写得满不在乎，随随便便，恣意杂陈，把许多我们过去认为不便入诗的东西用大白话

---

[1] 韩东：《〈他们〉，人和事》，《今天》1992年第1期。

移植到诗里去，并用惊世骇俗的方式吸引读者的注意。不过，光注意他们杂陈的庸人琐事细节，喜笑怒骂的情绪是不够的，在那些平庸、荒诞的生活细节的展列里，在那嘲讽与自嘲的口吻里，在那表面冷漠、灰冷的句子里，有现代生存的"冷风景"。

"新生代诗"与"朦胧诗"最明显的不同是主体的典雅、庄严、崇高、英雄色彩的放逐。"朦胧诗"在一个非人的世界里发现了人，人的价值和人的尊严；"新生代"诗人则剥落了普通人的诗意和神圣感，人在诗中成了一个不断分裂、无法确定意义和价值的存在。"黑夜给了我黑色的眼睛，我却用它寻找光明"（顾城：《一代人》），"我站在这里/代替另一个被杀害的人"（北岛：《结局或开始》）——"朦胧诗"寻找的是人性的复归，是以真实的人代替抽象的"人民"。而"新生代"诗则宣称："人无法把握一种流向/只沉默地将长发/梳成河流的形状"，他们也感到自我的矛盾与分裂。有的用语言敞开贫乏，以调侃、自嘲、恶作剧的方式向现存秩序表示个体生命的抗议，有的走出优雅，指向蛮性的遗传，让人回望人类原始的本真。当然也还有另外一部分（也许更值得注意的一部分），把抗议推向背景，把历史还给历史，把未来留给未来，只以平凡人的身份，表现对生命的热爱与同情。这类诗面对现代人孤立无援的生存境遇时也许更宿命，更绝望，因此也就更看重生命的当前状态，认同平凡人平凡生命本真的部分，肯定真实、自由、具体的人性，不让整个悖谬、荒诞、矛盾的背景摧垮人的精神。

从主体自我的确定，到主体自我的消解，既是经验到体验的过渡，也是对"朦胧诗"所建立的人的"寓言"，以及以意象、象征为主导特征的"寓言化"文本的解构过程。"新生代"诗人主张"拒绝隐喻"，摒弃对应深度精神的象征手段，喜欢用平面、琐碎的散文风格和生活流中的"语感"，表现日常生活的平庸，体现生活的"原色"。如于坚的《作品第52号》：

很多年，屁股上拴串钥匙，裤袋里装枚图章

很多年　记着市内的公共厕所，把钟拨到七点

很多年　在街口吃一次一角二的冬菜面

很多年　一个人靠着栏杆，认得不少上海货

　　很多年　在广场遇着某某说声"来玩"……

　　无论是结构或者语言，都呈现为"生活"化的、平淡的、表面上无主体介入的冷淡铺排风格，以便表现一种重复、单调的现代都市边缘人的生活。

　　如果说，在思想立场上，"新生代诗"是以自由、分裂的个人主义与"朦胧诗"的诗歌英雄主义相对抗；那么，在诗学追求和艺术风格上，则是企图通过对"朦胧诗"深度模式的拆除，体现诗歌的感受力和文本的开放性，希望诗歌具有原创的、自由的活力，同时获得更自然的语言效果。他们在写作上的主要追求有三个方面：（1）主张用口语化、生活化的语言代替人工"陌生化"的知性语言，不强求暗示性、内涵、张力、弹性、音乐性等语言效果，否定诗歌语言与日常语言的界限；（2）追求结构的自然、灵活，反对"朦胧诗"式的"高层建筑"；（3）拒绝象征、隐喻等复杂技巧，反抗诗歌的抒情暴力，看重语言自身的繁殖力量，或以"纯粹"、任性的语言携带冗烦、纠缠不清、意义矛盾的细节，造成文本的戏剧性或戏谑效果。

　　"新生代诗"的这一切实验都是在"回到诗歌"的名义下进行的。其中最引人注目也最为他们津津乐道的，是对诗歌语言的看重。"他们"诗派明确提出了"诗到语言为止"的主张，"非非主义"强调"诗从语言开始"，"海上诗群"认为"语言发出的呼吸比生命发出的呼吸更亲切、更安详"。由此，繁衍出一系列诸如"语感""语晕"理论，以至于过了十几年，于坚在为《1998 中国新诗年鉴》写序时，还认为"新生代诗"对语言的关注，"其意义只有胡适们当年的白话诗运动可以相提并论"，他说，"第三代诗的历史功绩在于，它重新收复了'汉语'一词一度被普通话所取缔的辽阔领域，它与从语言解放出发的五四白话诗运动是一致的，是对胡适们开先河的白话诗运动的承接和深化。……它是白话文运动之后的第二次汉语解放运动，是对普通话写作的整体反叛。"[1] 的确，许多"新生代"诗人看到了以往诗歌语言沉重的文化负担，对被意识形态渗透的"普通话"表示不满，一方面，注意从较少文化惰性的口语、俗语、日常用语

――――――――――――――

　　[1]　于坚：《穿越汉语的诗歌之光（代序）》，《1998 中国新诗年鉴》，花城出版社，1999。

中寻求语言的活力；另一方面，竭力反抗"朦胧诗"以往的修辞习惯和编码方式，体现话语组织的自由和个性。不过，"新生代"诗的语言实验不同于五四的白话诗运动，后者具有"启蒙"民众的历史抱负，因此强调及物性的写作（即胡适倡导的"具体性"），强调对西方语法的借鉴（"须讲求文法"），总体上趋于散文的严谨；而"新生代"诗，重视的是所谓"零度写作"，重视语言的"能指"作用和不及物性，相当多的诗人看重感觉和语言本身的繁殖力，迷恋于言说的解放和欢悦感。

作为现代汉语诗歌在新的历史条件下的又一次展开的现代性寻求，"新生代"诗是"朦胧诗"的裂变，把自由个人主义和语言实验推到了某种临界点。它有力地推进了集体经验向个人体验的转变，极大地解放了诗歌的感受力，催生了包括女性主义诗歌在内的崭新诗歌现象；同时，高度的语言意识也促进诗歌写作更深地进入了它的各种可能性的探索，也更深地发现了语言与现实、语言与主体的亲和与分裂的辩证，从而让人们深入思考语言、文本中历史、社会、个人意识的踪迹，思考诗歌践行语言的方式和策略。可以说，"朦胧诗"提出的诗歌的"自足性"的要求在"新生代诗"中已经得到语言上的落实，虽然其中也存在着不少新的问题。

作为一种"背叛"性的诗歌运动，"新生代诗"既是一种美学与语言实验，也带有行为主义色彩，因而多少给人一种流派多于诗人，宣言超过作品的印象[①]。当时的诗歌成就或许与声势不成正比，但除了较引人注目的韩东、翟永明等人外，其他如于坚、柏桦、欧阳江河、西川、陈东东等，也在后来（特别是 90 年代）成了有实力的诗人。

韩东（1961 －　）是民刊《他们》杂志的创办者[②]，他开一种风气的诗《有关大雁塔》《你见过大海》等也发表在 1985 年 3 月创刊的《他们》。

---

① 据"中国诗坛 1986'现代诗群体大展"的主办者之一《深圳青年报》报道："1986——在这个被称为'无法拒绝的年代'，全国 2000 多家诗社和千百倍于此数字的所谓诗人，以成千上万的诗集、诗报、诗刊与传统实行着断裂，将八十年代中期的新诗推向了弥漫的新空间，也将艺术探索与公众准则的反差推向了一个新的潮头。至 1986 年 7 月，全国已出的非正式打印诗集达 905 种，不定期的打印诗刊 70 种，非正式铅印诗刊和诗报 22 种。"（《深圳青年报》1986 年 9 月 30 日）

② 虽然前几期的《他们》的主编都署名付立，但付立只是一个主编空缺的顶替者，创办与命名人都是韩东。"我的朋友付立为印刷、筹款诸事奔走，竭尽全力。他本人不写作，但我认为他的名字必须在《他们》出现。……正好'主编'一栏空缺。"（韩东：《〈他们〉，人和事》，《今天》1992 年第 1 期。）

这是两首与"朦胧诗"有"互文"关系的诗,实际上是跟"朦胧诗"某些追求文化象征的作品的对话(或解构)。"有关大雁塔/我们又能知道些什么/我们爬上去/看看四周的风景/然后再下来",无论是情感还是语言,都与之前杨炼的诗《大雁塔》大异其趣。杨炼的《大雁塔》是"遥远的童话",是无数历史的痛苦与悲剧的见证,是一个装有无数故事的"思想者"("沉默/岩石坚硬的心/孤独地思考/黑洞洞的嘴唇张开着/朝太阳发出无声的叫喊/……给孩子们/讲讲故事");而在韩东的《有关大雁塔》中,"大雁塔"完全不是一个超重的文化符号,不是人们文化朝圣的对象,而是"那些不得意的人们""那些发福的人们"消愁解闷的"风景":他们"统统爬上去/做一做英雄/然后下来/走进下面的大街/转眼不见了"。另一首《你见过大海》也是如此,所处理的是平凡的日常生活与文化想象的关系,而那循环回复的节奏和口语化的语言,又强化了主题和表达的效果:"你见过大海/你想象过/大海/然后见到它/就是这样/你见过了大海/并想象过它/可你不是/一个水手"。

人经历过、想象过许多事物,但并不意味着就可以成为历史与想象中的存在,不可以想象成为英雄,就认为自己真的是一个英雄而忽略日常生活真实平凡的一面,这就是韩东诗歌的基本主题。韩东诗歌的意义,主要在缓解了当时历史与道德对于诗歌的巨大压力,让人们关注平凡生命和具体的人性,并探索一种与之对应的语言和更为直接表达技巧。在对韩东诗歌的评论和文学史著作中,人们一般比较关注他《有关大雁塔》《你见过大海》等诗潮中的对话性作品,实际上,韩东还有一些没有明确的解构意图、直接面对生命与日常的诗也很值得关注,像《明月降临》《温柔的部份》《黄昏的羽毛》《从白色的石头间穿过》等。《明月降临》写窗外的月亮对"我"的注视,表达永恒与有限的关系,优美中隐含着侵入骨髓的伤感。尤其是结尾,语言干净有力,节奏与意思的配合非常出色:

> 你静静地注视我
>
> 又仿佛雪花
>
> 开头把我灼伤
>
> 接着把我覆盖
>
> 以至最后把我埋葬

　　90 年代以后，韩东把主要精力放在小说写作方面，但仍有一些诗作发表，其中《机场的黑暗》等诗，复合着对逝去的人与事、以及生命中美好东西的缅怀，对现实与自我的自嘲："完美的肉体升空、远去／而卑微的灵魂匍匐在地面上"，令人难忘。

　　在"新生代诗"背向历史和象征主义的潮流中，如果说，韩东、于坚、李亚伟（代表作有《中文系》等）、杨黎（代表作有《冷风景》）等人开拓了诗歌写作面向日常生活和口语的空间，那么，陆忆敏、翟永明、伊蕾、唐亚平等一批女性诗人则共同推动了一股女性诗歌的写作激流。

　　女性诗歌激流的形成实际上是 70 年代末以来中国文学人的主题发展、深入的结果：首先是人与非人的问题，接着是集体的人还是个人的问题，然后又是男人与女人这样性别身份认同的问题。当然，这种创作现象也是个人的主体确认与意识建构，与欧美女性主义思潮相遇的结果。陆忆敏的《美国妇女杂志》是较早发表的中国女性诗歌文本，也是刊登在 1985 年 3 月出版的《他们》创刊号上，写的就是通过《美国妇女杂志》这个窗口，一种新的意识诞生的过程："你认识那群人／谁曾经是我／我站在你跟前／已洗手不干"。而翟永明影响广大的《女人》组诗，则受到普拉斯（Silvia Plath）作品的启发，她甚至曾将普拉斯的诗句"你伤害我的身体，就像上帝伤害自己"作为这组诗的题记①。

　　80 年代的中国女性诗歌与过去女诗人作品的一个最大的不同，是它不再是一种风格的标志，而是基于自觉的性别立场，挑战男性权力的压迫，反抗"被书写"的命运，寻找自己的主体性。她们的诗，从女性独特的经验出发，颠覆传统的美学成规，带出了包括"身体写作"在内的不少文学话题。除上述诗作外，翟永明的组诗《静安庄》《死亡图案》，伊蕾的组诗《独身女人的卧室》，唐亚平的组诗《黑色沙漠》，王小妮的《应该做一个制作者》等，都是当时较有影响的作品。

　　翟永明（1955 - ）是她们之中较有成绩和有代表性的诗人，也一直围绕着女性经验展开自己的诗歌想象。特别在早期，通过身体的发育、变

---

　　①　大部分读者是从 1986 年 9 月号的《诗刊》上读到翟永明的组诗《女人》（六首）的。但据杨黎对翟永明的访谈，《女人》组诗写于 1983 年，当时曾在一个朋友的笔记本上读到过普拉斯的诗，并把其上述诗句作为题记。

化回应与阐述外部世界，是她最基本的想象策略。在《翟永明诗集》中，以《女人》组诗开篇的头两行诗就是："穿黑裙的女人黛夜而来／她秘密的一瞥使我精疲力竭"，而在之后写的一首长诗《静安庄》的"第九月"中，则写道：

> 是我把有毒的声音送入这个地带吗？
> 我十九，一无所知，本质上仅仅是女人
> 但从我身上能听见直率的嗥叫
> 谁能料到我会发育成一种疾病？

激越的情感携带着反讽的快意。所谓"一无所知"就是拒绝承认男权文化的规范，而"疾病"，则包含着对男性理念的反嘲。翟永明敏感抓住这种"疾病"，投射自己的女性经验和诗歌想象，用语言打开了女性的感觉、欲望和压抑，创造了一个充满"悲哀和快意""心满意足的创痛"的"黑夜"世界。这是一个具有潮湿灵魂和神秘色彩的语言世界，充满独特个人感觉和幻觉的意象，带着神话和寓言的斑驳光影，在黑暗中闪光与舞蹈，"与天上的阴影重合／使你惊讶不已"。

翟永明用诗歌语言打开的"黑夜"世界，体现了女性意识的自觉。在题为《黑夜的意识》这篇无异于女性主义诗歌写作的宣言中，翟永明认为"女性的真正力量就在于既对抗自身命运的暴戾，又服从内心召唤的真实，并在充满矛盾的二者之间建立起黑夜的意识。"[1] 这种女性诗歌意识和想象方式，得到不少女诗人的认同，一时间黑色意象在许多女性诗作中得到反复的模仿与复制，如"黑色衣裙""黑色风景""黑色沼泽""黑色漩涡""黑色洞穴""黑色霜雪""黑色眼泪"等。不过，对翟永明自己而言，女性意识的强调和对普拉斯自白风格的热爱是特殊心境的产物。自80年代后期开始，她的诗风有较大的转变：虽然女性的视角并没有消失，但她对女性写作的情绪风暴和语言暴力有清醒的反省，更为关心的不再是性别的宿命，而是个人与历史、现实、语言的关系。同时，她以戏剧性的场景和平静的叙述节奏超越了普拉斯式的自白风格，让个人经验与语言互相吸收，"——就如推动冰块／在酒杯四壁　赤脚跳跃／就如铙钹撞击它自己的两面／伤害　玻

---

① 翟永明：《黑夜的意识》，《磁场与魔方——新潮诗论卷》，北京师范大学出版社，1993。

璃般痛苦——/词、花容和走投无路的爱"（《十四首素歌》）。

翟永明因开拓了女性诗歌写作空间成为 80 年代的重要诗人，但就艺术成就而言，她 90 年代写的《壁虎与我》《咖啡馆之歌》《盲人按摩师的几种方式》等更为人称道。

"新生代"不仅意味着一代诗人的年龄与教育背景，也代表着一种新的诗歌趣味。不过，并不是所有的诗人都热衷于那种以城市文化为背景的感性戏谑和口语效果，相当多 20 世纪 60 年代出生的诗人与"他们"和"非非"风格大异其趣，海子与他的北大诗友骆一禾、西川的诗就是这种不同趣味的代表。

海子（1964 - 1989），原名查海生，生于安徽省怀宁县高河查湾，1983 年北京大学法律系毕业后在中国政法大学任教。1982 年开始诗歌写作，生前部分诗作被收入《探索诗集》（1986）、《中国当代实验诗选》（1987）。他去世之后出版的主要作品有《土地》《海子、骆一禾作品集》《海子的诗》《海子诗全编》等。海子是一个独立于八九十年代中国诗歌潮流之外的诗人。与其说无法归类是所有天才诗人的特点，不如说海子沉浸在自己的世界中，心怀记忆与梦想，拥抱着过去与未来，高傲地孤独于时代现实之上。他的早期诗作《亚洲铜》，将世世代代安身立命的土地比喻为"亚洲铜"，歌唱它青草一样生生不息的主人，把屈原遗落在沙滩上的白鞋子想象为"两只白鸽子"，鲜明地表现出诗人对于土地与历史的深情。这种深情甚至使海子看得到"麦浪和月光/洗着快镰刀"的景象，听得见"阳光打在地上"的声音。海子的诗通过麦地和麦地上流动的太阳、月亮的光芒，刷新了我们对于土地的感受与理解，摆脱了处理这一题材的传统风格：不是去表现田园趣味和牧歌情调，而是抒写美好的记忆与现实存在的紧张与冲突，——海子诗的说话者，不仅对土地怀着愧疚（"诗人，你无力偿还/麦地和光芒的情义"——《询问》），而且站在被告席上：

麦地
别人看见你
觉得温暖，美丽

　　　　我则站在你痛苦质问的中心

　　　　　　被你灼伤

　　　　我站在太阳　痛苦的芒上

　　在这首题为《答复》的诗中，诗中的说话者似乎在祈求又好像申辩："当我痛苦地站在你的面前/你不能说我一无所有/你不能说我两手空空"，它表现了现代人对熟悉的美好事物好像拥有又好像已经失落的感觉。

　　海子实际上是不断展望明天又不断回顾过去的诗人，两者互为动力也互为因果。他最具代表性的诗作，如短诗《亚洲铜》《麦地》《祖国》《五月的麦地》《黎明》《月光》，长诗《土地》等，都有这个特点；而《面朝大海，春暖花开》则把这种互动和因果关系体现得更为典型：诗中说话者反复劝勉自己"从明天起，做一个幸福的人"，"从明天起，关心粮食和蔬菜"，一方面表现了诗中说话者对自己"今天"状况的不满，也体现出他所展望的明天也就是人类的昨天：喂马、劈柴、写信，关心"尘世"的日常生活，关心人与自然、人与人之间的和谐温馨等。但是海子的感情与想象走进了"明天"的世界，生命却留在"今天"的门槛之内，他于1989年3月26日卧轨自杀于北京山海关，"这个渴望飞翔的人注定要死于大地，但是谁能肯定海子的死不是另一种飞翔，从而摆脱漫长的黑夜、根深蒂固的灵魂之苦，呼应黎明中弥赛亚洪亮的召唤？"① ——海子的朋友、诗人西川这样解释海子对尘世的告别。

　　诗歌是因为热爱世界而产生的，而爱得太纯洁往往会出现痴情与坚贞，海子生命的琴弦是这样崩断的。而与他同年同校毕业的诗友骆一禾（1961－1989），也是由于热爱，用脑过度而英年早逝。骆一禾的诗主要收入《纪念》《海子、骆一禾作品集》《世界的血》《骆一禾诗全编》等作品集，代表性作品有短诗《先锋》《为美而想》《巴赫的十二圣叹》和长诗《修远》《世界的血》等。海子、骆一禾，以及90年代成为重要诗人的西川（1963－　）追求的是一种不同于"他们"和"非非"的"新古典主义写作"趣味："一方面是希望对于当时业已泛滥成灾的平民诗歌进行校正，另一方面也是希望表明自己对于服务于意识形态的正统文学和以反抗的姿

―――――――――

　　① 西川：《怀念》，周俊、张维编《海子、骆一禾作品集》，南京出版社，1991。

态依附于意识形态的朦胧诗的态度。……在感情表达方面有所节制，在修辞方面达到一种透明、纯粹和高贵的质地，在面对生活时采取一种既投入又远离的独立姿态。"①

五　台湾、香港的"后现代"诗歌

与大陆如火如荼的现代诗实验不同，台湾诗坛进入 20 世纪 80 年代之前，随着《中国现代诗论选》《中国现代文学大系·诗》《Modern Chinese Poetry》（《中国现代诗选》）等选本的出版②，现代诗已经被正典化了，在遭遇"乡土文学"运动的挑战之后，面对 80 年代台湾政治解严和后工业社会的文化转型，出现了世代交替的离散与重新聚焦现象。而香港以城市想象为特色的现代诗，也在后现代语境中逐渐摆脱了现代主义的抗衡性和悲剧感，寻找一种更具有包容性和亲近感的美学风格。

进入 80 年代后的台湾诗坛，现代主义与"乡土文学"分歧的诗歌（文学）思潮，在政治解严、解除报禁、资讯加速的背景下，实际上已经变得众声喧哗。正如向阳在编选 1986 年的台湾诗歌年选中所言："晋入八〇年代中期之后的现代诗坛，已无五、六〇年代动辄以'主义'互相挞伐的集团摩擦，而七〇年代诗坛新世代的集团运作也已告终。另外，八〇年代台湾政经结构的大幅转变，诗人对于外在环境的看法乃就歧出歧入、各有主见；而社会文化的多元发展，也提供给写诗者更多的空间，他们无需在封闭的圈内征逐也获得肯定、甚或拥有更多的回馈与掌声……于是各类诗体、各种诗观、各种风格乃就并行不悖，多元、分化地展示了丰繁的形貌与内涵。"③　而这种多元的格局，体现在诗歌变革中，就是前辈与后生、传承与反叛等方面矛盾的辩证，"传承创新是一个吊诡，一个会互相颠覆的辩证。"④

---

① 西川：《答鲍夏兰·鲁索四问》，《让蒙面人说话》，东方出版中心，1997。

② 《中国现代诗论选》（洛夫、张默、痖弦主编），大业书店，1969；《中国现代文学大系·诗》（洛夫编），巨人出版社，1972；《Modern Chinese Poetry》（叶维廉编译），1970 年在美国出版。

③ 向阳：《我信，我望，我爱——〈七十五年诗选〉导言》，《七十五年诗选》，尔雅出版社有限公司，1987。

④ 张汉良：《诗观、诗选、文学史——〈七十六年诗选〉导言》，《七十六年诗选》，尔雅出版社有限公司，1988。

　　而就题材主题而言，则是原本以乡土为家的"草根"被移植在都市的丛林中。"乡土"渐变为"本土"，"斗笠"变成了"终端机"。譬如在70年代倡导关切现实、大众和传统的"草根"诗社，1985年复刊时发表的"草根宣言第二号"就曾提出这样的主张："近年来资讯工业一日千里，电脑的应用日益普遍。面对此一传播媒介的革命，诗人应该把诗的思考立体化，从诗想开始，把此一新的传播方式纳入构思体系。例如，尝试以录影带的方式发表诗作。"① 他们认为"草根性"应该在交织着光明与黑暗的城市中重新辨认："直迄八〇年代初期，我们可以进一步发觉现代诗的草根性与都市精神在'都市诗'中有交会的可能性存在。罗门一再预言的都市诗王朝已经来临：世界岛不再仅仅存在于噩梦里；现代台湾也已经在网状组织和资讯系统的联络和掌握中成为一座超级都会，即使以狭义的都市定义来看台湾的人口分配，也会使当下所有在冷气房和教师休息室中制造出来的乡土文学全部成为梦呓中的回忆；所谓草根性必然要散播在都市那华美与罪恶交缠的泥沼中，而都市精神却止不住地随着铁路、航线、输送带与电梯延伸到所有人类栖息的空间里。"②

　　用诗歌想象人与城市的关系，并不是80年代台湾诗歌的创举。即使在台湾，前一代的现代主义诗人如罗门等人也早有实践与倡导。但80年代台湾"都市诗"与以往想象城市的诗歌有很大的不同，其比较表面的现象是直接从后工业文明中提取题材、意象，进行新的实验，同时对诗歌想象与传播的方式进行改造，例如突破语言艺术的"限制"，利用电影技术和录像机制作"录影诗""光碟诗"；将绘画因素引入到语言想象的"视觉诗"等，试图实现平面文字艺术由静到动、由平面到立体、由无声到有声的转变。这是一种跨媒介实验，便于举办展览，引起更多人的关注。但就作为语言艺术，人们对诗歌的阅读期待是感觉的捕捉、语言的"魔力"和再想象的满足，而不是把只可意会不可言传的东西用视像加以图解。因此，一些跨媒介的实验虽然新人耳目却未能"说服"读者改变自己的阅读期待，倒是那些自觉突破城市与乡村对立模式、努力捕捉后工业社会的生存感觉、想象新的人与城市关系的作品，在20世纪中国诗歌的发展历程中，显

---

　　① 《专精与秩序——草根宣言第二号》（罗青执笔），《草根》复刊号，1985年2月。
　　② 《现代诗的草根性与都市精神》，《草根》复刊号第9期（总号42期），1986年6月。

得别具一格。

它们是一种新的都市诗，与过去浪漫主义、现代主义自外于城市、以"自然"观点对抗城市很不相同，带有"局内人"的复杂立场和后现代特点，因此被林耀德称之为"后（post）都市诗"。他说：

> 笔者以为八〇年代新兴的"都市诗"其实应称为"后（post）都市诗"，盖其取向已与五〇年代至七〇年代所谓"都市诗"有所不同，如曹介直完成于五〇年代的《都市》、林焕章完成于七〇年代初期的同名为《都市》的诗作，其意旨在批判都市文明对于人性的断伤与破坏，充满人类进入初期工业文明社会的不适与挣扎，可说是基于"回归自然"的"田园情绪表现"情节而开发出来的"都市诗"；早期"都市诗"作品，诗人通常以总体的观察角度来看都市，特别是人性与物性对立，一直是最被诗人关切的问题。八〇年代兴起之"都市诗"，其作者多为年轻一代的诗人，大部分出生或成长于都市系统之中，因此他们对都市除了批评之外有拥抱，除了总体的观照外有局部的体验。①

而对这种"后都市诗"的界分，林耀德还提出"并非以都市相关题材之有无为归类原则，而易以'都市精神'的存在与否做划分的标准"。

"都市精神"与题材的关系或许是一种灵魂与肉身的关系，就像我们想起艾略特的"空心人"，必然会想起咖啡馆和黄昏的手术台一样。80年代台湾都市诗的意义，正在于在感觉、意象和观物立场、想象方式上更新了都市诗歌的血液。其中陈黎、罗青、杜十三、夏宇、林耀德、陈克华等诗人的探索尤其值得关注。

林耀德（1962-1996）不长的创作生涯在诗歌、小说、散文、批评等领域都有自己的建树，但最让人们关注的，还是他的诗歌，特别是《银碗盛雪》（1987）中的"卷五　木星早晨""卷六　文明几何"和整部的《都市终端机》（1988）。这些都市诗的第一个鲜明的特点，是把后工业社会的意象带入到了诗歌世界。如《文明几何》写现代文明对人的量化：

① 林耀德：《不安海域——八〇年代前叶台湾现代诗风潮试论》，《不安海域》，师大书苑有限公司，1988，第46~47页。

"三十公斤的水/六块廉价肥皂大小的脂肪酸/九千枝铅笔的炭火/三十枝火柴棒的硫磺/一支钉的铁再加上一瓶的硫酸"（《人的几何意义》）。《一或零》则写电子工业怎样改变了人的思维和感性，使人成为统计数字中的"一或零"：

> 高解度的画面替代人类想象和感受
> 百万
> 十亿
> 一场战争的全数尸首
> 一个国家的失业人口
> 压缩在扁平的磁碟中
> 变得中性
> 冷漠
> 以绝对抽象的符号和程式

这些作品在风格上与前代诗人非常明显的差别是不像现代主义诗人那样"炙热"，而是以"中性""冷漠"的都市风格予以呈现。典型如《交通问题》："红灯/爱国东路/限速四十公里/黄灯/民族西路/晨六时以后夜九时以前禁止左转/绿灯/中山北路/禁按喇叭/红灯/建国南路/施工中请绕道行驶/黄灯/罗斯福路五段/让/绿灯/民权东路/内环车先行/红灯/北平路/单行道/"这首诗的情境，就像台北任何一个普通市民司空见惯的交通情景一样，几乎是纯粹的客观呈现，但通过交通符号与指示牌"内容"的拼贴所产生戏剧性和反讽性（诸如"爱国……限速四十公里"、"建国……施工中请绕道行驶"），"交通问题"也就成了台湾社会政治文化问题的某种象征了。

林耀德这种"冷"的呈现与不动声色的戏谑，具有后现代文化和美学的一些特点。有人认为"后现代主义在台湾的影响和本土化的实证，可以透过林耀德的诗作得到具体理解。"① 的确如此。但如果不拘泥于意象和情境，更关注思维和想象风格的"后都市诗"品格的话，夏宇（1956 - ）的"阴性诗"更是一道道独特的后现代风景。

---

① 《林耀德论》（郑明俐执笔/简政珍补述），《新世代诗人精选集》（简政珍主编），书林出版有限公司，1998，第394页。

夏宇出版的诗集主要有《备忘录》（1984）、《摩擦，无以名状》（1988）、《腹语术》（1995）等。有人说"夏宇是所有女诗人中的一个异数，她的思路使人无法捉摸，永远有使你意想不到的怪招在诗中出现。"①而她最独特之处在于，是把后现代的解构与重构，运用到女性主义诗歌的想象实践中，以想象的自由和语言的力量攻城掠地，使男性主体建构的历史意义成了一片废墟。廖咸浩在《物质主义的反叛——从文学史、女性化、后现代之脉络看夏宇的"阴性诗"》认为："她的诗作既有'阴性'对理言中心论的一般性反叛，也有'女性'对父权的反叛。因此，从文学史循环的角度——也就是从物质主义的角度——来看，夏宇既充分利用了形式物质主义对内容拜物主义进行了颠覆，也巧妙的掌握了世界物质主义的意义，将形式拜物现象加以纠正、落实。"② 这种特点在她早期的写作中就有明显的体现，例如《押韵》完全置换了父权社会的主体观，让父权建构的意义变成了"借口"："在你看着我们／在你的嘴唇这样／这样停驻／在我的上头／我只要，却／只需要／一种借口／／我只能够，哎只能够／你知道／写一首诗／像这样——／无谓的字眼配上／流畅的节奏——这样／慷慨从容／把押韵／当作借口"。而在另一首诗中，则把婚姻比喻成鱼罐头：

　　　　鱼罐头
　　　　——给朋友的婚礼
　　　　鱼躺在番茄酱里
　　　　鱼可能不大愉快
　　　　海并不知道

　　　　海太深了
　　　　海岸也不知道

　　　　这个故事是腥红色的
　　　　而且这么通俗

① 《七十三年诗选》（向明编）"编者按语"，尔雅出版社，1985，第158页。
② 廖咸浩：《物质主义的反叛——从文学史、女性化、后现代之脉络看夏宇的"阴性诗"》，《爱的解构》，联合文学出版社有限公司，1995。

　　　　所以其实是关于番茄酱的

　　上述两首诗都是对传统意义的颠覆。但在《押韵》中，两性关系的"崇高"意义成了给"无谓的字眼配上流畅的节奏"的"借口"（不仅是他者的"借口"，也是"自我"的借口——这首诗的前一节是："给我几串首饰/穿过裸露的、/孤独的耳朵；给我一些/情人，许多的口袋和抽屉/收藏这/一生的忧愁和欢喜/哎请你给我一支粉蜡笔/写自己的名字/在你路过的时候"），诗人是以形式颠覆了意义；而在《鱼罐头》中，则是"内容"质询了形式，把婚姻想象成了一个关于"腥红色"番茄酱的通俗故事，婚姻这种幸福的传统仪式被一个物质意象瞬间颠覆，变得不可思议，然而又像日常生活一样具体、普遍。

　　《鱼罐头》写作上一个非常突出的后现代想象风格，是以城市生活日常之物去捕捉或质疑意义。这也正是香港 20 世纪 80 年代城市诗的主要特色。

　　如果在 20 世纪谈论中国诗歌的城市想象，最有特色的，还是香港诗歌。香港诗人最大的贡献，就是在雅俗并兼、商政交缠的特殊文化空间中，把现代城市生活的经验、感觉和想象，带入了现代汉语诗歌：50 年代马博良、崑南，60 - 70 年代舒巷城、温健骝等诗人，都为中国诗歌探索和想象城市，作出过令人难忘的贡献。而到了 80 年代，则有以梁秉钧（1948 - ）为代表的新一代城市诗人，从"发现的诗学"出发，面对人与城的互动，"探测城市的秘密，发掘城市的精髓，抗衡城市的偏侧，反省城市的局限。……吸纳新知识、调整旧观察，重建一套新的价值标准。"[1]

　　梁秉钧想象城市一个重要的进展，是不像前辈诗人那样执著于表现现代世界的悲剧感，以及诗歌对于生活的疏离。他希望"不带成见"地面对城市：一是不要认为城市是人类从被迫承受的环境，而是要辩证理解人与城市的关系，从而敞开现代城市的复杂性、多元性，使人类能以理解、反思的姿态接纳和回应城市现实，重新体认非自然生活的真实性；二是不要从主观感受出发寻找"客观对应物"，而是从物我关系的相涉性出发，把

─────────────

　　① 也斯（梁秉钧）：《书与城市（代序）》，《书与城市》，香江出版公司，1985，第 1～2 页。

世界当作一个发现、生成的过程，以开放的自我和形式与变化的、复杂的现实展开对话。他所谓的"发现的诗学"，"即诗人并不强调把内心意识笼罩在万物上，而是走入万物，观看感受所遇到的一切，发现它们的道理。"①

这种"发现的诗学"，在周蕾看来是以物件的方式捕捉世界，周蕾认为，这种想象方式对应了香港的社会的"物质现实"，"以一种深切承担的方式投身于这个文化中。……让自己牵涉进香港的物质主义中，令它充溢而多重预制的形态表览无遗。在梁的诗中，物质的实际存在和中心性成了常谈（Commonplace）与共处（Commonplace）的共同表达：'常谈'之义包括陈腔滥调、平庸、乏善足陈而率真存在的物件；'共处'之义则指一个人与人相遇，物与物交谈，一个互动性和相向性被积极地重新创作的场地。"② 这种诠释富有洞见，梁秉钧实际上一直在探寻用具体、平凡、琐碎的事物与社会宏大主题进行对话的可能性。他深深地意识到"城市由许多事物构成、受众多因素影响。它不仅是一个符号、一个影像。它是复杂喧闹横生枝节的文本"③，因此尝试以移动的观点、变化的心情和"物质现实"回应城市的变化。他曾在《地图》中道："我们老在读地图/想从里面读出一个世界来/我抚摸山脉和河流的颜色/手沿着边界的虚线游走/直到我踏足一片土地/抬起头来，才发觉迷路了/两点间的实际距离/往往比想象中更近也更远。"边界的确定并不能防止人们迷路，"实际"往往在想象之外。这既由于"地图其实也在不断改变/随了虚线的移动，海岸的填充"；也因了我们的情感、意识和想象总是要跨越边界——正如作者在另一首《重画地图》所写——"我们在心里不断重画已有的地图/移换不同的中心与边缘/拆去旧界/自由迁徙来往/建立本来没有的关连。"那么，

> 我们看得见时日累积的风俗
> 听得见语言微妙的变化吗？

---

① 梁秉钧：《后记》，《游诗》（诗画集），中华文化促进中心，1985。
② 周蕾：《香港及香港作家梁秉钧》，《写在家国以外》，牛津大学出版社，1995，第139～140页。
③ 梁秉钧：《附录：形象香港》，《梁秉钧诗选》，作家出版社，1995，第304页。

> 我们怎样才学会去尊重
> 一片广阔的大地上那些细微的不同？

　　梁秉钧诗歌写作的回答，就是以移动变化的视角和心情去对答不断变化的事物，从不同的时间和空间，用不同的参照和媒介来解读城市与自我。他意识到"历史""现实"的变动性和自我、语言的限制，因而也意识到不断书写的必要与可能。这样，在他的心目中，香港这座城市不是一个凝然的雕像，不是一次书写可以完成的文本，而是总处于"增添在删减之间"，需要不断移动立场、角度和防止表面化，才能进行历史的建构。

　　于是梁秉钧写城市诗，虽然经常置身其中，让观看和想法沿着城市的一角表达成形；但也不时离开自己原来的环境和生活方式，拉开空间和时间的距离，置身在陌生的文化中回看与比较。他的"发现的诗学"，又成了开放的诗学：重新从凝神观看和聆听开始，站在许多话语的交汇点上与各种话语磋商对话。梁秉钧的诗，似乎为现代城市的诗歌书写，探索了一种新的世界观和方法论：这就是在多元的世界中坦然承认生活与自我的不完整性（或者说矛盾性、分裂性和破碎性），统一把握和还原的不可能性，因而立足每一个具体境遇的交流性、过程性及与物质相涉的机缘，将后现代语境中统一把握的不可能性，转变为个人文化想象和历史书写的可实践性。因而他在《形象香港》中这样写道：

> 在增添与删减之间
> 我们也不断移换立场
> 我们在寻找一个不同的角度
> 永远在边缘永远在过渡
> 即使我们用不同颜色的笔书写
> 这些东西也很容易变得表面
> 历史就是这样建构出来的吗？

　　而20世纪80年代中国诗歌的历史建构，或许也可以用这几行诗来形容。它也在增添与删减，在移换立场与寻找角度。虽然面对的历史与现实问题各不相同，有着不同的脉络与理路，但都发生了重要的转变。尤其重要的是，二战结束后走向分裂的中国诗歌，在 20 世纪 80 年代，重新获得了交流、沟通的条件，出现了对话、融合的可能。不同地域、不同背景下的汉语诗歌开始形成良性互动的局面。

（谢冕总主编，王光明编《中国新诗总系 1979－1989》，人民文学出版社，2009）

关怀与辨认我们的时代

——周庆荣《有理想的人》序

作为现代中国文学一个新的文学类型，人们对散文诗的认同感，似乎是无可置疑了，但它在近百年中国文学格局中的地位和意义，除鲁迅的《野草》而外，却仍然是一代又一代少壮作者的心病。其中当然也有对这一现代文类的哲学精神缺乏深刻认识的问题，但更多的不满却是它面对时代与现实时显得苍白无力：不仅许多读者认为它是小花小草，"时代感不强"，"与现实生活的结合比较松散"，是文学家族里的"小摆设"；连一些散文诗作家自己也是把它当作美化生活的短笛、牧歌或文学青年的练习文体来看的。

产生这种问题的原因，一方面来自我们要求艺术为当前生活服务的急功近利的态度，另一方面是我们习惯在生活与艺术之间划上等号，忽略了艺术表现生活"太远了则欺世，太近了则媚俗"的基本道理。因此，在 20 世纪 80 年代后期一篇题为《散文诗：〈野草〉传统的中断》（《当代文艺思潮》1987 年第 5 期）的论文中，我提出了"没有'时代感不强'的生活，只有'时代感不强'的作者"的观点，强调散文诗作家从自己的经验、感觉、智慧和洞察中形成"独特的想象力"，通过艰苦的探索发现和把握其中有恒定意义的东西。在这篇文章中，我写道："真正的'时代感'和对'现实生活'的把握，应该是一种超越了前人眼光的感知和审美判断，一种从人的基本问题出发切入了生活深沉脉动的发现和感悟，一种穿透生活实在的过去、今天和未来三位一体的观照。"

我一直期待着当代中国散文诗有这样的作品出现。而这本《有理想的人》，或许正是这样的有力回应了时代和现实问题的力作。

　　说来周庆荣已经是散文诗的老作者了，他 1984 年就曾以"格丽娜"的笔名写过《爱是一棵月亮树》，2004 年又以本名出版了《风景般的岁月》。当然，他在散文诗坛引起广泛的关注，还是《我们》（译林出版社，2000）的出版。诗人周所同说，"《我们》是他的成名作和代表作，也是近年散文诗的扛鼎之作"（《边读边学说〈我们〉》）；而另一位在当代具有突围意义的散文诗作家灵焚，则认为"这是一部代表着一代人生命意义与价值观呈现的存在宣言"（《与一代人有关的宣言——周庆荣散文诗〈我们〉与〈我们·二〉》）。但现在出版的这本《有理想的人》，无论对作者自己，还是对散文诗坛，可能比《我们》更有意义。

　　这种意义首先是面对时代现实生活的主动性。几十年来，当代散文诗总是被动地接受自己的时代，或者说，把时代当作给定的、无须探索和分辨的存在。而周庆荣的作品面对纷繁复杂的时代有非常认真的个人见解。譬如用来作为书名的《有理想的人》这一篇，乍看题目像是老生常谈，让人觉得有说教的嫌疑，实际上对时代现实有非常深入的探索：

　　　　天空飘浮的不再是硝烟。

　　　　没有硝烟的日子，已经很久了。阻碍我们的视线最多的只是未被温润的尘土。或者是生活中不再纯净的寻常事物。

　　这里蕴含着与有"硝烟"的年代的对比，但更重要的，是作者深刻道出了妨碍我们展望的不纯净的"尘土"。是的，这未被温润的飞扬的尘土是"寻常事物"，寻常得似乎成了我们生活中最司空见惯的东西，但唯其如此，它更能遮蔽人类生活中本真、纯洁的事物，让世界变得模糊不清，让人们变得麻木不仁。

　　以"尘土"和"灰尘满天"来象征我们当代生活的不洁，我认为这是周庆荣对我们时代现实的一个重要的发现与命名，这种像空气一样弥漫在我们生活中的"灰尘"，如同鲁迅所说的无物之阵，无所不在又让人无从反抗。周庆荣的这个发现与命名，又让人们联想起 20 世纪初法国作家罗曼·罗兰对 19 世纪末欧洲社会的感受与回应：当时罗曼·罗兰觉得 19 世纪末整个"老大的欧罗巴在重浊与腐败的气氛中昏迷不醒，鄙俗的物质主义镇压着思想，阻挠着政府与个人的行动。社会在乖巧卑下的自私自利中窒息而死，人类喘不过气来"，为此，他着手写贝多芬、米开朗琪罗、托尔斯泰等人的"名人传",希望通过他们让世界"呼吸一下英雄的气息","重新鼓起对生命和人类的信仰"。

有意思的是,面对这"灰尘满天"的时代,周庆荣也一而再、再而三地用它的散文诗缅怀理想、呼唤英雄。尽管他清晰地知道自己生活在"一个没有英雄的时代",一个既是"有几个英雄也起不了作用的年代";尽管他有时也不无自嘲地怀疑自己是不是那个时时遭遇反讽的堂·吉诃德(《想起堂·吉诃德》)?但他还是情不自禁地歌唱英雄的祖先,歌唱伍子胥、岳飞、袁崇焕、洪秀全。他甚至把西安出土的兵马俑称为"我们的军人",因为他们铠甲不解,披满征尘。周庆荣喜欢他们就像喜欢庄稼"理直气壮地生长"一样。

不过,周庆荣呼唤的英雄,不是罗曼·罗兰笔下具有伟大的人格,由于毅力而成为伟大、因为灾难而成为伟大的超人,也不是五四时期郭沫若笔下勇敢自焚而获得新生的凤凰。相反,"那些种玉米、种水稻、种麦子的,你们温饱了众人,我称你们为英雄;那些栽植果树、种下蔬菜的,你们使众人的生活有了丰富的维生素,我也称你们为英雄"(《英雄》),他的英雄不是具有纪念碑的高度伟人,而是像草木一样匍伏在大地上的最朴素、真实的普通劳动者,或者,是这样一块一块的"沉默的砖头":

> 会有这么一天的。
>
> 一块一块的砖头,在建筑的下面,它们来决定一切。
>
> 苔迹,不只是岁月的陈旧。
>
> 蚂蚁,或别的虫豸,访问着这些沉默的砖,它们或许爬出一个高度,它们没有意识到墙也是高度。
>
> 有一天,这些砖头会决定建筑的形状。
>
> 富丽堂皇的宫殿或不起眼的茅舍,这些砖头说了算。
>
> 上层建筑是怎样的重量?
>
> 沉默的砖头,寂寞地负重。它们是一根又一根竖硬的骨头。
>
> 它们就是不说话,更不说过头的话。
>
> 它们踏踏实实地过着日子,一块砖挨着另一块砖,它们不抒情,它们讲逻辑。
>
> 风撞着墙,砖无言。风声吹久了,便像是历史的声音。

　　砖头决定建筑，或者说地基决定建筑的历史。这里有历史的哲理，让人产生诸如水舟问题的联想，可以带出许多历史与它的创造者关系问题的辩论。但这深刻的历史哲理对周庆荣来说，实际上来源于他对世界上最朴素、平凡事物的价值意义的重视。你读读这本散文诗的最后一辑"与家园有关"，看看作者在都市感到的"百年孤独"和回到故土如同回到"母亲腹中"的不同感受；你品一品《井冈山》这一章，想想作者对自然的山水花木的执著认定，再想想作者在《重提理想》中强调的理想："不为别的，只为花像花，麦子像麦子，人更像人。"我们或许能掂出作者"我想从容不迫地歌唱一个清清白白的世界"这句并不怎么起眼的话的沉甸甸的分量。

　　你或许会认为，作者萦绕于心的诸多朴素、本真事物早已离我们远去，可爱、可忆却不再成为可能。但我想说，因为珍惜和怀想，周庆荣比许多人更清晰地看见了我们时代的"尘土"，而时代的"尘土"又让我们知道了热爱与珍惜。周庆荣的散文诗，为我们关怀和辨认自己的时代，提供了参照。

　　　　　　　　　　　（周庆荣著《有理想的人》，中国青年出版社，2011）

《穿越心灵》序

　　一个多月前，中国作家协会前副主席张炯先生打来电话，说他家乡一位乡亲要出一本散文诗集，让我给写个序言。不久我就收到了作者郭幼春先生这本题为《穿越心灵》的散文诗集的打印稿。

　　郭幼春先生既从事文学写作，也从事书法创作，曾被福建省总工会、福建省文化厅授予"福建省职工艺术家"符号。在本书后记《文学，点燃我的理想》中，我们还得知郭幼春先生是一位下岗工人，为生存与创业备尝艰辛，执著追求一条以逆境经验作为写作动力、以文养文的职业写作之路。《论语》有云"行有余力，则以学文"，但郭先生并不仅仅把读书写作当作为生活尽职以外修身养性的怡性、怡情之事，而是将文学视为既照亮自己也照亮别人的灯塔：

　　　　文学，点燃我的理想，也点燃我的信念，每天高兴着并从中领略激情浪漫的岁月。我以一颗平常的心，负责地雕琢这块宝石，去发现美好，去预见未来，用自己那最鼓舞人心的文字拖着生活向前迈进。

　　正因为如此，文学既是他寄托生命和梦想的殿堂，又是他回报与感恩世界的媒介。而他的梦，是如此深情地和生他养他的故乡连系在一起。你读读他的《乡村印记》，作者告诉我们"谁能烘干思乡的泪水，只有家园的炊烟"。这是很深情又有想象力的诗句，让我们联想起艾青《我爱这土地》这首著名的诗篇。但郭幼春与艾青不同，艾青的泪水是"常含着"的，因为艾青对脚下苦难的土地充满温情与悲愤交织的情感，而郭幼春的泪水终究有美好的东西会"烘干"它，或者是亲人的温情，或者是风情风俗风物。虽然他也在《远去的村庄》《农民工三部曲》等作品中写到乡村田园世界和纯朴精神的消失，触及社会转型时代的问题："如今，村庄是一块空壳。越来越看成是中国的病症，越来越成为中国的悲伤"，但作者最终都能用美好的记忆烘干泪水，医治创伤，让人们"枕着村庄的臂弯，睡去。多甜蜜，多温馨，多激昂。"

其中写得出色，也较具代表性的作品，是被闽东"丑石"诗群的批评家邱景华先生激赏过的《瓦的序言》。邱先生曾在题为《跋涉在朝圣的路上》的文章中说道：

> "瓦更像是披在乡村房子身上的一面带羽毛的蓑衣。"把瓦比作"蓑衣"已经够独特了，还想象成"带羽毛的蓑衣"，就更奇特。现实的瓦片是不会飞的，但可以用来打水上漂，有一种在水上飞的感觉，这里作者用的是诗的想象。在文的结尾，郭幼春这样写道："当我的灵魂有一天回归故乡，请在我的上方盖上一片瓦。我踏实地睡在瓦的羽毛下，听瓦的絮语：睡吧，孩子，这叫归乡。"
>
> 这个"瓦"的展开想象，既是出人意料的奇异，又是可以理解的。因为我们这些穷孩子从小住在小瓦房里，瓦为我们挡风遮雨。所以，我们睡在瓦下自然有一种踏实感。这是一种穷孩子独有的感觉，郭幼春把它表达出来，非常好。瓦是乡村的泥土做的，圣经里也把人的死亡，称之为：来自泥土，归于泥土。
>
> 我不知道睡在"瓦的羽毛"下，是怎样一种感觉，但肯定是一种富有诗意而且是非人间的享受吧？

邱先生认为作者睡在瓦的羽毛下的"归乡"感，"是一种富有诗意而且是非人间的享受"。但我认为这种感觉是"人间"的，只不过是从对童年经验（甚至是子宫里的经验）的眷恋罢了，有一种牧歌式的单纯与透明。而实际上，"踏实睡在瓦的羽毛下"的比喻也很容易让我们联想起安徒生童话里那个睡在豆荚里的公主，或者不少诗人回返子宫的想象。郭幼春把文学当作照亮自己与别人的灯塔，表明了他对生活的一往情深，他热爱生活，自然会热情地拥抱世界，歌唱世界。

事实上如同郭幼春先生所言："《穿越心灵》凝聚了我的心血，字里行间，表达出我对家乡的以及对生命的感悟和对大自然的无限向往。"他努力从坎坷的人生中，从日常生活和大自然的律动中，领会做人做事的真谛，让自己的作品具有励志的功用和催人向上的力量。"感悟"到的，是释然和明了的事理；"向往"则是某种心情与愿望。当代中国的散文诗，形成了很强大的歌唱生活，表达哲理的风气，郭幼春先生是这种写作风尚的继承人。

当然，有人用散文诗歌唱世界，表达感受与观察的结论，也有一些人用这种形式探索内心和未能敞开的存在。最近读到去年获诺贝尔文学奖的诗人特朗斯特罗姆的一章散文诗，让我非常震撼。这章题为《对一封信的回答》（李笠译）的散文诗，探讨的是人生中某些永远纠缠、无法了结的现象：

> 在书桌的底层抽屉里我找到一封二十六年前收到的信。一封惊慌中写成的信，它再次落到我的手上时仍在呼吸。
>
> 房子有五扇窗户，明亮恬静的日光在其中四扇窗上闪耀。第五扇面对着黑色的天空、雷电和暴风雨。我站在第五扇窗前。那封信。
>
> 有时，星期二和星期三之间的深渊会扩展，但二十六年却转瞬即逝。时间不是直线，而是迷宫，你在适当的地方贴着墙，会听到匆忙的脚步和语言，听到自己从墙的另一边走过。
>
> 这封信回复了吗？我不记得了，那是很久以前的事了。大海的无数门槛继续漂游。心脏一秒一秒地继续奔跳，如同八月之夜潮湿草地上的蟾蜍。
>
> 那些未曾回答的信高高聚集一起，像预示风暴的卷层云。它们遮暗了阳光。有一天我将回答。那时我将死去，终于能集中我的思绪。或至少远离这里，从而能够重新发现自己。那时我刚刚抵达那座城市，漫步在125街上，一条风中垃圾飞舞的大街。我爱在人群中闲逛，消隐，一个字母T深入无边的文章的海洋里。

这是一首重新面对一个无法面对的时刻的散文诗，它不是歌唱感觉到的美。而是探索生命和存在的困境。它展示的不是结论，而是探索与思维的过程。

我们需要美好事物的赞歌，也需要探索那些困惑着、纠缠着我们的未明之物，开放自由的空间，让感觉与想象活动得到更好的开展。

不知作者与读者以为然否？

（郭幼春著《穿越心灵》，中国戏剧出版社，2013）

《南方北方》序

　　七月就已经答应给亚楠的散文诗新著《南方北方》写序了。可是待我读完他的作品，却害怕用自己荒芜对比他的丰富与美妙——如此动人的作品，任何序言都会显得多余。

　　但我真的还想饶舌，因为伊犁之行是我永远的记忆与感动，而亚楠的散文诗不仅又一次唤醒了我对西域自然之美的亲切回忆，而且让我重新领悟了人与自然的关系，以及散文诗如何表现自然事物的一些问题。

　　我是今年6月初因出席第五届"天马散文诗奖"颁奖大会而远行新疆伊犁的。那是我心仪已久的旅行。好像是为了对比伊犁河谷的美丽似的，上午从北京出发在乌鲁木齐转机至伊犁的漫长飞行，舷窗下尽是大片大片的沙漠，但是临近伊犁，却是一片绿洲。不，不仅是绿洲，还是花海。夕照下的伊犁河谷真是太迷人了！

　　只有到过伊犁的人才能更充分地理解亚楠的散文诗为什么多数以自然事物为题材，为什么他的每部作品都要歌唱伊犁，写之不厌，而且篇篇精彩。我怀疑不是亚楠在歌唱伊犁，而是伊犁在借亚楠的笔彰显西域之美。

　　伊犁河畔的水草红柳、那拉提的云杉草原、赛里木湖的碧浪雪影，都是我此次伊犁之行的珍藏，但永远无法忘怀的，还有伊犁师院中文系学生在"天马散文诗奖"颁奖大会忘情朗诵亚楠的《伊犁河》的情景，他们对作品熟诵如流，如同己出，因为亚楠写出了他们心声：

　　　　穿过岁月的残梦，有一种声音自远空传来，经久不息，愈久愈亮……

　　　　滚滚西去的伊犁河啊，于你母亲般宽厚的胸怀里，我懂得了什么是伟大，什么是赤诚。于你汹涌澎湃、浩浩荡荡的气势里，我听到了信心与力量。

…………

那是凡生活与到过伊犁的人们共同的感受，在亚楠的散文诗中得到了动人的凝聚。在亚楠的散文诗中，这是一片"只要有阳光，温暖就会触及灵魂"的土地（《稻菽飘香》）："大片的草舒展着筋骨，蜿蜒起伏，就像我们湿漉漉的情感"（《风从草尖滑过》），古牧道"宛若一条苍龙，沿着蜿蜒曲折的山峦，一直奔向遥远的天际"（《古牧道》）。而当春天来临，"暮色的风携着泥土的芬芳，自田野向城市缓缓逼近"（《伊犁之春》）。亚楠不仅写出了大自然苏醒时的声音与色泽、响动与寂静，还写出它的气势、力量、高贵和尊严：

从一滴水的声响，我听到了河流的寂静。

或者，冰雪炸裂的那一刻，群山轰鸣，整个峡谷都回荡着万马奔腾的声音。

暮色的森林已经苏醒，雪豹回到高处。牧草憋足了劲，冲破残雪，把第一道目光投向黎明。

亚楠把这章散文诗称之为《牧歌》。但非常值得我们注意的是，它既不同于传统社会静谧的田园牧歌，也不同于当代以自然山水歌唱新生活的时代牧歌，而是把它当作怀抱与归属来写的，因为他"看见"："草原正用自己朴素的手，收留那些漂泊者的魂灵……"

实际上，亚楠写伊犁、写西域、写足迹所到的自然之美，与其说写的是牧歌，不如说是在歌唱我们现代人的乡愁。这不仅因为他不少作品直接触及被自然之美唤起的乡愁，如《大雪漂白了我的乡愁》《一地乡愁》等，更因为他从风景的消失中看到生命的孤独和无家可归：

大地如此苍茫。那些我们曾经迷恋的风景，都在记忆的长河里消亡了，许多鸟，已经落在更远的山林。它们读不懂这个世界，读不懂风景之外的风景。

走在自己的影子里，乡愁缓缓升起。我不知道，在刻骨铭心的疼痛中，故乡为何依旧那么遥远。我不知道一只孤独的鸟，能否回到生命的故乡。

（《乡愁是一只孤独的鸟》）

自古以来，我们诗人、我们的散文诗作家写出过许多歌唱自然的锦绣华章，但真的很少看到从"生命的故乡"来理解人与自然关系的写作。而亚楠的散文诗，通过对风景的迷恋，通过因为"读不懂这个世界"而远离我们生物，表达了对正在和行将"消亡"的美好事物的忧伤。这西域的风景，在亚楠的笔下，是如此的美不胜收，又如此忧伤。

也许，如同亚楠在《稻菽飘香》中所唱，"能够生活在伊犁河谷，只是命运的一次偶然。可是，当我在这片土地上驻足，当伊犁辽阔的美，一次又一次撞击我的心灵，便知道这里就是我生命的港湾了。"正因为知道与我们朝夕相处的自然是"生命的港湾"，亚楠才能在当代表现自然题材的散文诗写作中，有所突破，独树一帜。

（亚楠著《南方北方》，河南文艺出版社，2012）

《早期新诗的合法性研究》序

当年中国新诗革命的先驱胡适，在他那篇后来被朱自清称为"诗的创造和批评的金科玉律"的《谈新诗》一文中，曾将中国的新诗革命称之为辛亥大革命推翻旧政体以来中国社会现代转型的一件大事。如今一百多年如白驹过隙，胡适的论断不仅成了时代的预言，同时也成了历史的见证：用说与写趋近的现代汉语写诗，的确是中国诗歌千年未有的变局，而它之后近百年的发展，也让我们一次又一次重临这个历史的起点。

文学变革的关键是起点，它奠定发展的基础。而在文学文类发展史的研究中，最重要、最有意义也最难的就是起点与转折点研究，——这是源头与网结，其他则是流脉和续笔。然而，在中国新诗的研究领域，虽然近三十年来在诗人、诗潮、诗派研究方面取得了丰硕的成果，但在发生与转折等关节点的研究方面，一直比较薄弱。

明春的《早期新诗的合法性研究》虽然不能算是中国诗歌新旧转折的开拓之作，却是一部勘探中国新诗拓荒历史的力作。面对中国新诗发生时期浩如烟海的材料，他梳理出一个基本主题：合法性的争取。他认为，作为有着几千年伟大历史传统的一次深刻的历史变革，中国新诗从它出现的那一天起就存在着如何证明自身的合法性的焦虑。这种焦虑甚至远胜于同处"文学革命"中的其他文类，因为散文能直接从晚明的小品获得解放的动力，小说则早有"白话小说"的资源，而"新诗"，一旦打破了千百年来人们习以为常的格式与韵律之后，却要彻底重建一种关于诗的观念、写作习惯和阅读习惯。

"新诗"须要向世人证明其"新"，又得证明其仍然是诗，这不无矛盾的使命实际上昭示中国新诗自我"正名"的悲壮。明春的这部博士论文揭示了，一方面，新诗的发生，不仅仅是文类内部的裂变，而是一次响应历史转型要求的"革命"，依凭着一种复杂的语境和错综的"外力"，它实际上成了"文学革命"的标帜：面对"旧诗"几千年历史传统投下的巨大阴影，它必须迅速建立起自己的话语场地，既有力回击反对派和怀疑派的进攻，也为自己塑造一个既时尚又正统的文学形象。另一方面，它又必须寻求诗歌意义上的广泛认同，必须自我证明它不是诗歌美学的异类，而是一种与传统和西方诗歌对话中形成的诗歌美学的新形态，因此，须要时时重视美学合法性的历史重建。

抓住 20 世纪中国诗歌革新这两个基本问题，一方面借鉴布迪厄的场域理论、哈贝马斯的现代性理论等理论资源和研究方法，认真梳理中国新诗革命与现代社会、历史、文化的复杂关联，深入探讨包括报刊、出版、教育等媒介和传播方式的变化，给中国文学变革提出的历史要求；另一方面，又时时意识到外部要求必须内化为现代诗歌形态与美学的重建，以及写作与阅读群体对这种重建的历史共识，从而秉持诗歌的本体立场，深入到诗歌观念、语言形式、意象体系等诗学领域，观察这种重建的过程与问题，是明春这部专著的主要特点。这种特点或许可以理解为外部研究与内部研究相结合的尝试，它昭示了作者对中国新诗发生与发展特点的把握：20 世纪中国诗歌发生的历史性变革，联系着中国社会求解放的历史诉求，以及开放后的中国文学与世界文学潮流的纠缠迎拒关系。

值得注意的是，作者对中国诗歌的现代重建的把握，在材料与分析上得到比较具体细致的落实。譬如，在讨论现代传播媒介与新诗的关系时，作者非常明确地标示了第一首白话诗的发表，第一个"诗"栏目的设立，第一本新诗集的出版，第一本新诗刊物的诞生，以及新诗最早进入教科书的状况等。而在探讨中国新诗从生存空间的争取向现代形态与美学重建的转变时，则细致地观察到诗歌作者的构成成分、诗歌资源和参照体系，以及美学趣味等方面的变化。

《早期新诗的合法性研究》是明春的博士论文，送审和答辩时曾得到专家的好评。这是他跑遍北京各家图书馆认真阅读一手资料，努力感受历史氛围、勤勉和深入思考的结果，同时也得益于他长期坚持诗歌创作的涵养和领悟。在本书出版之前，明春的诗集《隐秘的水仙》已经先行问世，而他读本科时最早引起我注意的，也是他《天黑下来》一诗中"在最后一线夕光里　兄弟们/感到铁栅栏插入土地的疼痛"的诗句。本书或许可以向世人表明，一个能"感到铁栅栏插入土地的疼痛"的人，比纯粹的资料梳理和理性的思辨，可能更真切地聆听到历史诗心的脉动。

（伍明春著《早期新诗的合法性研究》，人民文学出版社，2012）

《阅读新视角》序

　　记忆中郑振伟先生的著作是很丰富的。即使不算《当代作家专论》《女性与文学》《柏杨的思想与文学》等编著，光他自己的个人专著，就有《中文文学拾论》《郑振铎前期文学思想》《意识·神话·诗学》《道家诗学》四种，加上这部即将问世的《阅读新视角：现代诗·金庸·张爱玲》，怕有一百多万字了吧？

　　面对这丰硕而有特色的成果，不由得生出一种感慨：绝大多数的人随波逐流，为时代所塑造，但也有一部分有内在动力且意志坚定的人，虽然左右不了时代，但坚持住了自己的信念和理想，自己塑造了自己，自己完成了自己。

　　生出这种感慨当然不是没有缘由。最早认识振伟先生，是在1996年初，那时香港还没有"回归"，因为参加《香港文学史》的写作，我应香港岭南大学现代中文文学研究中心的邀请，以"客座研究员"的身份，在该中心做三个月的研究。飞机在香港启德机场降落，举牌迎接我的就是振伟先生。他当时是研究中心的秘书，因为岭南大学已迁往屯门新区，而我们这些从大陆来的学者则住在尚未移交的司徒拔道旧址校长公寓，他常常得两头跑，既要在屯门研究中心上班，又得到旧校区关照我们这些"客座研究员"的生活和学术研究。

　　我非常惊讶振伟先生竟有如此充沛的精力，不仅出色完成了研究中心的日常工作和繁多的学术活动，赢得了一批又一批"客座研究员"的好评，而且还在职修习香港大学的博士课程并在1999年获得了哲学博士学位。

　　由于这次客座研究的经历，更由于振伟对于学术事业的执著和为人处世的朴实、坚韧，我和振伟成了朋友，十几年来一直保持着联系。2000年我在香港中文大学从事合作研究，他还把家里的电脑搬到大学宾馆供我使用，他到北京出席学术会议，还给我们首都师范大学的"人文学术论坛"作过关于道家教育思想的精彩演讲，反响非常热烈。

而振伟的学问，似乎也印证了"文如其人"的传统见解。他认认真真治学，做的是老老实实的学问。香港是一个开放的城市，香港大学里的年轻学者，很多都在欧洲或北美的大学里完成学业，受西方理论和研究方法的训练，他们视野开阔，得欧美风气之先，研究问题有新颖的角度，有很独特的见解。振伟的著作也不乏这样的优点，这从他许多论文别致、独到的观照与展开方式可以明显看出，但他从别致与奇巧出发，却不止于角度与方法的新奇，而是能抵达开阔和厚重的境界。

这与振伟的学术研究追求材料的扎实和对文本的深入阅读有关。记得好几次振伟问过我所供职的大学图书馆是否有某种藏书，他总是尽可能占有研究对象的相关材料。正因为如此，振伟的论文才兼有了新颖和厚实的双重品格。我认为这本《阅读新视角：现代诗·金庸·张爱玲》就是这种特点的体现。仅以他对闻一多的论述为例，常人谈论闻一多的诗歌写作，内容上主要关心的是他的爱国主义情感，形式上重视的是他"三美"的美学追求，但振伟却另辟蹊径，从心境与意象两个侧面进行观照，深入揭示孤独之于艺术创造的意义，通过火的意象彰显诗人灵魂的光亮。特别是他将巴什拉四元素诗学理论引入闻一多诗歌的分析，出色地回答了闻一多诗歌创作中的生命动力和艺术效果等问题，诚如论文所言：

> 运用巴什拉四元素诗学中的"火"的想象分析闻一多的诗创作，读者可以看到火山和鬼火等意象，火象征着一种自内而外的力量，并且可以照彻内在的黑暗世界。所以在诗作中又成为一种光明与黑暗的斗争，而火对于诗人来说始终是一种生命的动力。火的垂直和上升的特性，在诗作中亦有显现，它象征着一种生命力，而通过燃烧把灵魂从肉体中释放出来，形躯化为灰烬而成就永恒，而火的想象更让诗人感到死亡一刻的舒适宁静。火、光线和色彩是分不开的……谈到诗作中的色彩问题……实际就是诗人崇高的灵魂照亮了整个外在世界。

振伟通过呈现于外的意象阅读出诗人的人格情怀，复以反观人格情怀对作品的移情染色，又在文本中寻求印证的研究理路，显然更能接近对象特点和引起读者的认同。在此方面，他对商禽、洛夫诗歌的论述也同样值得注意。商禽和洛夫是台湾现代诗运动中著名的超现实主义诗人，对他们作品的理解与阐述，一直是批评和研究界的难题，但振伟从文本特点出发多方寻求理解，最终都找到了答案并进行了富有启发性的阐述。譬如，他令人信服地阐述了商禽超现实主义诗歌的现实性，认为这种现实性既体现在特定条件下形成的修辞与结构特点方面，更体现在艺术与现实的关系方面：因为在商禽的作品中，其意象与情境，是现实与心灵的双重影子，或者拿理论的概念来说，是"镜像"。

有意思的是，在振伟的这本论著中，对好几位作家的讨论都直接涉及"影子"或"镜像"问题。我突然想到，一本花心血的学术论著，也是学者的一面"镜像"吧。从事文学研究的学者，没一点聪明伶俐不行，但光有聪明伶俐也不行，还要有持久的热爱，不懈的求索。

（郑振伟著《阅读新视角：现代诗·金庸·张爱玲》，中国社会科学出版社，2013）

《空心人》序

　　小凤在当今诗坛，好像是小有名气了，特别是在女诗人的圈子中，不少人知道用本名发表诗歌批评文章的罗小凤，也经常用"罗雨"的笔名发表诗作。

　　而我知道罗小凤，是她 2008 年考入我们首都师范大学中国诗歌研究中心攻读博士学位之后。她是一个心气很高，个人的努力也跟得上的女子，虽然入学时孩子还小，不久母亲又遭遇意外，但在学三年，她克服了一般人难以想象的困难，不仅学业取得了优异成绩，完成了很有挑战性的博士论文《古典诗歌传统的再发现——1930 年代新诗的一种倾向》，还写作和发表了不少论文和诗作。有一天我在信箱取邮件，看见同月出版的"核心期刊"中，有两种学术杂志竟然都刊载着她的论文。短短三年，小凤取得了丰富的成果，她应该是最用功、最珍惜时间的学生之一。

　　而这部题为《空心人》的诗集，其中大部分作品似乎也是就读北京时所写。中国高校的学术体制，不鼓励教师和学生从事文学创作，文学创作的成果也不在工作业绩之内。但我私心里却非常尊敬集学者与诗人（作家）为一身的人，尤其在我们这个学术被定量、被格式化的时代，我甚至认为那些不被业绩考核和统计表格接纳的自由写作，更好体现了文学的自由精神和保存人类感性的意义。文学存在的意义，是心灵有所寄托，灵魂有所安顿，梦想得到表达。那是不计功利的。虽然也可能因为写出了优秀作品而被尊敬、被传颂，由此带来一些荣誉和利益，但健康的写作，其出发点，一定是表达内心，而不是期待荣誉。

　　《诗大序》定义诗为"志之所之也"，认为诗为"言志"而存在，强调的就是诗歌寄托内心的意义。因为诗歌是自由心智的见证，所以我私心里欣赏会写诗的学生；也正因为诗歌是心智的见证，我希望他们不是为当一个诗人而写作，而是服役于强烈的内心需要。

小凤的这本诗集，分"出走""困境""心狱""出口"四辑编排，似乎要表达一个完整的精神历程，但其完整性与否并不重要，重要的是，它相当真切地抒写了一代人面临的精神困境。这就是她所谓的"空心人"的感受："我感觉到，我们是'空心'的，理想已被社会和时代绑架，自我被彻底抽空，我们完全成为'另一个我'，我们连自己都不认识自己……"而表达这种感觉意识最精彩之处，是给我们提供了一个已经无家可归的现代游子的抒情形象：那个从走了二十年的茅草路上仓皇出走的诗中说话者，从此"飘浮在别人的城市里"，"唯一能拥抱的，只是自己的影子"，甚至连梦，也有"租来的"的感觉。更令人伤感的，是千万回梦里回故乡，但故乡无论在面貌上还是在精神上都已经变得陌生：

> 当我一步步靠近
>
> 故乡，我发现你如此遥远
>
> 今夜，仿佛只是一个异乡人
>
> ——《故乡，今夜我是异乡人》

读着这样的诗，你会觉得那种宽泛概括一代人的"空心"感有了深切个人感受的落实。实际上，诗中说话者这种故乡成异乡感受，从一个角度独特揭示了社会转型时代中国人的精神失落。

虽然个别诗章的技艺有待精进，但小凤的这些诗，对时代和自己而言，也是一种见证。不仅如此，通过诗歌写作实践，小凤磨砺了自己的感觉，体会到创作的甘苦——这是有益于长远的诗歌研究的。

（罗雨著《空心人》，阳光出版社，2013）

《阮章竞评传》序

三年前吧，诗人阮章竞的女公子阮援朝女士寄来了《晚号信》和《阮章竞绘画篆刻选》。阮章竞是解放区的重要诗人，他的代表作《漳河水》是大学中文系学生的必读作品。未曾想到他还擅长美术与金石，更未曾留意他少年是油漆画的学徒。

《阮章竞绘画篆刻选》由著名版画家彦涵作序，他认为阮章竞的绘画以写生为基础，而在笔法上融汇中西，在中国画中接纳一些西洋画的因素，而在彩棒画中融入中国画的笔法。我是绘画金石的门外汉，读画时更感兴趣的是色彩、线条体现出来的诗意，以及他用墨的浓淡来表现无形的感觉和有形体积的意趣。还有一点非常让我好奇：阮章竞有意趣的画大都作于 20 世纪 60 年代之后，而这正是他诗歌作品的情趣趋于寡淡之时。

那时阮章竞的诗的题材大多是革命历史与现实，而绘画大多以山水、风情风物为对象。为什么不是他的诗而是他的画，让我们重新看见一个诗人的才情与意趣？

由于独特的历史语境，当代许多重要的诗人其实都有我们未曾注意到的丰富性和复杂性。因此，当援朝女士去年来电话，希望与我们首都师范大学中国诗歌研究中心合作，整理和研究阮章竞的创作时，我当即想起了刚入学的培浩。一来，阮章竞的原籍是广东中山，培浩有义务也有较多条件去从事这项工作；第二，培浩考上博士前已经在地方大学工作，研究诗歌多年并出版过诗歌批评著作，较能胜任。

如今不到一年，就有《阮章竞评传》的成果出版，真让人喜出望外。这应该是教育、研究机构与研究对象亲属之间进行合作的一个成功尝试吧？培浩告诉我，作为传主亲人的阮援朝女士，不仅提供了大量材料，对许多问题有很好的见解，而且她坚持不以亲人的感情和观点影响学术研究的见解，尊重真实、客观的历史描述。培浩说，由于"容易和阮援朝老师在不断沟通中达成一致"，因而能够在历史语境中叙述、评价传主的成就与局限。

评传写作，某种意义上是一种还原术。不仅要"还原"历史人物所经历过的人生，还要通过他的人生历程"还原"其思想、性情和精神风貌。实际上，大凡有价值的传记，定然是传主灵魂与精神的肖像，又是传记作者心灵的回声。诚如法国新传记作家莫洛亚所言，须是"学者的理智打进了心理学和伦理学的园地，——不论对于任何问题，都要自己去探讨，并且接受自己的研究结果。"所谓学者的理智打进了心理学和伦理学，并且接受了自己的研究成果，意思大抵是传记作者要以自己对传主的深入的研究作基础，但又必须把研究心得转化为对传主心理世界和人格魅力的鲜活感受，才能赋予传主灵魂与血肉。当然，这样的传记不光是"研究"出来的，也不光是"写"出来的，而是体验和憬悟出来的，是一个生命拥抱另一个生命，一个心灵神交另一个心灵的结果。

阮章竞生活在一个翻天覆地的大时代，革命将一个油漆店的学徒变成了出色的诗人和文艺界的领导，无论生活、恋爱、工作、交往，都有许多不寻常的东西可记可叙。但《阮章竞评传》不猎奇，不从众，而是认认真真从时代读传主，又从传主看时代，努力通过历史长河中的一滴水折射一个时代的明暗，写出了一个属于、处于那个大时代的诗人的身不由己和自觉坚持，揭示了在"伟大"中追求平凡人生的意义。

《阮章竞评传》的第一个贡献，是以独家的材料，全面展现了一个文学家在近一个世纪生命历程中的人生选择、文学创造、独特性格乃至于灵魂秘密。每个文学家都是文学史拼图中的一角，都有其自身的复杂性和独特性；对每一棵树的讲述，都有助于理解森林、解释森林。很多有影响的文学家并未留下传记，在于他们的材料没有遇到有缘人，丢失了，更兼同代友好纷纷谢世，便失去了将其人生细节完整讲述的机会。阮援朝女士作为阮章竞先生的亲人，同时也是个有心人，阮先生的大量手稿、笔记都被完好保存，这些材料为传记助力不少。传记谈到阮章竞 70 年代末的焦灼心境，那种具体性如果没有笔记材料的支撑，是不可想象的。更难能的是，他们并不止步于自有材料，还采访了跟传主有接触的很多人，作了大量口述材料，使传主人生有了丰富的细节。

由于有了丰富细节，某些未曾被看见的东西也开始被呈现：近年来，对1949年走进新时代之后的文人心灵转折多有关注，我们看到沈从文的转向，看到穆旦1958年短暂的重现之后的噤声，看到被批判的胡风……我们看到很多被排斥者的故事，可是，那些批判的实施者，很多也是文化人，他们又是何种心态呢？本书通过梳理在中国作协工作时期的阮章竞隐秘的内心体验，揭示一个令人意外却又并不奇怪的事实：作为作协党总支书记的阮章竞，也在受着难言的煎熬。"谁都不是一座岛屿，自成一体：/每个人都是那广袤大陆的一部分。/任何人的死亡都使我受到损失/因为我包孕在人类之中/所以别去打听丧钟为谁而鸣，/它为你，为我。"（约翰·多恩）对于一个极端的年代而言，也许真的没有胜利者。因此，阮章竞漩涡中的逃离，显然是一种无奈的智慧，一份守护诗心的努力了。

同时，《阮章竞评传》还是一部有较自觉问题意识的传记，评传并不仅是讲故事，还必须在特定的历史语境中去触及问题，并提出自己的思考。此书第三章写到太行时期的阮章竞，显然就试图通过阮章竞这一个案，把握解放区剧团写作的性质；通过阮章竞经历的"大戏风波"，理解解放区的文学边界的建构过程；通过阮章竞亲身体验的太行党校"整风"，解释解放区文人个体人格跟革命体制之间强烈摩擦中自我生成的过程。此书第十三章触及了诗人阮章竞的另一层身份——画家，但作者似乎并没有遵循常规思路：阐释阮章竞绘画、篆刻在美术艺术上的重要价值，或许这方面并非两位作者所长，但他们的另一层问题意识却令我颇感兴趣：作者从诗画的关系进入，发现60年代以后，阮章竞先生的诗画同题作品，体现的不是诗画相生，而是诗画分离，作为职业文学家的阮章竞，在特殊的政治环境下，他的写作没有逃脱政治的宰制，但是，他的诗心和性灵却转移到了绘画领域。这在某种程度上回答了我上面提出的问题"为什么不是他的诗而是他的画，让我们重新看见一个诗人的才情与意趣？"这大概是一个关乎十七年文学制度和想象，关乎作家心灵如何在规约中逃脱的故事吧。我认为此书提供的个案，对我们重新进入十七年文学"中心作家"的精神世界，理解这类作品内心的丰富性，是有启发的。

作为一部诗人传记，本书显然也必须对阮章竞先生的作品做出评价，作者较为准确地把握了阮先生代表作《漳河水》的艺术开创性，从民歌体的历史脉络中审视《漳河水》的继承和突破。值得一提的是，作者还注意到阮章竞作为戏剧家的审美经验对长篇叙事诗《漳河水》的影响，认为，多重对照的戏剧结构的引入是此诗艺术上成功的重要保障。这一立论，既是新颖的，也是有说服力的。作者还希望以历史的同情的态度，在50年代工业诗歌的写作风气中，把握《白云鄂博交响诗》的宏大美学野心和在诸多限制下的失败，对于作品的分析虽然尚可更深入，但这种试图把握社会主义时代诗歌的复杂性、丰富性的态度和努力令人印象深刻。

显然，作为一部深入某些时代症结和传主灵魂的诗人评传，《阮章竞评传》不仅对于当代中国文学史教学和研究有重要的参考价值，而且对于认识诗人与时代的纠缠迎拒关系，提供了一个值得重视的个案。

（陈培浩　阮援朝著《阮章竞评传》，漓江出版社，2013）

《缥缈的浮生》序

听说我们首都师范大学文艺学现代诗歌研究方向的博士们，三年寒窗，不堪回首：为了学业和论文，或是耽误了恋爱、家庭和四时风景，或是添了白发，或是在玉渊潭一圈又一圈踱步，连跳湖的念头都萌生过……

这是年轻学子的青春祭，必须以苦涩孕育欣慰。

黄雪敏受到的耽误或许没有那么多，但她的博士论文，做得也不轻松。创造社诗歌是一个充满诱惑与挑战的研究课题，虽然已经引起文学史研究的注意，但一般的文学史研究重视的是现象描述，以及历史上的作者与读者共鸣互动的意识，即使注意到其走出"象牙之塔"来到革命的十字街头的现象，也大多满足于从"文学革命"到"革命文学"的概括，援引思想史研究"启蒙与救亡的双重变奏"的观点予以解释。在探讨创造社诗人的转变时，人们也乐于从现实语境和政治影响上找原因，很少深究这些原本寻求想象与语言解放的新诗人，何以放弃了"诗歌革命"的初衷，心甘情愿地把诗歌改造为一种革命的利器？

黄雪敏的创造社诗歌研究与以往研究有两个重要的区别，一是她没有以文学潮流的总体特征将自己研究对象大而化之，而是注意具体诗歌现象与主流文学独特的对话关系和对话方式。譬如她注意到创造社诗歌在五四文学潮流中的边缘性，其文学主张上"为艺术而艺术"的倡导与"为人生而文学"的主流文学的不同。同时也注意到诗风转变过程中诗人内部的矛盾和分歧。从而提出了一般研究无法提出的问题：为何唱着"纯文学"高调的人，会如此彻底和痛快地洗心革面，放弃文学本体性的追求？"纯粹""浪漫""革命"有同质关系吗？创造社诗人从"诗歌革命"走向"革命诗歌"，他们的自我诀别，真的是那么简单彻底、义无反顾？二是她的研究虽然也注意历史条件和现实语境，但更重视探究转变背后的内在症结。因此，她观察创造社诗人的转变，立足于诗人"自我"的形成与裂变。

黄雪敏是把"自我"作为新诗的风向标来观察的，不仅通过文本认真辨析创造社诗歌"自我"形象的特点，还深入考察了其形成的文化资源，努力厘清个人主义与自我意识、自我意识与文学自觉的联系，以及"自我表现"的抒情逻辑等。从而让人们注意，"自我"聚焦和折射了创造社诗歌最重要的问题。

实际上，比较明确的问题意识是黄雪敏论文的最大优点。如她自己所说："本文以创造社诗歌为研究对象，并不是要对个别的诗人、乃至整个创造社的诗人群体进行文学史的定位，而是要通过创造社诗歌的一些关键问题，反思中国新诗在发展中遭遇的难题，考察这些难题是如何在具体语境中发生变化的，探讨它们的出现对中国诗歌的影响。"她透过创造社诗人"多变""善变"的现象，发现了既作为新诗话语据点也作为言说主体的重要问题，从而昭示人们：创造社诗歌思想、趣味和风格上的断裂，正是"自我"问题的反映。在社会动荡、文化转型中形成的不稳定和有时代局限的"自我"，不可能对外部现实做出准确和稳定的反应。

在文学社团和文学流派研究的框架中，创造社的研究已经取得了丰硕的成果，但单独把诗歌从中剥离出来，作为诗歌与革命关系的典型个案来研究的，似乎并不很多；而把问题追溯到"自我"结构的，更是凤毛麟角。然而，正由于此，黄雪敏的这篇博士论文，不仅比较清晰地梳理了感时忧国的中国诗人，在回应时代现实的召唤时所做出的选择，呈现了自我蜕变过程的挣扎和分歧，也深入到了这种诗风转变的性质：这就是，为了时代现实的需要，他们宁愿把自由想象的语言变成一种承诺现实的语言。

因为触及到问题的症结，自然将引起我们对诗歌功能、诗与现实等问题的再思考：诗歌与文学的意义是精神与想象的自由，还是承诺现实的改变？如果对"改造社会"与"改变语言"的价值问题不能有清明的意识，诗歌和文学是否会永远没有自己的立足之地？

2013 年 11 月 3 日

（黄雪敏著《缥缈的浮生——创造社诗歌新论》，暨南大学出版社，2014）

《醉花僧》序

　　苏忠的诗，真的是越写越好、起来越有自己的特点了。只要你打开这部诗集，诸如"飞鸟的点点姿势/让白云淡远"、"云在后退/鹰在前行"、"废墟里的脚印层层叠叠/必然会增加夜的重量"之类的佳句，俯拾皆是。不光是诗句令人难忘，还有不少简洁隽永、让人反复回味的诗篇，譬如《梦游者》，表现的是"梦游者"对夜的感觉和想象，其中作为诗中说话者的等待对象"你"所指是什么？来了没有？给人无边遐想，而诗的意境与氛围，更是令人难忘。

　　诗集取名为《醉花僧》，或许体现了作者一如既往的对于佛心禅意的欣赏。但即使同样写佛门净土，细心的读者不难发现，这本诗集比之以往多了几分心境上的冲淡平和，以及感情表现的节制凝定。《和尚》是写僧人的生活还是表现自然的意趣？《散步》中将阳光与菩萨等同，认同佛心还是认同天律？《和尚》结尾云："这晴空太空/需要几片云/几个和尚"，而《散步》的结尾则说："清晨百步走/活到九十九/菩萨他每天都散步"，不是对人与自然，以及万物的动静和谐关系作了出色的暗示？

　　实际上，《醉花僧》中最令人难忘的，正是对自然的沉醉。而真正能为自然所醉倒、有自然慧根的，只能是僧（佛僧？诗僧？）而不是政客或商贾。在我们这个被城市化、世俗化，满目珠光宝气的时代，苏忠的这些诗，真是离尘脱俗、恍若隔世，好像梦中来到了陶渊明笔下的桃花源。你看看《画青山》中的飞鸟白云、流水轻舟，《梦游者》中的野花山峦、虫鸣晨露，以及《麦浪》像骏马一样驭风而行的麦浪，我们的诗人带给我们的是遥远的记忆，还是前世今生的梦境？

　　时代在商业与科技的双轮驱动下呼啸前行，有几个诗人能停下脚步，凝神留驻，关心与抚摸心灵深处的记忆和梦想？苏忠写诗不随波逐流，全然听从心灵的召唤，是否正是他精神价值和艺术趣味的独立性的体现？诗集中的《正午》也许值得留意，这首诗开头写道：

> 想来落叶纷纷
> 也是路上行人

诗中说话者并不自外于"路上行人"，然而这个出入于又孤独于滚滚红尘的荒凉世界的"行人"，在这"万物接近原形"的正午——

> 站在原地
> 看见了明亮的窗门

我相信，对于苏忠来说，一扇窗门已经看见，一扇窗门已经打开。

2013 年 11 月 13 日北京——法兰克福航班

（苏忠著《醉花僧》，四川文艺出版社，2014）

《武平客家山歌选集》序

在两汉以来一次又一次肩挑手扶向南方丛莽之地迁徙、定居的历史中，有多少客家山歌散落在苍茫山水间？真的没有人能说得清楚。因为即兴的山歌是在民众"口里活着"的艺术，不着文字，无数动人的歌唱都像春花秋叶一样随风飘落。

唐人司空图论诗"不着一字，尽得风流"，说的是含蓄，并非真的不着文字。然而若从字面上谈论"无字的风流"，口耳相传的山歌才是极致，那是无脚的行走，或是没有翅膀的飞翔，全然摆脱了文字的人工羁绊。因此，我们的客家先贤、清末大诗人黄遵宪称有字的文人诗为"人籁"，而谓无字的山歌为"天籁"。他在《山歌题记》一文中感叹：

> 十五国风，妙绝古今，正以妇人女子矢口而成，使学士大夫操笔为之，反不能尔。以人籁易为，天籁难学也。余离家日久，乡音渐忘，辑录此歌谣，往往搜索枯肠，半日不成一字。因念彼冈头溪尾，肩挑一担，竟日往复，歌声不歇者，何其才之大也？

事实上因物起兴、脱口而出的山歌是客家民系最常见和最能体现性情、才华的民间表意形式。我现在还清晰记得 1993 年陪马来西亚拿督访问宁化客家祖地石壁时，几个人忘情谈论和哼唱客家山歌的情形；我自己也在主持的国家哲学社会科学"九五"规划重点课题成果的后记中，回忆过故乡的客家山歌对一个孩子的"启蒙"和对日后从事诗歌研究的影响：

> 那是一个时代和一种生活方式的尾声。小学三年级教室里常有一个座位空着，老师知道他有一个学生老是旷课，却不知道田野里的山

歌是旷课的原因，更不知道这个孩子用山歌的形式记下了许多幼稚可笑的感受。许多人知道客家的土楼，那是一种举世闻名的建筑奇观。但是，有多少人在荒山野岭领略过客家山歌自然质朴的韵致……以客途为家，千百年来跋涉在路上的客家民系是一个奇迹，一个历史之谜，而探求这个谜底的途径有两个，一是客家的米酒，另一个就是客家山歌。山歌，是汉民族那个历史上不断迁徙的民系最贴近心灵的表达方式。

然而在现代工商社会，许多美好的东西都在眼前身边消失。到如今，我们大多数人只能从数码产品中满足自己对客家山歌的怀念了。而且，离开了唱它与听它的环境，一切似乎都已变味。山歌，成了客家儿女的乡愁。

在这种背景下，《武平客家山歌选集》的出版，可以说是做了件功德无量的好事。因为自进入现代以来，虽然北京大学的歌谣学会、中山大学民俗研究会的专家们，也为民间歌谣的保存和搜集做了许多工作，但他们的出发点是为民间文化研究积累资料，人员和条件非常有限，只能在点上作业而无法在面上铺开。

而这本《武平客家山歌选集》，仅在一个县的范畴内，就收集到山歌2000多首，它生动说明：民间隐藏着多么丰富的非物质文化遗产！

武平是个纯客家县，地处闽粤赣三省交界，晋太康三年（公元282年）起，便陆续有汉人从中原迁入，其山歌既体现了中原文化的深厚底蕴，也体现了与当地畲族文化和周边三省民歌互动相生的特点。因此，这些山歌，不仅为当地百姓所喜爱，也能与周边市、县的客家人共享。

这本山歌选集的出版足以表明：只有地方有识之士的广泛参与，各地歌谣的丰富宝藏才能得到充分的开掘。但愿客家各地有更多的有识之士，一起来抢救和保护行将成为记忆的客家山歌。

2014 年 12 月 15 日于北京四季青

（王民发、林善珂主编《武平客家山歌选集》，社会科学文献出版社，2015）

《记忆的容颜》序

如果记忆真的有"容颜"，王贵生先生的《记忆的容颜》或许不是那么容光焕发的。相反，它布满纵横交错的皱纹，反映着时代和时光风雨的雕刻。

王贵生先生回忆自己的人生，得出的结论是平凡。这一点我也认同，由于时代的限制，他的才华并没有得到完全的发挥。但我还想说的是，这种看似平凡的人生，有一种奇异的庄严。王贵生先生是我们家乡几代学子的骄傲，不仅由于他是我们村，甚至整个武平县解放以来第一个考上北京大学的学生，也由于他简直称得上悲壮的求学经历。记得著名美籍华裔历史学家黄仁宇在他的名著《万历十五年》中，论述过像传统中国这样"封闭的社会"，一个通过读书来改变命运和获得社会声望的乡村子弟，凝聚着多少代人的惨淡经营和背负着怎样沉重的道德负担。可以认为，没有科举制度的废除和现代社会变革，像王贵生先生这样出身贫寒的农家子弟，永远走不出重重叠叠的大山的围困。而且，即使世袭富裕与贫困的制度得以改变，即使生活与文化条件与古代不同，也不是每一个人都有王贵生先生那样的抱负和毅力。人生的道路，是每一个人一步一个脚印走出来的。

王贵生先生成长的艰难时世已经渐行渐远，我们家乡的后生们或许再也不必经历如此艰辛的人生历程了。但我还是希望我们的后生们都读一读这本《记忆的容颜》，不仅仅是为了缅怀前辈所经历的艰难，更重要的是要铭记被苦难孕育的精神。

（2015 年 2 月 21 日于北京四季青）

（王贵生著《记忆的容颜》，著者自印，2016）

《经验、体式与诗的变奏》序

无论是我国最早的诗学《诗大序》把诗定义为"在心为志，发言为诗"，还是近代英国最伟大的诗人叶芝认为诗人也是"一个向人们说话的人"，实际上都把诗歌当作一种话语，把写诗作为一种言说方式。但是从诗经到楚辞，到唐诗、宋词、元曲和"新诗"，中国诗歌真有点像冯至《十四行集》里的《我们天天走着一条小路》，永远是那么熟悉，又是那么陌生；熟悉的事物中有许多你没有发现的深邃和生疏，而一时觉得陌生的路径说不准曲径通幽正是我们记忆中的家园。因此，即使《诗大序》那样的经典论述我们也无法照单全收，因为所谓诗之"六义"，虽然诗法"赋、比、兴"与世长存，诗体"风、雅、颂"却被时间的风沙所覆盖。而那些突破平仄、对仗、押韵等传统指标，没有建行分节规律的写作，也堂而皇之地戴上了诗的桂冠。

20 世纪中国诗歌语言与形式的变革，作为社会与文化现代转型的有机部分，已经成功改变了许多人的诗歌观念、写作方式和欣赏趣味。不过，人们逐渐接受、习惯了一种新的诗歌类型与艺术趣味，却未必真正理解了这次革命的性质。这是"新诗"一百多年来始终争议不断的根源，也是它的写作者大多仅凭"天性"和模仿，而不是自觉摸索新的规律的原因。认识上不去，行动便跟不上，转型中的中国诗歌要有更广阔的前程，不仅有待诗人们的自觉实践，也有待人们认识和梳理百年行程积累的经验与问题。

彧煌师从郜积意教授攻读硕士学位时，做的是传统学问最后一位大师和现代学术第一位大师王国维的诗学研究，博士论文选择晚清至"五四"诗歌的变革话题，是有学术准备和学术底气的。记得开题前自己似乎曾经建议他做新诗"自我"问题研究，因为它是新诗之所以为新的一个重要指标。现在看来，彧煌以"言说方式"来聚集和梳理早期新诗的问题，学术效果更加明显。因为"自我"固然是新诗的标帜，或者说是新诗的"话语据点"，但它究竟是一种话语立场和话语姿态，有不少心理层面而在学理上说不清楚的东西。而"言说方式"的打破与重建，尽管论题较大，头绪纷繁，却是新诗变革的显现形态，有相对确定的范畴和路径可以追寻：毕竟，始起晚清的"新诗"运动，无论作为名词还是动词，起点是"言说方式"即语言形式的革新，目的也是找到一种凝聚现代经验的"言说体制"和"言说规律"。

将晚清开始的诗歌变革定性"言说方式"的重建，体现了彧煌对文学形式自律与他律辩证互动关系的深入认识。他十分清楚作为想象方式的诗歌体式实际上是一把双刃剑，既可以接纳与聚合不断变化的新鲜经验，也可能扭曲和排斥陌生的经验与感觉。因此，他努力"从美学自律与经验冲击的双重挑战予以考量"，通过语言介质观察"经验与体式之间不断角力、相斥和包容的运动"，并得出了与一般文学史、诗歌史不同的结论：在一般文学史、诗歌史著作中，"新诗"早已功成名就，而在彧煌看来则是未竟的事业，"与其说完成了体式与经验互为抹擦中诗的变奏，不如说它仍在变奏之中"。而在具体的论述中，无论对古典诗歌延续到晚清后封闭与分裂状态的分析，"五四"新诗人对白话诗这一新的"言说方式"的发现，还是从代际差别中发现新诗在获得合法性后在诗艺上、精神上的自我超越，包括通过对散文诗"以局部的散文结构反总体的散文结构"特点的独到理解，都体现出一种独特的处理材料的分析论述能力。一般的文学史、诗歌史都是用材料证明观点，而彧煌却努力向人们提供自己对材料的认识与理解，这是难能可贵的。

也许还不能说彧煌已经完全实现了理论梳解与历史描述的有效对接，找到了一种更贴近中国新诗特点的研究方法，但他在这方面作出的努力相信会得到读者们的认可。目前的中国新诗研究，大多数人的兴趣都在史的归类描述一边，然而不重视对材料、史实的辨析与分析，其问题与意义就难以得到彰显。更何况我们面对的还是尝试着自我建构"新诗"，简单承认"存在的就是合理的"远远不够。即使是历史研究，也不是复原历史，而是要求提供对历史的深入理解。

2015 年 7 月 26 日

（赖彧煌著《经验、体式与诗的变奏——晚清至"五四"诗歌的"言说方式"》，社会科学文献出版社，2019）

《现代中国文学考察笔记》序

自 2013 年 11 月北京香山会议重提"闽派批评"的话题后，由于故乡文宣部门的大力推动，这个文化现象得到了前所未有的重视，不仅有"高峰论坛"的研讨，还有"闽籍学者文丛"的编辑出版；不仅关注"闽派批评"的开拓者和领军人物，也重视那些小荷露尖、锋芒初现的新生代。傅修海等一批更年轻的作者，成了"闽派文论丛书"的新成员。

这真令人欣慰和鼓舞，不仅仅为了"闽派批评"的前仆后继、薪火相传，也为了通过"闽派批评"这一有趣的文化现象，我们能够更好地认识生养这种文化现象的土地和传统。

在去年"闽派文艺理论批评家高峰论坛"上，我曾提到形成"闽派批评"的三个因素：历史的机缘，中心与边缘的互动，以及形成了自己的特色。而在谈到影响闽派批评家的观物立场和表达风格的因素时，我请大家留意八闽山水在我们心灵无声的"沉淀"。我的意思是，"闽派批评"虽然被解放思想、改革开放这样一个历史的机缘所催生，但时代的偶然中实在有着历史的必然。因为"闽派批评"从根本上看，就像现代中国革命史中闻名全国的才溪乡一样，都是地域文化性格和传统的衍生物。

才溪乡现象不过是闽人不安分性格的一个现代镜像，更早与更为典型的现象是闽南人的下南洋和闽地盛产文化怪杰的现象，如从柳永、李贽到辜鸿铭和林语堂。八闽本是一块蛮夷之地，西晋末年后才开始与北方文化汇通融合，即所谓的"永嘉之乱，衣冠南渡，如闽者八族"。而北方文化进入武夷山腹地，被山风海潮吹刮淘洗，沉淀下来的就是那种山一样坚韧、海一般不安分的性格气质，即使迎接失败，也仍是义无反顾、一往无前。当这种性格气质反映在现实生活中，就是闽南民歌《爱拼才会赢》所唱的打拼精神；当它往人文方向发展，便是不甘因袭、循规蹈矩，总想另拓新途，创格维新。

我相信所有的闽派批评家都带有这种精神烙印，年轻的傅修海也与这种精神气质一脉相承。在给我的电子邮件中，傅修海说自己从事文学批评原也是无心插柳，"我是为了生计而求学问，尽管听起来没有那么'高大上'的'为真理而献身'，但为生计的认真、刻苦，与寻道问学求真务实，两者还是有内在联系的罢。"成长于改革开放年代的年轻的傅修海尚且如此，又遑论困顿、封闭环境中成长的前几代批评家。实际上不仅是批评家，当年闽西的革命斗争名扬天下，一个小小的才溪乡后来就有十几人成了共和国的开国将领，那么多人提着头颅闹革命，恐怕也先是为生存求解放，而后才有了共产主义思想的。只不过，他们不安分的性格有着朴素与坚韧品性的支持，在走出武夷山后能与广大的世界产生有意义的互动，因而最终能够让可能成为必然。

不是所有的可能都会成为必然，地域性精神气象正如性情有其不同的两用。这次傅修海坚持要我为他的新著写序，我让他寄来了他收入"中国社会科学博士论文文库"的《时代觅渡的丰富与痛苦——瞿秋白文艺思想研究》。瞿秋白是现代中国革命史和文艺思想史上的一枝奇葩，他 1935 年被国民党枪杀于长汀，那颗枪弹让我故乡的土地今天还觉得疼痛。而我让傅修海寄这部专著，就是想更深了解书生性情与时代风云的迎拒纠缠关系。傅修海从第一手材料入手，深刻论述了一个至情至性的文人遭遇一个大时代的"丰富与痛苦"，得到他的导师、著名学者林岗先生的表扬，认为傅修海知人论世，认真发掘、把握了瞿秋白新与旧、现代与古典对立因素的融化综合，"体现了他深厚的学养与史识"。通过研究瞿秋白和他的时代，傅修海得到的，应该不只是思想与研究方法的磨练，还有人生的启迪吧？

傅修海现在出版的这部《现代中国文学考察笔记》，不是专题著述，而是一个年轻闽派批评家成长的脚印。你读读《赵树理的革命叙事和乡土经验》《亭子间：都市蜗居的思想史》《中国现代文学革命史观的兴起与反思》等篇章，想来会对作者的视野、眼光和学识有所认识：谈论中国现代文学现象，不仅有良好的文学感觉和分析能力，还有整个中国现代思想史与文化史的背景，因此重评《小二黑结婚》这样"文学思想史意味超过了

文学史贡献"的小说，不仅能发现其"问题小说"脉络上从提问题到给出
方案的历史进展，还从苦闷转化、乡土经验和民间趣味的革命利用等方
面，丝丝入扣地梳理了现代中国的意识形态进程。而《趣味——情绪化审
美思潮的崛起》等面对现实问题的评论，则体现了作者对当前问题的敏感
和迅速归类、命名的能力，行文则锐利而洒脱。譬如这段对"惊心"趣味
的议论：

> 当下社会抹煞一切区别的平庸日常，使得人们的审美情绪特别需
> 要刺激需要惊心；当下消费的无限欲望，使得"惊心"本身成为消费
> 焦点和卖点。现代性的悖论，就是现代性本身也遭遇现代性，于是后
> 现代被迅速而泛滥地用来描述这种把现代本身"化"掉的尴尬和荒
> 诞。同样，不甘平庸、追求超越的审美精神和情绪释放要求，本身成
> 为消费社会的审美买卖机制的环节，从而加速着审美情绪"震"常化
> 的频率和当量，更加剧了审美疲劳的程度，给本来需要释放和敏感的
> 审美心灵，又包裹上一层防弹衣。

读傅修海等年轻一代"闽派批评家"充满真知灼见和才华横溢的文
章，真的自愧弗如。我由衷地认为，不知不觉中沉淀下来的地域性文化气
质，在他们身上当有更合理和健全的发扬。我相信，他们将代表"闽派批
评"的未来和光荣。

是为序。

（2015 年 9 月 3 日）

（傅修海著《现代中国文学考察笔记》，海峡文艺出版社，2016）

《曲折的展开》序

无论从寻找一种新的诗歌言说方式，或者改变一种艺术趣味和欣赏习惯的角度，回望百年中国诗歌的现代求索，20 世纪 30 年代都称得上是最为重要的年代：在这个年代，虽然中国大地战火频仍，硝烟弥漫、国土沦丧，但中国诗歌的现代变革却成功摆脱了延续千年的形式体制，不仅争取到了历史的合法性，而且在"学习新语言，寻找新世界"的追求中渐入佳境。

其中最为后来的中国诗歌史家称道的，是五四时期诗体大解放的要求得到了诗形、诗质上的落实。由于戴望舒、卞之琳、艾青诸诗人实现了中国抒情传统与西方象征主义的成功对接，在 20 世纪 30 年代的中国诗坛，不讲平仄对仗与押韵的自由诗，不仅克服了五四时期郭沫若式的滥情主义，也超越了李金发运用现代汉语的半生不熟，确立了自由诗作为新诗主流诗体的历史地位。人们不仅承认了自由诗是诗，而且同意它是中国新诗的主要形式，正如冯文炳 20 世纪 30 年代中期在北京大学讲授"现代文艺"时高调宣称的那样："新诗应该是自由诗。"

然而，自由诗独领风骚、声名显赫的年代，也是诗歌观念喧哗与混乱的时代，无论对诗还是对诗歌的自由，都存在这样那样误解。仅以戴望舒进行诗歌音律的"自我反叛"为例，20 世纪 20 年代后期的戴望舒决绝与"雨巷诗人"的风格告别，甚至在编《望舒草》时连已经赢得广泛好评的《雨巷》也不屑收入。这本来只是他某个创作阶段的诗歌趣味和探索倾向，并不代表诗人未来的诗风和中国现代诗歌的全部发展方向，但戴望舒一个时期和尚不定型的尝试（他后来的写作超越了这个时期的偏爱），却被浪漫化误读自由诗的中国诗坛，视为新诗写作的标本，其《诗论零札》中关于"诗不能借重音乐""为自己制最合自己脚的鞋子"等主张，也成了自由诗写作的信条，不仅当时有人把说与写趋近的现代汉语，误解为日常口语或散文的语言；把新诗"文""质"浑然的个性与自然之美，误以为"裸体美""散文美"；而且直到 80 年代，也还有人在研究戴望舒的著作中认为"《望舒草》所成功建立的具有散文美的无韵自由诗体，就是诗人为自己制的最合脚的鞋子"，"为新诗发展树立了新的界石"。只有个别不怀偏见和有真知卓见的诗人，敢于直言戴望舒当时的"局限性和缺陷"："望舒运用现代日常汉语，更不用说口语了，作为新诗的媒介，就缺少干脆、简练，甚至于硬朗。……与此相结合，形式的松散也易于助长一种散文化的枝蔓。"（卞之琳：《序》，《戴望舒诗集》，四川人民出版社，1981）

作为 20 世纪中国诗歌变革成就的标志，作为中国新诗的主流诗体，新诗自诞生以来，一直受到种种非议，立足未稳，时时需要理解呵护，需要自我证明。在这样的历史语境中，自由诗所存在的问题，一直没有成为中国诗歌研究的主要议题，虽然每个时代都有文章提及它，有一些专文论述，但就学术专著而言，郑成志的《自由诗理念研究》，很可能是探讨中国自由诗理论问题的第一部学术专著，其不惧混乱，不畏权威，求真求是，知难而进的开拓精神是不言而喻的。

《自由诗理念研究》不只是一部开拓性的书，也是一部踏实、扎实和详实的书。作者集中讨论的是 30 年代中国诗坛的自由诗理念，该年代自由诗写作与理论观念的描述，它的主要刊物、主要诗人，以及不同诗派、不同观念的争战与交锋，作者都进行了具体细致的梳理，发掘了不少研究同行未注意到的材料，提出了一些学界未曾提出的问题。譬如通过刘半农、赵元任、潘大道等人的"白话诗的另一种形式构想"，认真讨论了语言现代化后"诗与歌的分途"与"吟与唱的区别"；又如通过朱自清对新诗语言形式观念从"唱"到"说"的转变，梳理了诗歌"说话的调子"的特点与语言提炼问题。

因为有大量的材料和细致的阅读、辨析作依托，使作者有可能从纵与横两方面展开自由诗问题的考辩，显示出比较宽阔的视野和一定的历史感。在纵的层面上，一方面，通过新诗革命以来自由诗的引进、实验和"再认识"的过程，梳理了"五四"时期的自由诗与 30 年代自由诗的不同：五四时期的自由诗的基本特点是形式与自我的无拘无束；而 30 年代的自由诗，"是在'诗形'和'诗质'的双向突围中确认自身的"，"不仅吸纳了西方现代诗学的影响，而且重新体认了中国传统诗学中意象、意境理论，使中国新诗在诗质的艺术探索层面有了很大的突破"，使中国新诗"从'主体的诗'走向'本体的诗'"。另一方面，两个时期又都存在着"自由"之义的误解，特别在诗与散文的文类认识，以及语言与形式关联互动方面。而在横的层面上，作者以西方自由诗理论为参照，认真辨析了引进自由诗的历史语境和历史意义，及其特定语境中对这一诗体的"误解"所产生的问题。作者明确指出，作为西方现代诗歌体式的自由诗，是中国新诗革命中引进与借鉴的最重要的外来诗歌形式，它助推中国诗歌"突破了古典诗歌的形式符号体制，锤炼了'白话'这一语言工具"，并帮助中国新诗从"诗质"的层面更深地认识了诗歌变革的方向。但中国新诗运动中的自由诗与西方自由诗，在形态上和观念上存在诸多差异，这种差异根源于对"自由"的不同理解，根源于情绪与语言、内容与形式关系认识上的差异。

这种差异不仅造成对外来形式的"误读"，也会导致对本国诗歌见解理解上的分歧。例如戴望舒《诗论零札》中关于自由诗写作的比喻："愚劣的人们削足适履，比较聪明一点的人选择较合适的鞋子，但是智者却为自己制最合自己脚的鞋子。"许多人将此理解为不能以定型的形式约束不同的情绪个性，由此得出自由的结论。但这个比喻也可以这样理解：制造鞋子的人从来不是自由的，因为他不能把鞋子制成手套，同时既要考虑"合脚"又要考虑材料的性质，正如诗是诗，散文是散文，文言是文言，现代汉语是现代汉语。

作者在结语中说得好：自由诗的问题"在某种意义上就是中国新诗的问题"。而这个问题的清理，事关百年来中国诗歌变革的认识与评价，事关中国诗歌的未来。这么重要、重大的问题，当然不是一个学者、一部专著可以解决的，郑成志的《自由诗理念研究》只是迈出了刚健的一步。

是为序。

2016 年 12 月 15 日

（郑成志著《曲折的展开——20 世纪 30 年代自由诗理念研究》，厦门大学出版社，2016）

《散文诗文体学研究》序

在现今的文学形式中，或许没有任何一种文学形式，像散文诗那样长期处于边缘化的地位了。所谓的边缘化，当然是相对于中心、主流、强势而言的，犹如社会生活中的弱势群体，虽然也是多元社会组织中的一个有机部分，人们却对它熟视无睹，视而不见，听而不闻。譬如同样是现代新兴的文学形式，杂文、报告文学、话剧等都有人写出了专门史，散文诗却还在为它究竟属于散文还是属于诗争论不休。又如在文学史中，尽管人们都承认波德莱尔的《巴黎的忧郁》、泰戈尔的《吉檀迦利》、鲁迅的《野草》的艺术成就，绝不逊色于他们其他形式的作品，但它们的独特魅力，却被笼统归类于诗歌或散文的论述中。散文诗一直处于名不正言不顺的尴尬中，游离于文坛的边缘。这就难怪北京"北土城"散文诗作者群了，他们前几年为复兴散文诗特意提出"大诗歌"概念，——或许在他们看来，散文诗表面上挨着两个文类，实际上两边都靠不住，如同一个没有爹娘的孩子，需要认一个父亲证明自己也出身于名门望族。

散文诗的成就有目共睹，散文诗的边缘处境有目共睹，散文诗成就与处境的巨大反差也是有目共睹。因此引起不少有识之士的关注，不仅散文诗界自身，也包括学术研究界，已经陆续有一些学术专著出版。摆在我们面前的《散文诗文体学研究》，就是其中一部写得认真扎实，具有观念的前沿性和研究理路的启发性的著作。

我与该书作者张翼的认识，始于她的博士论文答辩。张翼攻读博士学位的福建师范大学中国现当代文学专业，是全国仅有的几个重点学科之一，因现代散文研究成就卓著享有盛誉。而该学科的带头人汪文顶教授，是张翼的导师。汪教授治学治教非常谨严，年青学子对他分外敬畏。

我参加过几次他们的博士论文答辩，汪教授一般都是批评多于肯定，以至于让我常常忍不住要为他们论文的优点作些辩护。然而，正是该学科的深厚底蕴、学术传统和导师的严格要求，造就了许多优秀人才，包括成就了张翼散文诗研究的不断拓展：先是博士论文获得专家们的好评，接着发表了不少有见解的论文，后来又申报到了国家教育部的课题。散文诗研究列入全国性课题，如果不是张翼开的先例，也是凤毛麟角的。

张翼的《散文诗文体学研究》，是在博士论文基础上修改完善的。这部著作一个重要优点，是作者持有开放的文类研究立场，为散文诗打开了新的讨论空间。面对散文诗的边缘处境，面对散文诗文类边界的含混、模糊，张翼清醒地意识到，文类的存在既是动态性的，又是功能性的。一方面，没有任何一种文类可以终极定义，没有任何一种文类理论是普适的和一成不变的，它总是随着条件与语境的变化而变化；另一方面，文类研究不是提供创作准则，而是为了应用的便利，"建立一个便于研究和创作交流互动的渠道"。这种清晰的理论意识，使她摆脱了传统的文类观念，研究方法上非常自觉："笔者不急于为散文诗划定一条泾渭分明的边界线，也不想给散文诗贴上一个固定的本质化的文类标签，而是深入到丰富文本中去感受散文诗的'混血'魅力，领略它在不同文类边界间自由游走的活力，享受这个新文体因包含不同文类特性而给予人新奇而熟知的阅读感受。"

这种研究立场和方法受到韦勒克、沃伦《文学理论》的启发，是现代的、开放的、充满张力的文类理念。它对散文诗领域的本质主义与怀疑主义倾向，是一种有力的回应，让它们不攻自破。同时，它驱使作者真正深入历史语境、文类关联和文本感受中去，探索散文诗作为现代文类的多重视野、互相牵扯的特点。本书提出了不少新材料和新问题，对散文诗创立与发展线索的梳理非常明晰，对这一新文类产生的现代语境有新的阐发，对"诗文交叉互动"的文体因缘有新的发现（其中对"散文诗与小品文的貌合神离"关系的探讨，道常人所未道），等等。

在我看来，张翼倾心尽力揭示和论证的，散文诗作为"混血"文类的魅力和"在不同文类边界间自由游走"的活力，是对散文诗研究的一个重要贡献。它不仅让我们更深入认识散文诗这一现代文类的特点，而且启发我们重新定义散文诗的边缘性，从而不只把边缘看成是某种被迫承受的命运，而是看到边缘有在混杂中创出异彩的潜力，有在不同边界中游弋的潇洒，有其他文类不可能表现的表现力。

不知道读者以为然否？

2017 年 2 月 19 日

（张翼著《散文诗文体学研究》，上海三联书店，2017）

《中国当代书法形态研究》序

在我刚调来首都师范大学任教之初，因为新来乍到必须尽些义务等方面的原因，也曾勉为所难兼做了些与专业有关的行政事务。北京是首都，从来都是无小事的，加上遇上个多事之秋，自然留下不少美好与不那么美好的记忆。其中难忘的一件是，有一天学校领导把我叫去，转告市人大代表对我们中文系毕业生板书质量下降的意见，——这成了我在汉语言文学专业进行"非师范班"教学实验与答应做郭兴华博士后研究合作导师之一的潜在原因。

我的本行是文艺学，本来没有什么资格和能力指导书法学博士后的学术研究。但一来当代书法问题与我们毕业生的板书质量问题有许多相通之处；二来兴华的实际落脚点是书法学博士点，著名书法家欧阳中石先生才是他的第一合作导师，而欧阳中石先生给我的《现代汉诗的百年演变》题写过书名，我正好可以借机学习与请教一些书法方面的问题。第三点最为重要，兴华是中国画出身，拿的是美术学专业的硕士、博士学位，十几年的研修习悟，对书对画对笔墨纸张有许多独到的理解，尤其他认为笔墨不只是媒介与技艺，而是一种美学情怀与精神气质的观点，分明是见常人所未见，道常人所未道的。这种领悟化入他的画作，无论是过去融会中国民俗的意趣，还是近年将《易经》辩证思想运用于山水画的创作，都显示出他的迁想妙得。像《生化不息》《南山悟道》等2015年的画作，意境上有哲学与诗的高远、深邃与玄妙，见证了"墨趣"的丰富韵味：在单纯的白纸黑墨之间，体现着远近、有无、动静、往来等无尽的互动相生。

现在他完成的这部博士后研究报告《中国当代书法形态研究》，虽然不是艺术创造，而是学术专著，但同样体现了郭兴华博士对中国书画

"道"与"器"的独到意识，他从书法艺术的基本问题出发，在历史发展的脉络中，梳理了当代中国书法所面对的挑战，分析了各种书法实验与历史传统与现实语境的关联，展望了书法创新的轨迹与方向。本书在历史脉络的梳理和现代语境的分析方面有许多精彩之处，揭示了以商业化与科技革命为主要标志的现当代社会，给汉字书法带来的严峻考验，提出了回归"自然之道"的艺术主张，为当代书法处理"正""变"关系提供了启示。

特别值得留意的，是兴华对"自然之道"的认识与理解。与一般人把"自然"理解为合规律、合目的性不同，兴华的"自然之道"既有合乎自然规律的哲学意识，也有契合"形""器"物理介质，把握其可能性的层面。因此，一方面，他认为"书法本质上是一种身心柔软的、对自然极为敏感的艺术，只有实现与自然的贯通，书法才能真正'纵横有可象'，书法才能焕发出无限生机。"另一方面，他也强调"我们的书写只能站立在这个时代所给予的自然条件之上——从我们的毛笔、墨汁、纸张、书写姿势和我们书写的心态、情感和思想"出发，寻求书法艺术创新与发展。在这里，通过"自然之道"，兴华对当代问题的回应，避免了头疼医头、脚疼医脚，治标不治本，被问题表象牵着鼻子走的被动局面，提供了以回归本体去解决时代问题的积极方案。我认为这是比较可行的方案，书法艺术原也是一种顺心顺意顺手顺笔的自然生命活动，重要的不是根据时尚改变自己，而是聆听我们的心声，理解工作的性质，领会所用的媒介与工具。就书法而言，要让汉字书写获得生命与个性，成为人格情怀的表达，首先得对我们书写的汉字，我们使用的笔墨和纸张，能够了然于心，对它们的丰富内涵和可能性心领神会，从而发挥我们象形会意文字的诗意，经由结构与布局，经由运笔的转侧、钩连、顿挫、粗细与轻重，昭彰汉字的无穷活力与魅力。

是的，无论实用理性支配下加速的文字简化，还是版式革命、键盘输入对个性书写的挤压，都给中国书法带来了基础土壤的水土流失，让汉字与人的手温、体温疏离。然而，无论时代怎样发展，商业与科技怎样发达，只要有交流与文化积累的需要，汉字就不会消失，与汉字书写联系在一起的媒介与工具就不会消失，重要的问题是我们是否得心应手，我们如何才能得心应手。

在此意义上，回归"自然之道"的主张具有艺术哲学的意味。书法如此，中国画如此，我们要提高中文系学生板书的质量，也应该如此。

是为序。

2017 年 4 月 5 日于北京四季青

（郭兴华著《中国当代书法形态研究》，蓝天出版社，即将出版）

《“盖娅”审美》序

　　差不多十年时间吧，黄怒波先生变成了知名诗人骆英，出了近十部诗集，其中《小兔子》《文革记忆》等被翻译成英法日韩等多国文字，也算是有国际影响的诗人了。如今，他又把论文集《“盖娅”审美》放在我的面前，——他也要在理论批评天地里显露身手吗？

　　天知道这个为包括珠穆朗玛峰在内的世界险峰增加过高度的男人，还会在什么领域探险。一个未被张扬的信息是，黄怒波先生前年夏天获得了北京大学的文学博士学位，学位论文《“于无所希望中得救”——当代中国诗歌的现代性重构》择要刊登于《诗歌月刊》2016 年 7 月号，占了该期近一半的版面。那是一篇从反抗虚无的角度重新阐述近四十年中国诗歌探索的论文，让人们刮目相看。

　　能人都比较任性，其能耐非我们常人所能想象。骆英是能创造奇迹的人，前些年登珠穆朗玛峰登乞力马扎罗峰登福布斯富豪榜，征服过无数有形无形的山峰。做这样惊天动地的大事需要超人的体力与实力，不是你我这样在生活海洋里浮沉的平头百姓力所能及的。他创造的奇迹和纪录，我们未必能懂；即使懂了，也未必学得来；因此远远地看着，遥遥地敬着也就行了。不过，现在他放在我们面前的是看得懂的诗文，可以走近看看，说长道短。文章乃天下公器，奇文共欣赏，疑义相与析嘛！

　　我与骆英的认识，始于北京大学诗歌研究院的成立。那时他捐资亿万，接济北大的诗歌研究事业，这一罕见的善举让我感动，欣然前往瞻仰。在我们中国，北大的动静本来就大，即使自然之举也如雷声响到十里八里之外，稍一用力就难免铺张奢侈了。诗歌是寂寞的事业，召唤寂寞的知音，安顿寂寞的灵魂。后来读骆英的诗，读他的《小兔子》《第九夜》

和《文革日记》，不再单纯为北大的诗歌研究机构找到依靠而庆幸，而是同时也为一个充满焦虑与渴望的心灵在诗中找到寄托而欣喜：骆英真的喜欢诗歌，需要诗歌。

这也是中国诗歌的一道风景，诗歌的凝聚力转化了一个企业家在社会转型时代矛盾分裂的感觉，使追逐利润的董事长变成了予以现代性反思以独特经验与想象力的诗人。骆英把商业社会中沉浮的荒诞感觉带入到现代性反思的诗歌主题中，——《小兔子》《第九夜》这样解构现代性的作品，无异于现代社会的寓言，而那大胆奇特的想象力和戏谑美学效果，亦为当代诗歌所罕见。

骆英的诗歌理论批评，是他诗歌写作中一再探索的反思现代性主题的延伸。虽然像他的诗歌，是一种不怎么按常理出牌的写作，无论概念的使用，或者行文规范，与理论批评行当的规矩有诸多不合之处。但是，他那种夹带着泥沙杂草恣意汪洋的语言激流，也不失为一种格调。尤为重要的是，他提出的当代虚无主义倾向，我们谁也不能熟视无睹。

其中专门讨论当代中国诗歌中虚无主义倾向的论文，是本书首篇《虚无与"开花"》。在文章中，骆英提出"八十年代以来的当代中国诗歌从朦胧诗潮开始，就具有强烈的虚无主义特征"，认为包括《回答》《中国，我的钥匙丢了》《神女峰》《有关大雁塔》《中文系》《静安庄》《在哈尔盖仰望星空》《0档案》《傍晚穿过广场》《阿姆斯特丹的河流》《面朝大海，春暖花开》等知名诗篇，"体现的是一种以虚无主义为载体的质疑"。这种论述存在对虚无主义、怀疑主义和否定论等概念不加区别使用的问题，对援引的文本也缺乏具体、深入的分析，但将20世纪70年代后期以来的中国诗歌写作中的虚无主义倾向郑重提出，却是很有眼光的。我甚至认为，从虚无主义角度重新理解"伤痕文学""反思文学"思潮和后现代写作，许多问题可以得到更为有效的阐述。譬如像《波动》《晚霞消失的时候》之类当时争论不休的小说和"新生代诗歌"等，透过虚无主义这个窗口，会敞明更多的问题。

"文革"结束以来中国文学和中国文化思潮的研究，"新启蒙"的判断几成定论。这有其历史的合理性，也与当时民族国家的现代化诉求相呼应。但当时思想文化中出现虚无主义现象同样合理，因为人们既经历过一个远离了初心的悖谬时代，同时又在面对一个文化错位的时代：我们在急切地寻求现代性时，世界已经进入后现代，反思现代性了。

在最简单的层面上，寻求现代性与反思现代性的区别，是现代性的寻求者把现代性作为一个价值目标，而现代性的反思者则把现代性作为一个问题。寻求现代性的思想背景是人道主义和形而上学，相信人类在理性力量的支配下，会不断创造新的奇迹；而反思现代性，则是从根本上质询现代性的推论形式：一方面是尼采宣告"上帝死了"，永恒的、稳定的、自律的基础性思想已经变成语境性的、存在不同解释的事件，同时每一个主体都有参与解释的权力；另一方面，正如海德格尔所揭示的那样，现代技术文明标志着形而上学的巅峰与终结，理性主义的极端发展是它自身的解构，其结果就是人道主义的危机。这一切，成了虚无主义的起点，而虚无主义哲学，正是反思现代性的思想基础。

我们中国是一个后现代化国家，处于现代性寻求惯性中的人们都相信历史进步的神话，相信推进现代化能够弥补当代的政治失误，"把耽误的时间抢回来"，以至于到现在还有人以 GDP 的世界贡献率为荣耀，因此一般不待见虚无主义，认为它是一种消极的世界观与人生观。然而，在诸多现代与后现代思想家（如尼采、海德格尔、德里达、德勒兹、福柯、利奥塔等）看来，虚无主义是反思现代性的最有力的思想武器，它通过对诸如"真理""科学""客观"等主张和思想方法的解构，让人们看到一个充满差异的世界和解释性选择的可能，从而瓦解了统治世界的权力意志，释放了"微弱存在"的活力，让存在与思想有了真正平等、共存与共享的可能。在这个意义上，经由虚无主义的入口，可以让思想获得新的活力与解放。这就难怪庄子与鲁迅这两个中国古今最有代表性的虚无主义思想家，思想与想象力会如此深刻与洒脱了。鲁迅最有名的偈语，就是《墓碣文》中的那句话："于一切眼中看见无所有；于无所希望中得救。"

不是吗？

2017 年 3 月 13 日

（黄怒波著《"盖娅"审美——当代中国诗学的的审美现代性批判》，中国社会科学出版社，2017）

"诗灵"护佑的诗人

——《第 21 号夜曲》序

最早读到林季杉的诗,是在十几年前。那时荣光启在我们首都师范大学文学院攻读文艺学"中国诗歌理论"方向的博士学位,当时我接受了花城出版社选编"中国诗歌年选"的工作,每年请在读的研究生们推荐当年读到的好诗。一天,光启给了我几首林季杉发表在民刊上的诗,读后觉得不错,就将其中的一首编入了《2004 中国诗歌年选》。

后来光启告诉我,林季杉是他的未婚妻,我半开玩笑地对他说:"季杉的诗比你写得好。"

也许光启心里不服,因为写诗他出道得早,曾在就读和工作的大学校园赢得过不少荣耀。而且,他也的确不是那种只会在学术论著上旅行的纯经院学者,而是有感觉、有性情兼诗人与批评家为一身的现代"学人"。《2011 中国诗歌年选》选入过他多首诗作,便是明证。

不过我说季杉的诗不输光启,也非信口开河。在艺术世界,专门知识和理论修养固不可少,却不是权威的导师,因为"诗灵会在一个人里面拯救他自己。法则不能使他成熟,只有感觉和自我警觉可以。"(济慈语)在我看来,季杉正是这样有"诗灵"在里面护佑着的诗人,你读读她的《白天黑夜》,那还是十几岁时的习作,诗中那"像一只只四处散落的拖鞋"的睡梦人,那"像在罗丹的雕塑面前模仿逼真的石头"的有情人,让人不得不注目留神。不只是别致的感觉与情趣,还有想象的转换和语言节奏的控制——

于是清晨像一只漏斗

234

　　总有什么巨大的降落体从高处层层砸下
　　一个人摔倒的声音

　　一个人摔倒的声音
　　与一个人睡眠的姿势
　　极其相似，即使在白天

　　除了晨光的想象力，这里值得注意的还有诗行复沓和词的复沓所产生的特殊效果：一方面是承前启后、转换视听；另一方面又在"即使在白天"这个"补语"的协同下，使旋律、节奏与"白天黑夜"的循环交替互相应和。令人惊讶的是，这一切竟是如此自然，如同一些现代诗人向往的"自然诗"：词与物，心象与意象，情感节奏与语言节奏彼此照应，互动相生。

　　就个人的诗歌趣味而言，我是比较喜欢"自然的诗人"和"自然的诗"的，虽然现代社会早已把包括诗歌写作在内的许多体力、脑力劳动职业化。职业化、专业化大大丰富了智力运用的技巧与形式，但我仍然相信写诗的前提是有话要说，而好的作品则要有诗歌意义上的"自然"。所谓有话要说，就是不能为写诗而写诗，不能以诗的名义谋求诗之外的东西。而所谓要写"自然的诗"，就是要清醒意识到不是所有想说的话、所有真情实感都可以成为诗，必须有诗歌的感觉和写诗的"自我警觉"，有高度的语言自觉，能够实现感觉与意象、情思与节奏的自然转换。

　　林季杉诗的最大好处正在这里。从根本上看，她不属于当下任何一个诗歌圈子，写的也不是当今流行的诗人之诗：她无意让别人把自己尊为一个诗人，也没有用诗去关怀现实改造世界的野心。她写的是自己的心事，整理的是自己的心情，寄托的是自己的心思，是个人面对世界无言以对时的一种言说，无法表达的一种表达。因此，她的题材与主题或许是大家共同面对的，但写出的，一定是她所独有的。譬如《关于衰老如何到达死亡》，这个题材老叶芝也写过，通过衰老歌唱了爱情的神圣与永恒（不幸的是《当你老了》前几年被改编成了油腻不堪的流行歌曲），但季杉在想象这段"其实我很想省略"的人生章节时，却在充分领略虚无的同时展现出难得的从容：

> 孩子们都长大，甚至也长老了
> 拥抱的姿势还在
> 那种嘟嘟的肉感，一去不复返
> 曾经的所有期待因为得到而宣告失败
> 如今，幸好已经没有期待

　　"腰已经弯了，心情还是没有能够愉快地长起来"的遗憾属于普遍的人生，但"期待因为得到而宣告失败"却是诗人独特的感觉。重要之处还不在于那种虚无的感觉，而在面对虚无的态度。人生最大的困局是已知衰老与死亡的逼近，活着不能没有期待，而期待却又如鲁迅所谓的"绝望之为虚妄，正与希望相同"。这是虚无的根源，却也让人看到了从中跳出的契机：鲁迅给出的方案是取消两者的界限，"不妨到荆棘里走走"；而在季杉的这首诗中则是将其当作"只是一个水到渠成的事件"坦然接受。

　　我们千万不要小觑了将存在的大茫然转换为自然"事件"进行重新审视的意义。在后现代语境中，对给定思想结构进行"事件性"阐述，是扭转法则、实现解放的一种策略，同时正是通过这种策略，彰显了诗歌作为"信物"的价值，"跨越时间延伸个人的踪迹和记忆"（海德格尔）。在此方面，《母亲长成记》也是个值得重视的文本，尽管它在结构上略嫌松散，但心情阴郁、满目虚空的诗中说话者"洗漱如梦一般陈年往事"，最终却通过生命对生命的肯定赢得了拯救——

> 我有药可救
> 真的　只要
> 一个婴儿的微笑
> 就能解开整个成人世界的剧毒

　　都说是母亲给了儿女生命，哺育了他们成长，但在这里却是母亲因为儿女获得了拯救和"长成"：从此她重新理解了时空、命运，开始用另一种眼光看待性欲和身体。原来她老怀疑一个女人不小心孕育了生命，"是上帝的奇迹还是男人的阴谋？"现在却觉得"都不大重要"而把问题轻轻放下；开始她在洗澡时看见自己变化的乳房不由得哭了，后来却欣悦与骄傲地发现——

它们居然公然成为了食物

哦，日夜被小心眼惦记的食物

哦，乳白色的纯洁的食物

　　《母亲长成记》中写到不少女性生活的细节，这也是 20 世纪 80 年代以来众多诗人想象性别权力，争取阅读市场的"宝贝清单"，但不同于那些比赛道德反叛勇气和吸引读者眼球的写作，林季杉诗中的细节让生命的纯洁、高贵和尊严得到了复活，让诗歌作为人类信物的力量得到了见证。

　　而在这本题为《第 21 号夜曲》的诗集中，最能见证这种力量的，是第四辑中的 6 首"哀歌"。

　　不信？你打开读读。

2018 年 5 月 20 日于北京四季青

（林季杉著《第 21 号夜曲》，即将出版）

永远的汀州

——《长汀当代文学作品选（2000－2017）》序

闽西客家八县县城我都去过。无法尽数的是武平，那是我的故乡，县城里有我的亲人和同学；可以尽数而到得最多的，要算是长汀了。长汀县城山环水绕，不仅是我们客家最秀美的县城，也是中国两个最漂亮的县城之一，这是有新西兰友人路易·艾黎的话为证的。不过，对我这个客家后裔而言，长汀不只是一个旅行观光者留连忘返的去处，而是一部必须经常温习、不断重读的经书。

不过这部书的"经文"不是印在书页上，而是保留在有关汀州的遗迹和客家子民口耳相传的记忆中。自唐开元二十四年（公元736年）取汀溪名置汀州之始，到辛亥革命革除府制，其间一千多年客家人的心血、智慧、精神都在这里汇集沉淀，汀州一直作为"客家首府"名扬天下。你看看位于城市中轴线上背靠卧龙山，正对三元阁，遥望宝珠峰的汀州试院，那种大气、庄重和静穆，你会理解一个崇尚耕读传家民系的敬畏和念想。你再想想"汀州八景"与"闽西八大干"，那是客家人日常生活和文化趣味的体现。然而汀州就是不同于其他客家各县，"八大干"每县都可以入选，"汀州八景"却专属汀州并且广为人知，景致好、命名好是肯定的，但同样肯定的也是因为它们是客家首府的"汀州八景"。

在这个意义上，长汀县城是长汀人的，而曾在长汀真实存在过一千多年的汀州，却是我们闽西（甚至是全体）客家人共有的。正因为汀州是我们客家人的汀州，我也从来不把自己当外人，前年从龙岩再次专程寻访汀州时，看见中轴线上显眼摆放的那个当代著名作家的题字，直率地说它配不上有一千多年历史的汀州古城，配不上前面的汀州试院和后面的三元阁，题字书功不济还在其次，重要的是它缺少气骨。博大精深、气韵悠远的汀州不需要任何时尚的装饰，它自己能够说明自己。可不，即使它不再出现在当代行政版图上，它的子民依然以它为荣，外人也心向神往。以前我的一个熟人赴任闽西行政，就曾为其职务没有充满历史感的汀州名份而觉得遗憾，因为客家民系主要分布于福建、广东、江西的接壤处，历史上从来就是汀州、梅州、赣州三州并立，经济、文化上也是关联互动的，"我们不能为了眼前的利益和行政便利，放弃历史、文化的价值，那是更高和更重要的东西，就像为了发展旅游放弃徽州而更名黄山，到意识到是短见时再改回来就费事了。"

行政地域上的汀州一百多年前就在人们的视野中消失了，但文明自有一种不可思议的力量：假如辉煌不曾有过，倒也罢了，一旦拥有，就永远难以放下。这是长汀的魅力所在，总是勾起人们对客家文化的怀想，总让人感到古汀州的遗韵。而当代的长汀人，也以自己有如此辉煌的过去而感到荣耀。可不，明明知道行政区域的当代归属，但文联办的持续出版物却是《汀州客家》；而我的校友吴浣，对本城雅俗文化在兹念兹，即使自掏腰包，也要让图文并茂的《名城汀州》广知于天下。

这是汀州人的情怀，不局限于一时一地，总觉得自己是有一千多年历史的汀州子民，对有深远文化渊源的城市，对整个客家传统的传承，负有一份责任。这也是身份认同、文化认同的神奇力量，只要是存在过的美好的东西，有价值的东西，就不会让它在生活中消失，即使一时不能与现实相融，也要在语言和想象中挽留它，重建它。

《长汀当代文学作品选（2000－2017）》正是这一情怀的最新和最重要的见证。这是一部有相当质量的地方文学作品选集，《秋白之死》《客家某地古今节考》《如何完成中国故事的精神》《梦记汀州》《一千棵大树和一座小城》《九月十四赶圩去》《水晶刻就的灵魂》《火车（外二首）》《你的眼睛里有个我》《人鲸传说》等，都给我留下较深的印象。虽然这部选集的作者并不局限于居住地区的限制，虽然文类包含小说、散文、诗歌多种体裁，作品的内容也是有虚有实，历史记忆与现实经验各显异彩，但都体现着对那片热土的"黍离之思"和赤子之情。《河里的乡愁》是一支带着淡淡伤感的悠扬的牧歌，那优美的音符穿过江面的晨雾和两岸炊烟，让我已经变得遥远的少年时代在今天显得格外真切。文章读完后，看到作者介绍"赵汀生，福州人"，心里不由得一乐：原来是非我客系子孙的"乡愁"，真是他乡成故乡啊！而《"音乐母语"的召唤》《长汀师范：回不去的美好教育》这两篇散文的作者，都曾经是我的同事，也同我一样自上大学以来就离开了生养自己的土地，从此成了贺知章诗《回乡偶书》中无限伤痛的"故乡的他乡人"。然而，无论走得多么久远，魂牵梦绕的还是汀江两岸的山水人文。王耀华先生是民乐领域的著名专家，我在福建师大任教时，是我们的副校长，记得当年学校给十几位"首批重点扶持对象"培训，他在给我们谈治学经验时，情不自禁地唱起了客家山歌，让我感到格外亲切。如今读到他《"音乐母语"的召唤》，看到从小听惯、唱惯的客家民乐、民歌对他人生与志业的"召唤"，使我对渗透在民情民俗中的客家文化，更加肃然起敬。而涂秀虹教授是长汀涂坊人，这地方我去年7月随同作家重走红色交通线访问团刚刚去过，参观壮观的涂坊围屋时，曾想到这个有气质有学问的女后生，虽然可能有穿凿附会之嫌，但在我心目中她理应是大围屋的后代，格局与家风所致，举手投足，大家闺秀是不同于小家碧玉的。《长汀师范：回不去的美好教育》尽道30年前教育和关怀自己成长的老师，"在我的记忆深处，长汀师范每一位老师的美好教育都清晰如昨。写出这句话，老师们的面容真如过电影一般叠加在我眼前……"文中的虔敬与真诚，是客家文化中敬畏知识、耕读传家传统的典型体现。

然而，让人难免怅然若失的是，无论赵汀生童年记忆中江上的乌篷船、吊脚楼和码头；还是涂秀虹笔下铭心刻骨的"美好教育"连同承载它的校园，也包括王耀华先生念念不忘的一些民艺、民乐、民风和民俗，都像回不去的青春一样，成了"回不去的美好记忆"。是的，我们只能过未来的生活，却不能走回历史中去重新生活，这是人的宿命。但是，既然我们曾经有过美好，"美好记忆"还留在我们心中，我们就会以"美好"为镜像，追求有价值的生活。这一点也可以在不少现实题材的作品中得到印证。董春水的小说主要以当代悲哀与无奈小人物的生存境遇为题材，收在本书中的《硕士妹》，讲的是一个哲学硕士为留学下深圳筹措学费的故事，其中穿透整部小说喜剧气氛的，是华丽时代的丝丝寒气。不过，同样是时代的故事，在写客家人时，董春水显然更加得心应手。他以"村水"为笔名发表的长篇小说《下广东》是当代客家人的"浮世绘"。这部小说以转型社会历史与现实、城市与乡村、金钱与尊严的冲突为背景，写了一群习惯于农耕生活"洗脚上田"的客家人，在全新的商业舞台上扮演新的角色的故事。城市、商业、金钱，社会转型如此的迅速和戏剧化，工商舞台的灯光如此强烈刺眼，那些主动或被动上演时代悲喜的人物，不免有些恍惚，有些晕眩，不少人还付出了迷失和堕落的代价。然而，客家人究竟是客家人，他们不仅能够面对不定的现在，而且不忘生存发展的初衷。客家文化不可思议之处在于："我生得你出／也能收你回去"，——这是小说主人公"野蛮老妈"威吓儿女们的"行板"，却也象征着民系文化的力量。

当然，无论是历史中的美好记忆，还是被现实表象遮蔽的民系真质，都必须通过有心人的发现、辨析才能得以昭彰，成为当代客家人的人生财富。这一点我想多说几句北村小说《家族记忆》的"考古"意义。北村最早是以文体实验的先锋性成名的，《陈守存冗长的一天》《聒噪者说》等作品努力探索一种对应人物与主题的叙事方法，后来又尝试过宗教、影视等方面的写作，是一个有相当影响的作家。他有关故乡近代问题的小说有以前的《长征》和收入本书的《家族记忆》。《长征》探索闽西后来成为将领的红军当年参加革命的动机与意识的复杂性，他们用双脚丈量两万五千里，九死一生，完成了长征的壮举；但完成了革命的长征并不意味着也走完了自己的长征，跨越了内心的沟壑和阴影？而《家族记忆》写的是作者那个人丁兴旺的大家族近百年来的离散飘零。这部作品说是小说，其实是文学性的现代家谱，背景、事件、人物应该都是真实的，想来作者期待的就是"家族记忆"的真实可信，因此不追求结构、叙述和人物塑造的艺术性。这是另有期待的写作，作者以本地近百年的历史变化为经，一个大家族三代人的遭遇为纬，编织一姓家族的传奇人生，想要探讨的或许正是一种文化性格面对现代社会的两难：那个"用脑子生活"的祖母，能让康家在乱世躲过灭族的危机，却无法阻止自己的小儿患上乌托邦的狂想症，更不能制止她的孙子用钱计算人的价值。这让我们意识到，聪明机灵的脑子固然重要，但不是根本，最重要的还要看聪明用在什么地方。记得哈佛大学有位校长，一次对新入学的学生发表演说："读理科的孩子们，欢迎你们，你们是未来列车的发动机！"说得理科学生欢心鼓舞，但这校长接着又说："读文科的孩子们，我也欢迎你们，你们是未来列车的司机。"动力与方向缺一不可，但价值观决定着智力运用的方向与境界，价值取向决定着会有什么样的未来。小至一姓家族的兴衰，大至一个集团、一个民族的存亡。

文学书写是一种纸上的建筑，不能替代一城一地的生产与建设，也无法容留我们疲倦的身体。但文学和文化可以让我们心灵有地方可以安顿，能传承美好的历史记忆，启迪我们过有价值的生活。虽然汀州已经在版图上消失了，但在文字建筑中，依然天天在打开城门，迎接自己的客家儿女，迎接天下友朋。虽然客家文化也不全是粒粒珠玉，但是经过一代代儿女的鉴别选择，披沙拣金，仍然会照亮我们未来的生活。

在客家文化和客家人的心中，汀州是永远的。

2018 年 6 月 6 日于北京四季青

（《长汀当代文学作品选（2000－2017）》，海峡文艺出版社，2018）

《歌谣与中国新诗》序

在当今文坛，培浩已经是相当活跃的一线批评家了，不仅在广东，而且在全国，人们常在一些知名刊物和评奖中看到他的名字。这对偏居一隅的年青学者来说，是不容易的。为此引起同行、同门的注意，也是自然的事：前些日子他一个师兄来北京开会，就与我谈起培浩学术与批评关系的处理，对他有启发意义。

培浩这位师兄说的"启发"，主要是指经院知识介入现实和如何介入的问题。在大学做学问，是与现实保持一定的距离，隔开尘世喧嚣，还是把学术当作一种当代文化建构的话语实践，主动介入时代的现实问题？在这方面历来就有不同的取舍，汉代以降所谓"今文经学"与"古文经学"之争，实际上衍化为中国学术的两种传统：经世之学与求是之学。这两种传统各有千秋且在大的历史格局中形成互补。至于是把学问当作一种历史的策略，还是作为关怀现实的言说方式，往往取决时代因素与个人的学术立场。重要之点并不在于把学问当作掩体或者出击的战壕，而在是否把学问当学问，无论是在故纸堆中沉醉，还是为揪心的现实问题寝食难安，都能以求真求是的态度体现精神独立、思想自由的原则。

学问这东西，有它外向的意义，也有内指的功能，因而"利物"与"遣忧"可以"各从其志"（参见章太炎《菿汉微言》）。不过，做学问可以不问古今，不择新旧，不管有用没用，却不能没有热情，没有条件，没有积累，因此虽然自己以前在报刊写过几篇文章，鼓吹疏离潮流与时尚，"在边缘站立"，却始终不主张自己的学生做隐士式的学问。从事学术研究是需要环境条件的，但环境影响学问，人也创造着做学问的环境。我认为培浩给我们的启发首先在这里。韩山学院虽然地处潮州，是韩愈的流放之地，偏远了些，但通过诗社和诗歌写作中心，组织诗歌活动和学术活动，培浩的学问同样做得有声有色。他在边缘之地创造的文学氛围，既让他任教的学院增添了诗意，也改善了他自己置身其中的学术环境，不断获得从事批评与研究的激情与活力。

当然，说明一个学人的，最终还是学问本身。培浩是从文学批评起步的，而最近出版的《互文与魔镜》也是一本批评著作。但从《迷舟摆渡》（中国戏剧出版社，2009）到如今的《互文与魔镜》（上海人民出版社，2018），培浩的文学批评是不是有不小的飞跃？兴趣的宽拓、论题的丰富还在其次，重要的是视野与境界的开拓和文学观念的成熟。仅就文学观念而言，十年前的培浩愿意自己是迷舟的摆渡者，"和大量普普通通的写诗者，默默地企图用诗咬开黑暗的一角，并向本真生活探出自己的头。"（《迷舟摆渡·自序》）而现在却认识到文学不一定是昭彰本真的镜子（"即使文学是一面镜子，也不得不承认，它已经是一面中魔的镜子，从中取出的将是种种变形的镜像"），"越来越深地感受到'互文性'的诱惑和启示。"（《互文与魔镜·自序》）这里体现的，该是文学认知的深入，也是批评精神的自觉与独立。

我想说的是，摆在我们面前的这部《歌谣与中国新诗》，可能正是作者通向自觉与独立的一座桥梁。"歌谣与中国新诗"这个课题，原也与他写的《阮章竞评传》（漓江出版社，2013）不无关系。哪是一部从民歌中吸取营养，创出了异彩的时代诗人的文学传记，其中传主的代表作《漳河水》与民歌的关系，是书中最重要的章节。阮章竞是一个时代的诗人，《漳河水》对民歌因素的改造和利用，带着一个时代的鲜明印记。当代一般的文学史描述，也大多以时代的眼光平视时代。培浩却以他的"后见之明"经由阮章竞《漳河水》对民歌的时代性改造，发现了一个非常重要却一直未被重视和认真研究的问题："新诗"与歌谣的关系。

中国"新诗"运动与歌谣的关系，先期有黄遵宪、胡适的"尝试"，后来有中国诗歌会和解放区的移花接木，再有大跃进民歌和小靳庄诗歌的运动式倡导，近有校园民谣、都市歌谣的回响，可以说伴随着中国诗歌现代转型的历史进程。但一方面是权威认为"最大的影响是外国的影响"，另一方面是威权曾提出古典诗歌和民歌是"新诗发展的方向"，"新诗"运动与歌谣的关系的研究，一直是"新诗"研究的薄弱环节。

　　《歌谣与中国新诗》很可能是研究中国"新诗"运动与歌谣的关系的第一篇博士论文。正如北京大学中文系吴晓东教授在论文评议中所写的那样，"开掘了一个值得学界关注的学术论题"。我认为它的头一个意义，是敞开了中国诗歌现代性转型之路的复杂性：不只是向西方寻求，也向自己的传统寻求；不只面向文人诗歌，也朝向民间诗脉；不光顺向"进化"，也会逆向"寻根"。第二，重新定义了歌谣之于"新诗"的基本性质，既不是放进博物馆里的"古董"，也不是必须看齐的"标准"和"方向"，而是中国"新诗"运动中的一种重要资源，须要我们正确地提取和利用。第三，深入探讨了"新诗"运动取法歌谣的特点与问题。歌谣作为一种资源，并非静态自明地被启用，而是体现着具体历史语境下不同话语权力的博弈，包括美学的、学术的、民族的、阶级的诸多诉求。

　　从新文学的前驱者为着"学术的"和'文艺的'目的，面向民间社会搜集整理歌谣，创办专刊（《歌谣》周刊）研究歌谣，探讨歌谣对于"新诗"运动的启发意义（如增多诗体、形式与节奏的参考等）；到为了"大众化"与"民族化"的需要，歌谣成为简便普及的运载工具；再到民歌因为编织现代神话而自己也成了神话，让"新诗"运动走向"歌谣化"；作者脉络清晰地梳理了各种时代诉求对于歌谣的"征用"和改造，钩沉、讨论了《歌谣》等少有人关注的重要文献的价值。20 世纪 40 年代是一般文学史重点叙述的新诗取法歌谣的年代，也是本书讨论的"中心"。但非常值得注意的是，在许多人视为成就的地方，作者看到了值得警觉的问题。特别是，作者将这个年代定义为"新诗歌谣化"。而所谓的"歌谣化"，就是"资源"被内化为诗歌写作的标准和"规范"，本真流露、一时感兴的言说成了承担重大使命的"释言之言"。

　　我认为应该特别重视培浩命名和梳理的"新诗歌谣化"问题，它昭彰了这一历史现象对"新诗"实践和歌谣现代化的双重误解。而培浩之所以能够有效提出和梳理这个重要的学术问题，一是认真占有和钻研过大量历史文献，对近百年来"新诗"与歌谣的关系心中有数，用"历史的眼光"超越了一般人以时代的眼光打量时代的局限。二是他有深入辨析的热情和命名事物的理论自觉。培浩攻读博士学位期间与我讨论某种诗歌现象的定义与命名的情形，我至今依然记忆犹新；而阅读本书，再次与诸如"资源发生学""文学化的释言之言""历史透视法""粗糙的大众化""精制的政治化"等"说法"相遇时，便不由得要会心一笑。

无论从事学术研究还是理论批评，有没有历史的眼光，是否有理论与方法的自觉，成效是不一样的。

是为序。

2018 年 12 月 9 日于北京四季青

（陈培浩著《歌谣与中国新诗》，中国社会科学出版社，2018）

《张枣诗歌研究》序

在大学学位教育体制中，一般人都以为研究生的培养是老师在指导学生，学生在传承老师的学问和风格，实际上并不尽然，就像文学史的代际关系，在发生学的意义上，并不是前代生出了后代，而是儿子"生出"了父亲，——因为有了后续，曾经无名的"当前"变成了历史，必须进行历史性质的命名和叙述。

大学最迷人、最让人羡慕之点也在这里。虽然师生之间的关系，在福柯知识系谱中，也是一种权力关系，但这种关系究竟不是官场上的等级服从关系，而是某种"说服"关系：这是说话和研究问题的地方，求真求是的地方，服从的不是权力意志，而是得到认同的真理。因此，这里最高的存在和敬畏是学问，最正常和美好的师生关系是教学相长，互动共生。事实上，不单是学生得到了老师的引导，学生也以他们的朝气、敏感和锐气，教导老师认识新现象，关注新问题。20世纪80年代初在北大课堂上旁听钱理群老师讲授中国现代文学史，后来又阅读他《心灵的探寻》等著作，他引述学生作业中的见解，竟成为一种学术特色，而他引述时的那种欣慰与自豪感，更是令人难忘。

那是教学相长、互相砥砺、互动相生的生动见证。而赵飞的博士论文《张枣诗歌研究》，也曾让我受益良多：不仅改变了我的成见，激发了我对张枣诗歌的兴趣，还让我对"文如其人"或"风格即人"等前人的经典论述，有了更深入的理解。

真诚地说，在赵飞选择张枣诗歌作为博士论文选题之前，我受诗歌圈子一些传闻的影响，以为张枣也沾染了传统文人与新诗人的某些积习，虽然读过他几首早期诗作，但并没有系统阅读他的作品，意识到他在当代诗歌中的重要价值。因此，在开题之初，只是建议赵飞以张枣为重点，研究"张枣与'新古典主义诗歌'"，以改变"第三代诗歌"（或曰"新生代诗歌"、"后朦胧诗"）研究的成见，纠正人们简单把"他们"与"非非"诗歌当作"第三代诗歌"以偏概全的现象，——我认为"他们""非非"只是"第三代诗歌"中的一股诗潮，"第三代诗歌"至少还应包括"女性主义诗歌"与"新古典主义诗歌"，而以张枣、海子、西川、陈东东、柏桦等诗人的"新古典主义"写作，或许更具有承前启后的意义。

赵飞以"张枣与'新古典主义'"开题，实施过程却打了折扣，将一种诗歌现象研究变成了单个的诗人论。不过，她在论述范畴上没有实现我们的期待，论文质量却超出了我们的期待，在匿名评审和答辩中得到了普遍的好评。赵飞是对的，她收拢论述野心，聚焦于张枣这个典型个案，更能体现张枣诗歌的重要性。

张枣是当代诗人中最有诗学追求和研究难度的诗人，没有具体深入的文本细读，没有作品语境的真切了解，没有对其所涉中西文学与文化"互文性"的心领神会，很难进入他"梦中梦""戏中戏"般的诗歌世界。而赵飞这部《张枣诗歌研究》的意义，首先就在于作者能够正视这种难度，努力理解杰出诗人的艺术自觉，昭彰艺术克服困难的魅力与价值，让诗歌纠正诗歌，艺术趣味对比艺术趣味，扭转长期以来"新诗"写作习非成是的简单化倾向，体现诗歌的言说风度和汉语的典雅隽永。

张枣诗歌世界是曲径通幽、镜花水月的花园，园内有园，景中有景；而赵飞还在成长，那么年轻，那么单纯，生活中那么容易相信，甚至连老师上课顺手用个廉价杯子喝水，也以为困难，课后特意买了好的送去。然而，无论诗歌写作的藏山隐水，奇思妙构，还是阅读理解的山穷水复，柳暗花明，都不完全是（甚至主要不是）脑神经运用的智力问题，而是心性、感觉和趣味是否相通，能否"情投意合"的问题。赵飞的好处是以为人处世的真诚与单纯作代价，持护了诗歌感觉的敏锐和趣味上的纯真。她对张枣诗歌是倾心倾情的热爱，研究过程是全力以赴地投入。这种倾心倾情和倾力，不仅在她的论文中得到了见证，也感染和影响了她的师弟师妹。后来我的好几个学生都成了"枣迷"，跟她的"言传身教"是分不开的。

张枣诗歌曲高和寡，许多作品也以寻找知音作为主题。从未见过面的赵飞是不是张枣诗歌最好的"知音"？我不敢断言。可以坚信的是，赵飞的这部《张枣诗歌研究》，作为张枣研究的第一篇博士论文和第一部研究专著，即使不是一部提供定位定见和定论的著作，也一定是张枣诗歌研究的重要指引。作者不只对张枣诗歌的基本主题、意象、情境、风格有深入的观察，还对其与中国文学"文与道"的传统，与西方现代诗歌的吸收转化关系，有独到细致的梳理。尤其值得赞赏的，通过认真研究，赵飞不仅向我们提出了张枣的典范之作，诸如《镜中》《卡夫卡致菲丽斯》《空白练习曲》《跟茨维塔伊娃的对话》《云》《春秋来信》《大地之歌》等，而且篇篇作了细读式的分析。

诗歌文本的细读看似容易，有"新批评"发明的完整理论原则、概念体系和方法论可以参考，但落实于张枣诗歌却不那么简单。一方面固然由于"新批评"主要专注于文本内部，而现代汉语诗歌是中外古今诗歌文化网络中的一个网结，具有广大的"互文性"；另一方面，是张枣自觉疏离了胡适以来现代诗歌的"明白清楚"传统，希望使用说写趋近的现代语言写诗，也能达到"言近旨远"的艺术境界。张枣与"新诗"主流写作大异其趣之处在于，他的言说理路不是服从抒情言说者主体意志的牵引，而是"隐身"于作品的具体情境，形式结构也格外讲究，即使使用自由诗的形式，也重视诗节诗行和音节的和谐匀称。因此，实现张枣诗歌的有效"细读"，既要求研究者能够通过"诗艺"抵达"诗义"，也要求熟悉与文本相关的语境、经验和文化因素。

《张枣诗歌研究》文本细读的优点正在于技艺与文化因素的兼顾。仅以第一章第一节对《卡夫卡致菲丽斯》的分析为例，这是张枣成熟时期的作品，打着"隐身术"和"戏剧性"的显著烙印：孤独的灵魂在"夜啊，你总是还够不上夜/孤独，你总是还不够孤独"的现代荒原向谁倾诉，该如何交代矛盾虚无的心事？张枣找到了卡夫卡，那个作为未婚夫和小说家，却又始终怀疑婚姻与写作价值的卡夫卡，找到了书信这一私密的倾诉形式。卡夫卡未能履约的婚姻、未被执行的遗愿，以及他小说中至死未能抵达城堡的测量员，通过张枣的想象编织，成了现代寓言的不同构件。特别值得一提的是抒情主体的角色化，不仅角色化，而且是由实而虚，由虚转化为象征。张枣变成了卡夫卡？卡夫卡又成了《城堡》中的人物？还是根本分不清"作者"与"人物"、写者与被写者，在寓言的意义上，我们都是"测量员"（"我们这些必死的，矛盾的/测量员……"）。

赵飞深谙作品的"机心"，一方面，开篇就通过张枣的自白，为我们提供了张枣写作这首诗的社会语境和个人心境。同时，提供了不少与文本内容相关的卡夫卡的通信、日记与其他文献，为理解这首诗的"典故"扫除了障碍。而在进入具体"细读"式分析时，又始终坚持通过"诗艺"阐述"诗义"的原则，细致观察诗人如何通过"面具""对话性"以及充满个人气质的意象（如"肺""夜""使者""鸟""镜子"等），建构一个"对称于人之境"的诗歌世界。最终，又经由一个个文本世界的解读，让人们深入理解张枣的诗学，以及这种诗学对于"新诗"积习的纠正与挑战。

还值得一提的，除了为人们打开一扇理解张枣诗歌的窗口外，《张枣诗歌研究》也是一个年青学者成长的见证。它向我们表明，一个学人最初的出发，如果能与高品位和有挑战性的研究对象相遇，会获得更高的起点。

是为序。

2019 年 2 月 13 日于北京四季青
（赵飞著《张枣诗歌研究》，社会科学文献出版社，2019）

《名人在汀州》序

收到王英寄来的散文集《汀水谣》和《名人在汀州》初稿，顿生出无限羡慕：出生和生活在文化名城真是一种福分呀，举手抬足，都是历史荫凉，耳闻目睹，尽是先贤本事，即使用尽一生，也是看不厌，听不完，道不尽。可不？王英从现实的"汀水谣"出来，又走进历史的汀州，寻找名人的雪泥鸿爪了。

《汀水谣》的意趣有点像我们的客家民歌，因物起兴，脱口而出，是现实的、即兴的、个人的抒情。而放在我们眼前的这本《名人在汀州》，则是历史上汀州名人踪迹的钩沉：外来的从唐天宝年间首任汀州刺史樊晃，到清乾隆年间在汀州试院巡考的福建学政纪晓岚；本土的从北宋长汀第一位进士罗彧，到清末民初的教育家康咏，等等，王英拂去一千多年的历史烟尘，让近30个文化名人栩栩如生地列队来到我们面前。

历史名人是一个地方的文化名片，是文化身份和文化品格的见证。但时光荏苒，逝者如斯，名人踪迹在久远的历史时空中真的如雁过留声，就像苏东坡诗《和子由渑池怀旧》所谓："人生到处知何似，应是飞鸿踏雪泥。泥上偶然留指爪，鸿飞那复计东西。"因为有太多的偶然，有些连当事人自己也未曾留意，追寻起来分外不易。

真难得王英如此用心，她以作家的敏感和学者的严谨，从地方史中，从个人文集和人物传记中，从家谱族谱，从学术著作中，将他们在汀州的踪迹一一钩沉出来。通过这些名人的踪迹，我们既看到了中华文明在一个地域富有特色的发展，也看到了千百年来形成传统的客家文化，承接、转化与反哺主流文化的生动景观：光芒万丈的唐诗宋词也照耀着客家民系开垦的丛莽之地，而汀州大地的美丽山水和纯朴民风，也感染着历朝历代匆匆来去的过客，给他们精神上的激励，心灵上的安慰和创作上的灵感，以至于像钟全慕、钟翱这样的唐代祖孙刺史，最终也以客为家，定居汀州，成了客家民系的组成部分。

《名人在汀州》所昭示的，是名人与名城相得益彰的秘密。

是为序。

2019 年 2 月 26 日于北京四季青

《梁野东风》序

为一个偏远乡镇的历史、文化和风俗著书立说，《梁野东风》的出版不仅是地方有识之士的创举，也是新时代政通人和的见证。

在中国三万多个乡镇中，福建省武平县武东镇表面上是一个默默无闻、无足轻重的存在。这种默默无闻、无足轻重的状况，首先是由于它与许多"小地方"一样，一直处于无名的状态：虽然乡制始于西周，但隋唐以降直至清末，正如著名人类社会学家费孝通先生在《乡土中国》和《江村经济》中所揭示的那样，封建帝制实际上并未在广大乡村社会建立起垂直的统治格局，它们千百年来一直处于自然村落的状态，治理这个"小社会"，依靠的主要不是法典官宦，而是村（族）规民约和乡绅长老。因此，就像本书中练良祥先生在《武东镇建制沿革》追溯的那样，在漫长历史时空中，"武东"实际上是武平县一个没有行政边界的方位，须到 20 世纪 30 年代，"武东区"才作为有明确边界的行政区域在年轻苏维埃政府的襁褓中诞生。

但即使进入 20 世纪，现代制度开始对乡村进行规划和管理以来，武东在相当长的一段时间里也处于妾身不明、归属无定的状态：不是被切成两块分别并入十方和中堡，就是分成丰田和六甲两个行政单位。为什么武东的行政规划举棋不定？除了社会转型和政策变化的因素，恐怕原因还是地方特色和支撑性产业的匮乏。客家人落脚生存的闽地之西，本来就是穷乡僻壤；而在武东，除了人均不足一亩的山地之外，几乎没有发展规模性产业的资源：在我 20 世纪 70 年代的记忆中，武东公社甚至不如十方和中堡两个近邻，它们至少在矿产和林业资源方面要优越一些。

或许有人认为这不是生存发展的理想之地，但以客为家的客家人不仅世世代代在这里繁衍生息，以大地群山一样的沉默，显示出平凡生命奇异的坚毅与庄严；而且以一个个几乎令人难以置信的奇迹，诠释着客家民风民俗的精神魅力。其中最值得重视和珍惜的，就是以"耕读传家"为本的生存定力。你看看林善珂先生写的《古代武东书院概述及崇文书院简介》，武东古代书院书屋竟然比现在的小学还多，光四维一个村就既有知名的观成书院，又在雷公井、大窝里建有书屋和学堂。有这样崇尚文明、敬畏知识的传统，几乎不为世人所知的培英书屋，会走出王贵生先生这样新中国成立后武平县第一个考入北京大学的学生，就自然是情理之事了。王贵生先生是 1959 年考入北大的，那时他已经与童养媳妻子结婚，是一个 2 岁孩子的父亲。我读过他自印的传记《记忆的容颜》，他完全称得上悲壮的求学经历，让我又辛酸又骄傲。

最值得注意的，当然是清朝康熙三十八年举人林宝树先生。在闽粤赣三地客家人中，不知林宝树其人的或许有之，但不知道《元初一》的，肯定少之又少。我们客家儿童在没有听说过子曰诗云、唐诗宋词之前，就已经在背诵他这本方言写成的启蒙读本了。林宝树的意义实际上远不止创造了用客家方言写作的奇迹：他不仅仅是耕读传家的客家士子的榜样，甚至不仅是进退有据的传统读书人的典范。在传统中国读书人人生与事业格局之外，他探索了另一种面向民间社会安顿身心和建功立业的方式。

林宝树中举后被选授海城知县，究竟是敬谢不赴，还是赴任后打道回乡，现有的史料不甚清晰，似乎也无从稽考。这并不重要。重要的是，第一，无论不赴任，或赴任后辞官返乡，都体现了一个读书人独立的思想和人格。第二，传统中国的读书人，历来奉行的是"达则兼济天下，穷则独善其身"的人生哲学，仕途不畅无缘施展政治抱负时，以退为进，隐居于田园和诗赋书画之中，追求自我人格的完成。但林宝树归隐故土，仍然找到了运用知识服务广大社会的方式，既保全了人格又为社会做出了重要贡献。

我个人非常敬仰不求闻达、外朴内刚的林宝树先生，他体现了传统客家读书人非常可贵的品格，不只因为他战胜了封闭环境和物质条件的限制，在拥挤的科举道路上脱颖而出；而是崇敬他不忘初心，经过心与脑的运用所形成的独立精神和强大的内心定力，为了自己的内心信念，不要说功名利禄，即使面对人生悲剧，照样义无反顾，一往无前。

这是一种非常有趣的文化气质，像一种基因的遗传，从古至今，成为一代又一代梁野山下读书人共同的印记。譬如文化前辈林默涵先生，挺立在时代的潮头，身不由己处于现当代文坛的是非漩涡中，骨子里仍然是初心不改、富贵不移的客家人本色。我敢于这样评价林默涵先生，是因为与他认识并有过不浅的交往。那是 1981－1983 年我在北京大学、中国社会科学院进修和帮助工作的时候，我与他在他北京沙滩文联办公室有过好几次难忘的交谈，他还好几次让秘书寄邀请函和打电话，让我出席过包括在人民大会堂召开的纪念鲁迅 100 周年等重要的文化活动。那时我也是年轻气盛，不十分在意他对小老乡的亲切关怀和宽厚大度，竟当面表达不同的文学见解，也没有接受他要我评论电影《喜盈门》的任务。但是私心里，却一直对他怀有一种特殊的尊敬：他曾与我谈到过当时主要中央领导让他主持整个文艺界的情况。我知道，如果不是客家读书人秉性使然，像当时一些文坛要人那样跟着潮流改变自己的文艺观念，随波逐流，见风使舵，我的林伯伯是会担负更重要的职责的。

我深深感到无论读书和不读书的客家人，似乎都有一股倔劲，爱认死理，面对千变万化的世界不擅（更准确说是不愿）通融，随机应变。这是长期被封闭而艰辛的生存环境和民俗民风交融塑造的一种执着自恃的性格，积极与消极的发挥正如一种性情的两用，全看能否得到人生观与价值观的引导。从好的方面说，它是自信与定力，对心中认定的东西执着如一，不改初衷，不计得失。而在不经头脑的情形下，却是一种盲目的力量，拿客家话说是一种"蛮"力，或者安贫乐道，不思进取；或者热情与力量用错了方向。这就是为什么客家文化要把"耕读传家"作为安身立命根基的原因，光是拳头硬力气大能吃苦会劳作是不够的，力气还必须用在正道上，因此必须通过知识和文化的力量训练我们的反应能力，用崇高的价值观指引我们的人生。

《梁野东风》全面展现了一个客家乡镇的历史与现实，让我们能够更好了解自己的历史，看清未来的方向。在这个意义上，它不仅是新时代政通人和的见证，也是通过历史与现实反观自己的一面镜子。

是为序。

2019 年 7 月 18 日于北京四季青

（《梁野东风——武东印记》，练良祥、林善珂主编，社会科学文献出版社，2019）

第二辑
后　记

《六十年散文诗选》编后

　　说是《六十年散文诗选》，其实所入选的作品，有六十五年的时间跨度。我国散文诗是与新文学一起诞生和成长的，在半个多世纪的历史行程中留下了许多优秀作品。虽然我们可以争论这种文学形式已经独立或者尚未完全独立，也可以说它的杰出作家和杰出作品还不很多，但从这个并不完善的选本中不难看出，散文诗作为新文学的一支，毕竟以自己的成果丰富了现、当代文学的宝库。

　　我们希望这个选本能够基本反映我国六十年散文诗创作方面的主要成就。我们对"史"的角度是有所考虑的，希望这个选本具有一定的史料价值。同时我们还有另一方面的追求，即让它能在一定程度上满足广大散文诗读者、作者们欣赏和借鉴的需要。因此，对一些虽然创作很多，但质量不高的作者的作品，我们选得很少，或者干脆不选；而对另一些产量虽然不高，但痴情于艺术质量的作者，我们则尽力向读者推荐。不过，编选散文诗创作的选本有不少特殊困难：首先是在很长一段时间里，许多作家把散文诗当作"诗的变体"和"有诗意的散文"，杂收在各自的诗集和散文集里，而这些集子真是太浩繁了！其次是散文诗的理论建设还十分薄弱，甚至迄今还没有比较能让人心悦诚服的、真正揭示了它内在性格和特征的理论，我们只能按照自己的一些看法进行鉴别和挑选。这样在所能找到的书籍、报刊中凭主观去取舍，自然免不了有偏见和遗珠之憾。因此，如果这个选本能够对散文诗读者和研究者有所帮助，为当代散文诗创作的发展起一点推动作用，我们就如愿以偿了。

　　书末有两个"附录"。《散文诗的几个问题》（附录一）提纲性地谈了我们对散文诗的看法，极粗地勾勒我国散文诗六十几年的发展轮廓，还有我们对杰出大家和杰出作品的期待。《散文诗集要目》（附录二）是我们为散文诗研究者提供的主要书目的索引，同时为没有作品入选的散文诗集"立此存照"。

在本书的编选过程中，我们得到许多人的鼓励和帮助。中国社会科学院文学研究所当代文学室、图书馆资料室的同志和福建师范大学中文系的汪文顶同志，为我们提供了很多方便；一些散文诗作者寄来了剪报和抄件；郭风、谢冕、刘再复、杨匡汉、楼肇明、徐柏容等同志对我们的编选工作贡献了许多宝贵意见。特别应该提到的是四十年代的老作家刘北汜同志，他为本书的编辑与出版付出了很大的精力，做了许多工作，他事实上是本书的一个编者，只是他不愿署上他的名字而已。在此借本书面世的机会，一并表示深切的谢意。

还要特别感谢江西人民出版社的同志们，他们为《六十年散文诗选》的出版提供了最直接有力的支持，每一张书页都留有他们的汗香。

1983 年 9 月 24 日

（孙玉石、王光明编选《六十年散文诗选》，江西人民出版社，1985）

《散文诗的世界》初版后记

倘若谁在四五年前说我会出版这么一本专门探讨散文诗的集子，我一定要取笑他的颓唐。那时候，面对无数才气横溢的新时期作家和作品，我虽然没有勇气再去做诗人或作家的梦，很想在评论上试试自己的艺术感觉，然而，我还没有想到在散文诗方面做试验。因为散文诗不是一个有广泛影响的文学品种，在我当时的视野范围内，它给我的印象远不如诗歌、小说深刻，而且也没有多少理论可资参照。因此，作为一次偶然的涉足，在1981年春写了《评郭风和柯蓝的散文诗》和《1977－1980年散文诗漫评》之后，我并没有打算继续思考，因为我羞于这两篇文字的浅薄。

然而我有幸在北京学习了两年。我发现北京大学的老师们人人有自己的园地，他们在其中呕心沥血地耕耘，为我国文化事业做出了极大的贡献。人活着，总要做些事情，但人生有限，世事无穷，"是不是要选择一块试耕的园地"？带着山里人的憨气和惶惑，我不知怎么就向谢冕、孙玉石老师冒昧说出了我的感觉，并提出了这样的问题。真感谢他们耐心看完我浅陋的习作，说我不妨先思考一下散文诗，同时热心地介绍了许多作品和资料。尽管当时我急切地想开阔视野、陶冶心性、掌握方法，没有把那次交谈看得很认真，但觉得或许这是一个值得尝试的工作，同时觉得关心一个范畴的问题比把自己捆绑在一个作家身上究竟要强些。于是，偶有所感时，我仍然写一些散文诗作家作品的阅读心得，寄给刊物发表。

一次心灵的地震增加了我对散文诗的热爱。唐弢先生曾说他很喜欢散文诗是在"顶苦闷，顶倒霉的时候"，此话不幸如同谶语在我身上得到了应验。那时似乎只有鲁迅、波特莱尔、屠格涅夫的许多散文诗能应和我内心的苦闷和孤独。我永远记得自己读鲁迅的《野草》、邵燕祥的《麻雀篇》、刘再复的《爱因斯坦礼赞》等作品的情形。我是怎样地哭着生存的艰难，从这些作品中吸取力量，企图从苦闷的泥沼中自拔啊！就在这段除了读散文诗，不能读其他书，更不能写作的日子，我在孙玉石老师指导下编选了《六十年散文诗选》（江西人民出版社，1985），较多地积累了对散文诗的感想。

可以这样说，由于老师的启发和一场特殊的生活体验，我对散文诗有了一些新的理解，产生了特殊感情。像所有的人一样，对于自己的钟情对象，总愿意为它奉献点什么；何况我还意识到散文诗理论和批评的贫弱，感到散文诗创作必须摆脱盲目性，增强自觉性。因此，我放弃了别的许多急切想读的书、想涉足的领域，在这个很不引人注目，甚至有些人还不大瞧得起的园地付出了不少时间和汗水。我不会偏爱这本小书，虽然它很可能是我国从面上思考散文诗的第一本小书。但我也不后悔，因为这些文字毕竟出于自觉自愿的劳动，凝聚着我的苦痛、我的情感和我的思考。我曾在思考中忘掉个人的痛楚，心灵有了寄托，体验到艺术探索的快乐。同时，那些并不成熟的思考和探索使我获得了许多文学朋友。我曾收到不少散文诗作者和读者的热情来信，看到好些关于散文诗的文章注明出处和不注明出处地引用我的一些观点和阐述，给予褒扬或进行商榷。这一切都是对我的鼓励和鞭策。我不会忘记那一段心灰意懒无所事事的日子，一个不认识的读者从遥远的边疆来信，问我为什么许久没有关于诗和散文诗的文章发表；我也不会忘记，另一个不相识的读者，因读到重名作者的文章，坦率不客气地问我是否有个性的矛盾和理论与创作实践的割裂现象……我很难想象，没有这些师长、读者、朋友的关心和鼓励，我如何能有心境写完这本小书。文章是我写的，但写文章的动力来自我们的社会：那些关心我、爱护我的老师、朋友、编辑和读者们。

让我把这本不成熟的小书献给他们！

如今，我国散文诗已经进入它有史以来最为繁荣的新时期。我们从近年散文诗创作队伍的迅速壮大，一套套丛书、选集的出版，大量国外散文诗作的译介，中国散文诗学会的成立，等等，看到了散文诗的现实生机和发展前景。特别令人欣慰的是，许多青年作者的出现，冲破了比较狭隘、单一的感受方式和表现方式，带来了新的艺术观念和审美情感，使散文诗有了比较鲜明的主体意识和体裁特点。这是对鲁迅开创的我国散文诗传统的自觉继承，又是这种传统的继续开拓和发展。当然，像《野草》那样深厚的作品，像茅盾那样"象征了一个时代的苦闷"的散文诗，还不很多，因此，它呼唤着更深刻的探索和创造，呼唤着杰出作家和作品的诞生。

散文诗的领土已经拥有也一定会继续拥有自己的艺术"巨人"。除我国的鲁迅和他的《野草》外，在世界文学史上，波特莱尔的散文诗集《巴黎的忧郁》与他的诗集《恶之花》一样受人重视，屠格涅夫以他的小说成就奠定了自己在文坛的地位，然而人们也忘不了他写的散文诗。更不用说泰戈尔了，他的《吉檀迦利》和《新月集》往往是人们最喜欢的作品之一。关键的问题是，散文诗作家必须根据散文诗的艺术规律，把美的架构建立在自己时代的深刻发现上，把艺术感官和触角伸入社会、人生、现实处境的底蕴，把握时代的情绪和意识特点，或是人生的本质，或是一个历史时期的独特心理状态，或是一个民族深层的情感和性格的深层结构。"某一特征所以更重要，是因为更接近事物的本质；特征存在的久暂取决于特征的深度"，丹纳说得不错。如泰戈尔，就是由于"他对真理的热切探求、思想的洞察力、广阔的视野和热情、雄浑的表现手法，以及他在许多作品中运用这种手法维护和发展了生活的理想主义哲学"而获得诺贝尔文学奖的。

所以，在本书的一些篇章中，我极力提倡创作主体经验、感觉的深度，提倡散文诗作为民族心理的一根触须，探寻一个时代的生活、经验和情绪，以散文诗自己的艺术规律，努力把美的架构建筑在社会和人生的深刻感觉上。我觉得，散文诗是一种有着独特的审美情感选择，积淀着人类复杂心理内容，体现着近现代社会人们新的感觉和想象特点的艺术形式，没有深沉的内心要求和相当的艺术素养，不易驾驭。改变一些读者对于散文诗的片面印象，关键在于提高对散文诗结构、功能的认识和对深沉内心要求的自觉意识。勃兰兑斯说："如果作者不是一个真正富于创见的思想家，具有决定性的重要意义的，便是他的心灵应当有意识或无意识地受到他那时代最进步思想的渗透，因为只有精神才能够'保持活力'和防止毁灭。"因此，不能以表现流行的题材和主题为满足，散文诗作家必须深入探索自己时代的人们对于社会、人生、命运的意识和情绪，以鲜明的当代意识和美学趣味观照生活的大千世界，真正从社会与人生的最深处把握时代的呼吸。我曾在《六十年散文诗选》中破格选了邵燕祥的《麻雀篇》。

说是"破格"，是因为它长达六七千字，超出了散文诗篇幅的常规。然而，它的骨子里又是真正的散文诗。作者从对当代中国一段真实可笑的诛杀麻雀运动的感触和想象出发，意味深长地揭示了相当多的人的悲凉命运。像邵燕祥的许多诗篇一样，普通的题材却隐含了深刻的意味，虽然写的只是一只小生灵的一段经历，但我们读到、感到和联想到的，却是作者和同代命运多舛的人们的生活、思想和感情经历，他们的希望、困惑、焦虑和绝望，他们对于绝望的超越。

对于不把主体感觉外化到情节和戏剧冲突中的散文诗来说，写什么样的题材并不重要，重要的是怎么写，赋予它什么样的意味，关键在于作者有什么样的审美感觉，他的感觉中积淀了多深的社会人生意识。我认为，提高散文诗创作的质量，推进散文诗的健康发展，重要的追求是超越题材，即超越表现对象的表层美感。只有主体审美感觉的深化才能实现这种超越，只有自觉对社会、人生、自然进行再探索和再思考才能实现这种超越。在生活中和艺术中，人们常以"登山"比喻通向理想目标的艰难道路，把"山顶"想象、描绘得美丽无比。但在刘再复的散文诗《山顶》中，"山顶"是望不到的未知情境："也许那里有翩翩的白鹤，圣洁的雪莲，有珊瑚枝似的奇丽的花丛，有鹅绒似的柔美的绿茵。也许什么也没有，只有山顶，只有焦土和死草，只有飘曳在山顶上的云雾，甚至只有埋葬在云雾中的前一代攀登者的尸骨，和陪伴着他们的寒冷而凄凉的风（也许还有蜿蜒的蛇，吐着毒焰；饥饿的鬼，唱着摄魂的歌）……"作为一种对人类生活和生存价值的新的审美体验，在未知世界的或然性和现实追求的可选择性上，作者并没有简单地把可选择的追求与或然结果，有限的生命与无穷的奥秘等同起来，而是强调积极的自我选择、自我实现的价值：真正的追求者的追求是寻找和发现真理，努力解开未知世界的奥秘，在寻找和发现的过程中获得生命的充实。"我的生命欢乐的源泉，就在这日日夜夜的攀登旅程中。"这种审美感觉和价值观念是否更有当代意识的深度和当代人的心理深度呢？我常常想，散文诗也许是主体自我表现色彩最鲜明的艺术形式之一，它具有沉思着的内心独白特点，散文诗作家必须穿过生活的表层感受，锲入人的激情深隐的底层，表现激情深层中社会和人生的隐秘的实质。

收在本书中的文章大部分发表过。走上文学批评道路的这些年来，我花了不少时间关心散文诗，发表了较多的意见，然而绝不像一本书中对我的介绍那样"专攻散文诗研究"。也许把视野和思考专门放在散文诗上，离开了对其他体裁的关注、思索所获得的参照，反而不能发现散文诗的特点。我是时时提防着自己囿于单一、狭窄的经验而陷入偏执和偏颇的。我觉得，我们可以偏爱和潜心一门艺术，但对别的艺术门类的认识和理解，也是认识这门艺术的前提条件。

但是这本小书仍然只有抛砖引玉的作用。由于自己才能和理论水平的限制，其中的观点和阐述肯定有许多不成熟和片面之处。当出版这本小书的时候，我特别感到遗憾的有：

一，我的理论思辨力还很不够，许多问题未能提升到美学、哲学的高度进行观照和分析，很多还停留在经验和直观形态的描述。在文学艺术的研究领域，研究者的艺术经验、直觉和悟性虽有重要意义，它甚至可以越过几道逻辑思辨的坚硬台阶，直接感知事物某方面的本质特点，但是，艺术研究的高级境界，永远是创造性直观与科学分析的有机统一，心灵妙悟与哲学思辨的相互支持。

二，我虽然很注意散文诗的内向性、主观性的特点，始终强调它的主体性，强调创作主体的艺术感觉和情绪体验，觉得应努力揭示主体世界溶化，表现外部世界的复杂奥秘，揭示散文诗艺术构成的多重关系，但是，由于个人的许多局限，由于心理格局和知识结构的不完善，许多方面没有很好深入研究和展开阐述。我深深感到，作为人，我是一个半新半旧的人，艺术观念和思维方法也是半新半旧的，我的身上还深刻烙印着旧的思维模式和艺术观念的印记，在散文诗和其他理论批评领域，远未达到自由思考和自由表达的境界。

三，我对散文诗作家作品的具体评介，局限于当代作家。即便这样，当代也还有一些应该并且打算介绍的作者，由于一些事情的干扰未能如愿成文。例如许淇，不失为当代较有成绩者之一，他的作品给我们带来了对于土地的深沉恋情，交织着北方的浑厚和南方的温柔。近年他以世界著名艺术家为题材的散文诗，更显出崇高而又蕴藉的艺术魅力。又如王中才，他的《晓星集》一出版就引起我的强烈兴趣，他或许是散文诗新人中最能从日常平凡事物中鉴别生活内涵、表现深沉思索的散文诗作者之一。我为自己没有认真把他们介绍给读者而抱歉。

有这么多的遗憾，或许不该在陈列浩繁的书店和图书馆的书架上，再塞进自己这么一本无足轻重的小书。但转而一想，我国毕竟还没有从面上论述散文诗艺术的专著，或许它真能成为一块引玉之砖；同时，就像没有不遗憾的人生一样，怎么会有不遗憾的工作？波特莱尔说过："对美的研究就是一场殊死的决斗；在这里，艺术家只是在被战败之前恐怖地哀鸣着。"

那么，去吧，我的《散文诗的世界》！本书的书名原是谢冕老师一篇论文的标题，当我把自己这个范畴的文章收集成书，苦于找不到一个适当的命名时，他慨然把这个我十分喜爱又不敢使用的文题让给了我。熟悉谢冕老师诗歌理论批评的读者不难从我的文章中看出他的文学观念和文风对我有潜在影响，我从他身上学到过很多很多，如今他又为我这本小书作序，说了很多热情鼓励的话。我觉得，他的话是对我为人为文的激励和鞭策。我涉足了散文诗的世界，我犁耕的很可能只是这块土地的表层，我期待着方家和读者们的批评指正，期待着更多的人深耕这片大有希望的原野。

1986 年 4 月 2 日于康山里

[**校后附记**] 校完《散文诗的世界》，我并不像以往写完一篇文章那样，有一种得以解脱的轻松感：作为一本书，它将要与读者见面了，但作为一个领域的探索，远非结束而不过是开始——特别是它把握情感和现实的现代艺术哲学精神，它形式的本体结构和语言特性，以及它在我国历史发展中的问题和教训，迫切需要展开更具体、更深入的研究。当然，我会以别的方式和在别的场合表达新的想法和领悟的，但散文诗的理论建设工作不是单个人可以完成的，它渴望更多的探索者，渴望着不断的否定和超越。

本书的出版得到责任编辑邱祥凯同志令人感动的支持，作者还从他认真、细致的编辑作风中得到了学风上的启迪。借本书面世的机会，谨致衷心感谢。

1987 年 4 月 5 日清明节

（王光明著《散文诗的世界》，长江文艺出版社，1987）

《灵魂的探险》后记

收在本书中的文字，是我过去十来年文学批评文章的一部分，都是从当时发表的刊物中复印下来的，只有两篇因发表时受刊物篇幅的限制，做了较大的删削，现借成书的机会做了必要的恢复。本书原想命名为《人生体验的提取与张扬》，以提示这样一重意思：文学批评对于我，是一种人生体验和文学意识的表达方式。如今根据封面设计的要求，接受出版社的建议，我将它更名为《灵魂的探险》，也还算贴切。因为，真正的批评都有灵魂与灵魂的相遇，心灵与心灵的交流，思想与思想的撞击。它既是一种对对象的分析和探讨，也往往是批评者探索和认识自身的一种手段。我在批评中当然祈求价值的确定和理论的完成，但也始终把它当做一种拓展自己的视野，提高自身的趣味和修养，超越自我局限的实践活动。

原先并没有想到自己会去从事这项吃力的工作。在我出生的那个叫"雷公井"的小山村里，人们是不知道文学是啥玩意儿，也无暇对实在生活之外的事物叽叽喳喳发表议论的。上大学之后，我的痴迷也不过是抄诗和写诗。为此，真说不清楚自己什么时候与文学批评有了缘分。是小学"停课闹革命"时期一边读小说，一边流着眼泪用客家山歌的形式记录感想的时候吗？是由于对自己不大成功的诗歌创作的反省吗？还是因为职业的影响？我不知道。回想得起来的是，从一个优秀少先队员不能加入"红小兵"的那年秋天开始，我对世界上的事情有了许多的困惑和疑问。为了求索答案，也为了排遣与年龄一同增长的孤独苦闷，我在书籍少得可怜的小山村，四处求借被我发现的书。从《苦菜花》《高玉宝》《红岩》到中学课本；从《水浒传》《三国演义》《西游记》到"三言二拍"、《三字经》、《中医汤头歌诀》；还有《红旗》杂志、《前线民兵》和《赤脚医生常识》，等等，渐渐地，我有了借助文字寄托点什么的欲望。1973 年，我将两本写在粗糙纸张上，连老师同学也未示过的"作品"卷进铺盖，高中毕业做了"回乡知青"，开始了一本更大的人生之书的阅读。

当时，我弟妹众多的家庭十分贫困，并处在逆境中，我自然无心留意山村的美丽与丑陋。记忆中铭心刻骨的是村中那口远近出名的井，那舀不尽、汲不干的冬暖夏凉的泉水，恰似我故里乡亲的情意。它滋润我的生命与情感，一次一次地迎我送我，洗我濯我，使我在狂热时变得清醒，心灰意冷时觉到温热。当然，那个时代的风声、雨声，通过有线和无线电流，通过村前那条蜿蜒的公路，也摇撼着这个当时还用煤油灯照明，保存着醇厚古朴民风的客家山村，给我留下一些苦涩、屈辱的记忆。世态炎凉和人情冷暖的复杂感受催生了我更多的困惑与疑问。

文学与文学批评，是我人生的钟情寓所和人生困惑、疑问、思索的表达方式吗？

不过，倘若没有新时期思想文化氛围的感染与激励，我不可能写出这里所收的文字。我始终认为，我们这一代人归根到底还是幸运的，不论我们有过怎样的欢乐和痛苦、光荣与屈辱、获得或失落，时代毕竟给我们提供了更多丰富复杂的东西，我们是时代的受惠者。这一点是应在"后记"中记下的：我第一次提笔写批评文章是在 1979 年。

不知深浅地闯入这块领地后，始感到自己的莽撞与简单。在这个无边无际的文学和批评的世界里，我越来越感到自己的局限。把文学批评作为人生体验的表达方式是不够的，正如作为一个知识分子，满足于自己有知识而不清楚自己的角色和职能远远不够一样。可是，一旦意识到自己在做什么之时，又有多少怎么做的困惑和烦恼接踵而来！没有别的办法，我只能凭着热爱、真诚和执着，通过更自觉的阅读与批评实践，来弥补自己意识到的不足。我读文学作品和文学理论方面的书籍，也常读马克思、列宁、普列汉诺夫、毛泽东和其他大思想家的哲学、历史著作。那些伟大思想家的著作常常让我沉醉，不仅是思想观点和分析问题的方法，还有高瞻远瞩的目光，恢宏磅礴的气势，亲切生动、文采斐然的语言。像马克思的《路易·波拿巴的雾月十八日》，我几乎每年都要读它一两遍，收在本书中的《谢冕和他的诗歌批评》一文，至少在文气上受到它的感染。当然，自己的局限不是想克服就一下子克服得了的，如何用马克思主义的立场、观点和方法来分析生活现象和文学现象，更是自己一生的课题。十年来教书之余从事文学批评，最大的好处是越来越多地意识到自己的欠缺，从而不敢怠慢了自己的继续阅读和思索。

因此，这本反映了我十年文学批评蹒跚脚步的书，既无建构一种理论体系的意图，也少有追踪十几年来各种文学思潮的努力。我还缺乏长期的积累和足够的准备。我的性格不喜欢热闹。我更爱在无专门目的的漫步中，接受我所喜欢事物的灵魂和情感的邀约，畅谈自己的感受和意识。我在学着生活和读书，学着在不懂中理解与领悟，学着超越自身的局限。作为一本人生和文学的读书报告，我将此书献给故乡，献给教诲、激励过我，对我的文学和批评兴趣产生过重要影响的福建师范大学、北京大学中文系、中国社会科学院文学研究所的老师们，献给爱读书的青年朋友们。同时，我向原先发表这些文章的报刊和编辑致谢。

需要略作说明的是，本书的基础是我原拟题名为《诗和小说的世界》的论文集，三年多前我曾应约为一家出版社编选了它，作为一套颇有规模的丛书之一册。何西来老师勉励有加的序言还先发在《当代文艺探索》上。后来，因经济原因，丛书的出版中途搁浅，偏爱这本书稿的编辑"力争单独出书"的努力又未能实现，书稿最后又回到了作者手中。为此，我应向汇过款、写过信来索取《诗和小说的世界》的读者致歉。海峡文艺出版社毫不犹豫地接受了我这部书稿，热心支持帮助学术著作的出版，我十分感谢。同时，感谢本书的责任编辑管权同志，他带病阅读和编发了书稿，还真诚地就书中的个别问题与作者交换意见，使作者得以及时订正。这些，在我看来，不只是对具体作者的关心和支持，也是对艰难前进的文学批评事业的关心和支持。

现在经过重新编选的这本《灵魂的探险》，删掉了原编本中约 1/3 的文章，以便补进我近三年发表的一些新作。考虑到我已出版了关于散文诗的专著《散文诗的世界》，本书序言中提及的"第四辑"就全部删去了，现在收入的《散文诗：〈野草〉传统的中断》一文，是我专门为《散文诗的世界》一书的不足而作的。

1991 年 3 月 15 日于康山里

（王光明著《灵魂的探险》，海峡文艺出版社，1991）

《文学批评的两地视野》后记

正如"代序"所交代的，本书的写作没有事前的整体计划，不成"体（系）统"是肯定的。但成"体（系）统"往往也有成"体（系）统"的难处，甚至可以说有它的弱点。譬如说为了"体统"的"尊严"难免要装门面，说些敷衍的话。而不讲"体统"至少可以多一些个人的自由、随意和任性：凭兴趣阅读，有感想则写。

当然，既想接近"学术"，也就意味着给自已戴上镣铐，自由必须承受来自另一方面的压力。但形成本书的阅读过程，毕竟比我诗歌方面的课题性阅读，要自由得多，虽然在写作时，个别篇章可能耗费了更多的时间。

本书的内容，或许属于"批评的批评"。并不是由于认为自己有能力评说别人的研究。最初的出发点，完全是为了开放自己的视野，防止一己的褊狭。实际上，我从我的谈论对象中获益良多，他们让我认真想了一些或许本来不会想到的问题。而如今出版这本书，也是因为觉得这些不同的批评现象和方法，彼此已形成比较与参照，可以从中得到启发，继续许多问题的思考。

书中的各篇文章分别在福州、北京、香港完成。感谢香港岭南大学现代中文文学研究中心黄国彬教授、香港中文大学英文系谭国根教授，他们分别邀请我在这两所大学作为期三个月的学术访问，使我能够写出本书"下编"和"附编"的内容。而书稿最终被北京大学出版社接受出版，让我感到高兴：我曾经两次在这所大学进修、访问，现在事隔多年，又重温了一回交作业的心情。为此，借本书出版的机会，特别向热情推荐书稿的洪子诚教授，以及责任编辑高秀芹博士表示感谢！

　　本书的出版得到"福建省'百千万人才工程'人选培养资金资助项目"
（The Project Sponsored By Fujian Provincial Training Foundation For "Bai – Qian –
Wan Talents Engineering"）的部分资助，该基金会是在得知本书作者即将调离
福建的情况下，批准本人的资助申请的，认为我过去的学术努力不应因为地域
的原因忽略不计，这种做法让我心存敬意。

2000 年 9 月 18 日凌晨于香港中文大学曙光楼

（王光明著《文学批评的两地视野》，北京大学出版社，2002）

《面向新诗的问题》后记

十一年前我曾出版过一本叫《灵魂的探险》（海峡文艺出版社，1991年）的论文集，正如该书"后记"所言，那是自己"学着生活和读书，学着在不懂中理解与领悟，学着超越自身的局限"的"一本人生和文学的读书报告"，内容涉及诗歌、小说、散文和文学批评各个方面，非常庞杂。现在这一本就单纯多了，几乎全是诗歌范畴内的议论。

书中只收录自己发表的部分诗歌论文，而且不全是学院式的论文。文章的写作出自不同的意图和机缘，有的是为了弥补旧著的某些不足，有的试探陌生水域的深浅，有时是对某个问题突然有了理解和领悟，有时是刊物的约稿和友谊的表示。大学毕业以来，虽然一直生活在学院围墙之内，被学术体制加减乘除，却真的不愿天天抱着卡片箱做循规蹈矩的学问，用逻辑、概念规约鲜活生命的记忆和感兴。"学术"之于我，是与人们交流、对话的一种方式，为的是梳理问题，表达想法，安顿自己的心灵。这样，编选本书时，并不完全顾及学术水平的"代表性"，也想保存一些"从业"过程的痕迹，尽管有些年轻时的旧作，不免幼稚肤浅，但也不是没有现在想找也找不回来的东西。而个别文章，则联系着美好的个人记忆，不愿割舍。

就自己一直从事的诗歌研究而言，这些文章可能分散体现了一些基本认识的形成过程，或是一些点的勘探，为后来整体研究所覆盖；或是一些观点的萌芽，后来才长出完整的枝叶；当然也有伸延和修正。而从内在方面说，它反映了从成就评估到问题关怀的研究重心的转变。因此，本书取名为《面向新诗的问题》。

2002 年 10 月 16 日

（王光明著《面向新诗的问题》，学苑出版社，2002）

272

《现代汉诗的百年演变》后记

  《现代汉诗的百年演变》是自己的著述中私心里比较偏爱的一本。这并不仅仅由于其写作的时间长，谈了百年中国诗歌这样一个大的话题，有比较统一的构思；更因为通过这个话题，表达了自己对 20 世纪中国诗歌变革历程的基本观察，尝试了一种文学史的研究角度和叙述方法，同时也比较全面地调动了自己的积累。

  这种积累主要来自多年来对于诗歌及理论批评文本的阅读和思考。不过，耳濡目染，这种积累并不只是一本书到一本书的旅行，心得也不全从有字的文本而来。虽然二十几年来一直生活在大学院墙之内，但诗歌与自己的关系或许在小学时代就已开始。

  那是一个时代和一种生活方式的尾声。小学三年级教室里常有一个座位空着，老师知道他有一个学生老是旷课，却不知道田野里的山歌是旷课的缘由，更不知道这个孩子用山歌的形式记下了许多幼稚可笑的感受。许多人知道客家的土楼，那是一种举世闻名的建筑奇观。但是，有多少人在荒山野岭中领略过客家山歌自然质朴的韵致？我曾在一篇怀念母亲的散文里写过：以客途为家，千百年来跋涉在路上的客家民系是一个奇迹，一个历史之谜，而探求这个谜底的途径有两个，一是客家的米酒，另一个就是客家山歌。山歌，是汉民族历史上那个不断迁徙的民系最贴近心灵的表达方式。

  然而在现代工商社会，许多美好的东西都在眼前消失。打那之后，我只能从录音带里满足自己对那种山歌的怀念了。更遗憾的是，离开了唱它与听它的环境，一切都已变味。山歌，成了我生命中的乡愁。自己后来在不短的一个时期内生写诗的"麻疹"，是不是那种乡愁的延续？而再后来从事的诗歌研究，是否也是对这种乡愁的补偿？

不过，我毕竟一直没有离开诗歌。这不能不感谢我的母校福建师范大学。这是一所有自己传统的学校，虽然好长一段时间她也曾像国内许多师范大学（学院）一样重教（学）轻学（术），但作为省会唯一的一所文理综合的大学，却集中了全省的知识精英，特别是文科。由于种种原因，这里许多先生的声名要远远小于他们的才华学养，但也正因为如此，他们的学生得到了更多的教益。像研究唐宋诗的陈祥耀先生，他可以把古典诗词中的常笔、神笔区分得一清二楚。像教宋词的张文潜先生，我深信自己当年背诵了那么多的宋词，完全是因为她讲得太好。当然，那时候我也学着写诗，给我教益最多的是孙绍振先生。他才分很高，锋芒锐不可当，我们不少学生都相信，是他改变了福建师范大学中文系过去沉稳平实得稍显单调的学风。而他对我的改变，是用许多"好"的批语和整句整段的改写，将我分行或不分行的胡言乱语提升到可以变成铅字的水平。后来，我留校做了他的助教，我帮他批改作业，他则耳提面命，教我怎样用读一本书的时间读五本书和用读五本书的时间读一本书，怎样把一堂课的观点磨得像针尖那样锐利。孙绍振先生才高艺广，他对文坛与教育界诸多的特殊贡献非一般人能够替代。他直言直语，通常人们所见是他才气横溢的一面，只有像我这样少数比较亲近的学生，才知道他左右逢源的论辩力，对文本精细、准确的分析力，从何而来。现在未经老师同意，我不敢公开他如何读书的秘密，但从自己读书的角度，20世纪七八十年代之交，在很多好书尚未来得及重印的情况下，我课间课外抄了几百万字的好诗、好文、好书，应该承认全是受了孙先生的影响。如今复印、扫描这样便捷，人们拇指中指上没有厚茧了吧，但是抄书、做笔记的意义，不仅是掌握资料、强化记忆，也是细读的一种训练。

母校之外，我的诗歌的乡愁还在北京大学得到了延续和修正。北京大学是令我难忘的大学，我曾在别的文章中说过自己对大学的理解，多半来自两次在北京大学读书的经验。我的幸运之处是，曾在最需要自我调整的时候到了北京大学，而到的又是最有活力与坚忍沉思这两个时期的北京大学。我从费振刚先生、严家炎先生、钱理群先生、陈平原先生、温儒敏先生、曹文轩先生的讲课与著述中受益良多，而更为直接的指点则来自长期从事诗歌研究的谢冕先生、孙玉石先生和洪子诚先生。尤其是谢冕先生，除了关心我的学问、不露痕迹地给我提供某些成长的条件外，也对我一个时期的忧郁的情绪分外关切。1991年冬天有次"批评家周末"，谢先生的一番话，不少人肯定听得莫名其妙，只有我知道，那些话是专门为了我而说的。

北京大学以自己的丰富博大陶冶过许多人，而我从中得到的启迪是，做一个学人必须不断保持思想的活力并具有历史感。这次请谢冕先生、孙玉石先生作序，除了借他们的序为拙著增色外，一个更重要的愿望是请他们最后给我把关，以免贻误他人。两位先生都说了许多鼓励的话，我心存感激，并知道多半不是自己这样做了，而是他们的期待。这里还要特别感谢孙玉石先生的，是他提出了史述、史论、史臆、史实与叙史等文学史写作应当充分讨论的问题，同时指出了本书校样中个别史料和注释的差错。孙玉石先生治学的严谨是非常著名的，他为我这本书花了近一个月的时间，有些电子邮件发自子夜，让我非常担心他的身体，虽然为自己能得到如此细心的指点感到荣幸。

活到四十大几，方知世界之大，做事之难。生年不满百，能做几件自己想做又大致说得过去的事？即使做了一两件，归在你的名下，背后又有多少支撑与扶助！那些署名的成果，我们可以引述，注明出处；可是还有许多不署名的，像父母、老师、朋友的呵护照应。一生中能多遇上几个好老师、好朋友真是一个人的福气啊。因此，借本书出版的机会，我要向一些老师和朋友致谢。除上面提及的外，还有首都师范大学文学院的吴思敬先生，中国社会科学院文学所的张炯先生、何西来先生、陈骏涛先生、杨匡汉先生，中国人民大学中文系的程光炜先生，《中国社会科学》杂志社的王兆胜先生，作家出版社的唐晓渡先生，福建师范大学的姚春树先生、庄浩然先生、汪文顶先生、郤积意先生、王珂先生，福建社会科学院文学所的刘登翰先生，诗人郑敏先生、邵燕祥先生，以及香港岭南大学的梁秉钧教授、黄国彬教授，香港中文大学的谭国根教授、程月敏教授、卢玮銮教授，澳门大学的郑振伟教授，美国加州大学戴维斯分校的奚密（Michelle Yeh）教授，荷兰莱顿大学汉学研究院的柯雷（Meghiel van Grevel）教授等。他们都对本书的写作提供过这样那样的帮助。

除自己的藏书外，本书资料主要受益于福建师范大学图书馆，北京大学图书馆，中国社会科学院文学所资料室，北京图书馆（现已更名国家图书馆），首都师范大学图书馆，香港大学冯平山图书馆，香港中文大学崇基、钱穆图书馆，香港岭南大学图书馆。因为就读、工作、进修访问与客座研究的关系，这些图书馆的丰富藏书给我的研究提供了诸多方便，在此表示感谢。

我还要感谢著名书法家欧阳中石先生，他为本书题写了书名。

最后，特别感谢河北人民出版社对学术研究的关注与积极扶持。我原先与该社领导和编辑并不相识，也不知道他们如何了解到我在做这个课题。我所知道的是，社长李保平先生带着责任编辑王静先生，主动找到作者详细询问了本书的基本观点、结构和研究方法，做过认真的论证。在本书的写作过程中，我固执地坚持了学术研究的进度，生怕为了赶时间而影响质量，因此大大超过出版合同所约定的交稿日期。为此我既感到不安，也对保平先生怀有一份特殊的敬意，他支持我的追求，对我的固执表现出充分的理解与宽容。而责任编辑王静先生，多次跑北京取稿，与作者探讨问题、校对清样。今年三月末，为了方便与我一起讨论和校改清样，他还特意在我家附近找了一个非常简陋的招待所，每天都是早晨七点多来，连续工作十几个小时，晚上十点多才离去。从他们身上，我看到这个出版社有一种非常可贵的精神：不仅要出有意义的书，而且要出好每一本书。

本书第七章中的"都市记忆与乡村情结"一节，使用了 1992 年初我在北京大学访问时与谢冕先生合作的一篇论文。博士生伍明春在本人指导下执笔了第十二章"归来：从'人'到'诗'"，同时还为"附录三：现代汉诗大事记"的编写做了一些前期工作。特此说明。

2003 年 6 月 20 日，首都师大东区

（王光明著《现代汉诗的百年演变》，河北人民出版社，2003）

《2004 中国诗歌年选》后记

　　《2004 中国诗歌年选》延续了《2002－2003 中国诗歌年选》的编选原则，即把选择范畴规定为 2003 年 10 月至 2004 年 10 月在中国内地各报刊发表的优秀诗作，在选稿时"兼容不同风格和流派，所选诗作均有明确出处、可供读者查阅；个别作品因发现有排版、印刷错漏，请作者进行订正"。

　　所谓"坚持诗的本体要求……以作品的优秀为择取原则"，当然像"诗是什么"的问题一样，往往是仁者见仁，智者见智的，不可能有一个绝对的准则。我的大致要求，是在《读诗的三个问题》中提出的关于好诗的要求："（一）一首好诗总要给读者带来新的感受，新的发现，新的情感，或新的意象和想象，新的构思角度和语言风格；它还要给诗的传统带点新的贡献，或新的题材，或新的感受和想象方式，或新的表现形式与技巧，等等。一首好诗，虽不能占有以上的全部因素，但起码要有其中的一两项因素。（二）光有新意还不够，还要有思想情感与表现形式的完好统一。就是说，诗中的意思与情感，必须取得意象、情境、形式、节奏、语言的有力合作，和谐融合在一个有机整体中。"（参见《诗刊》2004 年 10月号）

　　2004 年的诗，虽然会给人一种只见丘陵却少见高峰、峻峰、险峰的感觉，但符合第一种要求的也不算少，只是重视新意的艺术转化的努力还非常不够。有些作者才情甚高，感觉与想象力令人难忘，但个别地方的艺术缺憾也同样让人难以忍受。诗歌不像小说，只要故事好，语言与形式感弱一些，读者往往不大计较。语言与形式的缺陷永远是诗歌脸面的疮疤。本年度去世的老诗人辛笛在生前的一次访谈中，认为新诗是一种"先天不足，后天失调"的形式，语、文合一，以"天籁"去发掘、探索"人籁"本已事倍功半，再把写诗看成容易之举，挥手即诗，岂不是等而下之？（张大为：《辛笛访谈录》，《诗刊》上半月刊，2003 年 10 月号）辛笛是一个成就比名声大的诗人，他的写诗心得值得我们深思。诚实地说，有些诗的意思本来不错，但语言与形式感不强，我们只好割爱，特别是那些每行超过六个音节的诗，大多不在选择之列，因为即使在西语中，诗行超过六个音节的好诗是很少的，更何况是汉语诗歌。

在编选过程中，有博士生黄雪敏、邓庆周，硕士生何玲、刘智群、周炜赟、叶敏娟、冯雷的参与，他们分别承担了一至两种刊物的阅读和初选工作，在此向他们致谢。需要说明的是，初选是一种参考，并未替代编者对各期刊物的直接阅读，遗漏好诗的责任和编选缺陷应该由编者承担。

《2002－2003 中国诗歌年选》出版后得到不少诗人、读者信件与电话的鼓励。由于忙，大多没有回信。在此借本年度选本出版的机会，一并感谢。

再次叮嘱未收到样书与稿酬的入选作者，请直接与责任编辑联系。

2005 年 2 月 3 日

（王光明编选《2004 中国诗歌年选》，花城出版社，2005）

《我们时代的文化症候》后记

　　"人文学术论坛"是首都师范大学文学院和校图书馆于 2003 年联合创办的。创办这个论坛的初衷是想主动适应时代和大学教育的发展，在提高学生的人文素质，促进学风建设，实现讲授与阅读的互动等方面做一些尝试，从而开放学生的视野，增加对学术前沿的了解，培养研究问题的兴趣。

　　"论坛"前后三年来的运作，不仅受到我校师生的欢迎，也引起北京市其他大学一些学生的注意（有些外校的大学生，还因为"论坛"的影响，报考了我校的研究生）。在双周星期三傍晚走进"人文学术论坛"聆听著名学者的讲演，已经成为一些学生的习惯。"论坛"上提出的一些话题，也在学生的课余饭后和作业、论文中得到了回响。

　　应邀来"论坛"演讲的学者，都是在国内外有影响的学者；所谈的内容，也都是他们深入研究的学术成果。既由于这些演讲本身的价值，也由于分享的需要和听众的要求，从 2004 年开始，我们决定每年将演讲内容记录整理，编辑出版年度的"人文学术论坛演讲录"。

　　《我们时代的文化症候》编入的是经演讲学者授权和审阅的 2004 年度"演讲录"。再次感谢这些学者对"论坛"的支持。2003 年度来"论坛"学者的演讲，由于是"论坛"创办之初，我们没有录音，因而只能在我们题为《推动学术讲座的精品化、制度化，促进大学生素质教育》一文的附录中存目，演讲内容却无法整理列入，这是我们深感遗憾和必须向演讲者与听众致歉的。

　　"人文学术论坛"的创办和顺利运作，得到当时主管教学工作的刘新成副校长的大力支持和指点，教务处、文学院和校图书馆的领导为论坛的运作提供了直接保障，牛亚君、齐军华、常华、李赫宇、张立群、李旻等老师和参与记录整理的研究生做了许多具体的工作，在此借 2004 年度"人文学术论坛演讲录"《我们时代的文化症候》出版的机会，表示感谢。

王光明　胡　越

2004 年 2 月 8 日

（王光明、胡越主编《我们时代的文化症候》，社会科学文献出版社，2005）

《2007 中国诗歌年选》后记

　　像一个总是落后的孩子，《中国诗歌年选》自 2003 年启动以来，总跟不上同套年选的出版发行速度，不能在新年到来的时候，和他的兄弟姐妹一样，整整齐齐地站在书架上，接受读者们的检阅。为此，每年春节前后，都会接到不少读者来信来电询问，我也一直心怀愧疚，不知道该如何解决诗歌阅读的慢与社会发展节奏快的矛盾。实际上，一放暑假，我就开始整理和借阅各种诗歌和文学杂志，抽空阅读与挑选了。

　　感谢花城出版社和责任编辑温文认先生的宽容和催促，今年的年选稿虽然还是迟交了半个月，但或许经过他们的努力，终于可以和其他文类的年选同时面对读者了。

　　不过，交稿是提速了，但诗的写作和阅读我还是希望能慢一些、细一些。20 世纪 90 年代以来，不少诗人已经意识到慢写与细读对于诗歌的重要性，但践行这一意识的诗人和读者还不是太多。里尔克说希望自己通过一生的努力能写出十行的好诗，但一些诗人一天就能写出上百行的诗来。而读诗，往往也缺少从容品味的心态。这当然是五四"白话诗"以来的"传统"惯出来的。但现代汉语诗歌发展到今天，已经远远不是能写出多少"新诗"在阵势上战胜"旧诗"的问题，而是看你能贡献出多少好诗来延续伟大中国诗歌传统的问题。吴兴华在 20 世纪 40 年代就写文章提醒诗坛："我们现在写诗并不是个人娱乐的事，而是将来整个一个传统的奠基石。我们的笔稍不留神出越了一点轨道，将来整个中国诗的方向或许会因之而有所改变。"在今天，这话是否值得我们重新温习？或许是受 20 世纪 90 年代以来"叙事"风气和近年"现实内容"的双重影响，记实诗和场景诗得到当下许多作者的偏爱，这本来也无可非议，但太多的早晨起来或晚上坐下之类的琐碎记实，或有一点诗意却被散文式表达冲淡的现象，却远非个别。无论如何，除真情实感这个前提外，其一，诗还是要很讲究感觉和想象力的；其二，还是要很讲究意象、情境、节奏的经营和结构的完整性的。即使有诗意，从诗意到诗篇，也还有一个艰苦的求索过程。

根据一些读者的要求，同时基于"细读"精神的强调，此将拙作《读诗的三个问题》作为今年年选的代序，供大家参考。

在本年选的编选过程中，博士生王芬、常丽洁，硕士生谢文娟、赵静、申英利、李文钢、周莉、赵薇分别承担了一种综合性文学期刊中诗作的初选，李文钢协助了大部分所选诗作的复印、剪贴工作，在此致谢！

还是要提醒入选本书的作者，若未收到样书与稿酬，请直接与责任编辑联系。

2007 年 11 月 6 日

（王光明编选《2007 中国诗歌年选》，花城出版社，2008）

《开放诗歌的阅读空间》后记

　　"读诗会"是一种交流诗歌阅读心得的现代形式，它的传统可以追溯到古代文人墨客吟诗颂词、磋商诗艺的聚会。

　　当然，即使从现代形式而言，它在中国也有八十多年的历史了：20 世纪 20 年代那批《诗镌》作者们，每隔一两个星期总要在闻一多先生家里聚会一次，诵读新作，倾听意见。而 20 世纪 30 年代中期通常在朱光潜先生家举行的"读诗会"，更是因其规模大、名人多、持续时间长，对现代中国诗歌的发展影响深远，而为后人所津津乐道。这是"读诗会"的盛事，每月都有一两次，当时北京大学的梁宗岱、冯至、孙大雨、罗念生、周作人、叶公超、废名（冯文炳）、卞之琳、何其芳，清华大学的朱自清、俞平伯、王了一、李健吾、林庚、曹葆华，还有冰心、林徽因、周煦良、沈从文、萧乾等，都是它的常客。沈从文在 1938 年写的《谈朗诵诗》一文中谈道："这些人或曾经在读诗会上做过关于诗的谈话，或者曾把新诗、旧诗、外国诗当众诵过、读过、说过、哼过。大家兴致所集中的一件事，就是新诗在诵读上，究竟有无成功的可能？新诗在诵读上已经得到多少成功？新诗究竟能否诵读？差不多集所有北方新诗作者和关心者于一处，这个集会可以说是极难得的。"（《沈从文文集》第十一卷）

　　遗憾的是，这种盛事因不同的历史原因长期中断，直到 20 世纪 80 年代中期，方有北京大学中文系一些教授主持的类似"读诗会"的活动出现，如谢冕先生主持的"朦胧诗导读"，孙玉石先生主持的"中国现代诗导读"（孙玉石先生还著专文倡导"重建中国现代解诗学"并出版有《中国现代诗导读》），洪子诚先生主持的"20 世纪 90 年代诗歌精读"（后结集为《在北大课堂读诗》出版）。这种类似"读诗会"诗歌讨论形式，与

283

现代"读诗会"的不同，在于现代"读诗会"的参加者多以诗人为主，更关心诗歌写作的问题；而当代"读诗会"则把场地从客厅移向课堂，更重视一些诗歌文本的阅读理解问题。当代"读诗会"关联着诗歌与大学教育的双重语境。一方面，如同洪子诚先生所说："20世纪80年代在大学课堂上出现的这种解诗（或'细读'）的工作，其性质和通常的诗歌赏析并不完全相同。它出现的背景，是'现代诗'诗潮的兴起，和'现代诗'与读者之间的'紧张'关系，并直接面对有关诗歌'晦涩'、'难懂'的问题。"（《在北大课堂读诗》）另一方面，很长时间以来，诗歌的写作与传播被社会使命感所强化，自由的趣味和沙龙式交流变得不合时宜。

我们的"读诗会"接受了现代沙龙式"读诗会"和当代课堂式"读诗会"的双重影响，但我们只是普通的诗歌读者，出发点是分享和交流诗歌阅读的喜悦，从阅读的视野关注诗人的探索。我们一个强烈的感受是，现代汉语诗歌发展中的问题，首先当然是写作的问题，但阅读的问题也不可小觑，而阅读最大的问题又是太重视意义而轻视美感，太强调主题而忽略趣味。同时，就像许多"新诗人"把写诗看得太容易一样，我们的阅读也太简单和随意，并不明了诗歌的阅读与看报纸、读散文是有很大区别的。我们愿意正视这种区别，探讨诗歌阅读的途径和方法，做一个比较自觉的读者。

我们的"读诗会"于2003年冬天开始，第一次活动的地点是朝阳区文化馆，原来商定由《诗刊》下半月刊和首都师范大学中国诗歌研究中心联办，王光明和林莽共同主持。但林莽先生要负责《诗刊》下半月刊的繁重编务，又肩负"春天送你一首诗"等大型社会公益活动的组织工作，没有多少时间参加"读诗会"的活动，之后的"读诗会"就只能在首都师范大学校园内延续了。

这次"读诗会"延续了一年多，每月一到两次。参加者主要是一些博士生、硕士生和个别研究诗歌的青年教师，阅读对象主要选择20世纪中国诗歌史中的一些典范作品（后来也选择一些话题和有特点的诗人），方式是进行有关文本的比较阅读，然后集中在一起交流各自的阅读心得。参与者的热情很高，准备也比较认真、充分，它似乎成了诗歌研究方向的年轻学子的节日。而那些经他们记录整理的读诗心得在《诗刊》下半月刊、《扬子江诗刊》《山花》等杂志发表后，据说也有一些反响。

　　如今我们的"读诗会"主要由于我的疏懒（或忙乱）已经很少活动了。可是那些毕业的学生却常在电话中询问它的活动，还说他们的诗歌教学如何从中得到了启发；而这两年研究生的毕业聚会，同学们也总要表达对这种学习形式的依恋。我无言以对，愧对学生！

　　那么好吧，此将"读诗会"的讨论汇集，再凑上一些我对具体诗篇的个人品读，向参与和关怀它的人们做个交代，并以此作为延续"读诗会"的一个起点。

2007 年 8 月 5 日

（王光明等著《开放诗歌的阅读空间》，社会科学文献出版社，2008）

《市场时代的文学》后记

本书取名为《市场时代的文学》，当然主要因为它面对的是 20 世纪 90 年代中国从高度集中的政治社会向经济与市场社会转变这一历史过程中的文学现象，但它的出版，也是"市场时代"的见证。

这是一本迟到的书，如果不是我的怠慢，它应该在 2000 年就与读者见面了：当时有一家出版社的编辑，极力主张把我主持的那些关于 20 世纪 90 年代文学的对话辑录成书，交由他们社出版。我编完后，她写了认真的初审意见，选题得以顺利通过。然而，国家已经取消行政拨款，许多文化出版部门已经由"事业"转向企业运作，编辑不仅要自负盈亏，还要上缴利润，因此需要作者提供一定额度的出版资助。资助费虽然不多，但我僵化的脑筋总是转不过弯来：我们这些清贫的读书人，不能有稿酬补贴香烟茶水倒也罢了，还要贴进柴米油盐的钱，如何对家中老少有所交代？

从此我失去了出版这本书的热情，书稿在抽屉里一睡就是八年。这相当于一场抗日战争的时间。不同的是，中国人民赢得了那场艰苦卓绝的战争，而我们的这部书稿，最终还是向市场时代做出了妥协：因为学科现在有出版资助，它才得以与读者见面。

"市场总是对的"，我们无数次得到这样的教诲，甚至本书的出版，也是这一普遍真理的见证。但是，出版这本书还有一个更为真诚的理由：在这样的时代，我们曾经如此忘情地谈论过与 GDP 指数没有多少关系的文学。

2008 年 9 月 6 日

（王光明等著《市场时代的文学》，安徽教育出版社，2008）

我与 1980 年代诗歌

——《中国新诗总系 1979 – 1989》后记

在本卷"导言"中，我说"在 20 世纪中国诗歌的发展中，1980 年代是一个重要的年代"。而在本卷"后记"里，我想说：1980 年代的中国诗歌，对我而言，更为重要。

我们这一代的许多人都是在阅读 1980 年代诗歌、接受 1980 年代文化的洗礼中成长的。如果说 1980 年代的诗歌直接影响了我对诗歌的感情和兴趣，可能不够全面；但倘若说这个年代的诗歌改变了我的阅读趣味和诗歌观念，也许不会有太大的问题："朦胧诗"使我彻底放弃了成为一个诗人的青春之梦并诱发了我对诗歌批评与研究的兴趣。

70 年代末春寒料峭的日子我与诗友汇款购买与等待《今天》的情形，在福建师大长安山图书馆邀请诗人蔡其矫座谈青年诗歌的情形，现在仍然历历在目。如果不是与诗歌的诸多因缘，孙绍振先生是否会推荐我去北大进修？在北大是否会得到谢冕先生的信任参与《诗探索》的编辑工作？是否会在"中国作家协会第一届（1979 – 1982）全国优秀新诗（诗集）奖"初选中集中阅读那么多的诗集？是否会结识唐晓渡、骆耕野、林莽、江河、杨炼、蝌蚪等同时代的诗界朋友？……

我不少青春记忆与 1980 年代的诗歌有关，我不敢想象没有诗歌的1980 年代会是怎样的情形。当然，由一个思想感情与 1980 年代关联紧密的读者来编选这个年代的选本，偏爱与偏见是不言而喻的。为了客观的缘故，在交代如上可能影响编选尺度的个人因素外，列出如下曾经产生过较大影响的 1980 诗歌选本，供读者参考。

一、诗刊社主编的三辑"诗人丛书"（第一、第二辑各 12 册由江苏人民出版社分别于 1981 年 1 月、1983 年 3 月出版，第三辑 12 册由黑龙江人民出版社 1983 年 12 月出版）；诗刊社编《1979－1980 诗选》（四川人民出版社 1982 年 10 月版）、《黎明拾穗——〈诗刊〉1981－1982 获奖诗集》（诗刊社自印，书号：10007·103）；人民文学出版社出版的年度诗选（诗刊社编，从 1983 年 3 月出版《1981 年诗选》开始，每年出版一本）。

二、《百家诗会选编》（《上海文学》编辑部编，上海文艺出版社 1982 年 12 月出版）。

三、《朦胧诗选》（阎月君等选编，非公开发行的初选本于 1982 年印行，扩充后的同名选本于 1985 年 11 月由春风文艺出版社出版）。

四、《新诗潮诗集》（老木编选，"内部交流"选本，1985 年作为"未名湖丛书"出版）。

五、《探索诗集》（本社编，上海文艺出版社 1986 年 8 月出版）。

六、《中国当代实验诗选》（唐晓渡、王家新编，春风文艺出版社 1987 年 6 月出版）。

七、《中国现代主义诗群大观 1986－1988》（徐敬亚等编，同济大学出版社 1988 年 9 月出版）。

八、《第三代诗人探索诗选》（溪萍编，中国文联出版公司 1988 年 12 月出版）。

九、《鱼化石或悬崖边的树——归来者诗卷》《在黎明的铜镜中——"朦胧诗"卷》《以梦为马——新生代诗卷》（分别列入谢冕、唐晓渡主编"当代诗歌潮流回顾·写作艺术借鉴丛书"，北京师范大学出版社 1993 年 10 月出版）。

十、台湾尔雅出版社 1983 年开始出版的"年度诗选"（1982－1989 年每年出版一册，共出版 8 册）。

十一、《新世代诗人大系》（林耀德、简政珍主编，台湾书林出版有限公司，1990 年 10 月出版）。

承担《中国新诗总系·80 年代卷》的编选工作是我的幸运：它让我为曾经激动过自己的许多诗篇再一次激动，也让我重新温习许多铭心刻骨的个人记忆。为此，感谢总系主编谢冕先生策划和主持了这项庄严和宏大的工程，感谢谢冕先生、洪子诚先生、刘福春先生为本卷的编选提供了宝贵意见和建议，同时也向本书的责任编辑杨柳女士致敬：她的细心与严谨纠正了我导言中某个史料上的问题。

2010 年 6 月 16 日

（谢冕总主编，王光明编《中国新诗总系 1979－1989》，人民文学出版社，2009）

《边上言说》后记

20世纪90年代初期在福建师范大学任教时我曾为一家当地报纸开过一个名为"边缘斋随笔"的专栏,专栏文章,加上之前之后发表过的短文,便凑成了这本随笔集。结集出版的缘由,与其认为是有益于世道人心,不如说有些顾影自怜的意思:我们天天被责任、使命和职业加减乘除,还有多少时间可以宁静面对自己的心情?

取名为《边上言说》,实在是因为这些文字跟经国大业无关,跟团体与江湖利益无关,跟中心、主流无关,跟正文、正本无关,甚至跟自己置身其中的经院学术体制和讲授的知识谱系无关。就像学生时代听课时躲在后排课桌看自己的书,就像当教师讲课时突发的一点感兴,它们无非是个人茶余饭后无关痛痒的一些随想、生命历程中一些细枝末节、书籍边缘的随批乱注。总之是些边角琐屑,无关宏旨,无伤大雅。

不过,与我们平凡的生命贴得最紧的似乎也不一定就是历史风雨和正文正本,个体人生最切肤的痛感与快感都来自眼前身边日常生活。

辑录本书时耿耿于怀的遗憾是,收集了不少或许不值得收集的文字,更多铭心刻骨的记忆与感动却闲荒在文字田园以外!

感谢何强、林滨先生出版拙作的热情;明春为校对本书贡献出了2011年整个的国庆假期;助理编辑陈秋云小姐以她认真细致的工作,把我20世纪70年代末以来散乱的复印剪贴变成了一本像模像样的出版物。借本书出版的机会,向他们表示衷心感谢!

2011年12月3日

(王光明著《边上言说》,海峡文艺出版社,2011)

《闽地星辰》后记

2011 年春节前后整个寒假，我都是在翻箱倒柜寻找旧作中度过的，最终的结果是编成了两本交由家乡出版社出版的书，一是随笔集《边上言说》，另一种就是这本取名为《闽地星辰》的专题论文集。

如果说捡拾那些边角琐屑的随笔有"顾影自怜"的意思，集结这些有关故乡作家的议论且资助出版，真有些感恩哺育的心情。我曾在也是这家海峡文艺出版社出版的第一本文学论文集《灵魂的探险》（1991 年 8 月版）的后记中说过："在我出生的那个叫'雷公井'的小山村里，人们是不知道文学是啥玩意儿，也无暇对实在生活之外的事物叽叽喳喳发议论的。"然而，说不清是人生的必然还是偶然，我却因为一篇招生应试文章被当时在政教系任教、后来在省人大任职的宋峻先生相中，幸运地放下锄头走进了福建师范大学中文系的教室。

母校福建师范大学诱导了我对文学的热爱和感受力，我受益于许多实过其名的先生的教诲，是他们把我训练为一个比较专业的文学读者。这一点我也在专著《现代汉诗的百年演变》后记中提及，引来不少读者对我母校的羡慕与好奇，要我公开孙绍振先生如何读书的秘密。我还未写过的是八闽大地文学星辰对我的沐浴照耀：虽不像母校老师的教诲那么直接，却是一个文学读者成长中必不可少的温润气候。

我清晰地记得写作和发表《新颖的艺术构思》一文的情形，那是一篇阅读著名散文作家何为先生名篇《第二次考试》的读后感，我文学评论的处女作。它写于 1979 年 5 月或 6 月，投给了《福建文艺》（《福建文学》的前身）杂志。不曾想到的是，本年全国高考作文考的正是《第二次考试》的读后感。因为这个巧合，我的评论很快发稿，于 9 月号刊出，并得到非常规量的阅读，编辑部还转来好几封读者来信。其中一封是信封署名"晋江安溪蓬莱（八中）柯剑辉寄"给《福建文艺》编辑部的，由杨际岚先生附言将信转寄给我。

有趣的是，写这封信的中学生把我当成了 1979 年的考生，赞扬"一个平凡的同学，在那仅仅二个半钟头中，能够对文学艺术渊博的作家之作品进行诊断、解剖"；而我后来与何为先生见面，何为先生则大为惊讶："王光明怎么是个毛头小伙子呀，我还认为你是 50 多岁的中学老师呢！"

我想说的是，我们赶上了一个由作者和读者共同创造的文学时代，充满诗意与激情。但对我们这些边缘省份的文学青年来说，北京这样的文化中心离我们太远（那时福州到北京的正点火车行程是 43 小时，而邮寄一封信至少要五天才能收到，万一遇到急事使用的也是电报而不是电话），最先照耀我们成长的，还是本地的文学星辰。所幸的是，福建既是闻名全国散文大省，有郭风、何为这样的散文大家，又是"朦胧诗"论争重镇之一（譬如《福建文学》在 1980 年组织的为期一年的"新诗创作问题的讨论"，就是"朦胧诗论争"的重要组成部分），加上孙绍振先生的《新的美学原则在崛起》成为众矢之的，林兴宅先生倡导文学研究新方法成为评论界的热门话题，魏世英先生创办了《当代文艺探索》，而南帆等年轻批评家也开始脱颖而出，80 年代，算得上是福建文坛的黄金岁月。

不少热爱文学的青年在这个岁月里成长。而我，刚大学毕业留在母校任教，可谓近水楼台，经常得到一直仰慕的文学前辈的教导和指点，我的文学批评与研究，也在阅读和评论那些著名或不著名的本省作家作品中起步。

很多起步时的作品，今天已不忍卒读，因此要特别感谢或煌耐心细心的校读，同时向直接关心本书出版的海峡文艺出版社副社长林滨先生、责任编辑陈秋云小姐表示衷心感谢！

2011 年 12 月 19 日

（王光明著《闽地星辰——当代福建作家论集》，海峡文艺出版社，2011）

《中国诗歌通史·现代卷》后记

任何一种文明或文学传统的形成与建构，首先当然要依靠这种文明或文学的实践成果，但也有赖于对其实践成果的认识和梳理。在这种意义上，首都师范大学中国诗歌研究中心组织许多学者编写《中国诗歌通史》，是参与建构中国伟大诗歌传统的宏大工程。

不过，对于写史，我历来心存敬畏，尤其是为现当代文学写史。我曾在一篇题为《"锁定"历史，还是开放问题》（《文艺研究》，2003 年第 1 期）的文章中提到，为现当代文学写史，不仅面临一切文学史写作共有的如何界定知识空间的问题（"文学"与"史"是矛盾的），还要面对现、当代历史书写独有的困难，即审视现、当代知识时间时"当代"与"历史"的龃龉："在审视知识时间时，人们对'古代'与'当代'的'过去的过去性'和'过去的形成性'的感受是不一样的。对于古代，集体记忆和基本共识已经形成，比较可能展开肯定性叙述。但在当代，感受和经验均在'正在进行时'，不仅千差万别，处于游离不定的漂浮状态；而且，现、当代之所以为现、当代，正是由于要割断与传统（历史）的联系。……现、当代要建造自己的纪念碑，它的'历史意义'是反抗历史，出历史之新，然而它在'时间性乌托邦'上的盲点，如解构主义学者保罗·德曼（Paul de Man）提出的那样，又必须先经过重述历史才能'打倒'历史。"

我们如何在双重困难中为现、当代文学写史？根据对几十年来中国现当代文学史写作经验与教训的观察，我觉得应该放弃"锁定"历史、建构一种具有终极价值的历史秩序的野心，本着实践性、反思性的立场，实践"开放问题"的文学史观："不是以历史的权威姿态为时代作出定论（因为任何定论都将通过赋予意义的方式了断历史），从而排斥再三探索的可能；相反，它以不断自我质疑，反抗'锁定'的姿态，通过'不成功'的叙述实践，开放了当代文学中的问题，延续了人们对当代问题的思考。在这个意义上，当代文学史写作对于文学传统的建构，不只是一种历史的叙述秩序的建构，同时也是一种思想和学术实践，不只是为了铭刻文学的历史记忆，简单匆忙地把历史合理化，也是为了反抗时间与权力的化约，以延宕给出历史事件的'终审裁断'的策略，敞开历史的多元复杂性。"

我在 2003 年出版的个人著作《现代汉诗的百年演变》，以及参编《二十世纪中国文学史》（严家炎主编，高等教育出版社 2010 年 9 月初版）所撰写的有关当代诗歌、散文等方面的内容，尝试和实践的就是这种"开放问题"的文学史观。然而待到为《中国诗歌通史》撰写"现代卷"，却产生了另外两方面的忧虑：一是担心个人文学史观念会影响集体工程的整体风格，二是担心重复自己使用和表达过的材料与观点。因此本卷采取的还是用"集体写作"去呼应机构项目的方式，以集体成果的面貌体现历史书写的共建性质。

本书各章节的撰写情况如下：

王光明（首都师范大学中国诗歌研究中心）——绪言，第一章第一节，第三章第三节中的"三、'白话诗'的资源"与"四、'文法'与'诗法'"，第四章，第六章第六节。

荣光启（武汉大学文学院）——第一章第二、第三、第四节，第三章（其中第三节"三、'白话诗'的资源"与"四、'文法'与'诗法'"除外）。

赖彧煌（福建师范大学文学院）——第一章第五节。

邓庆周（集美大学外国语学院）——第二章。

伍明春（福建师范大学文学院）——第五章（第三节除外），第六章（第六节除外），第七章。

黄雪敏（华南师范大学南海校区中文系）——第五章第三节。

陈芝国（广东第二师范学院中文系）——第八章，第九章第五节。

张桃洲（首都师范大学中国诗歌研究中心）——第九章（第五节除外），第十章。

这些作者在攻读博士学位或在博士后流动站工作期间做的都是中国现

代诗歌研究，他们把其中最有价值的心得和材料贡献给了本卷，从而纠正了我过去叙述"新诗"历史时对一些诗歌现象的省略；同时，他们的真知灼见也一定程度上改变了我对"集体写作"的成见。

实际上，集体写作虽然有集体写作的局限，但集体写作也有集体写作的一些优势。除了可以汇聚集体的智慧，具有个人写作所没有的丰富性外，《中国诗歌通史》的宏大工程还让我有机会认识承担其他各分卷的学者，近十年来每年至少一次的分卷主编会议，会内会外交流和对话，不仅丰富了自己对中国伟大诗歌传统的认识，也真切感受到许多优秀学者的风范与情趣。可以说，编写《中国诗歌通史》过程的点点滴滴，不仅结晶为一套打通古今的文学类型史，也汇入到不少参与者的心中，变成了难以忘怀的个人记忆。为此，要借本书出版的机会，特别向赵敏俐教授致敬，他为组织实施这个宏大的工程备尝艰辛，却让我们品尝了许多好酒。

2012 年 5 月 19 日

（王光明主编《中国诗歌通史·现代卷》，人民文学出版社，2012）

《艰难的指向》（修订版）后记

　　《艰难的指向——"新诗潮"与二十世纪中国现代诗》曾加盟谢冕、李杨先生主编的"二十世纪中国文学丛书"，于 1993 年 6 月由时代文艺出版社出版。初版印数 6000，面世后似乎产生过一些影响。大陆以外，也见到香港、台湾报刊的一些书评，荷兰汉学家 Meghiel van Grevel（柯雷）在他研究多多的专著"*Language Shattered：Contemporary Chinese Poetry and Duoduo*"（Research School CNWS Leiden，The Netherllands，1996）中，还用不少篇幅作过热情的介绍和评论。

　　但说实话，这是一部仓促的著作。写得仓促（其中作为个案论述，还编入了 20 世纪 80 年代分别发表的关于谢冕和舒婷的论文）；编辑与出版更加仓促，未经作者校对就开机印刷，不少低级的错漏，让人无颜以对。

　　因此修订重版本书是我 20 年的心愿。如今首都师范大学文学院出版学术文库，我如愿以偿，心里是高兴与感谢的。

　　本书的修订本着尊重书的历史和自己的历史为原则，除为保全一个重要的资料，在第二章增加引用卞之琳的《天安门四重奏》并稍作分析外，只订正原著字、句、标点符号，将不完整、不规范的注释尽可能补充完整，使之规范。内容、观点方面，一律不作修改。

　　修订本删除了 1993 年版与论述对象无大关联的两篇附录（［附录一］新诗与旧诗；［附录二］诗与诗人），置入了与论题关系密切的 6 篇论文。其中《文学与社会关系的重建》作为"引论"放置于"绪论"之前，意为"新诗潮"提供当时的思想文学背景。而其他 5 篇，《"归来"诗群与穆旦、昌耀等人的诗》《"朦胧诗"与北岛、多多等人的诗》《"后新诗潮"》《"新生代"与于坚、翟永明、海子等人的诗》《90 年代较有创作实绩的诗人》，或作为必要的补充，或作为"前后左右"的诗歌现象，可成为有意义的参照。这6篇文章，因为写作和发表于原著之后，均注明最初发表的刊物与日期。

2013 年 7 月 25 日

［王光明著《艰难的指向——"新诗潮"与二十世纪中国现代诗》（修订版），社会科学文献出版社，2013］

《诗歌的语言与形式》后记

　　去年深秋的北京香山，为期一个月的"红叶节"刚刚落幕，这个城市最美季节最美的山娘卸下了她的盛妆，如潮的人流从峰巅渐次而退。香山，送走了节日的贵客而迎回了自己的常客：那些闹中求静的人，那些持杖登山的人……

　　这种情形是不是也有一点像当下阶段的中国诗歌？轰轰烈烈的破坏与变革之后，满怀热情地憧憬与呐喊之后，各种各样的尝试与探索之后，饥不择食地学习借鉴之后，盲目单纯地跟风和被利用之后，充满期待的回归又充满失落地被边缘化之后，诗歌告别节庆回到日常，离开中心而处于边缘……或许，在旷远宁静的深秋，在这城市的边缘，召开这个诗歌会议是合适的。更何况，香山饭店因势而建，若隐若现，与山形地势浑然相融，也是一首意境深邃的建筑诗篇。

　　20 世纪中国的诗歌变革，是呼应社会的现代转型所进行的一场想象方式和艺术趣味的革命。它从语言形式问题入手，又宿命式地承受着语言与形式问题的煎熬：在打破文言与格律的写诗习惯之后，我们该如何学习新语言，安顿新的诗思和诗趣？我们的诗歌实践有什么经验心得，我们的探索有什么问题？这是我们对召开这次研讨会的期待。我们在"邀请函"中言："自五四'新诗革命'以来，语言与形式一直是中国诗歌写作争论不休的话题；而在新时代的网络语境中，旧问题又迎来了新挑战。为了从理论和实践两方面进一步探讨现代汉语与现代诗歌形式的关系，拟于 2013 年 11 月 22～25 日在北京香山饭店召开'中国现代诗歌语言与形式学术研讨会'，着重探讨：（1）现代汉语与现代诗歌形式的关系；（2）现代诗歌语言的中西关联；（3）新诗的自由与秩序；（4）现当代诗歌的形式实验（含个案研究）；（5）'网络诗歌'的语言与形式问题。"

会议得到海内外学者的热烈响应，大大突破了原定60人的会议规模并取得丰硕的研讨成果。此将与会学者提交的论文结集出版，期待会上相关话题的讨论，能在会后得到进一步的展开。

会议的成功召开和论文集的顺利出版，是主办单位和与会学者共同努力的结果。首都师范大学副校长邱运华教授当时还兼任文学院院长一职，他对人才队伍建设和专业特色的重视有目共睹，他对诗歌研究事业的大力支持和出席会议，是这次会议成功召开的动力。首都师范大学中国诗歌研究中心主任赵敏俐教授虽然当时在国外访问，但会议得到他自始至终的关心。诗歌研究中心办公室的郑俊蕊老师组织会议的能力非常出色，她能让一个没有办会经验的会务组迅速有效地运转。陈培浩博士在读期间负责了会议论文的编辑，毕业后仍然承担了校对正式出版论文集的繁重工作。博士生王飞、孙丽君，硕士生任培培、徐小、张吟雪、景立鹏、陈湉、曲丽君、万冲为会务付出了辛勤劳动。在此借会议论文集出版的机会，向他们表示衷心感谢！

2014 年 8 月 28 日

（王光明编《诗歌的语言与形式——中国现代诗歌语言与形式学术研讨会论文集》，社会科学文献出版社，2014）

《如何现代　怎样新诗》后记

2014 年在北京香山饭店召开的"如何现代，怎样新诗——中国诗歌现代性问题学术研讨会"，比 2013 年召开的"中国现代诗歌语言与形式学术研讨会"提前了近一个月。时值一年一度的"香山红叶节"是北京城的嘉年华会，观赏红叶的游客热情似火，人流如织——是的，人流如织，而不是车水马龙，因为拥挤不堪的人流已经把香车宝马远远地堵在香山脚下。

这真苦了不住会的诗人骆英，他每天都是早早起床，在进入香山路之前就让司机半道折回，自己徒步一个多小时"赶会"，有人开他玩笑："没想到攀登珠峰的体力开会时派上了用场"。而自己驾车的王家新教授虽对红叶节的拥堵有心理准备却未曾料到它的严重程度。他请假半天回家处理要事，早早吃完午饭就驾车回赶，不想被堵在香山路上进退不能，最后只能选择弃车走路。那天下午正好是他的大会发言，一边是他心急火燎地赶路，另一边是会议主持人望眼欲穿，将他的发言次序一再后挪，直到大会行将闭幕，终于汗涔涔地出现在演讲台上……

这些缀在会场边上的花絮，是从一个侧面呈现现代人寻求诗意的艰难，还是突出了我们"如何现代，怎样新诗"确是一个复杂纠缠的问题？"现代"这个词，简单说来是对时间的意识，古代人日出而作、日入而息，对时间不是特别敏感，但现代的时间从过去坐火车、乘飞机，现在又搭上光纤网络，它前所未有地改变了人类对时间和空间的感受，所以正如许多现代理论家所意识到的那样，当加速的时间穿过我们人类所生存的地球这个不变的空间时，人类对世界的感觉、情绪、想象力和应变能力，都在发生重大的改变。因此，与我们现代社会、现代生活方式纠缠在一起的"现代性"，无论是哈贝马斯（Jurgen Habermas）把现代性解说为启蒙思想家的建构方案也好，还是福柯（Michel Foucault）把它理解为一种英雄态度也好，或者利奥塔（Franc Lyotard）将其概括为元叙事为基础的知识总汇也好，"现代性"都表现出以理性精神不断反思历史与构建未来的倾向。现代性作为一种世界性的"宏大叙事"，其感召力无可置疑，但同样无可置疑的是，现代性的"时间之刃"既是它与传统断裂的理由，也是它本身面临矛盾分裂的根源。现代性不是"一个"，而是多个，有信奉"时间神话"的现代性，相信历史的进步，相信科学技术的力量，相信人道主义的理想；也有文化和美学的现代性，这就是自波特莱尔以来的艺术前卫运动，极力要反抗资产阶级的庸俗、嗜利、保守、霸道，幻想创造一个想象的世界与平庸守旧的现实世界相抗衡。

"现代"已经把人类的经验和梦想放在一个分解与重构的容器中，这是五四新文学兴起的背景和动力，也是中国新诗变革一直备受争议的原因。在中国社会探索现代化的历史进程中，中国新诗近百年来的自我革新、上下求索，有什么经验教训？有什么样的文学史意义？在新的历史起点上，中国诗歌如何为人民担当，为时代放歌，为梦想插上翅膀？这些是我们召开这个学术研讨会的意图。我们在会议邀请函中写道：

> 上世纪初"新诗革命"以来，如何现代、怎样新诗，一直是中国诗人面对的课题。无论语言形式、感觉经验，还是想象方式、趣味风格，抑或现代性本身从一种指标到成为一个问题，已经引起学界的广泛关注和讨论。为了进一步探讨现代性在诗歌创作和理论批评诸多方面的对话互动关系，把握中国诗歌想象现代问题的最新进展，首都师范大学中国诗歌研究中心、首都师范大学文学院、北京大学中国新诗研究所拟于 2014 年 10 月 31 日~11 月 3 日在北京香山饭店联合主办"如何现代，怎样新诗——中国诗歌现代性问题学术研讨会"，着重探讨：（1）现代、现代化与中国诗歌的现代性；（2）现代性与中国现代主义诗歌；（3）汉语诗歌语言与形式的现代性；（4）移植与转译的现代性；（5）当代都市诗歌的风景线；（6）风格特异的现代性诗人（或重要诗歌文本）研究。

会议得到海内外学者的热情支持，提交会议研讨的论文超过了组织者的预期。为了纪念，也为了让相关问题的讨论在会后得到展开，我们延续2013 年"中国现代诗歌语言与形式学术研讨会"的方式，将经过研讨与修订的会议论文正式出版。

要想善始善终地开好一个学术研讨会也不容易，本次会议的成功召开和论文集的顺利出版，是全体与会学者和联办单位共同努力的结果，也与中坤诗歌发展基金的热情支持相关。北京大学中国诗歌研究院院长谢冕教授是诗坛的领军人物，《文艺报》梁鸿鹰总编辑一直重视诗歌的理论批评，首都师范大学副校长邱运华教授对诗歌研究事业的支持一如既往，首都师范大学中国诗歌研究中心主任赵敏俐教授对现当代诗歌研究关爱有加，他们拨冗出席会议并致辞，令与会学者感到鼓舞。首都师范大学文学院冯新华副院长为会议的召开和论文集出版提供了大力支持。诗歌研究中心办公室的郑俊蕊老师连续几天离开她才满周岁的宝贝儿子，全力以赴领导会务组为会议顺利进行提供了有力保障。博士生孙丽君、景立鹏除承担会前会后诸多会务外，还承担了会议论文集的编辑与校对工作，硕士生张彬、杨传召、陈滟、曲丽君、万冲、王晓悦、洪文豪等同学为会务付出了辛勤劳动。在此借会议论文集出版的机会，一并向他们表示衷心感谢！

2015 年 9 月 12 日

（王光明编《如何现代　怎样新诗——中国诗歌现代性问题学术研讨会论文集》，社会科学文献出版社，2016）

《写在诗歌以外》后记

一个大半生从事诗歌研究的人，临了为故乡出版社的"闽籍学者丛书"编选文集时，怎么交上的竟是一份"诗歌以外"的作业？

当然与"诗歌以内"的作业大都已经编入这样那样的集子有关，但不是最重要的。更重要的原因，是我选择诗歌作为研究对象以来，总存在着这样那样的误解。在 20 世纪 80 年代刚开始跌跌撞撞走上文学批评道路时，不少师长和朋友认为我不去研究小说而喜欢诗歌，是非常可惜的事情。因为诗歌领域既是一个是非之地，又是当代阅读的弃地；而调到北京首都师范大学任教开始招收博士生后，每逢研究生论文的开题或答辩，会常常听到"我是不懂诗歌的"或"我是不读新诗的"之类的话，表面上是谦虚，言外之意是不屑。

虽然对我从事诗歌研究的不解各不相同，但都与现代中国"新诗"的名声欠佳相关。中国学界一个有趣的现象是，研究的对象越经典，时间越久远，学问就越大。所谓最好的学者搞古典文学，搞不了古典的人研究现代文学，搞不了现代的人研究当代，而当代文学研究的剩余则去搞台港文学研究，这是我们常听到的学术等级划分。中国新诗是一种没有定型、没有共识、没有标准的现代文类，当然是更不在话下，最好敬而远之。面对这种现象，我始终不明白的是，从事学术研究，究竟是对象的重要性决定学术价值，还是问题的重要性和梳理的深浅决定学术的高度与难度？

如今学问早已不完全是为人类解惑的思想行为，而常常成了机构的投资与消费活动。那种把学问视为内心需要、被问题困扰而寝食难安的学者已经越来越少，因此我不准备拿朱光潜的教诲说明不读诗、不懂诗的文学研究是一件多么不可思议的事，虽然这个当代最广博和最有悟性的美学家，认为自己一辈子研究美学，读得最多的是诗，最珍惜的著述是《诗论》。但我想如实招供的是，自己研究诗歌，丝毫不敢怠慢了与诗歌相邻的左邻右舍文类的关注，甚至可以说，不仅我最早关注的研究对象并非诗歌，而且对诗歌以外文学类别的关注持续至今。朱光潜认为不了解诗歌、对别的文学形式难免隔膜的话，也可以反过来说：不了解别的文学形式，对诗歌的研究也可能缺乏参照，顾影自怜。

这就是选编这本《写在诗歌以外》的缘由。需要说明的是，为了排除"诗歌以内"的论述，我甚至未将《谢冕和他的诗歌批评》《理性与激情的回归——刘再复的散文诗》之类论述故乡籍学者的论文收入本书。所收录的，也非自己"诗歌以外"的全部文章，譬如有关小说的全部论文，尽管有几篇当时发表时曾得到编辑和读者的抬爱，也一概放弃。之所以特意编选"散文的星空"与"闽派批评的重提"两辑，是为了向有鲜明特色的两支故乡文学大军致敬：福建是散文大省，"闽派批评"也早在20世纪80年代就已声名鹊起，我热爱他们并受过这些璀璨星辰的照耀，格外珍惜。

感谢张炯老师和子林先生厚爱，一再邀请我加入"闽籍学者文丛"；感谢责任编辑潘静超女士的辛勤劳动；他们让我有机会以学术的方式再次向故乡的土地与星辰致敬！

丁酉年正月初四，上海—北京 G16 次车 6 车厢 6 排 F 座
（王光明著《写在诗歌以外》，福建人民出版社，2017）

《中国新诗总论 1979 – 1990》后记

　　我与 20 世纪 80 年代诗歌真是缘分不浅啊！十几年前谢冕先生高举大旗总编《中国新诗总系》，指定我编选的是 1979 – 1989 年的诗歌，如今他再执《中国新诗总论》帅印，分派给我的选编任务又是 1976 – 1990 年的诗论。这是我的幸运！在《中国新诗总系 1979 – 1989》卷的"后记"中，我说自己"是在阅读 20 世纪 80 年代诗歌、接受 20 世纪 80 年代文化的洗礼中成长的。如果说 20 世纪 80 年代的诗歌直接影响了我对诗歌的感情和兴趣，可能不够全面；但倘若说这个年代的诗歌改变了我的阅读趣味和诗歌观念，也许不会有太大的问题：'朦胧诗'使我彻底放弃了成为一个诗人的青春之梦并诱发了我诗歌批评与研究的兴趣。"

　　但是正因为自己与这个年代厮磨相守，靠得太近，感情太深，也最怕自己与这个年代拉不开距离，不能获得比较客观、全面的视野。经验与记忆是可贵的，但最可怕的也是经验与记忆，特别是没有经过自我怀疑与反思的个人经验，很容易形成一己的偏爱与偏见。这次编选过程中曾想起唐晓渡一篇评翟永明组诗《女人》的文章，记忆里发表在 1985 年的《诗刊》，当时唐晓渡还在那里当编辑。可是翻遍该年度各期刊物就是找不出来，半夜打电话给作者，作者自己也记不确切了，"应该是 1986 年吧？"我第二天再去查阅，这篇题为《女性诗歌：从黑夜到白昼》的文章实际上发在《诗刊》1987 年 2 月号上。记忆这东西有时候真的不那么靠得住。

　　即使依赖靠得住的学术手段回望历史，也不是为了返回历史。编选百年新诗运动的理论批评，不仅仅是为了唤起我们对于历史的回忆，也是要借助时间的力量和自觉的反思，让泥沙俱下的历史过程得以沉淀，过滤无价值的变动，昭彰有意义的思想。记得自己 20 年前曾对一部影响广泛的诗论选编发表过不满与理解："当我们面对《中国现代诗论》（杨匡汉、刘福春编，花城出版社 1985、1986 年版）这样企图反映 20 世纪中国诗歌理论成就的选本，就难免会有一种困惑：何以现代诗歌理论的发展，建设性的理论越往后越弱，争论的文章却越往后越多？这显然不是编选者的眼光有问题，虽然重要的遗漏也不是没有，但更本质的问题却是：在淡漠经验与诗歌真质追求的状态中，人们只能向当前的热闹认同。换一句话说，不是编者忽略了多少具有真知灼见的诗学理论成果，而是可以选择的成果实在不多。"（《中国新诗的本体反思》，《中国社会科学》1998 年第 4 期）当年的感受，对今天自己的编选，也是一种鞭策。

于是面对思潮更迭、争论不断的 1980 年的诗歌理论批评，我想努力避免以 80 年代的眼光打量 80 年代。努力让视野宽广一点，参照系多一点，诗学价值的考量更着重一点。当然这只是个人的主观意图，做到了几分，得由读者评说。

本书的选编过程始终得到总主编谢冕先生的指导，其中艾青的《迷幻药》、舒婷的《生活、书籍与诗》、北岛发表在《上海文学》"百家诗会"上的无题诗观（为了目录的考虑，本书编选时由选编者冠以"建立一个自己的世界"的标题），也是根据先生的指引在定稿时收入的。另外，参与编选"总论"的吴思敬、张桃洲、赵振江、刘福春、吴晓东、姜涛诸位先生，也对本书贡献过很好的意见，在此向他们表示衷心感谢。

2017 年 11 月 22 日

（谢冕总主编，王光明编《中国新诗总论 1979－1990》，宁夏人民教育出版社，2019）

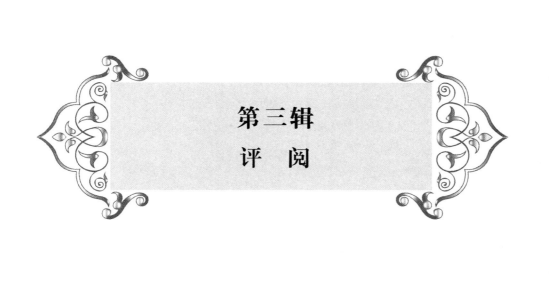

第三辑

评　阅

题材的征服

《远去了……》《白米与红薯的故事》写的是"远去了"的生活。那条热闹的、流着纯朴乡情的小河；那曾经拒绝，如今却分外眷念的不等价的白米与红薯饭的交换；都是些我们曾经拥有却命中注定要失去的"生活"，现在被怀想和回忆淘洗得金子一样发光。因为面对现代人共有的那份失落和伤感，这些小说分外地感动我们，又因为只满足我们情感上的习惯反应，不能不认为这里有些艺术创造所不满的"讨巧"。有时候我想，有些忘怀的题材之所以永恒，不是量的递增，而是能丰富人们对永恒事物的感觉与领悟。在这个意义上，艺术意义上的永恒，就是创造，对题材的征服。

我想陈丽云同学也是这么想的，因为她还写了《风筝》。虽然面对的仍然是"远去了"的生活，却是另一种色调，那种"生活"如同梦魇纠缠着人们。她试图在象征的层面上把握这种"生活"：生命是不是一只线牵在别人手上的风筝？不同于前两篇作品以失落的忧伤渲染少年、童年的牧歌，在这篇《风筝》中，作者试图思考和探问。主题是好的，象征的设置也到位，然而故事的叙述却冗长、松散，缺乏短篇小说的"截取"特点。这也说明结构和叙述技巧的学习决非次要。

（《闽江》1997 年第 1 期）

成长的领悟——评余绚的作品

"这世上还是有神话的，别等待神话降临，你自己去创造一个。"而麦嘉在尚未读到这种"教导"之前，就在青春梦幻的驱使下，不知不觉地"创造"着神话了："老鹰终归在天上飞，而我只能在地上走。……但我要努力长成一棵靠近天的大树，或许有一天老鹰会看到。"她就像这篇青春故事中那个雕刻老鹰的雕刻家，以自己的柔情与热血赋予了老鹰以生命，五年如一日，她用最纯洁的语言和最真挚的感情编织着自己的爱情梦幻。

这的确是一个"世纪神话"，尤其在这个急功近利的时代，有几个像麦嘉这样的女孩呢？有几只"老鹰"会注意小树的梦想？于是麦嘉的心情和梦想肯定"错了"，犹如那个水晶球，注定要在接触坚硬的地面时"碎了一地的晶莹"：老鹰从来没有收到麦嘉的贺卡和信；而苏乔，也在北方的寒冷中找到了自己的"温暖"。

这不是失之交臂，而是人生成长中美丽的"错误"。可贵的是，年轻的作者能感受到它的美丽又能知觉它的错误，因此没有让它落入"有情人皆成眷属"的俗套，而用欧·亨利或契诃夫式的"反拨"技巧拓出另一个空间，让人产生对成长的领悟。

我是把《世纪神话》作为一篇"成长小说"（Bildungsroman）来读的，但从作者注意选取"断面"和叙事技巧等方面看，我还要告诉读者的是，这篇小说的作者在写作上也在迅速成长。不信的话，你可以把她以前写的《旧约扁舟心事已成非》等篇找来作对比。

（《闽江》1998 年第 1 期）

┌─────────────┐
│ 博士论文评阅 │
└─────────────┘

《新诗诗论对传统态度述析》

新诗是在激烈反传统的文化思潮中产生，是两千年中国诗歌场域中一次最激进的革命，在观念（理论）层面上辨析和反思新诗对传统的态度，有助于认识汉语诗歌的古典与现代形态，发现其歧义与相通之处，探讨汇通与转化的可能性，——这一直是新诗研究所期待的。

《新诗诗论对传统态度述析》所面临的，就是这一重要课题。这篇论文的特点是不泛泛讨论"态度"，而是将它落实到"实与虚""意象与意境""形式与语言"的层面，具体展开古今诗歌理论对诗歌想象世界的方式和语言策略的认知，从而得出了一些很有价值的见解。譬如在中西诗歌的关系方面，认为中国诗歌有具象思维的传统，而西方诗歌遵循的是理性的传统，"新诗"在寻求现代性过程中，主要是受西方的影响；中国古代诗歌与"新诗"最大的不同是由于语言上从单音节到双音节的变化，而在创作方法上是后者忽视了"兴"的意义与价值，等等。其中关于"语言与形式"的探讨比较值得注意，它引入了现代语言学家有关古代汉语与现代汉语的区别的诸多见解，由此提出古代诗歌格律与现代汉语相悖的观点较有新意，遗憾的是未能结合现代汉语语法（西方语言与思维方式的影响主要体现在这个方面）梳辨新诗的问题，观照层面较单纯。

在规定的三个范畴内，作者主要采取比较的方法展开问题的陈述与辨析，在陈述与辨析的过程容纳了非常丰富的材料，也比较能够显示差异。有不少个人见解。可以看出，为了完成这篇论文，作者在材料的搜集与阅读上是下了功夫的。论文达到了博士学位论文的水平，可以进行答辩，本人同意授予论文作者博士学位。

论文的主要不足是论题比较笼统，停留在规定范畴内理论现象的爬梳对比上，未能"大题小做"，真正深入问题的实质，分析与解决其中一、两个关键问题。本篇论文的不足主要表现在两个方面。

（1）对新诗理论形态的划分可以进一步推敲。在《中国新文学大系·诗集·导言》中，朱自清把新诗分为"三派"，此划分的合理性姑且不论，即使是合理的，新诗理论也以此三派进行归类，是否合适？创作与理论是否完全一致？（新诗作为一种未完成的"尝试"，近百年来都在探讨如何学习新语言，寻找新世界。理论的焦虑当然有如何"新"的问题，也始终存在如何"诗"的问题——比如胡适，关心的就是语言、诗体的问题，而不是"现实主义"。）再退一步，就算一致，是否可以对应论文划分的三个范畴？

（2）作者划分的三个范畴都是"诗法"范畴，这是令人鼓舞的，但展开讨论的时候（包括陈述与分析）却受到太多的干扰。作者对古代诗歌理论的把握并不充分，对新诗理论也不够心领神会。

《"九十年代诗歌"研究》

《"九十年代诗歌"研究》很可能是直到目前为止最全面探讨90年代中国诗歌的一篇论文。立足于对90年代诗歌的"断代"意义，作者将它从一般批评移入到了文学史研究）的层面，做了不少开拓性的工作。

在本篇论文中，20世纪90年代中国诗歌"语境"的研究最富有原创性，不仅提出了许多第一手资料，理论与方法的贯彻也比较彻底。它属于文学——社会学研究，但作者通过接纳法国思想家布尔迪厄（Pierre bour-dieu）的"场域"理论，把过去对观点的注意移向形成"文化生态"的复杂因素（如"象征资本""规范""占位"）的注意，经由文化生产与流通过程中"象征资本"，更具体地考察了文学与社会生活的关系，为文学的社会学研究带来了新的视野。无论是梳理与辨析赖以存在的"文化生态"、诗歌的文本策略、代表性诗人、关键术语等，还是勘察自我叙述的策略与危机、诗歌生产与诗歌"场域"之间的关系等，以及"90年代诗歌的断代史地貌"等，拓展了人们对90年代中国诗歌的认识。论文的"内部研究"部分虽不如语境研究那样富有开拓性，但对文本的感受与分析也比较具体到位（并有一些富有个人创见的"命名"，如对臧棣诗歌"拉伸术"的提法），在划定的"历史与个人""现实与虚构""抒情与叙述"的范畴中展开，这部分的研究比较注意与当代诗歌（特别是"朦胧诗"和"第三代"诗歌的比较）。

本人认为这是一篇成功的博士论文，体现出作者比较充分的资料与理论方面的准备，以及活用相关理论梳解文学现象的能力。本人完全同意论文参加答辩，并建议授予博士学位。

可以进一步讨论的问题：

一、既然使用"90年代诗歌"的断代概念，而90年代诗歌又有疏离主流、离散中心的特点，能否以"知识分子写作"群落代表"90年代诗歌"？如何面对"核心"之外的"面"与"边际"？写作的"有效性"与"好诗"如何通约？

二、90年代诗歌的"断代"性特征是明显的，但"断代"的叙述非常注意"打倒历史"与"重述历史"的辩证。如何把握这"打倒"与"重述"的关系？局限于与"朦胧诗""第三代诗"的关系够不够？

三、同意作者把90年代诗歌看作是"现代性"寻求的"历史大叙述"的一部分。但"现代性"从晚清开始就不是一个指标，而是一个问题，人们一直在面对多个"现代性"，意识到这一点，或许可以对它作出更具体、准确的历史定位。

《新文学运动方式的转变》

　　《新文学运动方式的转变》从辨析概念出发，探讨五四以来 20 世纪中国文学生产活动与"现代性""革命"诉求的关系，研究现代民族国家寻求自己的文化价值的"方式"和支配"转变"的社会因素。作者采取 90 年代以来比较流行的文化研究模式，研究权力、社会思潮与 20 世纪中国文学运动的关系，彰显了文学中的一些重要问题。

　　论文对诸如"新文化运动"一词如何出现并产生思潮性的分量有细心的勘探，对"沙龙"与"大会"关系的变化有耐人寻味的分析。同时，也接触到不少"正统"文学史研究者未曾留意的材料。论文最有意思之处是呈现了"运动"中不无的矛盾"对话性"，以及它在语境中发生的变化（如 30 年代前后的"左联"与自由主义社团，40 年代的"沙龙"与"大会"），尽管这种"对话"在论文中并未发展为论文的结构，但已经显示出许多耐人寻味和值得进一步探讨的问题。

　　论文主要以 1919 - 1949 年文学"运动"为研究范畴、上篇讨论"方式"之建立，中篇呈现其道路的"分化"，下篇言说其转变，结构分明，逻辑性强。是一篇材料丰富，说理具体，结构合理的博士论文，同意进行论文答辩，并授予博士学位。

　　可以进一步留意的是：（1）"新文化"与"新文学"运动的方式的联系与区别可作更细致的辨析。（2）"新文学"中哪些是"运动方式"的文学？它与非"运动方式"之文学有什么对话关系？

《知青题材小说研究》

　　"知青"小说和"归来"诗歌一样，是 20 世纪中国文学中的绝唱，对于这种文学现象，具体作家作品的评论多而整体的研究少。《知青题材小说研究——从文革到 90 年代》是整合性研究的一个尝试，选题很有意义。

　　论文无意在题材、人物的初步归类上停留，而是力求把握这类被特殊历史经验所养育的一批作家，处于事件进程中的心灵历程和"事后"不同阶段的想象特点，以及他们的自我反思。文章将知青题材小说归类为"依靠外界型""自我意识型""悬置判断型"三种类型，以"依靠外界型"作为观察、分析的据点，把后面两种类型作为其变构与解构。这种分类与论述体现了作者对这一类型小说独特与有趣的认识。

论文涉及相当多的"知青"文学作品（也包括早期的诗歌），对相关的评论也有一定数量的阅读和引证，作品的分析有自己的感受和心得。

这是一篇外国留学生写的博士论文，汉语不如作者的母语，能阅读如此多的汉语文本，已经不易，论文也确有一定水平，可以说基本达到了博士论文的要求。本人同意进行答辩并授予博士学位。

可以进一步探讨的问题：

（1）将"文革诗歌"列入"知青题材小说研究"是否合适？

（2）"成长小说"（Bildungsroman）角度的观照是否可以弥补"依靠外界型"意义分析的一些不足？后者是否受外部因素的牵引太大？

《梁启超、王国维与中国文论的现代转型》

无论从社会历史而言，还是思想文化而言，晚清都是寻求现代性的起点，论文《异向共建——梁启超、王国维与中国文论的现代转型》，进入这个王纲解纽，风云激荡时代，通过梁启超、王国维这两位有代表性的人物，观察时代对中国文学理论批评观念与方法的改造，以及文学理论批评对时代精神状况的影响。可以说，作者选择了一个很有意义也很有挑战性的论题。

论文以 1897–1912 为时间范畴，认真梳理梁、王在此阶段的思想和艺术观念的变化，分辨他们艺术观念与批评方法的相通相异，进行"启蒙现代性"与"审美现代性"的异同互勘，彰显了中国文论在转型过程中的矛盾和复杂性。

本篇论文最突出的优点是自觉或不自觉地触及了中国文学理论现代转型的矛盾性和复杂性：不仅梁、王两人的文论显示了阐述文学的不同理路，而且梁、王自身的理论本身也充满着矛盾，而这些矛盾（甚至悖论）不仅通向传统与现代的矛盾，也通向现代性自身的矛盾与分裂——这一点可能正是现代性的要义。

但不足也在这里，犹豫、摆荡于思想史与文论两者之间，妨碍了作者提出更具体、准确的"中国问题",当然这也与"全局视野"有关,因为是网结点的研究也要求研究者对"来龙去脉"有清晰地把握。

《文革后小说中的革命历史》

《文革后小说中的革命历史》以 1980 年代以来中国小说对革命历史的"重写"现象为研究对象,从"人与革命的关系"这一基本视角,分别从农民与革命、女性与革命、知识分子与革命三个主要范畴,观察革命历史题材的小说对 1950 – 60 年代"红色经典"在叙事观念、叙述策略、人物塑造等方面的"偏离与解构"。

论文最大的特点是充分展示了两个不同时期革命历史小说写作的"互文性",同时抓住小说想象世界的基本特点,深入文学文本的内部,对代表性文本作了比较具体、到位的分析。由于作者始终注意同一题材,不同叙述观点与叙述方式的比较,两个时期的写作便能异同互勘,互相彰显。而深入小说叙事的具体层面,则有效避免了形态批评对艺术想象的化约性。文章把 80 年代以来的革命历史小说大致分为两个时期,认为总体上有"人"从"经典"叙述意识形态中"突围"出来,具有丰富性、又有碎片化的特征,这是经过认真研究得出的结论。

可以进一步探讨的问题:同样的故事却有不同的讲述,是否也反映了语境与趣味的变化?对革命历史小说的重写可以追溯到《晚霞消失的时候》(礼平)对淮海战役的描写。

在"革命历史小说"成为历史之后,是否能更平静探讨两个不同时期想象革命历史的意义、局限和文学兴趣。

《90 年代诗论研究》

1990 年代的中国诗歌和理论批评在 20 世纪中国诗歌发展脉络中,具有明显的转型特点,具有作为一个独立单元的研究意义。目前,北京大学已经有人写过 90 年代中国诗歌研究的博士论文了。《90 年代诗论研究:新诗现代性追求的演进与转折》很可能是头一篇专论本年代诗歌理论批评的博士论文。

作为一篇开拓研究疆域的论文，作者尝试以"现代性追求"的基本理念，整合 90 年代中国诗歌理论批评，将其归纳为两种基本现象和四个基本范畴，通过"纯诗""知识分子写作""中年写作""个人写作""叙事性"五种诗歌写作观点和一个诗论家的具体讨论，搭起了自己的讨论平台，并提出了自己的诗学建构主张。

论文有广泛的阅读作基础，论述框架接纳了该年代诗歌理论批评的重要现象（尤其是与该年代诗歌思潮相对应的批评与论争），做了比较具体的梳理和分析。最值得称道之处是作者始终坚持反思问题这一研究立场，行文过程比较重视概念的辨析，对问题梳解照顾到不同层面。

论文也存在与 90 年代诗歌诗潮贴得太紧的弱点，这多少影响了对一些超越时尚的学术化诗学研究的关注，低估了它们对诗学建设的启示意义。

总的来看，这是一篇有开拓性、有问题意识，有自己的诗学见解的论文。本人认为达到了博士论文的水平，可以提交答辩。

《"主旋律"小说研究》

《"主旋律"小说研究》是一篇令人鼓舞的博士论文：它意味着从 20世纪 90 年代开始的"文化研究"热不再处于观念引进和凌空蹈虚的阶段，而是在中国找到了自己的具体问题和尝试运用的可能性。

本篇论文在选题上富有胆识和开拓性，触及主流意识形态不可能正视而学术界又普遍规避的问题。在具体的研究中，作者抓住对象与历史状况（"一体化"）和现实问题（"新意识形态"）的纠缠迎拒关系，通过"新乡土小说""新改革小说""腐败小说""军事小说"等主要方面的考察，深入揭示了社会转型时期国家权力机构调整文化政策的过程和龃龉，从一个侧面反映了当代文化（文学）问题的复杂性。

论文有效地把一般人回避的"政治问题"转变成了一个饶有意味的学术问题，为 80 年代以来的文学史写作提供了有意义的参考。

应当进一步探讨的问题：

（1）论文对"主旋律"文化战略可以有更高视境的透视，如"社会动员"和冷战时代结束后的世界文化背景。

（2）"主旋律"生产与流通中诸多"意外"的情形，既与市场和作者自身的矛盾有关，更与文学的想象方式有关。是自觉意识带来的，还是文学本身具有的？

《断裂地带的精神流亡》

《断裂地带的精神流亡——路遥小说的空间结构、人物形象及其文化意义》是结合作家个人经历，全面论述路遥小说创作的一篇论文。作者并未简单将它写成一篇作家论，而是通过普通读者的热爱和"知识精英集团"的遗忘这一对立现象，带出中国 20 世纪 80 年代以来现代学术体制、文化风格对"现实主义"创作方法的压抑。通过具体作家作品带出文学阅读与文学研究的社会问题，体现了作者的问题意识。

论文对路遥和他小说的把握，主要集中在空间与时间的关系方面。作者试图通过前者分析人物与作家的特点，通过后者观察他们在转型社会的命运。经由时空关系中各种人物形象的讨论，呈现了生存在这个时空中的人物及作家本人身份认同的焦虑和个体命运的悲剧。路遥在小说中放逐了主人公，现实又让路遥承受放逐的命运——现实"叙述"了想象。论文把握了路遥小说在题材、叙事观点和想象上的特点。

论文在触及的材料上比较丰富，比较留意作品本身的复杂性，具体分析作品时有一定的分寸感。文章有自己的立场和观点。

文章也存在一些明显的问题：

（1）对论述对象文学（文化）意义的把握不够准确，整体评价与文本分析主观性较强。

（2）对"边缘""形象"等重要概念的把握不准，使用也太简单化。

（3）在缝合生活与想象、叙述者与作家时，针洞太大。

《梁启超五四时期的新文化建设思想研究》

以往的近现代中国思想文化史研究，比较重视梁启超在戊戌变法前后的意义，而对其五四时期的理论贡献不够重视。《梁启超五四时期的新文化建设思想研究》则把五四之前梁启超的几次蜕变，视为摸索期，而把五四之后的学说看成是"生命的收获期"。作者对梁启超"收获期"的思想做了比较系统的研究，揭示了其文化建设思想的意义，从而丰富了梁启超以及五四文化思想史的研究。

论文分析了梁启超政治思想与文化思想的差异，在文化急进主义与保守主义的循环对峙的语境中，彰显了梁启超"淬厉其所本有而新之"基础上"采补其所本无而新之"的思想立场。强调了其"培养现代人格"的文化建设思想的完整性和独特性，提出了这"既是一种理论探索，又是一种新文化实践"的观点。

论文对梁启超新文化建设思想的研究，有自己的见解，论述中也注意不同范畴之间的逻辑关系，实现了回到五四的丰富性，超越二元对立思想模式的写作意图。

论文对梁启超文化思想被遮蔽状况的探讨比较薄弱，回答这个问题，既需要考虑历史语境中的复杂问题，也需要考虑理论与实践的关系问题。

《权威期刊与特殊年代的文学生产》

《人民文学》是当代主流文学的权威期刊，对"新的人民文艺"的文艺方向、创作与阅读标准的形成有着重大的历史影响。《权威期刊与特殊年代的文学生产——〈人民文学〉（1949－1966）研究》选择《人民文学》这一"国刊"，研究它在 1949－1966 年期间的"生产机制"，观察国家权力与文化象征权力之间的争战迎拒关系，为中国当代文学史研究提供了典型的个案和新的研究角度。

论文立足于丰富的材料，从"身份"的确立、"生产机制"的形成、"异端"的存在、"形式"的考量等方面，全面考察了该杂志的文学生产方式，梳理了"机关刊物"的运作特点。既展示了体制与权力对文化生产的巨大规约性和生产者的顺从性，也揭示了文学传统和文学惯例虽然微弱却又不屈的坚持。

本篇论文通过典型个案的研究，把当代文学史中的不少问题具体化了，媒介"叙述"文学——这一现代文化生产特征的揭示，也丰富了当代文学典律生成的认识。

论文对特定年代权威文学期刊的生产机制的研究比较认真细致，但对它塑造"新的人民的文艺"功能与效应的探讨，稍嫌微弱。

值得进一步探讨问题：

（1）"国刊"的特殊"身份"与《人民文学》所扮演的特殊"角色"，似应参照《文艺报》这样具有相同身份的"国刊"，才能清晰辨明。

（2）权力在"塑造"媒介，媒介在"叙述"文学，而文学的传统与惯例又在与上述因素进行着"对话"。"象征资本"与权力资本之间的角逐，可以作更深入的讨论。

《现代中学语文课程与文学教育的发展》

《现代中学语文课程与文学教育的发展》所面对的，是目前中学语文教学改革的一个热点问题，而这一问题又与近百年的历史关联，因此选题不仅具有重大的现实意义，也有历史意义。

论文抓住中学语文教育的基本矛盾（具体到语文学科是工具性与人文性，在更大的范畴中，则是社会科学与人文学科），将其放到历史的过程中进行观察。作者通过 20 世纪初至 30 年代几个重大事件和个案的追溯，呈现了语文教育与文学教育纠缠迎拒、矛盾共处、相向互动的关系，揭示了其丰富的层面，与现实问题形成了隐性的对话关系。本篇论文的意义，并不是寻找到了某个正确的答案和提出一套解决问题的方案，而是"试图建立一个开放的阐述框架"，梳理语文教育理念的歧义，分析语文教育的基本矛盾，让人们意识到语文教育与各种诉求的关联，在实践过程中也受许多因素的制约。论文虽然以 20 世纪二三十年代的中学语文教育现象为论述重点，但有百年的历史视野，对一些重要问题与观念的把握（如教育是什么，以及 50 年代"少有本体研究"等）比较准确深入。

本篇论文材料坚实，虚实有度，有理有据，也比较注意重要概念的辨析。是一篇下了认真功夫有创建有心得的论文。

可以展开讨论的问题：

（1）语文教育与文学教育的矛盾是否与从业主体（可以追溯到大学中文系，尤其是师范大学中文系）的立场和现代体制有关？这对矛盾是否对等？

（2）"历史呈现"与"理论辨析"融合是否更能深化问题的讨论？譬如"工具性与人文性的统一"的观念，语文教育的"工具性"观念本身就需要讨论。

《民间生活的审美言说》

汪曾祺是当代中国最重要的小说家之一，他的创作不仅以自己的鲜明个性区别于同时代的写作，而且接通了古典文学的文脉。选择这个作家作为博士论文的研究对象，体现了研究者的独特的眼光和纯粹的文学趣味。

《民间生活的审美言说——汪曾祺小说文体论》紧扣"民间生活的审美"特征论述汪曾祺小说的文体风格，分别从结构叙述、个性、语言、体式与艺术精神等方面展开系统的分析论证，比较全面地展现了汪曾祺作品的写作特色和艺术精神。

本篇论文的主要优点在对研究对象的整体感觉和把握方面，论述过程中注意同类比较与参照，起到突出对象特点的作用。作者对汪曾祺日常生活审美的强调，对其不喜欢悲剧而重视生命欢悦品格的揭示，显示了作者对论述对象的深入理解。

论文对汪曾祺作品及相关批评有全面的阅读，同时参考了不少文化学、民俗学和文学史的研究成果。视野开阔，分析具体、整体结构合理，是一篇写得认真，有自己心得的论文，达到了博士学位论文的水平。

论文可在以下方面进一步探讨：

（1）以"风俗体"命名汪曾祺文体，是否精当、准确？

（2）"日常生活""民间""风俗"三者有何联系区别？

《赵树理小说叙事研究》

在20世纪中国文学研究领域，关于赵树理小说的研究并不算少，但人们关心更多的是"赵树理方向"的成就与局限。真正深入文本的理路对赵树理小说的叙事方式做全面透析的，还是少之又少。

《赵树理小说叙事研究》力图进入赵树理小说的内部结构，运用西方叙事学的理论与方法，探讨该小说叙事立场和叙述策略，揭示其在20世纪中国小说实践中的历史和美学意义。论文比较深入地分析了赵树理"评书体"小说的叙事特点，准确把握了其叙述者与叙述语言的独特性，作者对赵树理叙事模式的理解与概括是准确的，也触摸到了小说这一文类的基本特征：通俗。

本篇论文对小说文类的特质有一个简洁明确的观念，并将其与融化在叙事者与接受者的对应与对话关系中，通过赵树理小说文本，作了灵活生动的发挥。

论文观点明确，基本材料扎实，分析具体、结构合理，在运用西方小说理论与方法时，注意它们与具体对象和具体语境的对话关系，表现出具体操作的灵活性。本文从内部研究的维度，深化了赵树理的小说研究，达到了博士论文的水平。

论文对小说"本质"（通俗性）的理解比较拘谨，这在一定程度上妨碍了对研究对象丰富性的认识，以及对小说文类多样性的理解。

《堕落生命的世俗拯救》

如果套用罗克奇"一切历史都是当代史"的话，是否也可以说，20 世纪 80 年代以来，研究界关于鲁迅的论述，都是当代的论述：从王富仁、汪晖到本篇博士论文，都不完全是对鲁迅的"历史还原"，而是凭藉自己的时代意识重识鲁迅，又凭藉鲁迅，认识与反省自己的时代。

在不同的研究者的笔下，有不同的鲁迅，不同的"中间物"，正见证了鲁迅的不朽和丰富性，见证了作为"民族魂"的鲁迅对于我们民族的精神价值：不仅在生前，而且在死后。在这个意义上，汪晖对于鲁迅"历史中间物"的论述，与本篇论文"进化链"上的"中间物"的判断，可以相安而不必相斥。

《堕落生命的世俗拯救——论鲁迅的中间物及其革命》主要创见，不在于反拨"历史中间物"的有力，而在立足现代性的危机，围绕鲁迅救人与自救的"求真"活动，深入分析了一个精神战士所面临的真与善、堕落与拯救、决战与绝望的矛盾和困境，从而丰富了人们对于鲁迅"中间物"意识的认识，张扬了鲁迅对人类生命价值的自觉承担精神，启发人们对"人之基质"的进一步思考。

论文体现出较强的理论思辨色彩，笔力饱满，观点鲜明，是一篇问题意识强，有创见的博士学位论文。

可以深入探讨的方面：

（1）鲁迅回应矛盾困境的实践品格还有更大的探讨空间。

（2）自由与幸福的讨论也可进一步展开。

《大众文化生产与消费机制中的文学选择》

由政治主导到市场支配，经济与商业因素已经渗透到我国社会生活的方方面面。20世纪90年代以来中国社会的转型，给当代中国的思想文化界提出了许多新的话题，而所谓"精英文化"与"大众文化"的对话（与对抗），便是较受关注的一种。

《大众文化生产与消费机制中的文学选择——以王朔和海岩为例》的一个突出优点是，不是介入那些论争分辨是非对错，而是选择有代表性的个案，观察"精英文化"向"大众文化"主流换位中非常复杂的问题。

论文所选的两个作家王朔与海岩，均为跨越两个年代和两种媒介的作家，作为本论题的个案具有相当的典型性，而从他们作为创作现象的研究所得出的结论，如"精英文化"与"大众文化"的互动、缠绕，经济基础、媒介的制约力量等，都体现认真研究的个人心得。

用文化研究的立场和方法处理90年代以来的中国文学现象，是出于对象本身的需要，也是一种潮流和学术时尚。本篇论文的好处是不直接搬演文化理论，而是注意文化研究理论、方法在与具体对象相遇时灵活的实践和变通。作者分析与论证相当具体，有说服力，是一篇认真、扎实的论文。

倘若能在"现代化"进程的视野看待"大众文化"的兴起，可能会更有历史感。此外，如果跳出所选择的个案，在梳理辨析"精英文化"与"大众文化"的关系时，既要注意它们互动、交融，也要关注文化有一个分层问题。

《第四种批评》

诚如作者所言，《第四种批评——以格非、曹文轩、张大春为例》是"焦虑的产物"，提出新一类别的批评，是要为"陷入了自说自话的尴尬境地"的学院批评解困，改变批评的失衡状态，为中国目前的批评格局的建构及本土批评话语的建构提供新的可能。

论文最引人注意之点，是作者在蒂博代规划的"三种批评"版图的基础上，添加了第四种批评，即作家学者的批评。为了给这种批评以学理依据和"合法性"，作者阅读、引证了诸多批评著作，并选取三位"作家学者"作代表逐一进行分析。

本篇论文的主要优点在两个方面，一是提出了新的观念，回头梳理了相关的批评观念与历史，让人重温文学批评的基本问题；二是自觉或不自觉地触及（或回应）了当代文学批评的一些问题，诸如怎样谈论文学，文学批评的功能和批评家的能力等。

论文存在的主要问题是，提出"第四种批评"的学理依据不够充分，西方有"诗人批评家"（或"作家批评家"）的提法，但只是派别或风格意义上的归类，不说明是"一种"批评现象。另外，论文第3页中"朱自清的《诗论》"不确。朱自清并未出版过称为《诗论》的著作或论文。

《中国现代新诗语言研究》

中国新诗对传统中国诗歌言说方式的疏离，是从语言与形式的"革命"下手的。此后现代汉语与中国新诗的关系，一直是诗歌话语秩序重建的基本问题。《中国现代新诗语言研究》从诗歌语言的角度观察现代汉语写诗的实践与问题，选题有重大理论意义和现实意义。

论文追溯了"现代白话"的生成和以此为媒介的中国新诗的特点，探讨了影响"新诗语言"的时间因素和思维方式，从形式与"内化"两个层面论述了"新诗语言表达形态"，对中国新诗语言实践的成就与问题提出了自己的看法。

整体地看，这是一篇选题好，研究角度也很不错的论文，触及到新诗发展中最基本、也最重要的方面。引述的材料较丰富，有较开阔的视野，论述过程能始终坚持诗歌文类的特殊要求，显示出相当的专业素养。论文达到了博士论文的水平。

论文有两个方面可以加强：一是诗与语言的特殊关系应当在理论层面上加强论述。二是一般的诗歌发展问题与诗歌的语言实践问题性质上不完全相同，应有所区别。此外，论文第 58 页第 6 行"1906 年 9 月 20 日，胡适在美国……"史实有误，当时胡适尚未赴美。

《文协与抗战时期的文艺运动》

文学是无法脱离历史与社会语境的，但无论以往许多社会学角度的研究，还是当下成为显学的文化批评，都存在用后设的观念和方法简化复杂文学问题的倾向。而《文协与抗战时期的文艺运动》却通过延宕结论的方式，试图打通一条理解历史的道路。

本篇论文的研究对象是对中国新文学的转变产生重大影响的文学组织，因其意义重大而文学成就有限这两者关系的失衡，一直被文学史处理得粗糙简单。作者努力克服这种弊端的基本方法，是踏踏实实地占有材料，甄别问题，还原对象的丰富性与复杂性。在此基础上，形成了比较可靠的研究结论。

这应该是"文协"研究领域一篇有超越意义的论文。首先，占有的资料相当丰富。提出问题与分析论证尽可能避免孤证，澄清了不少似是而非的历史陈见，体现了治学的严谨。其次，对文协的特征、历史作用与转变过程的把握比较准确，有说服力。对过去一些意识形态化的定见在前、求证在后的诸多论述，有历史的纠正作用。

论文写得非常扎实，是一篇有个人创见的博士论文，对文协这个重要文学组织作出了新的理解与阐述，它对反思 40 年代文学研究的既成结论，乃至对新文学传统的反思，都有启发意义。

战时以"社会动员"与使命的文学组织与一般文学社团是不同的，似应注意其附属于历史之皮与植根于文学之体的不同价值。

建议有一个"结语"，简要阐述文协的"链节"性质。

《赵树理小说与民间文艺资源》

在 20 世纪中国文学重要作家的研究中，赵树理小说的研究成果是比较丰富的。但以往的研究者关心更多的是"赵树理方向"的成就与局限，真正深入其文本的编织特点，玩味、分析其特殊情趣，进而理解其独特风格的形成要素（及资源）的研究成果，还不是太多。

《赵树理小说与民间文艺资源》力图跳出"现代小说"的阐述框架，以品读文本的方式寻绎赵树理小说与戏曲、评书、故事等民间艺术资源的磋商对话关系，探讨在此基础上形成的"可说性文本"的独特风格和美学趣味，梳理他与"现代小说"观念的吊诡关联，充分展示了这一研究选题的独特意义。

本篇论文的突出优点是文本分析比较具体、深入，有不少个人心得，特别是能够努力深入到文本内部讨论不同小说文体的差异性（如从语音的角度分析"可说性文本"的特点，从"拟口头文学"的尴尬讨论《卖茶叶》的双重失败），因而收到了更好的论述效果。

论文体现出作者对赵树理的主要作品有比较深入的阅读，同时也参考了不少民间文艺的研究成果。是一篇读得细致，写得认真，有自己见解的论文。达到了博士学位论文的水平。

如果在立足于赵树理小说与"现代小说"的紧张关系的同时、注意其与中国古典小说的亲和关系，论文可能会写得更有历史感。此外，对赵树理小说的意义的评判，可能要引入"历史的读者"。

《文革后中国当代文学中的主体性问题》

《文革后中国当代文学中的主体性问题》是一篇试图超越纯粹理论思辨与文学史研究的现行模式，从哲学的高度观察"新时期"文学思潮的论文。论文立足于近二十几年中国文学中丰富复杂的诉求在"主体性"上的投射，以思想文化界回望康德为起点，清晰梳理了主体性问题的浮现和衰弱过程，揭示了文学创作与主流意识形态在主体性问题上的应答迎拒关系。

论文重视"作为一个问题"的主体性与文学历史语境的复杂关联，作者注意把握当代中国文学不同阶段主体性想象方面的差异，也对一些作品进行了新的阐述。

论文有一定的理论深度和历史感。

论文的不足主要在两个方面：其一，主体性是身分观念的核心问题，但主体性观念在不同阶段有不同的描述。早期有笛卡尔式的同一性的主体观，后来有亚当·斯密和马克思式的结构性的主体观，现在又有后现代"临时的"主体观，当代中国文学是否在历史与现实关系中确立了自己的主体身份？其最鲜明的特色是什么？其二，主体性在理论批评与创作界有不同表现方式，似应认真注意理论假定与文学想象的区别。

《文学中享虐现象之考察》

《文学中享虐现象之考察》研究的是文学作品中施虐和受虐现象的美学想象。这种想象在古今中外的文学文本中普遍存在，却未引起足够的关注，本篇论文以此为研究对象，给予"享虐现象"的理论命名并展开心理学、美学及文化权力关系的探讨，具有某种开拓性。

论文从四个层面考察了文学中的"享虐现象"，接触到古今中外广泛的文学文本和研究材料，显示出作者对此一课题的持久关注和广泛阅读。论文各章都有各自的亮点，其中第二章的心理、生理角度的分析较为深入把握了施虐和受虐现象的辩证性，不仅对一些材料作出了很有个人心得的阐发，也丰富了"痛快"一词的内涵。

论文达到了博士论文的水平，同意提交答辩。论文答辩后若修改出版，建议参考福柯《疯癫与文明》的研究，从理性与非理性关系看待现代文明体制中的"享虐现象"，这样可以启发我们超越信仰与政治的视野，达到更高学术水准。

《"革命加恋爱"文学现象研究》

"革命加恋爱"是20世纪20年代后期出现的一种被广泛关注的文学现象，是"文学革命"向"革命文学"转变的一个重要环节，涉及个人与历史、文学与政治等重要的理论问题，因此一直受到文学史家的关注，得到了不同视角、方法的研究，出现了不少有价值，有突破的研究成果。

《"革命加恋爱"文学现象研究》充分注意到了前人的研究成果，对它们作了认真的梳理，看到了"革命加恋爱"这一历史现象的意义的变化、生成和被"建构"的特点，从而发现了其中的薄弱环节和重新研究的可能性。

本篇论文对"革命加恋爱"文学潮流的梳理与分析有不少个人心得，其中最有价值之处是对此一文学现象与大革命的关系作了比较认真的梳理，清晰呈现了现实问题对文学想象、阅读风尚的影响。

作者对所研究的问题有较全面的关注，提出了一些前人所忽略的材料，在具体历史语境的研究方面有新的开拓。

论文达到了博士论文的水平。

作者重视"革命加恋爱"文学现象的"史前史"的考察，以期更好还原历史语境，但"革命加恋爱"的"史前史"既与当时的大革命语境直接相关，又与"五四"思想自由与个性解放诉求相连。后知后觉的研究者既通过语境理解这种"文学模式"，也需要通过这种"文学模式"理解时代语境，这样才能更细微、准确感受"恋爱"与"革命"复杂纠缠。

《选报时期〈东方杂志〉研究（1904－1908）》

伴随着学界对文学与文化空间互构关系的重视，"报刊研究"成了不少学位论文的热门选题。在这种时尚中，选择有价值的研究对象并提出有意义的见解，与其说是便利，不如说是考验。读完这篇论文，我认为《选报时期〈东方杂志〉研究 1904－1908》不是一篇趋时之作，而是一篇确有个人心得与学术价值的博士论文。

《东方杂志》横亘近半个世纪，是现代史的见证者。唯其从来没有离开过研究者的视野，却又从未真正进入研究者的视野，对它进行深入的研究，就不仅显得必要，而且具有相当的难度。本篇论文最大的特点，是作者不像如今的一些同类研究，受西方文化生产理论的宰制，用中国之例去证明西方观点，而是能从对象本身及其相关资料的全面阅读辨析入手，认认真真梳理出自己的问题，形成自己的基本见解和论述逻辑。本文非常具体、准确呈现了《东方杂志》作为"选报"与其他报刊的对话特点及自己的主体性，彰显了它在建构晚清舆论中所起的独特作用。

因为问题和见解都基于自己的心得和思考，比较胸有成竹，思路和结构也显得合理和完整。

这是一篇下了认真功夫，思路和结构都比较严谨的博士论文。

个别地方的理论梳解可进一步加强。

《"星丛"诗学的建构》

本雅明是游离于现代学术体制之外的一个异数,他的才华和思想风格在当代,只有法国的罗兰·巴特可以与之比肩。《"星丛"诗学的建构——本雅明诗学的后现代阐述》立足于本雅明一生思想与写作的丰富性和奇特性,敏锐意识到了年青的本雅明在博士论文《德国悲剧的起源》中提出的"星丛"概念的独特意义,将其作为本雅明诗学的核心范畴,结合他一生中的几部重要著作,对他诗学的基本构架作了认真梳理。

在梳解"星丛"诗学谱系时,作者从本雅明对某些时代症象的特殊关注和思想表述的独特性出发,围绕象征与寓言、灵韵与惊颤、大众与游手好闲者等方面的诗学内涵,作了很有个人特点的阐发,强调了本雅明诗学的后现代意义。

论文观点新颖,思路清晰,表达顺畅、干净,体现了一定的理论素养和研究问题的能力,达到了博士学位论文的水平,同意作者参加论文答辩。

可以进一步思考的是,本雅明是一个未完成诗学体系的天才,非常复杂,充满矛盾。后现代理论框架是否是阐发本雅明诗学的理想模式?

如果了解罗兰·巴特,或许有助于更深入认识本雅明的文化身份和思想风格。

《九叶诗派与西方现代诗学》

20多年来,从文学史角度研究"九叶诗派"的学术成果已经相当丰富,但从比较文学的视野全面梳理它与西方现代诗学的关系的专著,目前还没有见到。《九叶诗派与西方现代诗学》以梳理"九叶诗派"与西方现代诗学的关联为学术目标,选题上具有填补该领域的研究空缺和拓展空间的意义。

论文努力把握西方从象征主义到现代主义转变的诗学语境和想象风格,对"九叶诗派"的整体影响,通过与波德莱尔、艾略特、里尔克、奥登等现代诗人的深入比较,具体呈现了20世纪40年代中国现代诗学与西方现代主义思潮在美学立场和想象风格上的同异关系，带出了中国诗歌现代性求索的历史意义、问题，以及文化旅行、文化接受等诸多饶有趣味的问题。

本篇论文坚持艺术精神和诗歌想象世界方式的独立性，但能以开放的态度处理时代的诗学问题。作者把"九叶诗派"的基本特点，概括为以"既投入又超出的态度"寻找经验与想象的"危险的平衡"。围绕这一特点梳理"九叶诗派"与西方现代诗学的纠缠迎拒关系，把握是比较准确的，方法也比较可取。

论文反思"九叶诗派"的局限性时，把超验的宗教精神，作为更高的诗学价值尺度，是否妥当，可以讨论。

论文达到了博士学位论文水平，同意进行答辩。

《性别视野下的文学语言》

《性别视野下的文学语言》是一篇打破了传统学科边界和研究方法的别具一格的学位论文。作者以女性主义的"性别视野"观照语言中的性别政治，通过从创世纪神话到当代小说、诗歌等丰富举证，揭示文学话语中普遍存在的不平等的性别权力关系，昭示了女性主义批评深入到语言符号秩序中的重要性。

论文努力从原型、符号、修辞等重要的层面，分析文学话语中的性别歧视问题，对一些文本做了新鲜、独到的诠释。而作者对概念的自由转换，分析材料时出色的想象力，以及热情生动的行文风格，让论文具有了文学作品般的魅力。

论文的选题、观点有个人的独特性，把女性主义文学批评引向更内在的领域。论文达到了博士学位论文的水平，同意提交答辩。

如果更注意语言中的语符、语法和语用问题，像罗·兰巴特那样从"语言结构"（既包括语法，也包括语用）的关系去讨论权力关系，学理性会更强。

《现代性世俗化》

虽然关于台湾作家柏杨的评论，在台湾、大陆和海外，已有相当的数量，但把柏杨的写作作为一篇博士学位论文的选题，《现代性世俗化——柏杨作品论》似乎是头一个。

论文以柏杨作品的全面阅读为基础，梳理了国内外研究柏杨的评论资料，从王德威研究晚清小说的观点得到启发，将柏杨的写作定位于现代性倾向中世俗化的层面，认为柏杨体现了"站在普通城市民众立场上的批判意识"，"它解决了中国文学现代性中长期的'雅、俗'之分，改变了理性启蒙的雅层面对现代世俗层面压抑的问题"。

参照西方思想家的论述，将现代化的进程理解为不断城市化与世俗化的进程，同时根据柏杨"野生知识分子"的思想立场和关心的基本主题，阐发柏杨写作中的"世俗性面向"，作者对柏杨作品的研究，有自己的角度与见解，这种角度与见解符合包括胡风在内的理论家对新文学的整体判断。

论文涉及柏杨写作的各个领域，角度新鲜，思路清晰，语言流畅，达到了博士学位论文的水平。

如果不着重强调"世俗性"，从"文明批评"的视野研究柏杨，是否有助于阐述柏杨与"五四"文学（文化）的关系，理解他的轰动与冷落？"柏杨风格"与五四文学（文化）的关系可作更深入的探讨。

《20世纪末大陆及港台的同志书写与男性建构研究》

随着社会现代化的进程，"同性恋"的现象不仅在现实中为人们所目击耳闻，也成为文学想象世界和个人权力的一个"话语场地"。但主流学术和批评往往有意规避。《20世纪末大陆及港台的同志书写与男性建构研究》可以说是大陆学界第一篇研究这一问题的有份量的博士论文。

论文突破了"同性恋文学"的限制，把"同志书写"定义为与"男性同性社交、欲望"相关的想象性表意实践，从纵横两个层面考察当代小说中男性主体建构，既揭示了从晚清至当下男性主体想象的意识形态变化，也比较了"两岸三地"同志书写的相通性与差异性。通过认真的考察与讨论，文章阐明了从"同志"到"新同志"书写的意义：践行某种"个人生活的民主化"。

本雅明认为身体与欲望历来都是作家想象社会问题的宝贝清单，本篇论文以独特的同性交往关系为研究对象，提出了不少值得注意和深思的问题。作者充分的理论准备和深入的个案分析，也是本文的优点。就学术而言，这是一篇有水平的博士论文。

《七八十年代之交文学争鸣研究（1978－1989）》

可以认为，文学问题的争论是 20 世纪七八十年代文学转变的动力。虽然人们在论述 80 年代文学思潮时，都会谈论到当时的文学论争，但从"争鸣"的视野来展开研究的，目前还没有见到。在这个意义上，《七八十年代之交文学争鸣研究（1978－1989）》是一篇填补空白的专题论文。

论文的角度独特新颖，而全篇的展开则以三个刊物三篇作品为重点，选择很有代表性。

这是一篇写得相当机智的论文，结构合理，思路清晰，文笔畅达。达到了博士学位论文的水平。

如果联系当时的思想文化语境，分辨"争鸣"与"论争"的不同，可以更好彰显选题的价值与论述的历史感。

历时 9 年才出齐的《中国当代文学参阅作品选》（12 卷）（初由福建人民出版社，后由海峡社出版出版）是有影响的争议作品的汇编，不应忽略。

《小说"游走"情节研究》

《小说"游走"情节研究——以〈西游记〉和〈堂吉诃德〉为个案》是一篇以中外小说的具体文本，阐述某种小说类型的基本理论问题的博士论文。作者从王向峰一篇研究《西游记》的论文得到启发，通过《堂吉诃德》和《西游记》两部经典小说，揭示小说"游走"情节的共同特点，提出了小说叙事学中值得注意的理论问题。

本篇论文对小说"游走"情节的研究，重视基本概念的梳理与分辨（如"故事"与"情节"的关联和区分），而在展开论述时，既注意理论对作品的梳解，也重视经典文学文本的丰富性，从而较好呈现了"游走"情节的特点与张力。

如果能分辨"游走""出走""流浪"的差异,针脚会更细密。在理论与方法方面,如果能够借鉴结构主义小说研究的成果和方法,对"游走"情节的研究会更为细致与深入。

本篇论文材料丰富,学风端正,有自己的研究心得。达到了博士学位论文的水平。同意本篇论文进行答辩。

《1940 年代的诗歌与民主》

以往的中国新诗研究,在新文学研究中,自成一格,诗人诗作的研究之外,重视的是诗潮诗派,以及他们学习新语言、寻找新世界的历史过程,而对社会思想文化思潮与诗潮的对应关系,保持着一定距离的敬意。《1940 年代的诗歌与民主》的重要贡献,是让我们认真关注作为现实诉求的思想文化思潮对新诗发展的深刻影响。

经由 40 年代诗歌与民主思潮关系的认真梳理,论文彰显了中国新诗人对社会转型和发展的执着关怀,以及诗歌想象与意识形态的复杂纠缠。可贵的是,作者对这一问题的研究,不仅重视对诗歌观念和主题的分析,还深入到形式、风格等层面。

论文资料丰富,分析具体深入,既有新材料的发现,也有新角度对常规材料的重新梳解。在诸如对民主"自由的一面"与"平等的一面","民主政治"与"民主文化"以及主阵营的区分等方面,显示出作者良好的思辨能力。

抗战胜利前与后"诗歌与民主"的一些层面和性质,似乎需要更认真地分辨。行文与注释中不少"误笔""误植"需要订正。

┌─────────────────┐
│ **课题成果评审** │
└─────────────────┘

《中国现代文学研究史》(初评)

作为国家社科重点课题成果的《中国现代文学研究史》,是一部全面、系统梳理与描述中国现代文学研究历史的学术成果,体现了该学科发展的曲折历程和自我反思，经纬明晰地绘出了中国现代文学研究的版图。

历史研究本是一种把时间空间化的努力。学术史的建构，就是把时间之流中驳杂丰富的学术现象，经由分类活动转换为一个供了解、反思的知识空间。该研究成果将该学科视为"特殊历史条件下"建构的产物，将早期（1917－1949）的"当代批评"视为"史前"阶段，而将1950年之后的五十年分为"建构"（1950－1966）、"解构"（1966－1989）和"多元发展"（1990－　）三个阶段。分别对各个阶段的研究语境和研究对象作了细致的梳理、叙述和阐发。分期明晰、脉络清楚，问题突出。

除了开山勘测之功外，这项成果的鲜明特色有三点：一是扣紧中国现代文学史学科建构的"特殊历史条件"，以求真求是的史学意识，全面和充分地呈现了中国现代文学学科建构的先天不足和发展中的问题，呈现了权力和意识形态对学科研究的巨大影响。二是对学科建构与转变时期一些重要关节的叙述比较充分，有个人心得和个人创见。三是史料比较丰富、详实。

本人认为这是有开拓性和史料价值的学术研究成果，足以引起学界同行对中国现代文学学科历史进程的深入反思，推进该学科的发展。重新引起对中国现当代文学史研究、写作问题的讨论。

对成果提出如下参考意见：

一　在1950年至今的"正史"部分，作者将1966－1989称为"解构阶段"，以之相对于1950－1965的"建构"。大致意思尚可，具体的叙述也没有大的问题。但"文革"的"解构"与80年代的"解构"毕竟不同，后者在一定意义上有"二度解构"的性质，也包含"否定之否定"之意。80年代的文学研究，既包含着"拨乱反正"，也包含着对"建构"时期和"史前"研究的反思，并且提出了学理性更强的重构方案。因此，建议第二阶段不以"解构"笼统处理。

二　作者并不把该学科的研究历史局限于中国境内学者的视野，这是有眼光的。因为事实上该学科无法在封闭的环境中建设。但作者的研究成果对境外中国学者的研究成果虽然有一定的注意（如夏志清、王德威），但所涉及的成果与叙述分量显然不足。就已经发生实质性影响的成果而言，夏志清应增加些叙述介绍，而李欧梵不能忽略，还有香港司马长风的《中国新文学史》也是不能不提及的。

三　作为学科史，在处理材料的方法上，似应更多注意与批评史的区别。

四　本成果没有"结论"，这也许是出于学科与学科史的开放性考虑。不过，五十多年的努力与挣扎，还是有许多经验教训值得提示的，是否可以考虑增加类似"结语"的东西？

《20世纪中国文学经验》

中国新文学自诞生以来已有近90年的历史，而它的孕育则可以追溯到近代以来的思想文化革命。近百年的上下探寻，中国文学早已自成格局，并成为一个相对独立的研究单元。然而，尽管个案和流派研究硕果累累，20世纪80年代以来也先后有人指出过"20世纪中国文学""百年中国文学"观念，并有若干部20世纪中国文学史出版，但立足于新文学的历史整体性，进行高屋建瓴的梳理，提出"世纪问题"，分析探讨"世纪经验"的著作，目前还没有见到过。

在这样的背景中，中国社会科学院重大项目《20世纪中国文学经验》对20世纪中国文学进行富有历史感与理论深度的辨析，打破"熟知"与"常规"的历史叙述，引入检视和反思的因素，无疑体现了研究者的气魄和学术创新的勇气。而就目前提交的研究成果而言，长达120万字的专著，正篇七卷三十一章，外加一卷的"文学记事与世纪名篇"，不仅具备了相当的规模，而且以整体的视野，反思的立场，深入的分析，对20世纪中国文学的成就与问题，做了非常深入的讨论。其中现代性的寻求是贯穿全书的线索，也是作者对20世纪中国文学性质的基本判断。新的文学体制的形成与变化因素的考察，是其关注的主要方面。而这些判断与问题，又都是通过美学形态、精神状况的"分解论述"来完成的。

本书有如下突出的优点：

一、具有20世纪中国文学的整体视野，并体现了20世纪中国文学作为"整体"的丰富性与复杂性。在思想文化视野上，带进了冷战意识形态和文化秩序的观察，而且文学格局上有机整合了台湾、香港以及留学生的文学现象。

二、对新文学转轨的重要环节"延安时代"做了有突破和超越意义的研究，能让人们对它在文学发展中的传承与重构关系有更深入的认识。

三、彰显了被以往研究轻描淡写的一些重要问题，如语言与现代性的关系问题，传媒与文学生产的问题，翻译与形式问题等。尤其在探讨语言与现代性的关系问题时，不仅把语言方式理解为现代的象征形式，而且通过拼音化运动的失败，提出了"转译"西方现代化的可能与限度问题，这就把本土问题内在化了。

本项成果在许多方面具有开拓性和尝试性。特别是对 20 世纪中国文学重要问题的梳理与理论辨析，突破了以往文学史研究以时序和流派加作家作品的论述模式，启示了宏观把握 20 世纪中国文学的可能性。

本成果对新文学发生与转变一些重要环节（尤其是"现代"阶段）的研究稍显薄弱；由于集体写作的原因，观念的贯穿，材料的使用不够统一与细密。

《巴金对域外文化的接受》

20 世纪中国文学的一个显著特点，是许多作家的写作，不能简单在本土格局中理解。除极少数的例外（如冯文炳、林庚），绝大多数的作家都与域外文化资源有着复杂的关联。因此，深入探讨外国文化对中国文化的影响，对于认识中国现代文学的特质，以及文学转型过程中国与世界思想文化的对话关系，探讨文化旅行的特点与规律，成了现代中国文学研究的题中之义。

作为一个重要个案的研究，《巴金对域外文化的接受》把全面梳理巴金与外国文化的关系作为自己的学术目标，针对俄、法等国近现代文化思想对巴金的影响，分章讨论了无政府主义、民粹主义、法国大革命以及基督教等思想文化观念与巴金的关系，而克鲁泡特金、卢梭、托尔斯泰、屠格涅夫、高德曼等人的作品，在巴金的人生与创作中的回响，是全书梳理的重点。

本书对巴金与外国文化关系的梳理比较全面，在论述中，既重视具体作家与整体文化气氛的影响，也重视巴金接受过程的个人因素，通过辨析巴金对外来影响的个人取舍和复杂反应，揭示了文化接受中一些重要问题。

本书所论述的文化现象，在现代作家研究中具有代表性，如果做得出色，对学科建设具有多方面的意义。

一、接受范围的梳理介绍比较全面，问题意识和反思精神稍显不足。

二、论述方面稍显简单，对应式的直接证明较多，分析与思辨稍弱。

建议在具体梳理各种"接受"后，增补一章综论，讨论巴金接受域外文化的特点与问题，以及与"本土"语境的关系。

《现代诗学的人性论转向》

中国文学学科领域中的现代诗学研究，大多关注写作活动中观物立场与表现策略的转变，却很少深究精神"内核"方面与传统中国文化的磋商对话关系。《现代诗学的人性论转向——以徐复观为主线的历史考察》能够面向晚清以来中国文艺思想的复杂面貌，提出和梳理诗学思想的本源性问题，非常难能可贵。

本篇论文以徐复观从生命心性出发的人性论诗学为中心，为20世纪中国现代文艺思想各种文脉的交流、冲突与互动，构建了一个对话平台，清晰梳理了新文学与新儒学两条并行的思想线索，在关联与差异中充分揭示了徐复观人性论诗学转向的历史意义。

文章注重徐复观诗学与现代诸大家文化思想的对话关系，紧紧抓住人学反思的主线，在丰富复杂中理出了明晰的线索，充分显示了作者对相关材料的深入钻研，以及准确的概括与转述能力。这是一篇下了认真功夫，体现学力的优秀论文。

因为所涉的诗学思想非常丰富复杂，面对的问题太多，一些方面的论述不够具体、深入。

《传播学视野中的网络文学》

《传播学视野中的网络文学》是一项密切关注网络时代的文学写作、传播问题的研究专著。作者充分重视信息技术对人类生产、生活方式的全面渗透，在认同"媒介即信息"这一著名观点的前提下，描述了传播媒介的革命对文学想象方式的深刻影响：不仅是写作、传播、阅读方式的变化，也是思维方式、时间与空间感的改变。

本书最大的特点是比较系统，全面地介绍了当代传播媒介革命的特点、意义和问题，以及这种媒介革命对网络文学支配性的作用，其中的绍介和论述涉及非常丰富、具体的材料，显示出作者广阔的视野和持久的关注。同时，作者也探讨了网络时代与后现代社会的关系。

论著的结构与叙述具有教材风格，这是本书的优点，也是本书主要不足所在。从优点方面说，对所涉及的对象，照顾相当周全，无论是背景、起源、特征、型态、价值，还是创作手法、读解方式和评鉴标准，都有具体的讨论，同时还十分注意与传统媒介（及写读方式）的比较，因而可以认为是我国当前一部最全面讨论"网络文学"的专著。

从不足方面看，是面面俱到，什么都要从头说起，难免以范畴替代问题，以常识的介绍代替材料的深入分析和深思熟虑的学术见解。

本书有一些问题可进一步探讨。主要有：

（1）作者注意到媒介决定艺术的类型与特征。正因为此，同时参考"网络文学"尚在生成与变化（类型与典范尚未形成）的状况，是"从众"叫网络文学好，还是叫网络写作更为恰当？

（2）网络写作与阅读区别于传统的写作阅读，其最根本的特点是链接，它改变了传统文本的空间关系，但就链接的文本而言，有更多复杂问题有待研究和处理。

（3）书写传播技术革命对想象世界方式的影响，可以通过打字机、活版印刷的发明所产生的影响作参照，探讨技术与文学的关系。

此外，《万历十五年》是一部历史著作，似乎不宜作为例证归入传统的叙事文学。

网络写作是技术时代的"新鲜事物"，处于形成与生长的进程中，应当鼓励对它的研究与讨论。同意国家社科项目给予后期立项资助。

《解读延安》

《解读延安——文学，知识分子和文化》是一部研究"延安时代文学"的力作。关于这个领域的研究，以往也有称得上丰富的成果，但那些成果的意义主要还是史料的发掘和整理，学术上的探讨却大多囿于立场的不同，显得比较简单化：不是站在延安文艺的立场，放大它的社会意义；就是站在"五四"或"新时期"文学的立场，忽略了其"历史的可理解性"和深远影响。

本书突出的特点是能超越"政治延安"的历史定见，以现代中国的精神困境为背景，解读面对古典与现代、西洋与中国的文化矛盾中，延安文学作出的文化选择。作者对延安文学的解读有很强的问题意识，体现出较强的历史感，既深入分析了延安文学是现代世界格局中基于中国历史和现实形成的一个现代性"方案"，是现代中国文化冲突的内部规律的反映，是民族心态的反映。也深入揭示了其作为20世纪中国文学的"一个枢纽"的意义。

作者立足于延安文学形成发展的过程和重大事件，努力寻找这一重要文学现象产生的内在逻辑，深入分析了有关知识分子、党的文化领导权等一些重要问题。尤其是对知识分子问题的阐述，对其现代转型中边缘化命运和承受的道德危机，有相当深入的论述。

本书不仅发掘、彰显了一些新的或未受到重视的材料，对材料的深入细读（钻研）也是一个特色。作者对文本的深入剖析和勾联性引证，深刻有力地支持了本书的观点，特别是对《讲话》的细读，对《纺车的力量》等文章的分析，显示了作者良好的素养，敏锐的感受与丝丝入扣的分析论述能力。

整体而言，这是在同一研究范畴中具有超越意义的研究成果，史料丰富，理论梳理深入，具体分析到位，三者相得益彰。

有两点可作进一步推敲：

一、考虑到80年代以来的中国文学对"五四"文学回望重温和展开新的探索的特点，个别地方（尤其是本书结尾的倒数第二段），有关"延安文学"的判断是否可以更注重问题的启示性，尽量避免"结束""变局""使未来的文化确立起稳定范式并形成有效规则"的判定。

二、"超级文学"是否可以用学术性更强的概念予以替代？

《现代性与20世纪中国的文学思潮》

20世纪90年代以来中国思想文化界现代性问题讨论的一个重大进步，

是把现代性从一个追求的目标，变成了一个当代中国发展必须面对的问题，并从不同的层面展开了更为切实、有效的学术研究。

国家社科基金项目成果《现代性与 20 世纪的中国文学思潮》显示出对这场讨论，有着持续和广泛的关注，对其思想成果与存在问题有比较深入的把握。以这样的学术准备，进入现代性与中国文学思潮关系的研究，自然视野开阔，有不少个人心得和创见。

该课题成果的第一个特点，是问题意识强。作者紧紧抓住现代性与现代民族国家错位这一基本问题，深入揭示了中国文学想象现代性时的矛盾和悖论。该课题的另一个突出特点，是有比较强的理论思辨色彩，既注意重要概念的辨析，也非常重视问题的理论梳理与分析。

这是一部有较高学术价值、理论价值的学术成果，对中国现代性问题的讨论有启发意义。其中提出"在反思——超越的层面建设现代性"的观点呢，具有理论的建设性，而对文学史分期的质疑，也将引起文学史研究界的重视。

"文学现代性不是对现代性即理性的认同、肯定，而是对现代性即理性的超越、否定"等个别重要观点的表述，可以更严谨一些。另外，全书各章节的注释应有统一要求。

《选择与变异》

西方象征主义诗歌对现代中国诗歌的影响，是 20 世纪中国文学研究的一个重要课题。国家社科基金项目成果《选择与变异——中国新诗（1915 – 1949）对象征主义的接受》，从接受研究的角度观察现代西方一种重要诗潮对 20 世纪中国诗歌的影响与启发，分析接受过程中选择与变异的复杂景观，既可以从一个侧面深化中国新诗的研究，也可以带出文化旅行的诸多理论问题，选题的意义是重大的。

该项目引入接受主体论，试图把中国文学作为一个接受主体，从这个主体的个性和文化过滤机制出发，讨论西方象征主义被选择、变异与转化的具体情形，发现象征主义"和而不同"的特征，这一研究意图也非常可取。

为实现这一研究意图，作者做了不少认真的工作，既阅读了不少以与象征主义有关联的中国诗人的作品与文献，也阅读了许多译著，对早年介绍西方象征主义思潮的杂志，还做过译介篇目的统计。同时，对象征主义诗歌"从西方到东方"的衍化过程，对中国接受象征主义的阶段与特点，也有大致的梳理。

该课题研究态度认真，基本思路与结构也是合理的。但也存在需要解决的问题。

一、将西方象征主义对中国新诗的影响，从 20 世纪二三十年代推至 1949 年，是本项目成果的一个特色。但由于在认识上对作为创作方法的象征，作为诗歌流派的象征诗派，以及作为思潮的象征主义的区分不够明晰，该成果不仅把艾略特、里尔克、奥登等归类为"后期象征主义诗人"，而且给人以象征主义思潮整合现代中国诗歌的印象，甚至提出 1940 年代"中国新诗象征主义品质比 1930 年代更为醇厚"（p. 118）的论断。这与中国新诗的历史状况和学术共识有较大差异。仅从思潮而言，象征主义是现代主义的一个阶段，但不能以象征主义置换现代主义。

二、本成果在探讨中国新诗接受西方象征主义影响的特点时，注意到现实和历史文化因素的"过滤"作用，这是好的。但论述流于空泛与表面，尚未深入到中国新诗接受象征主义的诸多更为内在的"预期"。实际上，力图从历史中脱胎换骨，一直是"学习新语言、寻找新世界"（朱自清语）的中国诗歌，基于自己的历史语境和遭遇到的问题，去接受象征主义的诗学启发的。

三、成果中对一些材料的叙述介绍（包括统计）过于宽泛，妨碍了对重要问题的梳理与讨论。

看来，讨论中国新诗对西方诗歌的技艺、思潮、流派的接受，也需要有对"接受主体"本身的深入研究作为背景。

《中国现代文学研究史》（复评）

《中国现代文学研究史》以 1917 年以来的中国现代文学批评和学术研究作为梳理、描述对象，力图整理一门学科建立过程中的历史脉络和基本问题，对现代文学研究和现代学术的自我清理，有重要的参考意义。

本成果本着求真求是、"论从史出"的学术精神，对初稿作了认真的修改，在如下方面取得了一些重要进展。（1）分期与界定显得比初稿要准确、明晰。特别是 1949 以来，作者将其分为 1949－1976、1977－2006 两个阶段，用"建构与解构""寻求突破"加以性质上的区分，比较可行和有说服力。（2）史料比较丰富、详实。这是本书最大的特色。书中涉猎了新文学开创以来大部分重要的文学批评、文学研究文本，加以整理，梳解，提供了丰富的信息，具有现代文学批评、研究"导游图"的性质。仅此一项，便有不可替代的价值。（3）修改稿增加了"前言"与"结语"，不仅使全书更为完整，也对这一学科研究的意义和问题做了重要的提示，其中提出该学科"必须打破小学科界限"的观点，对于该学科的发展，特别具有重要意义。实际上，作为中国文学历史发展中的一个环节，又处于面向世界的文化语境中，中国现代文学研究的从业者，必须对之前的中国古代文学、之后的中国当代文学，以及平行探索的世界文学，有相当的理解与认识。

本课题的成果达到了结项与出版的水平。略嫌不足之处是：成果各章质量并不完全一致，个别章节略显粗糙，有些分析判断存在用简单概念进行处理的弱点。

《疆域与维度》

《疆域与维度——中国现当代文学的跨世纪转型》是一部以"新时期文学"向"新世纪文学"转变为主要内容的学术研究著作。作者以不同于"80 年代人"的眼光，重新打量了 20 世纪 80－90 年代文学的意义与局限，讨论了进入 21 世纪后出现的新的文学现象。

本书认为"新时期文学"运行过程中，意识形态的后撤带来了实验风气的盛行，这种观点有一些新意。书稿的价值主要体现在"新世纪文学"的归类与判断：作者将其大致归纳为专业与艺术/市场与商业"双轨走向"下的三种形态：文学生产与消费双重格局，以互联网为代表的新媒体导致的群落化，世代递进带来的多种趣味。

本书蒐集了作者多年的研究成果，编排上采取了先宏观总述、后分类（以体裁、地域为划分原则）、再作个案分析的结构原则，体现了学术研究专著的结构与规模。但第五编创作个案中的若干个案（如一、二、三、四）与本书所关注的主题与范畴，关系显得松散。

鉴于跨世纪文学现象的研究有待展开，本书作者已先行一步，已形成自己的学术见解，并对互联网为代表的新媒体背景下的创作与传播现象有初步研究，本人认为该书作一些调整修改后，可以出版。

调整修改建议：

一、题目：集中于 20－21 世纪交替的"跨世纪"时间段，不把时段拉长到"现当代"过长的时间"疆域"。供参考的命名："双轨走向——中国文学的跨世纪转型"。

二、内容：删除前述四篇与"跨世纪转型"关系松散的文章。

三、修订：调整书中的笔误、错别字及一些冗长的句子。

《穆旦诗编年汇编》

穆旦是 20 世纪中国最重要的诗人之一，自 80 年代开始，他的诗歌创作引起了诗坛和文学史研究者的高度重视，对其诗作的版本校勘迫切需要提上议事议程。

《穆旦诗编年汇编》收集了到目前为止出版、发表穆旦作品的著作、杂志、报刊，依据"对校法"的基本原则，辅之以"理校法"纠正错漏，最后根据写作时间重新编排，全面呈现了穆旦诗作的发表、修改状况，使学界有可能通过诗人的写作、发表和修改作品的具体情况，研究穆旦思想与艺术的变化轨迹。

从版本学的角度汇校 20 世纪中国诗人的作品，无论资料收集，辨析刊物，本书都做了细致扎实的工作。本书为穆旦研究提供了切实可靠的史料，有助于加强文学研究的历史感。

本书有较高的应用价值，建议作为国家社科基金后期资助项目立项。

《唱和诗词研究》

诗词写作中的你唱我和，是中国诗歌一种历久弥新的现象，曾引起有识之士的众多评说，但鲜见系统、全面的论述。

《唱和诗词研究》将唱和诗词视为中国诗歌传统的组成部分，试图总结归纳其创作特点与规律，梳理辨析其成就与问题，判定其在文学史中的地位和价值。作者采取了宏观概述与典型个案分析相结合的论述方法：先通过"总论"梳释渊源、发展脉络，将丰富的唱和现象归纳为五种类型；继而辨析历史看法，确定诗学价值和文学史意义；后进行具体深入的个案分析，经由韩愈、孟郊、元稹、白居易、苏轼及"苏门"的唱和文本，诠释不同的唱和现象。

虽然《唱和诗词研究》算不上精深、厚实，但作为一种多少具有填补总体性研究空白的成果，介绍叙述了唱和诗词的基本现象，对其特点和意义做了认真的归类和探讨，分论中的个案研究也下了功夫，有助于诗歌读者了解唱和诗词的特点、格局和基本问题。

成果达到了国家社科基金课题的结项水平，有公开出版价值。

主要修改建议：

一、不把唱和诗作为文学创作的形式之一，也不一定需要从进化论的视野理出一条发展、繁荣的线索，抑或也无须给予文学史的定位，似应从文学（诗歌）活动、文化风尚角度，研究伟大中国诗歌传统中诗人、诗艺的交往、对话方式。

二、更内在地揭示唱和诗的特点：比如诗歌的对举现象与唱和的关系等。

《元代诗论辑存校释》（上）

散见于元人诗文中的诗歌论述是中国古代诗学的重要组成部分，至今为止，虽出现了一些零散的学术研究成果，但缺乏全面、系统的梳理阐发。《元代诗论辑存校释》（上）在比较充分了解前人成果的基础上，全面利用刚刚出齐的《全元文》有关诗歌的论述，对元代诗话作了系统的梳理，可视为目前辑存元代诗论最新且容量最丰富的学术成果。

《元代诗论辑存校释》（上）从各种典籍中辑录了近70人的诗学言论，对每一位作者的论述都作了校勘、注释和评析。所采用的典籍比较可靠；所作的注释比较准确、简明；评析能够依托中国诗论的宏大背景，概括、点评每个论者和论述的具体特点，阐述其诗学意义与价值。

这是一项集考证辨析、义理梳解为一体的学术成果，是元代诗学研究的新收获。研究者较好地实现了申请书提出的研究设想，所贡献的成果，无论对中国诗论史研究，还是文学史教学，都有参考价值。

存在的问题：

（1）成果一些地方存在抄录错误或笔误（如第 2 页《与撤彦举论诗书》第 2 行是"故抒写襟素，托物寓怀"，在第 4 页的"评析"中则是"故摅写襟素，托物寓怀"。

（2）成果中个别"评析"对原文的理解阐发可进一步推敲。

会议论文讲评

朱耀伟：《"香港散文"与本土认同》

《"香港散文"与本土认同》力图审视香港回归中国前后"香港散文中的本土时空，一方面寻找散文中的香港，另一方面则带出本土当中所隐含的意识形态"，凭据《香港岁月：百家联写》一书和马国亮的《荃湾的童年》等文本，认为"'香港散文'所隐含的本土认同其实并不是稳定单元，重点在于不同读者在文本中游走时所体现的灵活多元、和而不同的本土认同"。

复杂性、不定性和多元性，的确是香港文化的特点。

在殖民地的、边缘的空间谈论香港的"本土性"是一种冒险。港岛在一百多年前是一个小渔村，而香港有"割地"，有"租界"，华洋杂居，语言混杂，是各种文化交汇、多种势力角逐的场所。作为近代一个经典的移民城市，"本土"是什么？无论如何，与全球化相对的"本土"理念，不能不考虑历史、语言、文化传统等因素。香港的"本土"凝聚了哪些基本的质素？倘若不同作者与读者"阅读香港"时莫衷一是，是否恰恰说明香港是一个"全球化"的城市，而非原乡主义的"本土"？

香港 20 世纪 90 年代的确有一股怀旧潮，不仅散文，亦每每见之于诗歌、小说、电影和流行歌曲。然而，面临回归大限演绎的种种怀旧本事，究竟与"后现代的消费主义"的关系更为密切，还是主要缘于对未来的焦虑？深入后者，是否更能勘探怀旧潮背后的历史意识形态？

《荃湾的童年》是一篇非常优秀的散文，像是香江渔火中传出的一支哀丽的挽歌。几年前我初读这篇作品，竟想起沈从文的《边城》。当然，它与《边城》的不同，不是边城的传奇，而是个人记忆中的香港沧桑。文中的叙述观点，与其说是怀旧的，不如说是反省的。然而这篇散文反省的重点，正是人与现代"历史大叙述"纠缠迎拒。在文章的结尾，作者将"社会进步"与"垃圾越来越多"进行后现代式的拼贴，是典型的城市感性戏谑。

谈论文学中的香港，"本土"的内涵与外延过于吊诡。

黄维樑：《散文与结构》

《散文与结构》的一个贡献，是澄清了流行甚广的"形散神不散"的理论观点，让它尘埃落定，不再谬种流传。文章认为"'形散神不散'说乃源自对散文的'散'字的误解"，并对产生误解的原因做了中西两方面的纵横追溯，广征博引，采撷众长，让人联想到作者写作《中国诗学纵横论》《中国文学纵横论》的宽阔视野。在此基础上提出散文写作须重视结构的经营，既顺理成章，也激发人更多的思考。

作为一篇解蔽的论文，它是有力的，对于散文理论建构，作者提出散文佳作都讲究结构，所言甚是。不过散文结构在文类理论上有何特质，似可展开更多有意思的话题。

在各文类形式理论的探讨中，散文形式美学的结构探讨最为薄弱，在这方面20世纪30年代出版的《中国新文学大系》就是一个很好的见证，其《建设理论集》《文学论争集》收了那么多诗歌、小说的理论文章，却罕见散文的理论争鸣。而西方的散文理论也似乎不如诗歌、小说的理论发达。然而任何一种文类，倘若没有形式美学上的自觉，创作和批评必然会受到影响。苏东坡在《答谢师民书》提出："大略如行云流水，初无定质，但常行于所当行，常止于不可不止。文理自然，姿态横生。"在《文说》中又云："吾文如万斛泉源，不择地皆可出，在平地滔滔汩汩，虽一日千里无难。及其山石曲折，随物赋形，而不可知也，所可知者，常行于所当行，常止于不可不止，如是而已。"现代散文理论能否找出其"行""止"的规律？

散文结构规律的确不容易探讨，这一方面恐怕因为它是包揽种类最多的一个文类，另一方面又是最自由、最个性化的文类，不像诗歌可以从音、意、象方面展开讨论，小说可以从叙事入手展开形式理论的探讨，也无法从散文经典中抽象它的形式美学。我尝试性的建议是：（1）如果文学有"造境"与"选境"两种，散文是否更侧重"选境"，因为它主要以真实的个人经验作为描写的基础。（2）更多考虑散文运用语言的方式。这方面我们似乎可以从诗歌研究史中得到启示。《诗大序》曾提出："诗有六义；一曰风，二曰赋，三曰比，四曰兴，五曰雅，六曰颂。"但作为诗体分类的"风、雅、颂"后来已不再流行，而作为诗歌修辞学体系的"赋、比、兴"却成了重要的诗学概念，被后人反复探讨。散文由于前面提及的特点，是否可从运用语言的方式上多做探讨？比之诗歌，小说、散文似乎缺少明显的形式美和装饰性，语言是透明的，缺乏朦胧的表现力和艺术的纯粹性。拿瓦雷里的话说："诗歌是跳舞，散文是走路。"散文语言更关心所指，注意力在思维的运动，像船在海面航行，不那么重视语言的姿式和能指的意义。但我认为散文是一种文学类型，因为它是自由的、个人的，它在艺术修辞美学方面的一些牺牲，在内容上得到了某种程度的补偿。

最后，由梁实秋等人的见解出发，作者倡导散文结构的"有机统一体"，援引的也是权威的观点。但这恐怕只能作为一种比喻，在理论上难以成立。文字究竟是一种人工制造品，不仅是人为的，而且也是有赖读者参与才能产生意义的活动。文学和一切论述最大的不同，或许就在它有"题旨"之外的丰富性，因此巴赫金能从中发现其嘉年华品格，而李欧塔则看见了"大叙事"中"小故事"的意义。小说尚且如此，散文没有闲笔趣笔，就不是散文了。

龚鹏程：《吃喝拉撒睡：散文的后现代性》

《吃喝拉撒睡：散文的后现代性》从骈与散、文与笔、古文与"今文"的辨析入手，高屋建瓴、纵横捭阖，而后将散文之所指归结为"其实是具有世相化（写日常琐事，世俗社会生活）、技艺化（义归乎翰藻，讲究文采）、俳谐化（文多驳杂无实之说，使人陈之于前以为欢，善戏谑兮，不为虐兮。不那么正经。有一点趣味、一点情致、一些滑稽幽默、一些戏笔，庄谐并作，鱼龙曼延）的那些文章"。这样阐述散文的基本品格，颇能让人认同。散文，与其他文类一样，其实是很难与时代（语境）脱节的。刘勰在《文心雕龙》说过："文变染乎世情，兴废系于时序。"随着人类生活的现代化，散文早从中国文学的主流（"正宗"）走向边缘，具有"后现代性"了。

然而从"吃喝拉撒睡"谈散文的"后现代性"，似乎"后现代"得不够。一是"吃喝拉撒睡"为人之本能，"古已有之"；二为现代散文提倡个性与自由，强调与日常生活的关联，宇宙之大，苍蝇之微，引车卖浆，皆视为可作为散文的题材；三为"后现代性"作为这个时代的一种美学风格，已熏染各种文类，诗歌、小说、戏剧中比比皆是，不唯散文独领风骚。论文最后所举的洛奇的《小世界》，就是篇有名的后现代小说。

无论散文作为一个"文类"多么纷繁吊诡，从古代的粗分也罢，现代细分也罢，它在文学中的存在似乎是一个不争的事实。人们无以名状是一回事，它已经存在并将不断有人写它、玩味它又是另一回事。我的意思是说，散文作为"文类"是否成立，绝不是我们坐在这里开会的几个人说了算的，甚至也不完全由写散文的人说了算，它须由作者与读者（学者和批评家也是读者）共同来决定，而作者与读者也不仅是现在的作者与读者，也包括历史的作者与读者。再者，即使人们无法为散文确定范畴，划出边界，提供明晰的理论概念，也丝毫不会降低散文的存在意义。或许散文之妙、之自由就在于理论上难以界定，因而可以游弋于种种文类的边缘，以"小说"质询"大说"的虚妄。

我愿以散文的"边缘性"，呼应龚教授的"后现代性"。

霍秀全：《论朱自清的小品散文理论》

朱自清的散文成就文学史已有公认，他散文理论上的贡献却罕见有专文论述。《论朱自清的小品散文理论》深入朱自清数量众多、文类各异的写作，参照具体的历史语境，比较同时代的散文理论，辨析他散文理论的意义，做了非常认真扎实的研究。我认为这篇论文，无论对朱自清研究，还是对现代散文理论的研究，都不可忽视。

论文提出一个很值得注意的问题是，朱自清在现代散文源流问题上不同意周作人的观点。这个问题很重要，我想做些补充、引申和对话。

朱自清不同意周作人现代散文的源头在明末公安、竟陵的观点，一是认为渊源更为久远，二是觉得现代散文主要受外国的影响。这表面上看是很有道理的，前者可以从鲁迅身上明显感到魏晋的风度，后者更是一种时代流行的见解。但可以提出的问题是，受外国的影响，诗歌、小说更为突出，何以"五四"初期，散文、小品的成就反在它们之上？我认为这里可以提出的一个讨论性的观点，就是"五四"散文更多提取和利用了本国文学的传统资源。因为不用一切都推倒重来，能够"内应外合"，上路便自然快些。

至于周作人的现代散文源头之说，情形可能比一般人引述的要复杂得多。周作人在谈及新文学的历史关联时，每每不忘明末的公安、竟陵，与他重视人的自由，倡导"性灵"，反对文学"载道"，主张"言志"有关。周作人从来就是一个文学的"言志"论者，他对明末散文的推崇，也是放在"言志"传统的框架中的。因此他谈新文学的"内应"，明指"历史的言志派文艺运动之复兴"。在这个意义上，周作人说公安、竟陵是现代散文的源头，是指其直接的（或最近的）源头。这一点，周作人在《中国新文学的源流》中阐述得非常清楚，他甚至认为几千年中国文学的历史就是"言志派"与"载道派"循环交替的历史：从晚周开始，言志派崛起，到汉代，载道派取而代之；魏晋南北朝时，言志派死灰复燃，及至唐，载道派又起来压制，这种规律演进到明末，言志派又有了出头的机会。

值得注意的另一点是，朱自清与周作人在明末散文上的歧见，还反映出他们现代散文的不同理念。朱自清看中国古代的散文传统，角度与胡适相近，偏重言与文的对立，而他的散文，也越来越趋向谈话风。周作人却不那么单纯，他主张散文要"简单味"与"涩味"并重。他推举明末散文，但对公安、竟陵两派又还有区分。他认为公安派以简洁流利著称，而竟陵派则以奇僻生辣闻世。公安派的文学运动，正如胡适倡导的"信腕信口皆成律度"，必然导致竟陵派的反驳。

周作人的散文理论有很复杂深刻的一面，可以成为胡适进化论文学史观的一个参照，由此似乎也可照见朱自清散文理论的某些不足，因为他的"历史的背景"论，实际上是时代背景论，而文学的兴衰沉浮，与"现代化"并无契约关系。

余丽文：《书写旅行与城市形象》

原也以为旅行是了解世界的一种方式，也感受到现代旅行方式、目标的变化，但《书写旅行和城市形象》一文，超越一般的经验与视野，带给人们许多新的展望：譬如旅行与消费、娱乐、移情、对"他者"的阅读、理想寻求和对自己文化的反观，等等，总之如文章"总结"所言，旅行已经"不是旅行"。在"旅行就是一种Shopping（购物）"的定义中，你当然也不会期待徐霞客或欧文式的游记了。

这篇论文对旅行及其旅行书写的展列十分丰富驳杂，它的好处是能容纳各种话题和材料，但往往也干扰了基本问题的深入探讨。譬如旅行经验与对旅行的书写，导游指南与游记散文，分属不同范畴，尽管交叉重叠之处甚多，但仍然需要用不同方法进行探讨。

文章主要探讨现代人在现代城市中的旅行书写，或者说现代人对异己城市的经验和想象，它如何拓展了新的空间，为游记写作铸造了什么新质，这些问题很值得深入讨论。

论文提到现代旅行也是一种文化旅行，并认为黄威融的文本把本雅明提出的"游荡者"角色"发挥得淋漓尽致"。城市的旅行者（主要是中产阶级）与本雅明说的生活在城市又疏离城市的"游荡者"，在精神文化上恐怕难以等同：在本雅明的理念中，特别是在他的《波特莱尔与十九世纪的巴黎》中，"游荡者"这个名词是与他使用的"文人"一词互为换喻的。本雅明笔下的"游荡者"，是出入于群众之中、混迹于社会边缘的"文人"，他们与社会秩序格格不入，以写作谋生却不"职业性地"读书作文。他们不是专业的"知识分子"，而是孤独自由的"闲人"；写作不是他们的"工作"，相反，他们"不工作"，因为"在街头展示其闲暇懒散也是他工作的一部分"。同时，这个"游荡者"又是在城市"东张西望"的人（可又不是旅游者的好奇），他们与"人群中的人"不一样，他们没有具体的目标，他们也不用相机把目见影像化，他们沉思默想，"有一个回身的余地"，然而正由于这个"余地"，他们的自我意识得到了培养，进入了一个充溢灵魂和想象的天地。本雅明认为，大城市其实不是由建造它的那些人书写的，而是被这些穿过城市、沉思默想的人揭示出来的。

浮光掠影的城市旅行者，有几人是波特莱尔式的"游荡者"？

叶瑞莲：《大叙事与建国散文（1949－1956）》

在大陆文学研究界，对当代中国文学与国家意识形态的关系，已有不少深入的研究，运用欧美解构主义、新历史主义、后现代主义、女性主义、后殖民等新进理论重读当代文学，也不算新鲜。但以李欧塔对于后现代的论述，专论散文文本与新国家神话的营建，《大叙事与建国散文（1949－1956）》可说是找到了一个有力的切入点。同时，本篇论文的写作参考了诸多的论文，广征博引（一万多字的论文，有一百二十个注释），仅就提出的参考文献，也足以使人产生由衷的敬意。

"大叙事与建国散文"真是一个好题目，它的妙处不是"大叙事"这个名词能赶后现代的时髦，而在它与散文之间的矛盾张力。现代散文的理念，从内在精神上说，是自由思想着的人格、情趣的表现，从形态上看，是"散"（按龚鹏程教授主题演讲从字疏义释得出的结论，"只不过散人杂语'而已）、杂（杂文、杂感）、小（小品、"小摆设"）、随（随笔），鲁迅说："我看散文是大可以随便的，有破绽也不要紧。"它不是很容易跟文治武功的建国大业"接轨"的。然而，当代中国散文（不仅在1949－1956年，至少到1978年）又的确是新社会历史"大叙事"的体现者，因为早在20世纪50年代初，就有人断言："今天我们文学的价值，是看它是否反映了在共产党领导下的我们国家的时代面影，是否完美地、出色地表现了我们国家中新生的人、最可爱的人为祖国所作的伟大事业。"（丁玲：《读魏巍的朝鲜通讯》）

深入"小叙述"文类与"大叙事"论述，正可以解读"建国散文"中的意识形态，让李欧塔、福柯等人的理论得到有力发挥；而如果在材料的选择和文本的透析上更上一层楼，则会更具问题论述的针对性。

论文的征引虽然广博，但他人论说的引述，似不能替代有关论述对象之文本的阅读和分析，尤其是一些基本的、重要的文本。具体作家的著作且不说，谈论1949－1956年的散文，至少要注意《散文特写选（1953年9月－1955年12月》（人民文学出版社，1956）、《散文小品选（1956年）》（作家出版社，1957）、《特写选（1956年）》（作家出版社，1957）这些选本即使在编选原则上也呈现出某些值得注意的动向，如散文、特写（通讯、报告文学）并提、并重，反映出社会化的叙事形态。实际上，20 世纪 50 年代初"大叙事"散文的突出面貌，不仅表现在取材上、描写方式上，也在形式上有突出表现。

至于论述的完成，散文所叙内容的直接举证固然为一种论述手段，但终归表面，人们也对实证主义研究方法的局限早有警惕，例证的平行展列是对批判性分析、思辨的逃避。而就"建国散文"而言，"大叙事''意识形态在文本中的运作比它伸长脖子直通通地高唱"颂歌""凯歌""战歌""高歌"要复杂得多，往往"内化"成了某种僵硬的风格，形成了一套结构模式和"升华"机制。当代散文"大叙事"现象的研究，能否深入到它的"内部"层面？解构主义批评阅读文本中的矛盾，驱使其自我解构，新历史主义经由表层文本发掘"潜文本"，这些批评和研究方法是否值得参考？我在香港的朋友、浸会大学的黄子平，运用这些方法研究当代中国的"革命历史小说"，就取得了可观的成就。

我基本的意思是，既然我们在谈论某个事物，就要尽一切可能，进入该事物的内在理路；而如果是谈论文学中的国家意识形态，较为理想的状态，也要经由文学的"中介"状况，勘探意识形态在文学中是如何运作的。

2000 年 11 月于香港中文大学

（以上 6 篇均为 2000 年 11 月香港大学召开的"中国散文国际学术研讨会"会议论文的讲评，曾以《当代中国的散文理论》为题刊于《山花》2011 年 11 月号）

后　记

这也是"边上"文字的汇集，如同随笔集《边上言说》（海峡文艺出版社，2011）的兄弟。不同的是，《边上言说》说的是现实生活中的一些感想，人生历程中一些记忆；而这本《前言后语》，全是写在书前书后的感触和交代，包括那些博士论文与课题成果的评阅，谈论的都是读过或写过的书。

无论以"序言"的方式谈论别人写的书，还是以"后记"的形式交代自己写书、编书的意图与心迹，或者以"评语"的方式点评一部作品的价值，"正文"边上的横批竖写也是一种书评的形式，却比一般的书评可亲可爱。不一定比正规的书评更有眼光，而是因为序跋作者不仅读过这本书，也了解写书的人，知人论文，比较值得信任，文章也比较生动有趣。这或许是我们去书店或得到一部新书，首先翻阅序跋的原因。阅读一部新书也与认识一个新的地方相似，需要导游的热情和指点。

但是作为一个嗜书的读者，虽然我也有读书先读序跋的习惯，却没有作序题跋的爱好。以前在福建任教时曾听到人抱怨向我"求序"不易，北京工作之后，非自己指导的学生论文，就大多能推则推。现在从头检点写过的序跋和评语，尽管收入其中的远非全部，还是惊讶自己为这么多新书做过导游。这除了说明自己爱读书外，或许只能证明我对庄严、刻板的学术论文写作的敬畏，对生动自由的批评风格潜意识里的向往。面对这本以序跋为主的结集，我愿意坦呈一点私人感受是，写作序跋时，确实享受了从事学术论文写作所没有的自由和轻松：这时我们不用顾及材料的发现，分析的深入，逻辑的严密，能够自由出入于学理与人情之间，文本与现实之间，常笔与闲笔之间，文学批评与散文文体之间。

感谢福建师范大学文学院孙绍振先生和余岱宗教授的提议，虽然《前言后语》最终没有成为他们导引的泱泱闽水之一掬，但没有他们的那次聚会和提议，我不会想到能将自己写的序跋评语集合成书。

书稿交由社会科学文献出版社出版，主要是为了个人与该社的友谊留个见证：我敬重这家出版社的社长谢寿光先生，他不仅是业内享有盛名的学术出版家，在短短十几年间把一家少为人知的出版社，打造成了国内外知名的学术出版社；而且他本身也是一个知名学者，在社会学、学术出版研究领域有不少成果，2018 年曾作为学部委员候选人获中国社会科学院社会政法学部推荐。更重要的，他是我的乡亲，一直关心我们那偏远的、经济和文化事业都欠发达的故乡，竭尽所能，为梁山书院捐了不少书，也帮助武平县出版了一些历史文化著作，增进了人们对我故乡的了解。

虽然直到 20 世纪 90 年代末到北京工作后，我才与寿光见面，但我们客家人是很重乡情的，又彼此早有所闻，自然一见如故。他介绍我认识了他们人文分社的社长宋月华女士，从此便与他们社有了较多的交往与合作。他们很用心地编辑出版过我们的"人文学术论坛演讲录"系列、教师论文集、会议论文集和"读诗会"汇编等，都产生过影响。非常高兴能借《前言后语》出版的机会，纪念我们的友谊并向他们及责任编辑表示感谢！

王光明

2019 年 7 月 10 日于上海红房子

图书在版编目（CIP）数据

前言后语 / 王光明著 . -- 北京：社会科学文献出
版社，2019.10
ISBN 978 - 7 - 5201 - 5529 - 8

Ⅰ . ①前…　Ⅱ . ①王…　Ⅲ . ①序跋 - 作品集 - 中国 -
当代　Ⅳ . ①I267

中国版本图书馆 CIP 数据核字（2019）第 198405 号

前言后语

著　　者／王光明

出 版 人／谢寿光
组稿编辑／宋月华　杨春花
责任编辑／周志宽
文稿编辑／侯培岭

出　　版／社会科学文献出版社·人文分社（010）59367215
　　　　　地址：北京市北三环中路甲 29 号院华龙大厦　邮编：100029
　　　　　网址：www. ssap. com. cn
发　　行／市场营销中心（010）59367081　59367083
印　　装／三河市东方印刷有限公司

规　　格／开　本：787mm×1092mm　1/16
　　　　　印　张：22. 75　字　数：365 千字
版　　次／2019 年 10 月第 1 版　2019 年 10 月第 1 次印刷
书　　号／ISBN 978 - 7 - 5201 - 5529 - 8
定　　价／148. 00 元